잃어버린 시간을
찾아서 3

꽃핀 소녀들의 그늘에서 1

À LA RECHERCHE DU TEMPS PERDU
À L'OMBRE DES JEUNES FILLES EN FLEURS

잃어버린 시간을
찾아서 3

꽃핀 소녀들의 그늘에서 1

마르셀 프루스트 김희영 옮김

민음사

일러두기

1 이 책은 Marcel Proust의 *Le Temps retrouvé, A la recherche du temps perdu* (Gallimard, "Bibliotheque de la Pleiade", 1989)를 번역했다. 그리고 주석은 위에 인용한 책과 *Le Temps retrouvé*(Gallimard, Collection Folio, 1990), *Le Temps retrouvé*(Le Livre de Poche, 1993), *Le Temps retrouvé*(GF Flammarion, 2011)를 참조하여 역자가 작성했다. 주석과 작품 해설에서 각 판본은 플레이아드, 폴리오, 리브르드포슈, GF-플라마리옹으로 구분하여 표기했다.

2 총 7편으로 이루어진 프루스트의 『잃어버린 시간을 찾아서』를 원고의 길이와 독서의 편의를 고려하여 13권으로 나누어 편집했다. 1편 「스완네 집 쪽으로」 (1, 2권), 2편 「꽃핀 소녀들의 그늘에서」(3, 4권), 3편 「게르망트 쪽」(5, 6권), 4편 「소돔과 고모라」(7, 8권), 5편 「갇힌 여인」(9, 10권), 6편 「사라진 알베르틴」(11권), 7편 「되찾은 시간」(12, 13권)

3 작품명 표기에서 단행본은 『 』, 개별 작품은 「 」, 정기간행물은 《 》로 구분했다.

차례

⟨꽃핀 소녀들의 그늘에서⟩ 주요 등장인물

파리에서

나 이 작품이 시작될 무렵 화자의 나이는 대강 열네 살에서 열다섯 살 정도로 파리의 아파트에서 부모님과 함께 산다. 콩브레에서 얼핏 마주쳤던 스완 씨의 딸 질베르트를 우연히 샹젤리제에서 만나 사랑에 빠진다. 질베르트 덕분에 스완과 스완 부인, 그리고 어린 시절의 우상이었던 작가 베르고트와 친교를 맺는다. 그러나 질베르트의 무관심으로 이별의 아픔을 맛보게 되고 이런 슬픔을 달래기 위해 할머니와 함께 이 년 후 노르망디의 해변 도시 발베크로 떠난다. 그곳에서 할머니의 성심학교 친구인 게르망트 가의 빌파리지 부인과, 또 부인을 통해 생루와 샤를뤼스를 알게 된다. 해변을 산책하는 한 무리의 소녀들, 그중에서도 특히 화자의 가장 큰 사랑이 될 알베르틴과 함께 태양과 바다의 해양 신화를 쓴다.

아버지 세속적인 야심이 많으며 사회적 지위도 꽤 높다. 아들의 출세를 위해 정부 부처의 한 위원회에서 만난 노르푸아 씨를 집으로 초대한다.

어머니 남편과 자식밖에 모르는 헌신적인 여인으로 가끔은 병약한 자식 교육 문제로 남편과 대립하지만 남편 말에 절대적으로 순종한다.

스완 화류계 출신 오데트와 결혼해 그들 사이에서 태어난 질베르트와 함께 행복한 부르주아 가장의 삶을 영위한다.

스완 부인 베르뒤랭 부인 살롱의 한갓 장식물에 지나지 않던 오데트가 이제 스완 부인으로 화려하게 변신, 살롱 여주인이 되면서 파리 관료 사회 인사들의 시선을 한 몸에 받는다. 샹젤리제와 불로뉴 숲을 산책하는 모습은 모네의 「파라솔을 든 여인」을 연상시킨다.

질베르트 스완과 오데트의 딸로 화자의 첫사랑이다. 훗날 게르망트 가의 생루와 결혼하여 스완 가와 게르망트 가, 또는 부르주아 사회와 귀족 사회를 연결하는 가교가 된다.

노르푸아 외교관의 전형으로, 화자가 열망하는 작가의 꿈이 외교관 못지않은 부와 명성을 가져다줄 수 있다고 아버지를 설득함으로써 화자의 진로 선택에 큰 영향을 미친다. 그러나 명성이나 출세 도구로서의 문학이라는 부정적 이미지를 제시하여 오히려 화자의 글쓰기를 방해한다. 19세기 말 프랑스 문단과 외교사를 논하는 데 뛰어난 기량을 발휘하는 이 인물의 장황한 담론은 당시 지식인들에게 많은 영향을 미쳤던《르뷔 데 되 몽드》의 보수적인 논조를 풍자한다.

라 베르마 당대 최고 여배우로 화자에게 일찍부터 연극 세계에 대한 꿈을 심어 준 인물이다. 당시 유명했던 여배우 사라 베르나르를 모델로 한다.

베르고트 화자는 스완 부부 댁에서 어린 시절 우상이었던 작가 베르고트를 만난다. '온화한 백발 시인'을 상상했던 화자에게 투박하고 땅딸막한 인물의 등장은 커다란 슬픔을 안겨 준다. '무엇을 쓸 것인가' 또는 '삶의 글쓰기'에 대한 화자의 성찰에 깊은 영향을 미친다.

발베크에서

할머니 병약한 손자와 함께 떠난 발베크에서 성심학교 시절의 친구 빌파리지 부인을 만나 손자의 게르망트 진입을 가능케 한다. 세비녜 부인의 서간문을 즐겨 인용하며 딸과 손자를 헌신적으로 사랑한다.

빌파리지 부인 게르망트 공작과 샤를뤼스 남작, 생루의 어머니인 마르상트 백작 부인의 고모이자 노르푸아 후작의 정부다. 젊었을 때는 미모와 재기가 넘치는 여인이었지만 신분이 확실치 않은 남자와 결혼한 탓에 포부르생제르맹 귀족 사회에서 조금 소외되어 있다. 문학에 대한 지식은 해박하지만 작가의 인격과 작품을 혼동하는 생트뵈브 식 발언을 하고, 노르푸아 후작과 아버지의 스페인 여행에 대해 소상히 알고 있어 화자를 당혹스럽게 한다.

샤를뤼스(팔라메드) 게르망트 가의 차남으로 귀족적인 오만과 뛰어난 지성으로 사교계를 지배하지만 때로는 기이한 언행으로 사람들을 놀라게 한다. 당대 시인이자 오만함의 대명사였던 명문가의 로베르 드 몽테스큐가 이 인물의 모델로 알려져 있다.

생루(로베르) 게르망트 가의 일원으로 발베크 근처의 동시에르 병영에서 근무하는 군인이다. 빌파리지 부인을 만나러 발베크에 들렀다가 화자의 가장 친한 친구가 된다. 화자보다 두세 살 많으며 진보적인 지식인으로 유대인 여배우 라셸을 사랑하나 가족들의 반대로 뜻을 이루지 못한다.

블로크 화자보다 한두 살 많은 학교 친구로 발베크에 가족과 함께 휴가를 보내러 온다. 총명하나 현학적이며 무례한 모습으로 묘사되면서 유대인 배척주의의 빌미를 제공하는 인물로 희화된다.

라셸 유대인 여배우. 사창가에서 그녀에 관한 얘기를 들은 화자는 '라셸, 주님께서'라는 별명을 붙여 주지만 직접 만나지는 못한다. 생루의 연인으로 지적으로나 정신적으로 생루에게 많은 영향을 미친다. 그러나 게르망트 공작 부인 댁에서의 공연 실패로 결국에는 생루와 헤어진다.

알베르틴 스완 부인의 살롱을 드나드는 건설부 관료인 봉탕 씨 조카로 화자와 질베르트와 같은 해(1880년경)에 태어났다. 발베크에서의 그녀 나이는 대강 열여섯 살에서 열일곱 살 정도로 자전거와 요트 타기를 좋아하고 스포츠와 게임에 열광하는 아주 현대적인 소녀다. 화자의 가장 큰 사랑으로 「갇힌 여인」과 「사라진 알베르틴」의 주인공이다.

엘스티르 『잃어버린 시간을 찾아서』에서의 화가의 형상. 「스완네 집 쪽으로」에서는 비슈라는 이름으로 베르뒤랭 살롱을 드나들던 속물이었으나, 발베크에서는 인상파의 대가로 나온다. 그의 모델로는 터너와 모네, 마네, 휘슬러가 거론되며 거기에 16세기의 카르파초와 19세기의 귀스타브 모로, 르누아르가 녹아 있다. '어떻게 쓸 것인가'에 대한 화자의 물음에 맞닿아 있다.

1부

스완 부인의
주변

드 노르푸아* 씨를 저녁 식사에 초대한다는 이야기가 처음 나왔을 때 어머니는 마침 코타르 교수가 여행 중이라는 점과 또 스완 씨와의 왕래가 끊긴 점에 대해, 그 두 분이라면 틀림없이 전직 대사였던 분의 관심을 끌었을 거라며 안타까워하셨다. 그러자 아버지는 코타르같이 뛰어난 초대 손님이자 저명한 학자라면 저녁 식사 자리에서 결코 경우에 어긋나는 행

---

* 외교관의 전형으로 나오는 노르푸아의 모델로는 여러 인물이 거론되나, 그중에서도 특히 이탈리아 종신 대사였던 카미유 바리에르(Camille Barrière)가 유력하다. 그는 프루스트 아버지의 초대로 프루스트 집에 자주 식사를 하러 왔으며 「사라진 알베르틴」에서 이름이 직접 인용되기도 한다. 「꽃핀 소녀들의 그늘에서」에서 화자의 나이가 대략 열네 살에서 열다섯 살로 추정된다면 노르푸아 씨와의 이 저녁 식사는 1895년에서 1896년 사이에 있었던 일로 추정된다.
　귀족 이름 앞에 붙이는 드(de)는 텍스트 이해에 필요한 경우를 제외하고는 이후부터 생략하기로 한다.

동을 할 리 만무하지만, 보란 듯이 자신의 사소한 친분 관계마저도 일일이 떠벌려 대는 스완은 허풍이나 떠는 속물로서, 노르푸아 후작이 보면 틀림없이 그 특유의 표현대로 "역겨운 놈"이라고 생각할 거라고 대답하셨다. 그런데 아버지의 이런 대답에는 몇 가지 설명이 필요한데, 생각하기에 따라서 어떤 사람들은 코타르를 아주 형편없는 사람으로, 반면에 스완 같은 이를 사교계 일에 관해서는 극도로 섬세하게 신경을 쓰면서도 동시에 겸손함과 신중함을 보여 준 사람이라고 기억할 수도 있기 때문이다. 그러나 자세히 살펴보면 스완에게는, 부모님의 옛 친구인 '아들 스완'이자 조키 클럽 회원으로서의 스완과는 전혀 다른 인격,(이것이 마지막일 리는 없겠지만) 즉 오데트의 남편이라는 인격이 더해졌다. 그는 예전보다 훨씬 못한 위치에서, 이 여인의 보잘것없는 야망에, 자신이 항상 지녀 왔던 본능이나 욕망, 재치를 맞추어 가며 함께 살아가는 동반자에 적합한 새 자리를 만들어 주려고 무척이나 애썼다. 그래서일까, 그는 아주 딴사람같아 보였다. 새로운 사람들 사이에서 아내와 함께 두 번째 삶을 선택한 그가,(그는 개인적으로 아는 친구들과 왕래를 계속했지만, 친구들이 자발적으로 오데트를 만나겠다고 하지 않는 한, 그들에게 오데트를 억지로 인사시키려 하지는 않았다.) 이런 새로운 친구들의 자리를 가늠하고 그 결과 그들을 초대하면서 느낄 수 있는 자존심의 쾌감을 가늠하기 위해, 비교 기준을 자신이 결혼 전에 교제해 왔던 그 대단한 사람들로 삼지 않고 오데트의 옛 지인들로 택한 것은 그래도 이해할 만한 일이었다. 하지만 그가 사귀기를 원하는 사람들이 형편없이 무례한 관리들이거나, 장관이 주최하는 무도회 장식품에 지나지 않는 타락한 여인네들이라는 사실을 알고 우리는, 전에는 트위크넘*이나 버킹엄 궁전으로부터 받은 초대를 우아하게 숨겼던 그가, 어느 차관 부인이 스완 부인의 방문에 답례로 찾아온 것을 큰 소리로 자랑삼아 떠들어 대는 걸 들으며 놀라지 않을 수 없었다. 사람들은 아마도 그의 이런 모습을 보고 스완의 우아한 소박함도 실은 조금 더 세련되게 다듬어진 그의 허영심에 지나지 않았으며, 부모님의 옛 친구 스완이 몇몇 이스라엘인들처럼 자신과 같은 혈통 사람들이 거쳐 온 일련의 단계, 즉 가장 적나라한 속물근성과 저속하고 상스러운 언행을 거쳐 가장 세련된 태도에 이르기까지 모든 단계를 차례로 보여 준다고 생각할지도 모른다. 그러나 이런 변신의 가장 주된 이유는, 그리고 인간 모두에게 보편적으로 적용할 수 있는 이유를 들어 본다면, 우리의 미덕 자체가 자유롭고 유동적이어서 영구히 우리 마음대로 처분할 수 있는 게 아니라는 데 있다. 즉 우리의 미덕은 결국 정신 속에서 그 미덕의 실천을 스스로 의무로 여기며 행하는 행위와 밀접하게 연결되어 있어 다른 종류의 행동이 돌발적으로 일어나 우리를 불시에 덮치면, 이 행동이 과연 앞에서 말한 동일한 미덕의 실천에 의해 일어났는지조차도 알 수 없게 된다. 새로운 사람들과의 교제에 열중하면서 그 사람들을 자랑스럽게 열거하는 스완의 모습은, 마치 소박한 혹은 관대

---

* 『잃어버린 시간을 찾아서』 1권 42쪽 주석 참조.

한 예술계 거장이 말년에 이르러 요리를 하거나 정원 가꾸는 일에 끼어들어 사람들이 그가 만든 요리나 정원에 대해 찬사를 보내면 천진난만하게 만족감을 늘어놓으면서도 자신의 걸작에 관해서라면 쉽게 받아들일 만한 비판을, 이 문제에 대해서만큼은 절대로 양보할 수 없다는 태도를 취하는 것과도 같다. 또는 자신이 그린 작품은 거저 주면서도 도미노* 놀이에서는 40수만 잃어도 기분이 상해 화를 내는 모습과도 같다.

코타르 의사에 관해서는 나중에 '여주인'의 '라 라스플리에르'** 성에서 좀 더 자세히 얘기하려고 한다. 지금은 그에 관해 이런 점만을 지적하고자 한다. 우선 스완의 경우는 엄밀히 말하면 그의 변화가 놀라움을 야기할 수 있다. 샹젤리제에서 질베르트의 아버지를 보았을 때 비록 알아차리지 못했지만 그는 이미 완전히 변해 있었다. 물론 그가 내게 말을 건네지도 않았고, 또 내 앞에서 자신의 정치적인 친분 관계를 늘어놓을 수도 없었지만 말이다.(설령 그가 그렇게 했다 해도 나는 아마도 그의 허영심을 바로 간파하지 못했을 것이다. 우리가 어떤 사람에 대해 오랫동안 품어 온 관념이 눈과 귀를 막기 때문이

---

* 도미노 놀이는 중국이 기원이나 서양식 도미노는 18세기에 이탈리아에서 고안되었다.
** 이 '여주인'이란 이름은 베르뒤랭 패거리들이 베르뒤랭 부인에게 부여한 호칭이다. 「스완의 사랑」에 나오는 이 여인은 화자의 두 번째 발베크 체류가 이루어지는 「소돔과 고모라」에서 다시 등장한다. 베르뒤랭네는 발베크 체류 시 노르망디 해변에 있는 캉브르메르 가문의 '라 라스플리에르' 성을 빌려 지낸다.

다. 어머니도 삼 년 동안이나 한 조카 여자아이가 입술에 발랐던 립스틱을, 마치 액체 속에 완전히 용해되어 눈에 띄지 않았던 양 전혀 알아보지 못했다. 그러다 어느 날인가 립스틱이 약간 더 칠해 졌던지 아니면 어떤 다른 원인이 과포화 현상을 일으켰던지 그때 까지는 보이지 않았던 립스틱의 모든 것이 결정체를 이루었고 어 머니는 갑작스레 나타난 이 과한 색채 앞에서 콩브레 사람이면 으 레 그렇듯이 수치스러운 일이라고 하고는 조카딸과의 관계를 거 의 끊어 버렸다.) 그러나 코타르의 경우는 이와 반대로, 스완 이 베르뒤랭네에 처음 등장했던 모습을 본 것은 이미 오래 전 일이며, 또 명예나 공식 직함은 세월과 함께 오는 법이다. 두 번째로, 무식하고 어리석은 재담을 늘어놓는 인간에게도 가령 위대한 전술가나 임상의처럼, 어떤 일반적인 교양으로 도 대신할 수 없는 특별한 재능이 있을 수 있다. 그렇다고 해 서 코타르의 동료들이, 이 무명 의사가 그저 시간이 흘러 유 럽의 유명 인사가 되었다고 생각했던 것은 아니다. 젊은 의 사들 가운데 가장 똑똑한 의사들조차도, 자기가 병에 걸렸을 때 안심하고 목숨을 맡길 수 있는 유일한 명의로 코타르를 꼽았으니 말이다. 적어도 몇 해 동안은 그랬다. 유행이라는 것 자체가 변화에 대한 필요에서 생겨나 이내 변하는 법이므 로. 그들은 아마도 함께 니체나 바그너에 관해 이야기를 나 눌 수 있는 좀 더 교양 있고 좀 더 예술을 이해하는 몇몇 대 가들과의 교제를 더 원했을지 모른다. 코타르 부인이 언젠가 남편이 의대 학장이 될 거라는 기대를 품고 남편의 동료들과 제자들을 초대한 저녁 모임 자리에서 음악회를 개최했을 때에도, 코타르는 음악을 듣는 대신 옆방에서 카드놀이 하는 것을 더 좋아했다. 하지만 누구나 그의 관찰력과 진단이 보여 주는 신속함과 통찰력과 정확함을 칭찬했다. 세 번째로, 코타르 의사가 나의 아버지 같은 사람에게 보여 준 태도를 종합해 볼 때, 인생 후반기에 나타나는 인간의 성격은 본래 성격이 발전하거나 시들거나 또는 강해지거나 약해지는 경우가 대부분이지만, 때로는 완전히 정반대되는 성격, 진짜로 뒤집어진 옷처럼 바뀌는 경우도 있다. 코타르에게 심취한 베르뒤랭 부부만 제외하면, 그의 우유부단함과 소심함, 지나치게 상냥한 태도는 젊은 시절 그를 끝없이 놀림의 대상이 되게 만들었다. 그렇다면 어떤 자비로운 친구가 그에게 이렇듯 냉정한 표정을 지으라고 충고했을까? 자기 신분의 중요성이 보다 쉽게 이러한 태도를 취하도록 했을지도 모른다. 그가 본능적으로 예전 모습으로 돌아가는 베르뒤랭 모임의 경우를 제외하면, 그는 어디서든 냉정한 태도를 취하고 기꺼이 침묵을 지켰으며, 말을 해야 할 때에도 거만한 말로 남을 불쾌하게 만드는 걸 잊지 않았다. 그의 이런 새로운 태도를, 그때까지 그를 본 적이 없기 때문에 비교조차 할 수 없는 환자들 앞에서 시험해 본다면, 환자들은 분명 그가 원래는 이처럼 무뚝뚝한 성격이 아니라는 사실을 알고 무척이나 놀랄 것이다. 그는 특히 무표정한 얼굴을 유지하려고 애썼는데, 심지어는 병원 근무시간에 병원장이나 신참 통근 의대생에 이르기까지 모두를 폭소하게 만드는 말장난을 할 때도, 턱수염과 콧수염을 깎은 뒤로는 얼굴 근육을 전혀 움직이지 않아 전혀 표정을 알 수 없었다.

끝으로 노르푸아 후작이 누구인지 말해 보려고 한다. 그는 전쟁 전에는 전권공사였고 5월 16일 사건 당시에는 대사였다.* 그럼에도 많은 이들의 놀라움 속에 이후 급진당 내각에서 프랑스를 대표하는 특사에 여러 차례 임명되었고, 이집트에서는 외채 담당 감시관으로 임명되어 뛰어난 재정 수완을 발휘하면서 큰 기여를 했다.** 그가 단순한 부르주아 반동분자였다면 급진당 내각에서 일하기를 거절했을 것이며, 노르푸아 씨의 과거 경력이나 인맥, 견해 등으로 미루어 볼 때 급진당 내각의 눈에도 틀림없이 의심스러운 인물로 보였을 테지만, 진보 성향 장관들은 프랑스 국익을 드높이는 일이 문제인 만큼, 특히 《데바》***가 정치가다운 인물이라고 평하면서 다른 정

---

* 여기서 말하는 전쟁은 1870~1871년 프랑스와 독일 사이에 있었던 보불전쟁을 가리킨다. 그리고 5월 16일은 프랑스 역사에서 중요한 날로 1877년 5월 16일 막마옹(Mac-Mahon)은 중도 온건파인 시몽(Simon)의 내각을 해산하고 왕당파 브로이(Broglie) 공작을 불러들였다. 그러나 1879년 결국 공화파의 반대로 막마옹은 대통령 임기를 마치지 못하고 사임한다. 노르푸아 후작은 제2제정 시대 외교관이지만 5월 16일 이후 제3공화국의 극좌파 '급진당' 정부에서도 중요한 역할을 맡는다.
** 페르디낭 레셉스(Ferdinand de Lesseps, 1805~1894)의 주도 아래 유럽 모든 나라가 참여하는 수에즈 운하 건설 사업이 시작되었으나(1869년), 이스마일 왕의 사치로 사업은 재정난에 이르고 이에 유럽 열강은 왕에게 국가 채무를 감시하는 '공채 금고'라는 기관의 설치를 제안했다. 그러나 결국 왕이 이집트 왕실 소유 주식을 영국에 매각함으로써 이집트는 영국의 보호령이 되며 프랑스는 이집트에서 완전히 손을 떼게 되었다.
*** 1789년에 창간된 이 신문은 1815년부터 1870년까지 입헌군주제의 원칙을 주장했으나, 곧 공화정에 동조했다. 진지하고 온건하며 도덕적인 자율성을 유지하는 신문의 본보기로 간주된다. 『잃어버린 시간을 찾아서』 1권 22~23쪽 주석 참조.

치인들과는 비교도 안 되는 탁월한 인물로 간주한 만큼, 이러한 임명을 통해서 자신들이 얼마나 열린 마음을 가졌는지 보여 줄 수 있으며, 또 귀족 이름에 붙어 다니는 명성을 이용할 수 있고, 연극에서 사건의 급변처럼 예기치 않은 선택이 가져다 줄 이점을 이해했다. 그들은 또한 노르푸아 씨에게 도움을 청한다면 정치적 충성심의 결핍에 대한 우려 없이 이와 같은 이점을 취할 수 있다는 점도 간파했다. 후작이라는 태생이 그들을 경계하게 하기보다는 오히려 보증해 주었다. 이런 점에서 공화국 정부의 예상은 빗나가지 않았다. 왜냐하면 다른 무엇보다도 어릴 적부터 자신의 이름을 그 무엇으로도 빼앗길 수 없는 천부적 특권으로 여기도록 길러진 어떤 귀족들은(이와 동류이거나 혹은 그보다 더 높은 출신 사람들은 이 특권의 가치를 꽤 정확하게 안다.) 대다수 부르주아들이 그저 관례적인 의견만을 제시하거나 보수적인 인사들만 사귈 뿐, 아무리 노력을 해 봐야 더 주는 것이 없으며 나중에 가서도 이렇다 할 성과를 내지 못한다는 걸 잘 알기 때문에, 이런 노력이 별 상관없다고 생각한다. 반대로 그들은 바로 자기들 위에 위치하는 왕족이나 공작 가문의 눈에 스스로를 뛰어난 인물로 비추는 일에는 무척이나 신경을 쓰며, 자기 이름에 아직 담겨 있지 않거나 동렬의 이름보다 더 탁월한 것으로 만드는, 즉 정치적 영향력이나 문학적 혹은 예술적 명성, 막대한 재산 등을 확대함으로써만 자기들의 소망을 이룰 수 있다고 생각한다. 그리하여 이런 귀족은 부르주아들이 추종하는 하찮은 시골 귀족이나, 왕족들이라면 고마워하지도 않을 아무짝에도 쓸모없는 교제에는 선뜻 쓰지 않았던 돈을, 설령 그가 프리메이슨 단원*이라 할지라도 자기를 대사관에 입성시켜 주거나 선거에서 후원해 줄 정치가, 자신이 군림하는 분야에서 '두각을 나타낼 수 있도록' 도움을 주는 예술가나 학자, 드디어는 새로운 명성을 가져다주거나 재력가와의 결혼을 성사시켜 줄 사람들에게는 아낌없이 쓴다.

그런데 노르푸아 씨에게는 무엇보다도 오랜 외교관 생활을 거치면서 부정적이고 관례적인 보수 정신, 즉 모든 정부를 대변하는 정신인 동시에 정부 산하의 '대사관' 정신이기도 한 이른바 '관료 기질'이 몸에 배어 있었다. 외교관으로서 경력을 쌓는 동안에도 그는 반대파의 태도라고 할 수 있는, 즉 다소 혁명적이거나 최소한 부적절하다고 생각되는 행동에 대해서는 언제나 반감과 두려움과 멸시를 드러냈다. 서민이든 사교계 인사든 취향이 다름을 지각하지 못하는 몇몇 무식한 사람들을 제외하면 사람들을 가까워지게 하는 것은 의견의 공동체가 아니라 정신적인 혈족 관계다. 고전 신봉자인 르구베 같은 부류의 한림원 회원이라면, 클로델이 부알로에게 보냈던 찬사보다 막심 뒤 캉이나 메지에르가 빅토르 위고에게 바쳤던 찬사에 기꺼이 더 많은 갈채를 보냈으리라.** 동일한 민족

---

* 중세의 석공(메이슨) 길드에서 시작된 이 집단은 기존 기독교 세력으로부터 탄압을 받으면서 비밀결사의 성격을 띠었다.
** 에르네스트 르구베(Ernest Legouvé, 1807~1903)는 「아드리엔 르쿠브뢰르」를 쓴 극작가로서 사십칠 년이나 한림원 회원으로 재직했다. 프랑스 시인이자 극작가인 폴 클로델(Paul Claudel, 1868~1955)은《레 게프》라는 잡지가 실

주의가 바레스와 조르주 베리를 가깝게 하여 선거인들은 그 둘 사이에 큰 차이를 두지 않지만 바레스의 한림원 동료인 선거인들은 그렇지 않은데,* 이 선거인들은 정치적 견해는 바레스와 동일하지만 그와는 다른 종류의 정신을 소유하고 있어 바레스보다는 오히려 리보 씨나 데샤넬** 씨 같은 바레스의 라

시한 설문조사에서 빅토르 위고에 대해서는 경멸을, 17세기 작가 부알로에 대해서는 깊은 찬사를 표했다고 한다. 그러나 클로델의 이 찬사는 조금은 과도한 것으로 르구베나 노르푸아가 주장하는 고전주의적인 온건함과 절제의 미학과는 거리가 멀다고 지적된다. 이에 반해 플로베르의 동방 여행 동반자였던 막심 뒤 캉(Maxime Du Camp, 1822~1894)은《르뷔 데 되 몽드》주간으로, 오랜 제도인 한림원을 자신의『근대적 노래』에서 비난했으나 한림원 회원으로 선출되자(1880) 고전 인용과 상투적인 지식을 나열한 연설로 빅토르 위고를 찬미했다. 알프레드 메지에르(Alfred Mézières, 1826~1915)는 외국 문학 전공자로서 1874년 한림원 회원으로 선출되었다.

* 프루스트는 1891년 말 열렬한 민족주의자이자 반드레퓌스파인 모리스 바레스(Maurice Barrès, 1862~1923)와 만난 적이 있으며, 바레스의 정치 견해는 싫어했지만 종교 건축물에 대한 그의 글과 문학 재능은 높이 평가했다. 이런 바레스의 한림원 회원 선거는 1906년에 실시되었는데 우파 국회의원이자 반드레퓌스파였던 조르주 베리(Georges Berry, 1853~1915)와 바레스는 정치 성향이 비슷했지만, 나중에 조르주 베리가 점차 진보주의 진영으로 기울면서 멀어졌다. 그러나 노르푸아가 화자의 집에 저녁 식사를 하러 왔던 1895년경에 두 사람의 정치적 의견은 같았다.

** 알렉상드르 리보(Alexandre Ribot, 1842~1923)는 좌파 국회의원이자 중도 공화파 당수이며 외무부 장관(1890~1893)을 지냈던 인물로 그에겐 바레스와 같은 선거인들은 없었다. 그러나 그의 소박하고 예의 바른 연설은 과도한 언어 사용과 대립되는데 이런 점에서는 자신의 정치적 적수인 바레스와 가깝다고 할 수 있다. 폴 데샤넬(Paul Deschanel, 1855~1922)은 사회문제와 관련된 저서를 많이 남겼으며 1920년에는 대통령직에 올랐다. 그는 프루스트가 드나들던 르메르 부인과 스트로스 부인의 살롱에 출입했으며『잃어버린 시간을 찾아서』에서는 정치적으로 공화파임에도 게르망트 집에서 환대를 받는 인물로 묘사된다.

이별을 더 좋아한다. 그리고 가장 충실한 왕당파들은 그들처럼 왕의 귀환을 열망하는 모라스나 레옹 도데보다 오히려 리보 씨나 데샤넬 씨를 더 가깝게 느낀다.* 노르푸아 씨는 말을 무척이나 아꼈는데** 이러한 태도는 단순히 신중함과 조심성이 몸에 밴 직업적 습성뿐 아니라, 말 자체의 가치를 높게 보는 생각에서 연유했다. 사실 두 나라를 가까워지게 만들기 위해 십 년 동안이나 일했던 사람의 눈에는 그 노력이 연설이나 의정서 안에서 겉보기에는 평범해 보이지만 그들에게는 엄청난 의미를 가진 것으로 보이는 형용사 하나로 요약되고 번역되는 경우, 말은 훨씬 많은 미묘한 의미를 제공하기 때문이다. 노르푸아 씨는 위원회에서는 무척 냉정한 사람으로 통했지만 내 아버지 옆 자리에 앉게 되어서 이 전직 대사가 아버

---

* 물론 프루스트는 극우파 '악시옹 프랑세즈' 대표자인 샤를 모라스(Charles Maurras, 1868~1952)와는 견해가 달랐다. 그러나 모라스가 프루스트의 첫 작품인 『즐거움과 나날들』을 칭찬하는 글을 써 준 데 대해 항상 고맙게 생각했다. 프루스트는 모라스의 정치적 견해에는 반대했지만 바레스와 마찬가지로 그의 문학 재능을 높이 평가했으며 지적인 유대감을 공유했다. 레옹 도데(Léon Daudet, 1867~1942)는 작가 알퐁스 도데의 장남이자 모라스의 측근으로 '악시옹 프랑세즈'를 주관했으며, 프루스트가 「꽃핀 소녀들의 그늘에서」로 공쿠르상을 받는 데 결정적인 기여를 했다. 이에 대한 보답으로 프루스트는 「게르망트 쪽」을 레옹 도데에게 헌정한다. 또 프루스트는 레옹 도데의 동생 뤼시앵 도데와 동성애 관계였던 것으로 알려져 있다.
** 말을 아끼는 노르푸아 씨의 미학은 고전주의 작가처럼 절제와 단순함, 신중함에 기초한다. 그러나 프루스트는 외교관의 보수적이고 관례적인 화법이 실은 독창성을 거부하고 과거의 전통이 부과하는 규범적인 문학 형식을 존중한다는 점에서 그를 비난한다. '관료 기질'을 가지고 '반대 의견'을 무시하는 것은 마치 예술가가 상투적인 일반 견해의 위반을 두려워하는 것과도 같다는 의미다.

지에게 베푸는 호의를 보고 사람들은 저마다 아버지에게 축하 인사를 건넸다. 대사의 호의는 누구보다 먼저 아버지를 놀라게 했다. 아버지는 평소에 다정한 편이 아니어서 아주 친한 사람들 외에는 다른 사람들과 사귀려고 한 적이 없었고 또 그 점을 솔직히 인정했다. 아버지는 외교관이 은근하게 접근해 왔을 때 자신의 호감을 결정하는 것이 지극히 개인적인 관점의 결과임을, 즉 상대방의 모든 지적인 장점이나 감수성도 그것이 자기에게 지루하거나 불쾌하게 느껴지는 경우에는, 다른 많은 이들의 눈에도 공허하고 경박하고 무가치하게 보이는 사람의 솔직함과 쾌활함만큼이나 별 효과 없는 추천장이 된다는 걸 잘 알았다. "노르푸아 씨가 저녁 식사에 와 달라고 또 초대했구려, 희한한 일이오. 위원회 사람들이 모두 놀라워했소. 그분은 위원회에서도 다른 사람과는 개인적인 친분이 없는데 말이오. 또 한 번 70년 전쟁*과 관련해 흥미진진한 이야기를 들려줄 게 틀림없소." 아버지는 노르푸아 씨가 프러시아의 세력 확장과 호전적 성향에 대해 황제에게 알렸던 유일한 사람으로 추정된다는 것과, 또 비스마르크가 노르푸아의 지성을 높이 평가했다는 사실도 잘 알고 계셨다. 최근에도 오페라 극장에서 열렸던 테오도시우스** 왕을 위한 특별 공연

---

* 1870년에 발발한 보불전쟁을 가리킨다. 프랑스가 독일의 비스마르크에 패해 알자스로렌 지방을 내준 치욕적인 전쟁이다.
** 이 인물은 실제 인물인 로마제국의 테오도시우스가 아니라, 러시아의 마지막 황제 니콜라이 2세를 가리키는 것처럼 보인다. 니콜라이 황제는 1896년 파리를 방문했으며 「스완네 집 쪽으로」에서도 여러 번 언급된다. 『잃어버린 시간을

에서 왕이 노르푸아 씨에게 허락했던 긴 대담을 신문들이 주목했다. "이번 왕의 방문이 정말로 중요한지 아닌지 꼭 알아야만 하오." 하고 국외 정치에 관심이 많았던 아버지가 말씀하셨다. "노르푸아 영감은 입이 아주 무거운 사람이지만, 나하고 같이 있으면 순순히 마음을 연다오."

어머니 입장에서 보자면, 아마도 대사는 어머니의 마음을 끄는 그런 지성을 지닌 분은 아니었던 것 같다. 그리고 노르푸아 씨의 대화는 내가 들은 것을 그대로 받아 적지 못한 사실을 이따금 후회했을 정도로, 어떤 직업이나 계급 그리고 시대의 — 그 직업이나 계급이 아직 완전히 폐기되지 않았을 때의 — 고유 언어로 이루어진 낡은 형식들의 목록을 완벽히 이룬다는 점을 지적해야겠다. 만일 내가 그의 말을 적어 두었다면, 사람들이 팔레루아얄 국립극장 배우에게 도대체 그런 희한한 모자들을 어디서 구했느냐고 질문하면 "내 모자들은 구한 게 아니라 원래부터 가지고 있었던 거라오."라고 대꾸할 때와 같은 투로 약간은 유행이 지난 구식 효과를 쉽게 얻을 수 있었을 것이다. 한 마디로 말해 난 어머니가 노르푸아 씨를 조금은 '구식'으로 여긴다고 믿었다. 이러한 점이 태도의 관점에서 어머니를 불쾌하게 하지는 않았다 해도, 사상의 영역이 아닌 — 왜냐하면 노르푸아 씨의 사상은 매우 현대적이었으니까. — 적어도 표현의 영역에서는 어머니를 덜 사로잡았던 것 같다. 다만 그토록 자상하게 남편을 칭찬하는 외교관에 대해

찾아서』 2권 375쪽 주석 참조.

어머니가 감탄조로 말씀하셨던 것은 어느 정도 남편의 비위를 맞추기 위해서였다. 노르푸아 씨에 대한 좋은 의견을 아버지 정신 속에 튼튼히 다져 놓고 거기서 아버지가 스스로에 대해 좋은 의견을 가질 수 있도록 유도한다면 그 또한 남편의 인생을 즐겁게 해 주는 아내의 임무 가운데 하나를 수행하는 것이라고 생각하셨다. 정성껏 만들어진 음식이 조용히 식탁에 차려지는 걸 지켜볼 때와 같은 마음이었다. 그리고 아버지께 거짓말을 하지 못하는 어머니는 대사에 대해 진심으로 칭찬하는 마음을 가지고자 자신을 훈련했다. 더구나 어머니는 대사의 선량한 태도와 다소 시대에 뒤떨어진 듯한 정중한 태도를(큰 키의 체구를 뒤로 젖히며 걸어가다가도 마차를 타고 지나가는 어머니를 알아보기라도 하면 모자를 들어 올리기 전에 금방 피워 문 여송연을 멀리 내던져 버릴 정도로 그렇게 정중했다.) 높이 평가하셨다. 그리고 그 자신에 대해서는 가능한 한 적게 말하면서 상대방의 기분을 좋게 하려고 배려하는 마음이나 균형 잡힌 대화, 편지를 보내면 어김없이 답장을 보내는 그 놀라운 정확성도 높이 평가하셨다. 노르푸아 씨에게 편지를 보내고 나서 이내 받은 편지 겉봉투에서 노르푸아 씨 필체를 알아본 아버지의 첫 반응은, 운 나쁘게도 편지가 엇갈렸다고 생각할 정도였다. 노르푸아 씨가 우체국에서 추가로 우편물을 수거해 주는 특별 혜택을 받는다고도 생각했다. 어머니는 노르푸아 씨가 바쁜데도 그토록 정확하고, 널리 알려진 분인데도 그토록 친절하다는 사실에 경탄을 금치 못하셨는데 '……함에도 불구하고(quoique)'가 항상 '……이기 때문에(parce que)'를 알지 못한 데서 온다는 사실은 꿈에도 생각하지 못하셨다.(이는 마치 노인이 나이에 비해 놀라울 정도로 건강하다거나, 왕이 매우 소박하다거나, 시골 사람이 모든 것에 정통하다거나 하는 것과도 비슷하다.) 노르푸아 씨가 많은 업무를 처리하고 규칙적으로 답장을 쓰며 사교계에서 사람들을 즐겁게 해 주고 우리에게 친절하게 대하는 것이 모두 동일한 습관이라는 걸 알지 못하셨던 것이다. 뿐만 아니라 어머니의 잘못은, 지나치게 겸손한 사람들도 마찬가지지만, 자신에 관한 것은 모두 낮추고 따라서 다른 사람들의 일이나 약속 다음으로 미룬다는 점이었다. 노르푸아 씨는 하루에도 수없이 많은 편지를 써야 했으므로 신속하게 답장을 쓴 것에 지나지 않았는데도 어머니는 아버지 친구가 그렇게 하셨다는 것에 많은 가치를 부여했으며, 그리하여 한낱 흔한 편지 한 통에 불과한 답장을 다른 많은 편지들과 별도로 취급했다. 마찬가지로 어머니는 노르푸아 씨가 우리 집에서 하는 저녁 식사도 수많은 사교 생활 가운데 하나임을 생각하지 못하셨다. 대사가 예전 외교관 시절 밖에 나가서 하는 식사를 자신의 업무라고 생각하며 또 그런 자리에서 만성적인 감사치레를 하는 데 익숙했기 때문에 우리 집에 저녁 식사를 하러 올 때만큼은 예외적으로 그렇게 하지 않아도 된다고 말해 봐야 지나친 부탁이 된다는 걸 어머니는 꿈에도 생각하지 못하셨다.

　노르푸아 씨가 처음으로 우리 집에 와서 저녁 식사를 하던 날은 내가 아직 샹젤리제에서 놀던 해였으므로 아직도 내 기억에 남아 있다. 왜냐하면 그날 오후 드디어 내가 「페드르」의

'낮 공연'에 라 베르마의 목소리를 들으러 갔고, 또 노르푸아 씨와 함께 이야기를 나누면서 갑자기 질베르트 스완과 그녀 부모님에 관한 모든 것이 내 마음에 일으킨 감정들이, 이 가족이 다른 사람에게 느끼게 하는 감정과 얼마나 다른지를 새로운 방식으로 깨닫게 되었기 때문이다.

질베르트가 직접 내게 예고한 대로 그녀를 더 이상 만나지 못하게 될 새해 휴가가 다가오자 아마도 실의에 빠진 내 모습을 보신 탓인지, 어머니는 어느 날 내 기분을 바꾸어 주려고 이렇게 말씀하셨다. "네가 아직도 라 베르마*를 듣고 싶어 한다면 아마 아버지께서 가라고 허락하실 거다. 할머니께서 데려다 주실 수 있을 거야."

그러나 사실 이 일은 노르푸아 씨가 아버지에게 젊은이에게는 간직할 만한 추억거리가 될 테니 라 베르마를 들으러 가도록 허락해 주라고 말했기 때문에 가능했다. 그때까지 아버지는 연극 구경을 '쓸데없는 짓'이라고 일컬어 할머니를 무척이나 분개하게 했으며 그런 일로 시간을 낭비하면 병이 날지도 모른다고 그토록 반대해 오셨는데, 지금은 대사가 권하는 이 저녁 공연**이 막연히 언젠가는 내 찬란한 경력 성공을 위

---

* 이 비극 배우는 당시 유명했던 사라 베르나르(Sarah Bernhardt, 1844~1923)를 모델로 한 것으로 보인다. 그러나 라 베르마(La Berma)란 이름 자체는 파리에서 1897년에 공연된 바그너 악극에 의해 유명해진 영국의 메조소프라노 가수 마리 브레마(Marie Bréma, 1856~1925)에서 따온 것으로 보인다.
** 앞 문단에서 보았듯이 화자는 이미 낮 공연을 보고 왔다. 노르푸아 씨가 말하는 저녁 공연과는 모순을 이루지만 아버지가 아이에게 보다 적합한 낮 공연으로 변경한 것이다.

해 소중한 수단 가운데 하나가 될 거라고 생각하셨다. 라 베르마를 들려주면 내게 이득이 되리라고 생각하셨던 할머니는 그러한 이득마저도 내 건강을 위해 포기할 정도로 큰 희생을 해 오셨는데, 갑자기 노르푸아 씨의 단 한 마디 말로 그 희생이 쓸모없게 되어 버리자 무척이나 놀라셨다. 내게 처방된 맑은 공기와 일찍 자는 건강법에 합리주의자로서 불굴의 희망을 걸었던 할머니는 내가 그런 건강법을 위반하려 한다는 사실을 알자 마치 무슨 재앙이라도 일어난 양 한탄하시면서 몹시 마음이 상한 어조로 "자네는 정말 경솔하구먼." 하고 아버지에게 말씀하셨고, 그러자 분개한 아버지는 "뭐라고요? 그러니까 이번에는 장모님께서 저 아이가 가는 걸 원치 않으시는군요! 좀 너무하신데요. 그게 저 애에게 유익하다고 줄곧 말씀을 되풀이하셔 놓고는."이라고 대꾸했다.

그러나 노르푸아 씨는 보다 중요한 점에서 나에 대한 아버지 의사를 바꾸게 했다. 아버지는 항상 내가 외교관이 되기를 바랐는데, 나는 비록 얼마 동안은 외무부에서 일을 하게 되어 잠시 파리에 남아 있을지 모르지만 언젠가는 질베르트가 살지 않는 수도에 대사로 파견될지도 모른다는 생각에 견디기가 어려웠다. 그래서 차라리 예전에 게르망트 쪽을 산책하면서 머리에 떠올렸다가 이내 버리곤 했던 그 문학과 관련된 계획들로 다시 돌아가고 싶었다. 그러나 아버지는 문인의 경력을 외교관 경력에 비해 아주 열등하게 평가하면서 내가 문인의 경력을 지망하는 걸 지속적으로 반대하셨을 뿐만 아니라 경력이라는 이름마저 붙이기를 거부해 오셨는데, 드디어 새로운 계급 출신의 외교관들을 탐탁지 않게 여기던 노르푸아 씨가 작가가 되어도 대사 못지않게 존경을 받을 수 있으며 대사와 동등한 활동을 할 수 있는 데다가 대사보다 더 독립적일 수 있다고 단언했다.

"그래! 나는 한 번도 그렇게 생각해 본 적이 없지만 노르푸아 영감은 문학을 하겠다는 너의 생각에 전혀 반대하지 않더구나." 하고 아버지가 말씀하셨다. 그리고 아버지 자신도 웬만큼 영향력이 있었으므로 중요한 사람들과 이야기하다 보면 합의를 보거나 바람직하게 해결되지 않을 일은 없다고 믿고 있었다. "조만간에 위원회에서 돌아오는 길에 그분을 저녁 식사에 초대하마. 그분이 널 높이 평가할 수 있도록 몇 마디 이야기를 나누어 보거라. 그분은 《르뷔 데 되 몽드》* 주간과 아주 가까운 사이니까 널 거기 들어가게 해 줄 거다. 필요한 조치를 취해 주시겠지. 아주 수완 좋은 양반이니까. 사실 그분도 느끼는 것 같지만 오늘날 외교관이란 것이……!"

질베르트의 곁을 떠나지 않고도 살 수 있다는 행복감이 아름다운 글을 쓰고 싶다는 욕망을 불러일으켰지만, 내게는 노

---

* *Revue des Deux Mondes.* 1829년에 창간된 이 월간지는 유명한 주간이 여럿 거쳐 갔으며 그중에서도 가장 유명한 사람이 1893년에서 1906년 사이에 주간을 맡았던 문학비평가이자 교수인 페르디낭 브륀티에르(Ferdinand Brunetière, 1849~1906)다. 노르푸아의 몇몇 연설은 문학에서는 아카데미즘을 표방하고 정치에서는 보수주의를 표방한 이 잡지의 논설을 패러디했다고 지적된다. 유럽에서 가장 오래된 잡지 가운데 하나인 이 잡지의 이름은 '두 세계의 잡지'를 뜻하며 프랑스를 나머지 다른 유럽 국가들, 특히 미국에 연결하는 것을 목적으로 한다. 오늘날에도 발간되고 있다.

르푸아 씨에게 보여 드릴 글을 쓸 만한 능력이 없었다. 처음 몇 장을 쓰고 나자 권태가 펜을 놓게 했고, 그러자 내게는 전혀 재능이 없으며 타고난 소질도 없고 노르푸아 씨의 이번 방문이 언제까지나 파리에 머무를 기회를 마련해 줄 수도 있는데 그 기회를 놓칠지 모른다고 생각하니 그만 화가 나서 눈물이 났다. 다만 라 베르마의 대사를 들으러 갈 수 있다는 생각이 내 슬픔을 조금은 달래 주었다. 그러나 폭풍우가 가장 세차게 불어닥치는 해안에서만 폭풍우를 보고 싶은 것과 마찬가지로, 스완이 이 위대한 여배우가 최고 경지에 이르렀다고 말해 준 그런 고전극의 배역을 통해서만 그녀가 낭송하는 대사를 듣고 싶었다. 우리가 소중한 발견을 하리라는 기대에서 자연이나 예술로부터 어떤 인상을 받기를 열망할 때, '아름다움'의 정확한 가치를 오인할 수도 있는 다른 하찮은 인상들이 우리 영혼 속으로 들어오면 뭔가 마음이 꺼림칙한 법이다. 「앙드로마크」와 「마리안의 변덕」 그리고 「페드르」에서의 라 베르마, 내 상상력이 열망했던 것은 바로 이런 명작들이었다.* 나는 라 베르마가 이런 시구절을 낭송하는 걸 들으면 마치 곤돌라를 타고 프라리 성당의 티치아노** 그림 밑이나, 혹은 산

* 「앙드로마크」는 17세기 프랑스의 극작가 장바티스트 라신(Jean-Baptiste Racine, 1639~1699)의 명성을 확고히 한 첫 번째 작품으로 트로이 전쟁 후 엑토르의 죽음으로 미망인이 된 앙드로마크의 이야기를 다룬 작품이다. 「마리안의 변덕」(1833)은 프랑스 19세기 시인 알프레드 뮈세(Alfred de Musset, 1810~1857)의 극작품이다.
** 여기서 말하는 티치아노(Tiziano, 1490~1576)의 그림은 1518년에 완성된 베네치아 프라리 성당의 제단화 「성모 승천」을 가리킨다. 티치아노가 선배들의

조르조델리스키아보니에 있는 카르파초* 그림 밑에 서 있을
때와 똑같은 황홀감을 맛볼 수 있을 것 같았다.

　　갑작스러운 출발로 우리와 멀리 떨어져 있게 되실 거라고 들
　　었어요, 왕자님.**

　지금까지 인쇄된 책자에서 단순히 흑백 복사물을 통해 알
던 시가 금빛 목소리의 분위기와 반짝임 속에 실제로 잠기는
모습을 눈앞에서 본다고 생각하자 내 가슴은 마치 여행 계획
이 실현될 때처럼 두근거렸다. 베네치아의 카르파초, 「페드
르」의 라 베르마, 이와 같은 회화 예술 혹은 극예술의 걸작은
항상 그에 따르는 명성 때문에 내 마음속에 너무도 생생하게,
다시 말해 그 장소와 결코 분리되지 않은 모습으로 남아 있
어 만약 루브르 박물관 어느 방에서 카르파초의 그림을 보거

영향에서 벗어나 자유롭고도 동적인 표현을 보여 준 작품이다.
　* 비토레 카르파초(Vittore Carpaccio, 1460~1525)는 이탈리아 초기 르네상스
베네치아파의 화가로서 아홉 편으로 이루어진 연작 「성녀 우르술라의 전설」이
유명하다.(이 텍스트에서 인용된 산조르조 델리 스키아보니에는 「성 히에로니무
스」가 있다.) 프루스트는 아마도 존 러스킨(John Ruskin, 1819~1900)의 『베네
치아의 돌』에서 이 그림들에 대한 설명을 읽고 1900년에 직접 베네치아를 방문
한 것으로 보인다.
　** 라신의 「페드르」 2막 5장에 나오는 이 대사는 페드르가 드디어 자신의 의붓
아들 이폴리트에게 그동안 숨겨 왔던 사랑을 고백하는 장면에 나온다. 훗날 화
자는 「알베르틴」에서 「페드르」의 핵심적인 대사는 대다수 연구자들이 생각하
는 것처럼 아버지 테제의 죽음이 아니라, 이폴리트의 출발이라고 설명한다. 사
랑하는 사람의 출발이나 부재가 사랑의 담론을 작동시키는 시동 장치라는 의
미다.

나, 한 번도 말하는 것을 들어 본 적 없는 연극에서 라 베르마를 보거나 한다면, 그토록 수많은 꿈속의 유일하고도 상상하기조차 어려운 대상이 드디어 내 눈앞에 나타날 때와 같은 그런 감미로운 놀라움은 조금도 느끼지 못했을 것이다. 그리고라 베르마의 연기로부터 고귀함과 고통의 모습에 대한 계시를 받기를 기대했던 나는 이 여배우가 평범하고도 저속한 짜임 위에 진실과 아름다움을 수놓는 대신 진정한 가치 있는 작품에 자신의 연기를 포갤 때 더욱 위대하고 진실된 연기를 하게 될 거라고 생각했다.

끝으로 만약 내가 새로운 연극 작품에서 라 베르마의 낭송을 들었다면 그녀의 예술이나 대사 낭독을 판단하는 게 그리 쉽지 않았을 것이다. 왜냐하면 내가 알지 못하는 대본과, 거기에 억양이나 몸짓이 더해져 대본과 하나를 이루는 것의 차이를 별로 느끼지 못했을 테니 말이다. 그런데 내가 암기하는 고전 작품은 마치 나를 위해 마련되고 준비된 거대한 공간처럼 생각되었고, 그 공간에서라면 라 베르마의 창의력이 끊임없는 영감의 발견으로 벽화를 그려 가듯 채워지는 모습을 자유롭게 감상할 수 있을 것 같았다. 안타깝게도 몇 해 전 큰 무대를 떠나 불르바르* 극장의 스타가 되어 꽤 많은 돈을 벌고 난 이후로 그녀는 더 이상 고전극에서 연기하지 않았으며, 그래서 아무리 극장 포스터를 살펴보아도 거기에는 인기 작가가 특별히 그녀를 위해 쓴 신작 예고밖에 없었다. 그러던 어느 날

---

* 주로 대중적인 연극을 공연하는 파리 대로의 극장이다.

아침, 새해가 시작되는 주의 낮 공연을 알아보려고 광고 기둥 앞으로 갔다가, 나는 처음으로 — 내가 알지 못하는 스토리의 모든 특징을 담고 있는 그 제목이 불투명하기만 한, 아마도 별 가치 없는 작품 한 편이 개막극으로 공연되고 나서 맨 마지막에 — 마담 베르마가 나오는 「페드르」의 두 막과 다음 낮 공연에는 「화류계 여인」*과 「마리안의 변덕」이 공연된다는 광고를 보게 되었다. 그 이름들은 「페드르」와 마찬가지로 작품 내용이 내게 너무도 익숙해서 투명하고, 오로지 밝음으로만 채워져 있어 예술의 미소가 밑바닥까지 환히 비치는 작품들이었다. 그리고 신문에서 이러한 공연물에 대한 프로그램 소개 다음에 라 베르마 자신이 예전에 창조했던 몇몇 배역들로 대중 앞에 다시 서기로 결심했다는 기사를 읽었을 때는 이 이름들이 마담 베르마에게 고귀함을 더해 주는 것만 같았다. 그러므로 이 예술가는 어떤 종류의 배역은 첫 번째 공연의 새로움이나 재공연의 성공보다 더 오래 살아남는 장점이 있으며, 또한 자신이 연기한 배역을 미술관에 진열된 여러 예술품처럼 간주하고 그러한 배역 속에서 자신을 찬미했던 세대나 자신을 본 적 없는 세대의 눈앞에 다시 선보이는 게 모종의 교육적인 효과를 가져오리라는 사실을 잘 알고 있었다. 하루 저녁 시간을 보내게 하는 것만이 목적인 작품들 가운데서 다른 작품보다 제목이 길지도 않고 또 더 특별한 활자로 인쇄되지도 않

---

* 「화류계 여인」(1855)은 알렉상드르 뒤마 피스(Alexandre Dumas fils, 1802~1870)의 작품으로 부자와 결혼하고자 하는 화류계 여인의 헛된 시도가 주된 내용을 이루는 코미디이다. 『잃어버린 시간을 찾아서』 2권 10쪽 주석 참조.

은「페드르」를 광고하면서 그녀는 집안 여주인이 암시하는 듯한 그 무엇을 거기에 덧붙였다. 식탁 앞에 자리 잡기 전 당신을 소개하면서 그저 그런 손님들의 이름을 열거하다가 동일한 어조로 "아나톨 프랑스* 씨예요."라고 말하는 여주인처럼 말이다.

나를 보살피던 의사는 ── 내게 모든 여행을 금지했던 바로 그 의사는 ── 아버지에게 나를 극장에 보내지 말라고 권했다. 병이 나서 돌아오면 한동안 아플지도 모르고, 결국 기쁨보다 고통을 더 많이 받게 될 거라는 이유였다. 만약 내가 연극 공연을 기다려 온 것이 이처럼 다음에 있을지도 모르는 고통으로 취소될 수 있는 기쁨에 지나지 않았다면, 이런 걱정이 나의 발목을 잡았을지도 모른다. 그러나 ── 내가 그토록 열망해 왔던 발베크 여행이나 베네치아 여행처럼 ── 내가 이 낮 공연에서 기대했던 것은 기쁨과는 아주 다른, 내가 사는 세계보다 더 현실적인 세계에 속하는 진실이었고, 일단 내 손에 넣고 나면 내 무의미한 삶의 하찮은 사건들이 설령 내 육체를 고통스럽게 한다 할지라도 결코 다시는 나로부터 빼앗아 가지 못할 그런 진실이었다. 공연을 감상하는 중에 얻는 기쁨은 기껏해야 어쩌면 이러한 진실들을 지각하는 데 필요한 형식으로밖에 보이지 않았다. 그리고 이 기쁨이 병 때문에 위태롭게 되거나

---

* 아나톨 프랑스(Anatole France, 1844~1924)는 화자의 문학 스승인 베르고트라는 인물의 모델 중 한 사람이다. 프루스트는 아나톨 프랑스의 시적이고 음악적인 부드러운 문체를 높이 평가했다. 『잃어버린 시간을 찾아서』 1권 162쪽 주석 참조.

망가지지 않기 위해서는 의사가 경고한 증상들이 공연이 끝난 후에나 시작되기를 바라는 것만으로도 충분했다. 나는 부모님께 간청했지만, 부모님은 의사가 다녀간 후부터 더 이상 「페드르」 관람을 허락하지 않았다.

갑작스러운 출발로 우리와 멀리 떨어져 있게 되실 거라고 들었어요…….

나는 혼자서 끊임없이 이 대사를 낭송하며 라 베르마가 찾아내게 될 예상치 못한 억양을 더 잘 가늠해 보고자 이 대사에 온갖 가능한 억양을 찾아보려고 애썼다. 지금 내 눈을 가리는 저 커튼 아래 흡사 지성소처럼 숨겨져 있는 그녀에게, 나는 질베르트가 찾아 준 소책자에서 읽었던 베르고트의 말에 따라 매 순간 새로운 모습을 부여했는데, 이제 그 말들이 내 머릿속에 떠올랐다. '조형적인 고귀함, 기독교적인 고행, 장세니스트적인 창백함, 트레젠의 여왕과 클레브 공작 부인, 미케네의 비극, 델포이의 상징, 태양의 신화.'* 라 베르마의

---

* 모순되는 요소들이 나열되는 부분으로, 육체에 대한 존경('조형적인 고귀함')과 기독교적인 고행('기독교적인 고행, 장세니스트적인 창백함'), 고대 그리스의 전설적인 색채('트레젠의 여왕')와 17세기 프랑스(라파예트 부인(Madame de La Fayette)의 궁중소설 『클레브 공작 부인』으로 환기된다.)가 대립된다. 또 원시적인 청동기 시대의 미케네 문명(기원전 1500년~기원전 1400년경)과 고대 그리스 문명의 델포이 신전(기원전 7세기로 아폴론의 신탁을 듣기 위한 곳)이 대립된다. 이와 같은 모순된 서술은 아직 연극에 성숙한 지식이 없는 어린 화자에 대한 패러디일 수도 있지만, 실제로 19세기 비평가 르메트르(Lemaître,

연기가 내게 드러낼 성스러운 미의 여신상은 내 마음 깊숙이 낮이나 불이 켜진 제단 위에 군림했는데, 이런 여신의 완벽한 상이 눈에 보이지 않는 형태로 서 있는 이 장소에서 베일이 벗겨진 후에도 여전히 그 완벽함을 간직하게 될지는, 지금으로서는 내 마음이 아니라 엄격하고도 변덕스러운 내 부모님 마음이 결정할 일이었다. 그래서 나는 상상조차 하기 어려운 그 이미지에 눈을 고정하고 내 가족이 쳐 놓은 여러 장애물들에 맞서 아침부터 저녁까지 싸웠다. 그러나 이러한 장애물이 걷혔을 때 어머니가—그 낮 공연 날짜가 위원회 회의가 끝난 후 아버지께서 노르푸아 씨를 저녁 식사에 모셔 오기로 한 바로 그날이었음에도—"우린 네 마음을 아프게 하고 싶지 않구나, 그렇게 즐거울 것 같으면 가 보려무나." 하고 말씀하셨을 때, 지금까지는 금지되었던 연극 관람이 이제는 오로지 내 뜻에 달렸고 처음으로 극장에 가지 못할지도 모른다는 걱정을 다시 하지 않게 되자, 나는 과연 이 공연이 그 정도로 바람직한지 혹시 부모님이 반대하시던 이유 말고 내가 단념할 수밖에 없는 다른 이유는 없는지 생각해 보았다. 처음에는 부모님이 잔인하다고 미워했지만 허락을 받고 나니 부모님이 소중하게 느껴져 부모님 마음을 아프게 해 드렸다는 생각에 새삼 마음이 아팠다. 이런 아픔을 통해 이제는 삶의 목

『연극의 인상』, 1895)의 견해였다고 지적되기도 한다. 즉 장세니스트적이고 기독교적인 라신과 히스테리 환자이자 변태적인 라신의 이미지가 대립되면서, 이와 같은 이미지 혼재가 위의 인용문을 낳게 했다는 것이다. 『소녀들』(폴리오) 521쪽 참조.

적이 진실이 아닌 애정이라고 생각되었고, 오직 부모님이 행복하느냐 불행하느냐에 따라 삶이 나아지거나 나빠질 수도 있다는 생각이 들었다. "어머니 마음을 아프게 할 바엔 차라리 가지 않는 편이 낫겠어요." 하고 나는 어머니께 말했다. 그러자 어머니는 오히려 어머니가 슬퍼할 거라고 걱정하는 마음을 내게서 없애려고 애쓰시면서 그런 걱정은 내가 「페드르」를 보면서 느낄 기쁨을 망칠 것이며, 또 어머니와 아버지가 관람을 금했던 결정을 취소했던 것도 다 그런 기쁨을 고려했기 때문이라고 말씀하셨다. 그런데 그때 내게는 기쁨을 느껴야 한다는 그런 의무가 무척이나 버겁게 느껴졌다. 그리고 만약에 병이 나서 돌아오게 되면, 휴가가 끝나 질베르트가 돌아오는 대로 내가 곧바로 샹젤리제로 갈 수 있을 만큼 빨리 회복될 수 있을지, 나는 이렇게 많은 이유들 중 어느 것이 더 우선하는지를 결정하기 위해 이러한 이유 하나하나와 라 베르마가 보여 줄 완벽함을 — 아직 커튼 뒤에 가려 보이지 않지만 — 비교했다. 저울 하나에는 '엄마를 슬프게 하고 샹젤리제에 가지 못할지도 모르는 위험'을, 또 다른 저울에는 '장세니스트적인 창백함과 태양의 신화'를 올려놓았다. 그러나 이런 낱말 자체가 내 정신 앞에서 점차로 모호해지면서 더 이상 아무것도 의미하지 않았고 또 모든 힘을 잃었다. 나의 망설임은 점점 더 심한 고통이 되어 만일 지금 내가 극장에 가기로 결정한다면 그건 단지 이 망설임을 중단하고 거기서 영원히 벗어나기 위해서였다. 내가 만일 그녀의 베일 뒤에서 그녀를 슬그머니 대신하는 그 얼굴도 이름도 없는 냉혹한 '여신'에게로 — '지혜의 여신'이 아닌 — 나를 끌려가도록 두 었다면, 그것은 단지 내 고통을 끝내기 위함이지 지적인 이득을 취하고자 하는 기대나 그 완벽함의 마력에 굴복해서는 아니었다. 그러나 갑자기 모든 것이 변했다. 라 베르마를 들으러 가고 싶은 내 욕망이 새로운 자극을 받더니 이 '낮 공연'을 초조와 기쁨으로 기다리게 했다. 즉 광고 기둥 앞에 매일같이 출석하던 내가, 이 출석도 며칠 전부터는 기둥 위 고행자만큼이나 덜 가혹해졌지만, 어느 날 처음으로 이제 막 붙여 아직도 축축한 「페드르」의 상세한 포스터를 본 것이다.(그러나 사실을 말하자면 다른 출연진들은 내가 결심을 굳힐 정도로 그렇게 새로운 매력을 주지는 못했다.) 그러나 포스터는 내 망설임이 흔들리는 목표들 중 어느 하나에 구체적인 형태를, — 포스터에 적힌 날짜는 내가 포스터를 읽은 날이 아닌 공연 날짜였으며, 또 거기에는 개막 시각도 적혀 있었으므로 — 거의 실현 중인 임박한 모습을 주었고, 그날 정확히 그 시각에 내자리에 앉아 라 베르마를 들을 준비가 되었다고 생각하자, 나는 기둥 앞에서 펄쩍펄쩍 뛰며 기쁨을 만끽했다. 그러고는 부모님께서 할머니와 내가 앉을 좋은 자리 두 개를 예약할 시간이 될지 모르겠다고 걱정하면서, '장세니스트적인 창백함과 태양의 신화'란 내 생각을 대신하는 이런 마술적인 말, "부인들께서는 모자를 쓴 채로 아래층 앞자리에 앉을 수 없습니다. 극장 문은 2시에 닫힐 예정입니다."에 쫓겨 단숨에 집으로 달려갔다.

아! 슬프게도 이 첫날 낮 공연은 매우 실망스러웠다. 아버지는 위원회에 가는 길에 할머니와 나를 극장에 데려다 주겠다고 하셨다. 집을 나서기에 앞서 아버지는 어머니께 "맛있는 저녁 식사를 준비하구려, 노르푸아 후작을 모시고 오기로 한 걸 기억하시오?"라고 말했다. 물론 어머니는 잊지 않으셨다. 그리고 프랑수아즈는 자신의 확실한 특기인 요리법에 전날부터 몰두할 수 있는 기쁨에다 새 손님이 오신다는 사실에 고무되어 자기만 아는 비법으로 쇠고기 젤리 요리*를 만들기로 마음먹고는 창조의 흥분에 휩싸여 시간을 보냈다. 그녀는 작품 제작에 필요한 재료 자체의 품질을 극도로 중시했으므로 이른바 엉덩이 살, 관절 부위 살, 우족 같은 가장 좋은 고기 부위를 구하려고 여러 차례나 직접 중앙 시장에 다녀왔다. 마치 미켈란젤로가 교황 줄리우스 2세의 기념상을 제작하기 위해 가장 완벽한 대리석을 고르려고 카라라 산중에 들어가 팔 개월이나 보냈던 것처럼, 프랑수아즈가 시장을 왔다 갔다 하는 데에 얼마나 많은 열정을 소모했던지 어머니는 그녀의 붉게 물든 얼굴을 보고 우리 나이 든 하녀가 마치 피에트라산타 채석장에서 메디치 가문 묘 제작자처럼 과로로 쓰러지지나 않을까 걱정할 정도였다.** 그리고 프랑수아즈는 전날부

---

* 쇠고기 엉덩이 살에 당근과 무, 양파 등 여러 채소를 넣고 젤리처럼 엉기게 하는 요리로 우리나라 족편과 비슷하다.
** 1505년 미켈란젤로는 교황 줄리우스 2세의 묘비를 제작하기 위해 카라라 채석장에 대리석을 고르러 갔다. 그러나 줄리우스와의 불화로 단지 조각 몇 점만을 완성했으며 그중 유명한 것이 「모세」다. 줄리우스 2세의 사망 후에는 피렌체의 메디치 가문의 묘비 제작을 위해 피에트라산타 채석장에서 직접 대리석 채굴을 감시했다.

터 그녀가 '네브요크'*라고 부르는 햄을 마치 분홍빛 대리석을 보호하듯이 빵의 속살로 싸서는 빵 가게의 화덕에 익히러 보냈다. 언어의 풍요로움을 믿지 않았을 뿐만 아니라 자기 귀가 그다지 확실치 않다고 믿었던 그녀는 처음으로 누군가가 요크 햄이라고 말하는 걸 듣자 ── 요크(York)와 뉴요크(New York)가 동시에 존재할 만큼 그렇게 어휘가 풍부하리라고는 꿈에도 생각하지 못하고 ── 자기가 잘못 들었으며 그녀가 이미 아는 이름을 말한다고 생각했다. 그래서 그 후부터 광고를 읽을 때면 귀나 눈으로 요크라는 단어 앞에 자신이 '네브(Nev)'라고 발음하는 단어 '뉴(New)'를 덧붙였다. 부엌 하녀에게 "올리다 가게에 가서 햄을 사 와요. 마님이 네브요크 햄이 좋다고 말씀하시니."라고 말할 때 그녀가 하는 말은 정말 진심이었다. 이날 프랑수아즈에게 위대한 창조자의 불타는 확신이 있었다면, 내게 주어진 몫은 탐색자로서의 참혹한 불안감이었다. 물론 라 베르마를 듣기 전에는 기쁨을 느꼈다. 나는 극장 앞 작은 공원에서 두 시간만 지나면 벌거벗은 마로니에 나무가 불 켜진 가스등의 빛을 받아 가지가지마다 속속들이 환하게 금속 반사광을 발할 거라고 생각하며 기쁨을 느꼈다. 그리고 매표소 직원들로 말하자면, 고용이나 승진, 운명도 이 위대한 여배우의 손에 달려 있어 ── 그리고 이름뿐

---

* 프랑수아즈의 말 실수 가운데 하나다. 요크 햄은 영국의 요크셔(Yorkshire) 지방에서 생산되는 햄이다. 프랑수아즈는 이 요크 햄을 뉴요크 햄으로 알아듣고는 프랑스어 발음 방식에 따라 뉴요크를 '네브요크(Nev'York)'라고 발음한 것이다.

인 임시 지배인들이 남도 모르게 연달아 바뀌는 사이에 그녀만이 극장 경영의 실권을 쥐고 있어 — 마담 베르마의 모든 명령이 새로 고용된 사람들에게까지 잘 전달되었는지, 즉 그녀를 위해서는 결코 박수 부대가 박수를 쳐서는 안 되고, 창문은 그녀가 무대에 오르지 않는 동안에는 활짝 열어 두어야 하고, 그녀가 무대에 나타나면 아주 작은 문도 모조리 닫아야 하고, 먼지를 재우기 위해 더운물 그릇을 그녀 가까이 숨겨 두어야 한다는 사실을 잘 알아들었는지 그들은 이 모든 것에 신경을 쓰느라 우리의 얼굴은 쳐다보지도 않은 채 표를 받았다. 실제로 잠시 후면 긴 갈기가 달린 두 마리 말이 끄는 마차가 극장 앞에 와서 멈출 것이며, 그녀는 모피를 휘감고 마차에서 내려와 사람들 인사에 불편한 몸짓으로 답하면서 하녀 하나를 보내 자기 친구를 위해 남겨 놓으라고 명한 아래층 앞자리가 어떻게 되었는지, 실내 온도는 어떤지, 칸막이 좌석에 앉아 있는 인사들은 누구인지, 여자 안내원의 옷차림은 제대로인지 알아볼 것이다. 라 베르마에게서 극장과 관객이란 겉에 입는 두 번째 옷에 불과했고, 장내 분위기 역시 그녀의 재능이 꿰뚫고 들어갈 조금은 성능 좋은 전도체에 지나지 않았다. 나는 극장 안에 들어가서도 행복했다. 그리고 — 그토록 오랫동안 나의 유아적인 상상력이 그려 보이던 것과는 정반대로 — 이 모든 사람이 볼 수 있는 무대가 단 하나뿐이라는 사실을 깨달았을 때, 나는 군중 한가운데 있을 때처럼 다른 관객들 때문에 방해를 받아 잘 볼 수 없을지도 모른다는 생각이 들었다. 그런데 모든 지각 작용의 상징과도 같은 좌석

배치 덕분에 모든 사람이 저마다 극장 중앙에 있는 것처럼 느낀다는 걸 알았다. 그러자 난 처음으로 예전에 프랑수아즈가 통속극을 보려고 극장에 갔을 때 극장 맨 꼭대기 좌석이었는데도 집에 돌아와서는 자기가 앉은 자리가 극장에서 제일 좋은 자리이며, 무대가 멀기는커녕 무대 커튼이 가까이 펼쳐지는 신비로움과 생생함 때문에 오히려 겁이 날 정도였다고 말했던 일이 이해가 갔다. 내 기쁨은 커튼이 내려진 막 뒤에서 마치 병아리가 알껍데기를 까고 나오려 할 때처럼 어렴풋한 웅성거림을 식별하기 시작하면서 커졌고, 이윽고 그 웅성거림이 높아지면서 갑자기 우리 시선이 뚫고 들어갈 수는 없지만 그쪽에서는 우리가 잘 보이는 그 세계로부터, 마치 화성에서 온 신호만큼이나 그렇게도 감동적인 개막을 알리는 세 번의 위압적인 두드림 형태로 분명히 전해졌을 때 더욱 커졌다. 그리고 — 마침내 막이 오르자 — 무대 위에 놓인 아주 평범한 책상 하나와 벽난로가 이제부터 등장할 인물들이 언젠가 한번 저녁 파티에서 본 적이 있는 그런 낭송하러 온 배우들이 아니라, 자기 집에서 삶의 어느 하루를 보내는 인물들로서 그들이 나를 보는 일 없이 내가 그들 삶 속에 침입해서 그 안에 들어갈 수 있음을 의미하는 동안은 내 기쁨이 지속되고 있었다. 그런데 이 기쁨이 짧은 순간의 불안감으로 그만 깨지고 말았다. 연극이 시작되기 전 내가 귀를 곤두세운 바로 그 순간에 매우 화가 난 남자 두 명이 등장하여, 천 명 이상이 모인 객석에서 자기들이 하는 말을 모두가 알아들을 수 있을 만큼 아주 큰 소리로 떠들어 댔기 때문이다. 이곳이 작은 카페였다

면 두 사람이 무엇 때문에 싸우는지 종업원에게 물어보았을
테지만, 그 순간에도 관객들은 아무 이의도 제기하지 않고 그
들의 말을 들으면서 완전히 침묵에 잠겼다가 때때로 여기저
기서 출렁거리는 웃음소리가 이내 그 침묵을 깨뜨리러 오는
걸 보고 난 놀라지 않을 수 없었다. 그제야 이 무례한 작자들
이 배우들이며 소위 개막극이라고 일컬어지는 단막극이 시작
되었다는 걸 알았다. 단막극이 끝나고 막간이 꽤 오래 지속된
후에 다시 자리로 돌아온 관객들은 초조함으로 발을 동동 굴
렀다. 겁이 났다. 왜냐하면 재판의 판결문 같은 데서 마음씨가
고귀한 사람이 자신에게 돌아올 이익은 개의치 않고 무고한
죄인을 위해 증인이 되려고 한다는 글을 읽었을 때, 난 언제나
사람들이 그에게 충분히 감사하는 마음을 표하거나 보답하지
않아 화가 난 증인이 불의의 편에 가담하지나 않을까 줄곧 걱
정해 왔기 때문이다. 마찬가지로 이런 점에서 천재를 미덕과
동일시하던 나는 라 베르마가 교양 없는 관객들의 무례한 행
동에 화가 나서 — 반대로 라 베르마가 그 판단을 중요시 여
기는 몇몇 명사들을 관객 속에서 알아보고 만족하기를 바라
면서 — 그녀의 불만과 경멸을 표현하려고 연기를 잘 못하지
나 않을까 걱정되었다. 그래서 난 이 화가 난 난폭한 관객들
이 내가 찾으러 온 그 연약하고도 소중한 인상을 깨뜨릴까 봐
애원하는 표정으로 바라보았다. 끝으로 이러한 기쁨의 마지
막 순간은 「페드르」의 처음 몇 장면 동안만 계속되었다.* 여주

---

* 여주인공 페드르는 2막의 5장에 가서야 나타난다. 2막의 앞부분에는 페드르

인공인 페드르는 2막이 시작되는 장면에는 나타나지 않았다. 그렇지만 막이 오르고 두 번째 붉은 벨벳 막이, 인기 배우가 등장하는 연극에서는 언제나 무대 깊이를 둘로 나누는 막이 갈라지면서, 한 여배우가 무대 깊숙한 곳으로부터 나왔다. 사람들에게서 라 베르마라고 들은 얼굴과 목소리의 주인공이었다. 배역이 바뀐 게 아닐까. 테제* 부인이 맡은 역할에 대한 내 연구가 모두 헛수고였을까. 하지만 다른 여배우가 첫 번째 여배우에게 말을 했다. 첫 번째 여배우를 내가 라 베르마라고 착각했는지 모른다. 두 번째 여배우 쪽이 훨씬 더 라 베르마를 닮았고 게다가 라 베르마의 억양이었으니까. 두 여인 다 그들이 맡은 역에 고상한 몸짓을 덧붙였고 — 그러한 몸짓이 내게 똑똑히 구별되면서 원작과의 관계가 이해되었고, 그동안 무대 위에서는 두 여인이 그들의 아름다운 웃옷을 들어 올렸다. — 또 정교한 억양, 때로는 정열적이고 때로는 냉소적인 억양이 내가 집에서 읽었을 때 그 의미에 별 주의를 기울이지 않았던 시구절의 뜻을 더 잘 이해하게 해 주었다. 그러나 갑자기 마치 액자 안에서처럼 지성소의 붉은 막이 갈라지면서 한 여인이 나타났다. 그러자 즉시 누가 창이라도 열어서 라 베르마를 방해하지나 않을까, 프로그램을 부스럭거려 그녀가 하는 말의 음색을 변질시키지나 않을까, 그녀의 동료 배

___

가 사랑하는 이폴리트, 그의 연인인 아리시, 그녀의 심복 이스멘, 그리고 이폴리트의 스승 테라멘이 등장한다.

* 이폴리트의 아버지이자 페드르의 남편인 테제는 그리스 신화의 테세우스를 가리킨다.

우에게는 박수를 치면서 정작 그녀에게는 충분히 박수를 치지 않아 그녀를 불편하게 하지나 않을까 하는 두려움, 라 베르마 본인이 느끼리라고 생각되는 두려움보다 더 불안한 두려움에 따라, 또 극장도 관객도 배우도 대본도 나 자신의 육체마저도 라 베르마의 억양을 전하는 데 유리할 때만 중요해지는 음향 매체로 간주하는 내 방식에 따라, 라 베르마보다 더 절대적인 방식에 따라, 내가 조금 전에 경탄했던 두 여배우가 내가 들으러 온 여배우와 조금도 닮지 않았다는 사실을 깨달았다. 하지만 동시에 내 모든 기쁨은 멈추었다. 내 눈, 내 귀, 내 정신을 아무리 라 베르마 쪽으로 기울여 나를 감탄하게 만들 만한 이유를 단 한 조각이라도 놓치지 않으려고 노력했지만 아무 소용이 없었고 난 단 하나의 이유도 거둘 수 없었다. 그녀의 동료 배우들과 달리 나는 그녀의 발성법과 연기에서 지적인 억양이나 아름다운 몸짓을 구별할 수조차 없었다. 마치 나 자신이 「페드르」를 읽는 것처럼, 또는 페드르 자신이 그 순간에 내가 듣는 것을 말하는 것처럼 난 그녀의 낭송을 들었으며, 라 베르마의 재능도 이런 말들에 아무것도 덧붙이는 것 같지 않았다. 나는 이 예술가의 입에서 흘러나온 억양 하나하나, 얼굴 표정 하나하나를 — 그녀의 재능을 깊이 연구하고 그 안에 담긴 아름다움을 발견하기 위해 — 멈추고 오랫동안 고정하고 싶었다. 아니면 적어도 정신의 기민함 덕분에 내 주의력의 초점을 내가 듣고자 하는 시구절에 집중하여, 대사나 동작 각각이 지속되는 아주 짧은 순간에도 딴 곳으로 정신이 팔리지 않도록 애쓰면서, 나의 이런 강도 높은 주의력 덕분에

마치 많은 시간이 주어졌을 때처럼 그 안으로 깊이 내려가려
고 애썼다. 그러나 이러한 지속은 얼마나 짧았던지! 어느 한
음이 내 귀에 받아들여졌다고 생각되는 순간 그 음은 이미 다
른 음으로 대체되었다. 조명 기술 덕분에 초록빛이 감도는 바
다 배경에 얼굴 높이까지 잠긴 채 한쪽 팔을 들어 올린 라 베르
마가 잠시 부동 자세로 서 있는 장면에서는 객석에서 박수갈
채가 터져 나왔다. 하지만 여배우는 이미 위치를 바꾸었고 내
가 연구하고 싶었던 장면은 더 이상 존재하지 않았다. 내가 잘
보이지 않는다고 말하자 할머니가 오페라글라스를 주셨다. 우
리가 사물의 실재를 믿을 때 단지 인위적인 수단을 써서 사물
을 보여 주는 것과 그 사물 가까이 있다고 느끼는 것은 완전히
같지 않다. 확대경에서 내가 본 것은 더 이상 라 베르마가 아닌
그녀의 이미지라는 생각이 들었다. 나는 오페라글라스를 무릎
위에 내려놓았다. 그러나 어쩌면 내 눈이 받아들인 이미지는
거리감으로 축소되어 더 이상 정확하지 않았는지도 모른다.
그렇다면 이 두 라 베르마 중 어느 것이 진짜였을까? 이폴리트
에 대한 고백 장면으로 말하자면 나는 이 장면에 많은 기대를
걸었는데, 그보다 덜 아름다운 부분에서 동료 배우들이 매 순
간 보여 준 그 놀라운 의미로 미루어 판단해 보건대 그녀는 틀
림없이 내가 집에서 읽으며 상상했던 것 이상의 놀라운 억양
을 보였어야만 했다. 그러나 그녀의 억양은 외논이나 아리시
에도 미치지 못했고,* 여러 대립되는 요소들이 혼재하면서도

---

* 외논은 페드르의 유모이자 심복이며, 아리시는 아테나 왕족의 딸로 이폴리

하나하나가 뚜렷이 구분되어 이해력이 부족한 비극 배우나 심지어는 고등학생이라 할지라도 그 효과를 소홀히 하지 않을 긴 독백 전체를 단조로운 어조로 평평하게 다듬고 있었다. 게다가 그 독백은 얼마나 빠르게 낭송되었던지, 첫 번째 시구에 가했던 의도적인 단조로움을 내 정신이 겨우 알아차렸을 때 이미 그녀는 마지막 시구에 이르러 있었다.

마침내 내 마음속에서 처음으로 감탄의 감정이 터져 나왔다. 그 감정은 관객들의 열광적인 박수로 유발된 것이었다. 나는 라 베르마가 감사하는 마음에서 평소보다 더 훌륭한 연기를 보여 주었고, 내가 그녀 목소리를 들은 날이 그녀 연기가 가장 훌륭했던 날 중 하루라고 훗날 생각할 수 있도록 관객들의 박수에 내 박수를 보태어 그 박수갈채를 오래 연장하려고 애썼다. 그런데 흥미로운 점은 관객들이 이와 같은 열광을 터뜨리는 순간이야말로, 나중에 알게 된 일이지만, 라 베르마가 자신의 가장 독창적인 발견을 보여 준 순간이었다. 몇몇 초월적 현실은 이러한 발견 주위에 빛을 발하면서 많은 사람들에게 영향을 끼친다. 이렇게 해서 예를 들면 군대가 국경에서 위험한 처지에 빠지거나 패배하며 혹은 승리하는 것과 같은 사건이 일어나는 경우, 상당히 모호하고도 불확실한 소식이 전해지면 교양인은 거기서 별다른 점을 끌어내지 못하지만 군중은 큰 감동을 표현하여 교양인을 놀라게 하는 경우가 있는데, 전문가들이 군대의 실제 상황을 알린 후에야 교양인은 이

트가 사랑하는 여인이다.

군중의 감동이 실은 커다란 사건을 둘러싸 수백 킬로미터 밖에서도 보인다는 그 '아우라'였음을 알게 된다. 이처럼 우리가 승리를 인식하는 건 전쟁이 끝난 후거나 또는 당장에라도 문지기의 기뻐하는 모습을 본 후다. 마찬가지로 사람들이 라 베르마의 천재적인 연기를 깨닫는 것도 라 베르마를 듣고 나서 일주일 후에 나오는 연극 평이나 혹은 현장에서는 아래층 뒷좌석 관객의 박수 소리에 의해서다. 그러나 관객의 이런 즉각적인 인식은 다른 수많은 잘못된 인식과 섞여 박수는 대개 엉뚱한 곳에서 터져 나왔는데, 전에 일었던 박수의 여파를 받아 기계적으로 일어나는 박수를 제외한다 해도, 폭풍우가 일어 한번 바다가 충분히 요동치면 바람이 더 일지 않아도 파도는 계속 높아져 가기 마련이다. 그렇지만 그런 건 아무래도 좋았다. 내가 박수를 치면 칠수록 라 베르마의 연기가 더 훌륭해지는 것만 같았다. "적어도." 하고 내 곁에 앉은 아주 평범하게 보이는 여인이 말했다. "저렇게 기운을 쏙 빼고 몸이 아플 정도로 때리고 뛰어다니고 바로 저런 게 진짜 연기 아닌가요." 그리고 라 베르마의 연기가 탁월하다고 말해지는 이유를 발견하는 데 만족했던 나는 문득 이런 이유가, 마치 어느 시골 사람이 감탄하면서 "그래도 참 잘 만들어졌군요. 전부 금이네요, 근사해요! 대단한 작업이군요!"라는 감탄사로 「모나리자」나 벤베누토의 「페르세우스」*의 훌륭함을 설명하는 것

---

* 1554년 금 세공가 벤베누토 첼리니(Benvenuto Cellini, 1500~1571)가 만든 「페르세우스」는 헤르메스의 날개 달린 신발을 신은 페르세우스가 메두사의 머리를 든 모습을 조각한 청동상이다.

과 별다를 바 없다고 생각하면서, 이런 민중의 열광이라는 싸구려 포도주를 그들과 나누어 마시면서 취했다. 막이 내리고 난 뒤 나는 객석을 빠져나가면서도 내가 그처럼 열망했던 기쁨이 그다지 크지 않았다는 사실에 실망을 느끼지 않을 수 없었지만, 동시에 이 기쁨을 연장하고 싶은 욕구, 몇 시간이나마 내 것이었던 이 극장의 삶을 영원히 떠나고 싶지 않은 욕구를 느꼈다. 만일 오늘 저녁 식탁에서 내가 「페드르」를 보러 가도록 허락하는 데 많은 도움을 준 라 베르마의 찬미자인 노르푸아 씨로부터 그녀에 관해 더 많은 걸 배울 수 있으리라 기대하지 않았다면, 아마도 집으로 곧바로 돌아가면서도 마치 유배지로 떠나는 사람마냥 강제로 나를 극장에서 떼어 놓아야 했을 것이다. 아버지는 저녁 식사 전에 날 노르푸아 씨에게 소개하려고 서재에 부르셨다. 내가 방 안에 들어서자 대사는 몸을 일으켜 손을 내밀며 큰 키를 기울이더니 푸른 눈으로 나를 주의 깊게 바라보았다. 프랑스를 대표하던 시절 그가 소개받는 외국인 방문객들은 꽤 알려진 저명인사들이었으며 — 유명 가수들을 포함해서 — 나중에 그들의 이름이 파리나 상트페테르부르크에서 사람들 입에 오르내릴 때면 금세 자신이 뮌헨이나 소피아에서 그들과 함께 보낸 밤이 뚜렷이 기억난다는 말을 할 수 있다고 생각했으므로 그에게는 그들과 친분을 갖게 되어 기쁘게 생각한다는 것을 친절하게도 상대방에게 깊이 새겨 놓으려는 습관이 있었다. 게다가 외국 수도에서 보내는 생활이 그 도시를 거쳐 가는 모든 흥미로운 인사들뿐 아니라 그곳에 거주하는 사람들의 관습도 접하게 해 주었으므로 역사, 지리, 다른 민족의 풍습이나 유럽의 지적 동향 같은, 책에서는 배우지 못하는 깊은 지식을 얻을 수 있다고 확신했던 그는, 새로운 방문객을 만날 때마다 날카로운 관찰 능력을 발휘하여 자신이 지금 상대하는 자가 어떤 인간인지를 그 즉시 알아내려고 했다. 이미 오래전부터 정부 외국 주재 업무를 맡지 못했지만 그의 두 눈은 누군가에게 소개되기만 하면 아직 휴직 통고를 받지 못했다는 듯 성공적인 관찰을 시작했고, 관찰하는 동안에는 갖가지 태도로 그 낯선 사람의 이름이 자기가 알지 못하는 이름이 아니라는 걸 드러내려고 애썼다. 이처럼 그는 친절하고도 또 폭넓은 경험을 해 본 사람 특유의 거드름 피우는 태도로 말했고, 내가 마치 어떤 이국적인 풍습이나 교육 가치가 있는 기념비, 또는 순회공연 중인 배우라도 되듯이 예리한 호기심과 더불어 자신의 이익을 위해 계속해서 날 살폈다. 그리하여 그는 내게 현자 멘토르의 위엄 있는 친절함과 젊은 아나카르시스의 열렬한 호기심을 동시에 증명해 보였다.*

노르푸아 씨는 《르뷔 데 되 몽드》와 관련해서 내게 어떤 제안도 하지 않았지만, 지금까지 살아오면서 내가 어떤 일들을

---

* 멘토르는 오디세우스의 친구이자 오디세우스의 아들 텔레마코스의 가정교사로서, 아테나 여신이 이 현인으로 가장해서 아버지 오디세우스를 찾아 나선 텔레마코스를 도왔다고 한다. 이 이야기는 많은 작품을 낳았으며, 그중에서도 프루스트는 17세기 작가 프랑수아 페늘롱(François de Fénelon, 1651~1715)이 쓴 『텔레마크의 모험』과 특히 '멘토르'를 아나카르시스(『아나카르시스의 그리스 여행』)와 연결한 18세기 바르텔레미(Barthélemy, 1792~1835) 사제의 『텔레마크』를 참조한 것처럼 보인다. 아나카르시스(Anacharsis)는 고대 그리스를 관통하면서 다양한 인식과 지혜에 입문한 인물로 순수함과 자연으로의 회귀를 상징한다.

하고 또 어떤 공부를 했는지 질문했고 내 취미에 대해서도 물어 왔다. 이제껏 나는 취미를 따르지 않는 게 의무인 줄 알아 왔는데 오히려 그 취미를 따르는 게 옳다는 걸 그의 입을 통해 처음으로 들었다. 내 취미가 문학 쪽에 기울어 있으므로 그는 내게 문학을 단념하라고 하지 않았다. 오히려 반대로 그는 문학에 대해, 마치 로마나 드레스덴*의 고급 사교장에서 만나 아주 좋은 추억을 간직했지만 지금은 삶의 여러 다양한 의무 때문에 거의 만나지 못하는 어느 존경할 만한 매혹적인 여인에 대해 말하듯이 아주 공손하게 말했다. 그런 뒤 그의 입가에 피어오른 거의 선정적이라고 할 수 있는 미소는 자기보다 더 행복하고 더 자유로운 내가 그 여인과 보낼 감미로운 순간들을 부러워하는 듯 보였다. 하지만 그가 쓰는 단어 자체는 내가 콩브레에서 그렸던 '문학'의 이미지와는 너무도 다르다는 걸 가르쳐 주었다. 그래서 나는 문학을 포기한 것이 이중으로 옳았음을 깨달았다. 지금까지는 내게 글을 쓸 재능이 없다고만 생각했는데 이제는 노르푸아 씨가 내게서 글을 쓰고 싶은 욕망마저 빼앗아 간 것이다. 나는 그에게 내가 꿈꾸어 왔던 것을 설명하고 싶었다. 그러나 감동으로 가슴이 떨리는 내게서 이 모든 말들이 지난날 내가 느꼈지만 한 번도 말로 표현해 보려 하지 않았던 것을 진지하게 대신할 수 있을지 망설여졌고, 다시 말해 내 말이 전혀 분명하지 않을 수 있다는 생각이 들었다. 어쩌면 직업적인 습관 탓인지, 아니면 고견을 들려 달라고

---

* 독일 남동부 작센 주의 수도로 유럽에서 가장 훌륭한 미술관이 있다.

부탁받은 유력 인사가 대화의 주도권이 자기 손에 있음을 의식하고는 상대방을 흥분하게 하고 애쓰게 하고 마음대로 괴롭힐 때의 침착함 때문인지, 그것도 아니면 자기 얼굴의 특징을(그의 말에 따르면 그의 풍성한 그리스 풍 구레나룻에도 불구하고) 보다 돋보이게 하기 위해서인지 노르푸아 씨는 사람들이 그에게 무엇인가를 설명하는 동안에는 어느 박물관에 있는 고대의 ― 그리고 귀먹은 ― 흉상 앞에서 말한다는 느낌이 들 정도로 전혀 얼굴을 움직이지 않았다. 그러다가 경매사의 망치처럼 또는 델포이의 신탁처럼 갑자기 떨어지는 대사의 목소리는 상대에게 응답하기는 하지만 상대로부터 받은 인상이나 자신이 말하려는 의견을 얼굴 어느 곳에서도 드러내지 않아 더욱 강한 인상을 남겼다.

"바로." 하고 그는, 마치 재판에서 판결이 내려졌다는 듯이, 잠시도 날 떠나지 않던 그 부동의 눈길 앞에서 날 더듬거리게 하다가 갑자기 말을 꺼냈다. "내 친구 아들 중에 '필요한 부분만 약간 수정하면(mutatis mutandis)'* 자네와 거의 똑같은 친구가 있네.(그리고 그는 우리 두 사람의 공통된 소질에 대해 마치 문학이 아니라 류머티즘에 관한 말인 듯, 또 그런 것으로는 죽지 않는다는 걸 보여 주려는 듯 확신에 찬 어조로 말했다.) 그러니까 그 친구도 자기 아버지가 길을 모두 닦아 놓았는데도 케도르세** 를 떠나기로 결심하고는 남의 말에 개의치 않고 글을 쓰기 시

---

* 라틴어 관용어로 두 개의 유사한 상황을 비교할 때 쓰는 말이다.
** 프랑스 외무부가 있는 곳.

작했다네. 물론 후회할 필요는 없었네. 이 년 전에 책을 출간했고 — 물론 자네보다는 나이가 훨씬 많지만 — 빅토리아니안자* 호수 서쪽 연안에서 느낀 무한에 관한 감상을 쓴 책인데, 올해도 또 한 권의 소책자를 냈네. 전작에 비하면 그리 대단치는 않지만 그래도 필치가 경쾌하고 곳곳에 예리한 부분이 있더군. 불가리아 군대의 연발총에 관한 이야기인데 그 덕분에 단연 두각을 나타냈네. 이미 출셋길에 들어선 셈인데 도중에 멈출 사람은 아니라네. 내가 알기로 도덕과학 아카데미에 정식 후보로 고려된 건 아니지만 그래도 그 친구 이름이 두세 번 상당히 호의적으로 거론되었다고 하더군. 요컨대 아직 정점에 이르렀다고 할 수는 없지만 많은 노력 끝에 상당히 훌륭한 지위와 성공을 쟁취한 셈이라네. 성공이란 것이 언제나 잘난 체하는 선동가들이나 말썽꾼들, 문제아들에게만 어울리는 것은 아니니까. 그의 노력이 성공으로 보상받은 셈 아니겠는가."

아버지는 몇 해 후에 한림원 회원이 되어 있을 내 모습을 그려 보는 듯 만족한 기색이 역력했는데, 그 기색은 노르푸아 씨가 자신이 하려는 행동의 결과를 따져 보려는 듯 잠시 망설이다가 내게 명함을 주며 이렇게 말하자 절정에 달했다. "내가 보냈다고 하고 그분을 찾아가 보게. 틀림없이 유익한 충고를 해 줄 테니." 이 말은 내일 선원 견습생으로 범선에 승선시켜 주겠다는 통보를 받았을 때만큼이나 어떤 고통스러운 동요를

---

* 아프리카에서 제일 큰 호수로 우간다, 탄자니아, 케냐 세 나라에 걸쳐 있다. 빅토리아 호라 불리기도 한다.

내 마음에 일으켰다.

레오니 아주머니는 매우 거추장스러운 물건과 가구 들 그리고 현금 자산 대부분을 내게 유산으로 물려주셨다. 살아있는 동안에는 거의 짐작도 하지 못했던 나에 대한 애정을 아주머니는 이처럼 돌아가신 후에 보여 주셨다. 성인이 되기까지 내 재산을 관리해야 했던 아버지는 노르푸아 씨에게 투자처 몇 곳을 문의하셨다. 노르푸아 씨는 자신이 안전하다고 판단하는 낮은 금리의 공채, 그중에서도 특히 영국 공채와 이율이 4퍼센트인 러시아 공채를 권했다.* 노르푸아 씨는 "이런 일급 공채라면, 수익은 그다지 높지 않지만 자산 가치가 떨어지는 일은 없으니 적어도 안심하실 수는 있을 겁니다."라고 말했다. 나머지는 아버지가 대충 자신이 산 것을 노르푸아 씨에게 설명했다. 노르푸아 씨는 축하의 뜻이 담긴 보일 듯 말 듯한 미소를 지어 보였다. 자산가라면 으레 그렇듯 그도 재산을 선망의 대상으로 여겼지만 남이 소유하는 재산에 대해서는 너무 눈에 띄지 않게 암묵적인 표현으로 칭찬해 주는 편이 더 세련된 행동이라고 생각했던 것이다. 한편 자신도 대단한 부자였으므로 친구의 대단치 않은 수입을 상당하다고 평해 주는 편이 좋은 취향이라고 여겼지만, 이러한 행동에는 훨씬 많은

---

* 영국 공채는 각종 기금을 하나로 병합 정리한 콘솔 공채를 가리키며, 러시아 공채는 1880년 프랑스와의 조약 이후 러시아가 프랑스에서 상당액의 채무를 지면서 발행한 공채다. 1890년 《르뷔 데 되 몽드》는 러시아와 영국의 재정 상황이 흑자라고 강조했지만, 「사라진 알베르틴」에 이르면 노르푸아가 추천한 주식이 가장 가치가 많이 하락했음이 드러난다.

자기 재산을 돌아보며 느끼는 기쁨과 든든함이 배어 있었다. 대신 그는 아버지에게 "매우 확실하고, 매우 섬세하고, 매우 세련된 취향으로" 자산을 '분산투자' 했다고 칭찬해 주었다. 마치 주식시장의 상호적 가치에, 또 주식 그 자체에 어떤 미학적인 가치 같은 걸 부여하는 듯했다. 아버지는 비교적 최근에 발행되어 사람들에게 잘 알려지지 않은 어떤 주식에 대해 말씀하셨는데, 노르푸아 씨는 상대방이 혼자만 읽은 줄로 믿고 있는 책을 이미 읽어 본 사람처럼 "그럼요, 저도 얼마 동안 시세표에서 그 주식 동향을 재미있게 지켜봤습니다. 흥미롭더군요." 라고 말하면서, 잡지에 실린 새 연재 소설을 토막토막 읽은 정기 구독자가 회고하듯 짓는 경탄의 미소와 더불어 "곧 발행될 주식을 신청하신대도 만류하지 않겠습니다. 매력적입니다. 상당히 괜찮은 가격에 제공될 겁니다." 라고 말했다. 반면 오래된 주식에 대해서는 비슷비슷한 이름들이 혼동되어 정확한 이름이 생각나지 않았는지 아버지가 서랍을 열고 증권을 꺼내 직접 대사에게 보여 드렸다. 그 증권은 내 마음을 사로잡았다. 그것은 내가 예전에 뒤적거렸던 몇몇 오래된 낭만주의 책자에서처럼 대성당의 첨탑들과 비유적인 형상들로 장식되어 있었다. 같은 시대에 속한 것들은 모두가 닮는 법이다. 어느 시기의 시집에 삽화를 그린 화가들은 당시 금융회사들을 위해 작업한 화가들과 동일한 인물이다. 그러므로 콩브레의 식료품상 진열대에 걸렸던 『파리의 노트르담』이나 제라르 네르발의 작품들을 가장 잘 상기시켜 준 것은 바로 이런 강(江)의 신들이 떠받치는 직사각형 꽃 장식 테두리가 쳐진 상

수도 회사의 기명증권이었다.*

아버지는 내 지성의 유형에 대해 약간 경멸했지만, 그 감정은 애정으로 충분히 수정되었으므로 내가 행하는 모든 것에 대한 아버지 감정은 결국 맹목적인 관대함이라 할 수 있었다. 그래서 아버지는 주저 없이 내가 예전에 콩브레 산책에서 돌아오는 길에 썼던 짧은 산문시를 가져오라고 하셨다. 나는 그 글을 어떤 열광 상태에서 썼으므로 그 열광이 글을 읽는 사람에게도 틀림없이 전달되리라고 생각했다. 그러나 노르푸아 씨의 마음은 사로잡지 못했는지 그는 내게 한 마디 말도 없이 그 글을 돌려주었다.**

아버지가 하는 일을 더없이 존경하는 어머니가 들어오셔서 조심스럽게 식사를 대접해도 좋은지 물어보셨다. 어머니가 끼어들어서는 안 되는 대화에 혹시 방해나 되지 않을까 걱정하셨던 거다. 그런데 실제로 아버지는 두 분이 함께 위원회 차기 회의에서 지지하기로 결정한 몇 가지 유용한 조치에 대해 끊임없이 환기하는 중이었으며, 또 이 말을 다른 장소에 있을 때 두 동료가 택할 법한 — 이 점에서는 중학생 두 명과도 비슷한 — 특별한 어투로 말했다. 마치 직업적인 습관이 그들에게 어떤 공통의 추억을 제공해서 다른 사람들은 거기 접근할

---

* 『파리의 노트르담』을 쓴 위고와 네르발은 낭만주의 대표 작가들이다. 제라르 드 네르발(Gerard de Nerval, 1808~1855)은 『불의 소녀들』로 프루스트에게 큰 영향을 끼쳤다.
** 화자가 콩브레 산책길에서 쓴 '마르탱빌 종탑' 일화를 가리킨다. 『잃어버린 시간을 찾아서』 1권 309~313쪽 참조.

수 없다는 듯이, 그러니 그런 말투를 쓰더라도 양해해 달라는 듯이. 그러나 노르푸아 씨의 안면 근육은 완벽한 독립 경지에 도달해 있어 듣는다는 표정을 짓지 않고서도 듣는 게 가능해 보였다. 아버지는 끝내 당황하며 "저는 위원회의 의견을 물어야 한다고 생각했습니다만⋯⋯." 하고 긴 서두 끝에 노르푸아 씨에게 말을 건넸다. 그러자 아직 차례가 돌아오지 않은 연주자처럼 무기력한 상태를 고수하던 이 귀족 명연주자의 얼굴에는 같은 주법이면서도 날카로운 어조의, 또 이제 아버지께서 시작한 구절을 끝내는 듯하면서도 이번에는 다른 음색에 맞춘 구절이 튀어나왔다. "그렇다면 주저하지 마시고 회의를 소집하는 게 어떻겠습니까. 위원들과 개인적으로 친분이 있으신 데다 위원들은 쉽게 의견을 바꿀 수 있는 사람들이니까요." 이는 분명 그 자체로 뛰어난 마무리는 아니었다. 그러나 이 말을 하기 전의 부동 상태는, 마치 모차르트의 한 협주곡에서 이제 막 귀를 기울이기 시작한 첼로에 그때까지 침묵을 지키던 피아노가 짓궂다 싶을 만큼 기습적인 크리스털의 선명함으로 자신을 드러내는 것과도 같았다.

"어쨌든 낮 공연은 좋았니?" 하고 아버지가 나를 돋보이게 하려고 식당으로 자리를 옮길 때 물으셨다. 내 열광이 노르푸아 씨에게 좋은 인상을 주리라고 생각하셨던 모양이다. "이 아이가 조금 전에 라 베르마를 들으러 갔었답니다. 전에 라 베르마에 대해 우리가 함께 나누었던 이야기를 기억하시죠." 하고 아버지는 외교관을 향해 얼굴을 돌리면서 그 일이 마치 위원회 회의에 관한 일인 듯, 회고적이고 전문적이면서도 신비스러운 암시가 담긴 어조로 말씀하셨다.

"아마도 크게 만족했을 테지, 더구나 라 베르마를 처음 듣는 거라면. 자네 아버님께서는 이 작은 일탈이 자네의 건강 상태에 끼칠 영향을 걱정하셨다네. 자네가 다소 예민하고 허약한 편이라고 하시면서 말일세. 하지만 내가 아버님을 안심시켜 드렸네. 요즈음 극장은 얼마 안 되기는 하지만 이십 년 전 극장과는 아주 딴판이고 좌석도 아주 편안하고 환기장치도 많이 개선되었네. 아직도 독일이나 영국을 따라잡으려면 할 일이 많지만. 이 두 나라는 다른 많은 점에서도 마찬가지지만 이 점에서도 우리보다 많이 앞서 있다네. 나는 「페드르」에 나오는 마담 베르마를 본 적은 없지만 사람들이 말하는 걸 들으니 경탄할 만하다고 하더군. 물론 자네도 황홀했겠지?"

나보다 천배는 더 지적인 노르푸아 씨는 내가 라 베르마의 연기에서 끌어내지 못했던 진실을 보유하고 있는 게 틀림없었다. 이제 그가 그 진실을 밝혀 주리라. 나는 그의 질문에 대답하면서 그 진실이 어디 있는지 얘기해 달라고 부탁하려고 했다. 그러면 그는 그토록 그 여배우를 보고자 했던 내 욕망이 옳았다는 걸 정당화해 주리라. 내게 주어진 시간은 짧은 순간뿐이었다. 나는 이 순간을 이용해야 했고 내 질문을 핵심적인 요소에 집중해야 했다. 그런데 그 요소는 과연 무엇이었을까? 내 모든 주의력을 그토록 어렴풋한 인상들에 고정하면서 노르푸아 씨를 감탄시키려는 생각은 전혀 없이 오로지 내가 원하는 진실을 얻어 내려는 생각에, 부족한 말들을 상투적인 표현으로 바꾸지 않고 말을 더듬다가 나는 드디어 그를 자극하여 라 베르마의 훌륭한 점을 이야기하게 하고자, 실은 라 베르마에게 실망했다고 고백했다. "뭐가 어쨌다고?" 아버지는, 이해하지 못했다는 나의 고백이 노르푸아 씨에게 불쾌한 인상을 줄지도 모른다는 생각에 당황한 나머지 그만 소리를 지르셨다. "어떻게 즐겁지 않았다고 말할 수 있지? 네 할머니 말씀으로는 넌 라 베르마가 하는 말을 한 마디도 놓치지 않고 눈이 튀어나올 정도로 뚫어지게 바라보았으며 그런 사람은 극장 안에 너밖에 없었다고 하시던데."

"그건 그래요. 라 베르마가 정말 그렇게 뛰어난지 보려고 열심히 귀를 기울였거든요. 틀림없이 연기를 잘하기는 했어요⋯⋯."

"잘하면 그만이지 더 이상 뭐가 필요하다는 거냐?"

"마담 베르마의 성공에 확실히 기여한다고 생각되는 것 중 하나는." 하고 노르푸아 씨는 어머니를 대화 밖에 두지 않고 또 안주인에게 지켜야 할 예절의 의무를 성실히 다하기 위해 어머니 쪽으로 공손하게 몸을 돌리면서 말했다. "배역을 선택하는 데 있어 그녀가 기울이는 완벽한 취향입니다. 이러한 취향이 언제나 진짜 성공이라고 할 수 있는 수준 높은 성공을 가져다준 거죠. 그녀는 시시한 작품에는 좀처럼 출연하지 않습니다. 보시다시피 그녀는 페드르 역에 달려들지 않았습니까. 그리고 이러한 취향을 의상이나 연기에도 적용합니다. 이미 여러 차례 영국과 미국 순회공연에서 많은 성공을 거두었는데도 전혀 저속함에 물들지 않았잖습니까. 존 불의 저속함을 두고 하는 말이 아닙니다. 적어도 빅토리아 왕조 시대의 영국에는 부적절한 표현이니까요. 샘 아저씨의 저속함이라면 또 몰라도.* 지나치게 화려한 빛깔이나 과장된 외침도 없습니다. 그리고 그녀에게 그처럼 도움이 되는, 그녀가 황홀할 정도로 잘 연출하는 그 경탄할 만한 목소리는 감히 음악가의 목소리라고 말하고 싶을 정도입니다!"

라 베르마의 연기에 대한 내 관심은 더 이상 현실의 압박이나 제한을 받지 않아도 되었으므로 공연이 끝난 후에도 계속 커져만 갔다. 하지만 나는 이런 관심에 대한 설명을 찾아야 할 필요를 느꼈다. 게다가 내 관심은 라 베르마가 연기하는 동안 한결같은 강도로 그녀가 제공하는 모든 것에, 분리될 수 없는 삶 안에, 내 눈과 내 귀에 놓여 있었기 때문에 그 어떤 것도 분리하거나 구별해 내지 못했다. 그런 까닭에 내 관심은 예술가의 단순함이나 뛰어난 심미안에 주어진 이런 찬사들 가운데서 타당한 이유를 발견하면 무척이나 기뻤고, 그 흡인력으로 찬사들을 끌어모으면서 마치 술 취한 사람의 낙천주의가 주변 사람의 행동에서 어떤 동정의 이유를 발견해 내듯이 그 찬사들을 낚아챘다. "그래, 맞아." 하고 나는 중얼거렸다. "얼마나 아름다운 목소리야, 큰 소리도 지르지 않고, 또 의상도 얼마나 단순해. 「페드르」를 선택하다니 얼마나 뛰어난 지성인지

* 존 불(John Bull)은 스코틀랜드의 존 아버스넛(John Arbuthnot, 1667~1735)이 1712년에 만든 캐릭터로 실크해트에 영국 국기로 만든 조끼를 입고 우산을 든 영국인의 전형을 형상화한 인물이다. '불'은 황소란 뜻으로 솔직하면서도 우직한 영국인의 모습을 가리킨다. 이에 반해 샘 아저씨(Uncle Sam)는 미국을 희화한 이미지로, 보통 흰머리에 턱수염이 있고 미국 국기를 연상하는 복장을 한 나이 든 남자의 모습이다. 노르푸아는 이 문단에서 자신이 영국이 아닌 미국의 저속함에 대해 말하고 있음을 상기시키고 있다.

몰라! 그래, 난 실망하지 않았어."

당근을 넣은 차가운 쇠고기 요리가 투명한 수정 덩어리와
도 흡사한 젤리의 거대한 크리스털 위에 놓여 우리 부엌의 미
켈란젤로에 의해 그 모습을 드러냈다. 노르푸아 씨는 "일류
요리장을 두셨군요, 이건 사소한 일이 아닙니다. 외국에서 어
느 정도의 생활수준을 유지해야 했던 저는 완벽한 요리장을
구하는 게 얼마나 힘든 일인지 잘 압니다. 진짜 회식에 초대해
주셨군요." 하고 말했다.

사실 귀빈을 위해 그녀에게 어울리는 어려움들로 가득한
저녁 식사를 성공적으로 마련하겠다는 야심으로 지나치게 흥
분했던 프랑수아즈는 보통 집안 식구들만 있을 때에는 하지
않았던 노력을 발휘하여 콩브레에서의 그 비할 데 없는 솜씨
를 되찾고 있었다. "이건 고급 레스토랑에서도 맛볼 수 없는
겁니다. 가장 훌륭한 곳에서도 말입니다. 이 쇠고기 스튜만 해
도 젤리는 끈적거리지 않고 쇠고기에는 당근 향이 배어 있군
요, 정말 대단합니다! 이 음식을 다시 먹는 걸 허락해 주십시
오." 하고 그는 젤리를 더 원하는 듯한 몸짓을 하며 이렇게 덧
붙였다. "다음엔 아주 다른 요리로 귀댁의 바텔 솜씨를 평가
하고 싶군요. 예를 들어 스트로가노프 쇠고기 요리에 도전하
는 모습을 보고 싶군요."*

노르푸아 씨는 식사 시간의 즐거움을 더하는 데 일조하려

---

* 바텔(Vatel)은 루이 14세 시대의 전설적인 요리사였다. 스트로가노프는 사우
어 크림을 친 쇠고기 요리로 17세기 러시아 백작의 이름에서 유래한다. 친러시
아파인 노르푸아는 기회가 있을 때마다 이렇게 러시아에 대해 환기한다.

고 그의 동료들을 즐겁게 해 주었던 다양한 이야기들을 해 주었는데, 때로는 앞뒤가 맞지 않는 이미지들로 가득한 긴 문장을 말하는 습관이 있는 어느 정치가의 우스꽝스러운 긴 문장을 인용했고, 때로는 아테네 식 우아함이 충만한 어느 외교관의 간결한 표현을 인용했다. 그러나 사실을 말하자면, 그에게서 이런 두 종류의 문장들을 구별하는 기준에는 내가 문학에 적용하는 기준과는 전혀 닮은 데가 없었다. 그가 말하는 여러 미세한 차이들을 나는 이해하지 못했다. 그가 폭소를 터뜨리면서 낭송하는 말도 그가 훌륭하다고 여기는 말과 그리 차이가 없어 보였다. 그는 내가 좋아하는 작품들에 대해 이렇게 말하는 사람들 부류에 속했다. "그래, 자네는 이해가 되나? 난 솔직히 말해서 전혀 이해가 안 되네, 난 전문가가 아니거든." 나도 같은 말을 그에게 할 수 있었는데, 그가 어떤 대답이나 연설에서 발견하는 재치나 어리석음 또는 웅변이나 과장을 나는 잘 이해할 수 없었고, 또 어째서 이것이 좋으며 저것이 나쁜지 지각하는 이유의 결핍이 이런 종류의 문학을 나로 하여금 다른 어떤 문학보다도 더 신비스럽고 더 모호하게 여기도록 했다. 나는 다만 세상 사람들의 생각을 되풀이해서 말하는 게 정치 분야에서는 열등함의 표시가 아니라 우월함의 표시라는 점을 간파했다. 노르푸아 씨가 신문에 굴러다니는 몇몇 표현들을 사용하며 힘을 주어 발음했을 때, 사람들은 그러한 말들이 단지 그가 말했다는 사실만으로도 하나의 행위가 되며, 그것도 많은 논평을 야기할 행위가 된다고 느꼈다.

어머니는 파인애플과 송로버섯을 섞은 샐러드에 많은 기대를 걸었다. 그러나 대사는 관찰자의 날카로운 눈길을 음식에 던진 후 외교관다운 신중함을 유지한 채 음식을 먹으면서 우리에게 자신의 생각을 말해 주지 않았다. 어머니는 음식을 더 들도록 권했고, 노르푸아 씨도 그렇게 했지만 우리가 기대했던 찬사 대신에 그가 한 말은 이게 전부였다. "부인 말씀에 복종하겠습니다. 이 음식이 부인에게 진정한 '우카제(oukase)'* 라는 걸 알 수 있으니까요."

"'신문'을 읽으니 대사님이 테오도시우스 왕과 긴 대화를 나누셨다고 하더군요." 하고 아버지가 말씀하셨다.

"네, 얼굴을 기억하는 데 특별한 능력이 있는 왕께서 아래층 앞자리에 있는 저를 보시고는 바이에른 궁에서 제가 며칠 동안 왕을 알현했던 사실을 기억해 내셨습니다. 왕께서 '동쪽 나라의 왕좌'**에 오르리라고는 생각조차 할 수 없을 때였죠. (아시다시피, 왕께서는 유럽의회의 부름을 받았을 때 군주 자리가 문장학적으로*** 유럽에서 가장 고귀한 그분 혈통에 비해 약간 미흡하다고 판단하셨으므로 그걸 받아들여야 할지 많이 망설이셨습니다.) 시종 무관이 와서 폐하께 인사드리라고 하기에 당연히 전 서둘러 그 명령에 복종했죠."

---

* 러시아 황제의 칙령을 의미하는 단어로 노르푸아의 친러시아 취향을 드러내는 또 다른 표현이다.
** 독일 바이에른에서 동쪽 나라는 러시아를 가리킨다.
*** 문장학(紋章學)이란 가문이나 단체의 계보, 권위 등을 상징하는 장식 표지를 연구하는 학문으로 14세기 이후 법률가나 성직자로부터 시작되어 독일, 프랑스, 영국 등에서 성행했다. 중세 역사를 규명하는 데 있어 중요한 학문이다.

"그분의 체류 결과에 만족하시나요?"

"매우 만족합니다! 아직도 무척이나 젊은 군주가 난관을, 특히 이처럼 미묘한 정세에서 어떻게 헤쳐 나갈지 우려하는 건 전혀 무리가 아닙니다. 저로 말하면 폐하의 정치 감각에 전폭적인 신뢰를 보내 왔습니다. 그렇지만 고백하건대 폐하께서는 제가 기대했던 것 이상이었습니다. 권위 있는 소식통이 전해 온 정보에 따르면 엘리제 궁에서 폐하께서 하신 건배 인사는 첫 단어부터 마지막 단어까지 직접 쓰신 건데, 폐하께서 도처에 불러일으킨 관심에 완전히 어울리는 내용이었습니다. 한 마디로 거장의 솜씨였죠. 약간 대담하다고도 할 수 있겠지만 이 대담함도 결국 이번 사건으로 완전히 정당화되었다고 할 수 있습니다. 외교 전통에도 물론 좋은 점이 있지만 지금은 그 전통이란 것이 그분의 나라와 우리 프랑스를 더 이상 숨 쉴 수 없는 꽉 막힌 상황으로 몰아넣고 있는 게 사실입니다. 그런데 이런 공기를 쇄신하는 방법 중 하나가, 물론 우리가 추천할 수 있는 방법은 아니지만 테오도시우스 왕께서는 하실 수 있는 방법으로, 바로 유리창을 깨부수는 겁니다. 그분은 그 일을 얼마나 기분 좋게 하셨는지 모든 사람들을 매혹했고, 또 그 단어의 정확성은 폐하의 어머니께서 속하신 문학 소양이 깊은 왕족 혈통을 모든 사람들에게 금방 주지시켰습니다. 그분께서 그분 나라와 프랑스를 결합하는 '친화력'*에 대해 말씀하셨

---

* 친화력(affinité)이란 단어를 사용한 데에는 역사적 사실보다는 문학적인 기억이 작용한 것처럼 보인다.(이를테면 괴테의 『친화력』.) 테오도시우스의 모델인 러시아 황제 니콜라이 2세는 1896년 엘리제 궁에서 한 인사말에서 시기상조라

을 때, 이러한 표현은 대사관에서 별로 사용되지 않는 어휘인 데도 대단히 적절했습니다. 자네도 문학이 외교나 왕좌에 대해서조차 별 해를 끼치지 않는다는 건 알지 않나?" 하고 그는 내게 말을 건네며 덧붙였다. "물론 이런 일은 오래전부터 확인되었던 거죠. 저도 동의합니다. 두 강대국의 관계가 아주 우호적이었으니까요. 단지 말이 필요했던 겁니다. 사람들은 그 말을 기다렸고 기가 막히게 잘 선택되었죠. 그 말이 얼마나 효과적이었는지는 잘 보셨을 겁니다. 저는 두 손을 들어 박수를 쳤습니다."

"친구 되시는 보구베르* 후작께서는 여러 해 전부터 두 나라의 화합을 위해 준비해 오셨으니 매우 만족하셨겠습니다."

"더욱이 사람들을 놀라게 하는 습관이 있는 폐하시니 후작에게도 그렇게 하고 싶으셨겠죠. 하기야 이런 기습적인 행동은 모든 사람들을 사로잡을 정도로 완벽했습니다. 들리는 바에 따르면 처음에는 외무부 장관도 자신의 취향이 아니라고 생각했다지 뭡니까. 누군가가 물어보기라도 하면, 매번 장관은 옆 사람이 들을 수 있도록 아주 큰 소리로 '제게 상의도 하지 않았고 통보도 받지 못했습니다.'라고 말하면서 이번 일에 관한 모든 책임을 분명히 거부했다고 하더군요. 그 일은 대단

고 판단한 '동맹(alliance)'이란 단어 대신에 '우리 두 국가를 결합하는 소중한 관계'라는 표현을 썼다고 한다.
* 보구베르 후작의 모델은 당시 니콜라이 황제의 프랑스 방문을 주도했던 러시아 주재 프랑스 대사 몽테벨로 후작(Marquis de Montebello)으로 알려져 있다.

한 물의를 일으켰죠. 그런데." 하고 그는 짓궂은 미소를 지으면서 말했다. "이 사건으로 인해 무사주의를 최고의 법칙으로 여기는 내 동료들의 평온함이 흔들린 건 아닌지 모르겠군요. 아시다시피 보구베르야 러시아를 프랑스와 가까워지게 하려는 정책 때문에 많은 공격을 받아 왔는데 감수성이 예민하고 섬세한 분인지라 고통이 더 컸을 겁니다. 저는 이 점을 증명할 수 있습니다. 나이는 저보다 훨씬 어리지만, 저하고 자주 왕래하는 오랜 친구인지라 사람됨을 잘 알기 때문이지요. 하기야 누가 그 사람을 모르겠습니까? 마음씨가 수정 같은 사람인데요. 비난거리를 군이 찾는다면 바로 이런 마음씨가 유일한 결점이라고 할 수 있죠. 외교관의 마음씨가 그처럼 투명할 필요는 없으니까요. 그렇다고 해서 이런 결점이 그의 로마 파견을 논의하는 데 방해가 되는 건 아닙니다. 영전이기는 하나 무척 힘든 자리지요. 우리끼리 말이지만 보구베르가 아무리 야심이 없다 해도 이런 영전은 몹시 만족스럽게 여길 것이며, 이 성배를 다른 데로 돌리는 건 원치 않을 겁니다. 아마도 그곳에서의 일도 훌륭하게 잘 해낼 겁니다. 그는 이탈리아 콘술타 궁전*이 원하는 후보입니다. 예술가인 그가 파르네제 궁과 카라치 화랑을 배경으로 서 있는 모습이 눈에 선합니다.** 적어

---

* 로마에 있는 이탈리아 외무부 소재지다. 보구베르가 이탈리아 외무부가 원하는 프랑스 대사라는 의미다.
** 파르네제 궁은 로마에서 가장 아름다운 르네상스 양식 궁전 중 하나로 프랑스 대사관 소재지다. 궁 안에는 바로크 미술의 거장인 안니발레 카라치(Annibale Carracci, 1560~1609)의 이름을 딴 화랑이 있다.

도 그를 미워할 사람은 아무도 없을 겁니다. 그러나 테오도시우스 왕 옆에는 얼마간 빌헬름슈트라세*에 복종하는 '도당'이 있는데, 이 도당은 그 지령에 따라 충실하게 어쨌든 보구베르를 궁지에 몰아넣으려 했습니다. 보구베르는 이런 이면의 음모뿐 아니라, 돈 받고 고용된 엉터리 기자들의 욕설에도 직면해야 했는데, 모든 매수된 기자들이 그렇듯이 이들 역시 모두 비열한 자들로서 나중에는 제일 먼저 용서해 달라고 '아만'**을 빌었지만 그 전까지는 우리 대표를 적대시하면서 주종 관계 서약을 맺지 않는 자들의 바보 같은 비방을 주저 없이 인용했습니다. 보구베르의 적들은 한 달 이상이나 그의 주위에서 춤을 추었죠, '스칼프'*** 춤을." 하고 노르푸아 씨는 마지막 단어에 힘을 주며 강조했다. "그러나 미리 아는 자는 더더욱 조심한다는 말이 있듯이, 그는 이런 비방을 발로 걷어찼습니다." 하고 노르푸아 씨는 더 정력적으로, 또 우리가 잠시 식사를 멈출 만큼 사나운 눈초리로 덧붙였다. "아랍의 한 근사한 속담에도 있듯이 '개들이 짖어 대도 대상(隊商)은 지나간

---

* 빌헬름슈트라세(Wilhelmstrasse)는 베를린에 있는 독일 외무부 소재지다. 그리고 '도당(camarilla)'이란 말은 독일 황제 빌헬름 2세에 반대하는 주전론자들이 황제가 '원탁의 기사' 또는 '도당'이라고 불리는 동성연애자들 무리로 둘러싸였다고 비난한 데서 연유한다. 이들은 황제의 사생활에는 관심이 없었지만, 황제를 둘러싼 인물들이 평화주의자이자 친프랑스파라는 점에 격분했다.
** 회교도 율법에서 적의 목숨을 살려 주거나 사면을 보장해 주는 것을 가리킨다. 비유적인 의미로 '용서를 빌다'라는 뜻이다.
*** 과거 일부 아메리카 인디언들이 전리품으로 챙기던 머리 가죽으로, 스칼프 춤이란 이런 머리 가죽을 흔들며 추는 춤을 가리킨다.

다.'*라고 할 수 있습니다." 이 인용구를 던진 후 노르푸아 씨는 우리를 바라보며 이 말이 자아낸 효과를 판단하려는 듯 잠시 말을 멈추었다. 그 효과는 대단했다. 우리가 아는 속담이었다. 이 속담은 그해 대단히 훌륭한 사람들 사이에서 '바람을 뿌리는 자 폭풍우를 수확한다.'라는 또 다른 속담으로 대체되었지만 '프러시아 왕을 위해 일한다.'라는 속담만큼 끈기 있고 활기차지는 못했으므로 잠시 쉴 필요가 있었다.** 훌륭한 분들은 돌려짓기를 하듯 보통 삼 년 주기로 교양을 경작하기 때문이다. 노르푸아 씨가 《르뷔 데 되 몽드》의 논설들을 장식하는 데 탁월한 재능을 보이는 이런 유의 인용은 논설 자체를 확실하고 사정에 정통한 글로 보이게 하는 데는 전혀 도움이 되지 않았다. 이런 인용이 제공해 주는 장식 없이도 노르푸아 씨가 적절한 지점에서(그는 그렇게 하는 걸 놓치지 않았다.) 이렇게 쓰는 것만으로도 충분했다. "세인트제임스 궁 내각이 위험을 인지한 제일 마지막 주자는 아니었다." 또는 "퐁토샹트르에서는 불안한 눈으로 쌍두 왕정의 이기적이며 능란한 정치를 주시했다." 또는 "위험 경보에 대한 아우성이 몬테키토리오로부터 나왔다." 또는 "저 영원한 발플라츠 식의 이중적 유희."*** 문

---

* 시샘하는 사람들이 아무리 소리를 질러도 일의 진행을 가로막지는 못한다는 뜻이다.

** 첫 번째 속담은 폭력을 야기한 자는 그로부터 오는 결과도 감수해야 한다는 뜻이며, 두 번째 속담은 아무 보상도 받지 못하고 헛수고를 한다는 뜻으로 물론 프랑스에서만 통용되는 속담이다.

*** 빅토리아 여왕이 버킹엄 궁전으로 옮긴 후에도 세인트제임스는 여전히 영국 궁전을 상징한다. 퐁토샹트르는 상트페테르부르크의 외무부 소재지며, 몬테

외한인 독자는 이런 표현에서 그가 직업 외교관임을 알아보고 경의를 표했다. 그러나 다른 사람들 눈에 실제로 그가 가진 것 이상으로 교양이 탁월해 보이게 한 것은 바로 이런 사려 깊은 인용구 덕분이었는데, 그중에도 대표적인 예가 "루이 남작이 늘 그렇게 말해 왔듯이 좋은 정치를 하시오, 그럼 나도 좋은 재정을 펼칠 테니."[*]라는 말이었다.('승리는 상대방보다 십오 분 더 참는 사람에게 돌아간다.'라는 일본인들의 말은 아직 동양에서 수입되지 않았다.) 이러한 훌륭한 문인으로서의 명성이, 무표정한 얼굴 가면 아래 숨겨진 그 뛰어난 간교한 재능에 더해져서는 노르푸아 씨를 도덕과학·정치학 아카데미에 들어가게 했다. 그리고 노르푸아 씨가 러시아와의 동맹을 돈독히 함으로써만 영국과 협조를 이룰 수 있다는 걸 보여 주려고 다음과 같이 주저함 없이 썼을 때 몇몇 사람들은 그가 한림원으로 자리를 옮겨야 한다고까지 생각했다.[**] "케도르세에서는 명확히 이 사실을 알아야 하며, 또 이 점에서 불충분하기만 한 우리 모든 지리 교과서는 앞으로 이것을 가르쳐야 하며, 이 사실을 모르

키트리오는 로마의 국회의사당, 발플라츠는 빈에 있는 외무부 소재지, 쌍두 왕정은 오스트리아-헝가리 왕정을 가리킨다.

[*] 루이 남작은 나폴레옹 1세와 루이 18세 시대의 재정부 장관으로 혁명 이후 구성된 임시 내각 위원회에서 이런 말을 했다고 한다.

[**] 프랑스 학사원(Institut de France)은 아카데미 프랑세즈, 금석학·문학 아카데미, 과학 아카데미, 미술 아카데미, 도덕과학·정치학 아카데미 등 다섯 아카데미로 구성되는데 이 중에서도 아카데미 프랑세즈가 가장 명성이 높다. 따라서 이 글에서는 아카데미 프랑세즈만 한림원으로, 그 회원을 한림원 회원으로 옮기고, 이곳을 제외한 나머지 아카데미 회원에 대해서는 아카데미 회원 또는 학사원 회원으로 칭하고자 한다.

는 지원자들은 모두 대학 입학 자격 시험에서 낙제시켜야 한다. 즉 모든 길은 로마로 통하지만, 파리에서 런던으로 가는 길은 반드시 상트페테르부르크를 거쳐야 한다는 사실을."

"요컨대." 하고 노르푸아 씨는 아버지께 계속 말을 이었다. "보구베르는 자신이 기대했던 것 이상으로 큰 성공을 거두었습니다. 사실 그는 그저 의례적인 건배 인사 정도를 기대했을 뿐(최근의 불안한 정세로 보아 그 정도도 아주 대단하다고 할 수 있으니까요.) 그 이상은 바라지 않았습니다. 그곳에 참석했던 몇몇 사람들이 내게 화술의 명수이신 폐하께서 인사말을 하시면서 모든 억양이며 모든 섬세함을 살리셨기 때문에 인사말을 눈으로만 읽었다면 그 말이 자아낸 효과를 전혀 짐작할 수 없었을 거라고 단언하더군요. 이 점에 관해 많은 사람의 마음을 사로잡은 테오도시우스 왕의 그 젊은이다운 매력을 다시 한 번 돋보이게 해 준 이런 재미있는 일화도 들었습니다. 이 연설문의 일대 혁신으로 대사관 사이에서 오랫동안 논평의 대상이 될 그 '친화력'이라는 단어에 관해 폐하께서는 대사의 기쁨을 미리 짐작하시고, 거기서 자신의 노력과 어쩌면 오랜 꿈의 성취, 요컨대 원수(元帥)의 지휘봉이라고 할 수 있는 걸 발견하게 될 보구베르 쪽으로 몸을 반쯤 돌리시더니, 외팅겐* 가문 특유의 눈길을 보내시면서 기막히게 잘 선택한 그 '친화력'이라는 단어, 뜻밖의 발견물인 그 단어를 그것도 적절하게 사

---

* 독일 바이에른 지방의 작은 공국 가문에 대한 이 암시는 테오도시우스 왕이 아직 그의 '동쪽 나라의 왕좌'를 생각하지 않았을 때 바이에른 궁에 있었다는 사실과 연관이 있는 것처럼 보인다.

정을 다 알고서 사용한다는 걸 모든 사람에게 알려 주는 그런 어조로 말씀하셨다고 누군가가 제게 확인해 주더군요. 보구베르는 자신의 감정을 잘 억제하지 못했던 것 같습니다만, 이 점은 어느 정도 이해가 갑니다. 제가 신뢰할 만한 사람이 이런 이야기도 털어놓더군요. 만찬 후 여러 사람들에게 둘러싸였을 때 폐하께서 보구베르 쪽으로 다가가서는 '후작님, 당신 제자에게 만족하십니까?' 하고 낮게 말씀하셨다고요. 확실히." 하고 노르푸아 씨는 결론을 지었다. "이런 건배 인사는 두 나라를 가까워지게 하기 위해, 테오도시우스 2세*의 멋진 표현을 빌려 말하자면 그 '친화력'을 돈독히 하기 위해 이십 년 동안 해 온 협상 이상의 것을 해낸 겁니다. 물론 이건 말 한 마디에 지나지 않습니다. 그러나 이 말이 어떤 성공을 거두었는지, 유럽의 모든 신문들이 얼마나 떠들어 댔는지, 얼마나 많은 관심을 불러일으켰고 또 어떤 새로운 소리를 냈는지 모릅니다. 게다가 이 말은 왕의 스타일과도 잘 어울립니다. 그렇다고 해서 저는 왕께서 그처럼 완벽한 다이아몬드를 날마다 발견하신다고는 말하지 않겠습니다. 그러나 미리 준비한 연설문이나 더 낫게는 즉흥적인 대화에서조차도 몇몇 강경한 단어를 통해 왕께서 자신의 성격을 드러내지 않는 경우는 — 저는 '자신의 서명을' 하지 않는 일이라고 말하려고 했습니다만. — 거의 없습니다. 이 점에 관한 한 저는 이런 종류의 모든 개혁에는

---

* 『잃어버린 시간을 찾아서』 전권을 통해 테오도시우스 '2세'라고 표기된 것은 이 문단이 유일하다. 니콜라이 2세가 테오도시우스의 모델로 쓰였다는 점을 간접적으로 암시하는 대목이다.

반대하는 사람이기 때문에 편파적이라는 의심은 받지 않을 거라고 생각합니다. 개혁이란 십중팔구 위험하니까요."

"그러실 겁니다. 독일 황제가 최근에 보낸 전보가 대사님 취향에는 맞지 않으리라고 생각했습니다." 하고 아버지가 말씀하셨다.

노르푸아 씨는 "아! 그분은!"이라고 말하는 듯 시선을 하늘로 향했다. "우선, 그건 배은망덕한 짓입니다. 범죄 이상의 죄악입니다.* 내가 피라미드처럼 거대하다고 규정하는 그런 어리석음 중의 하나지요. 어쨌든 비스마르크를 쫓아냈던 그 인간은 누군가가 저지하지 않으면 점차로 비스마르크의 모든 정책을 폐기할 수도 있을 겁니다. 그렇게 되면 그건 미지의 곳을 향해 뛰어드는 격이지요."**

"남편이 말하길 이번 여름 대사님께서 제 남편을 스페인에 데리고 가신다고 하던데, 남편을 위해 아주 기쁘게 생각해요."

"아주 근사한 계획으로, 저도 무척 즐겁게 생각합니다. 나도 무척이나 자네하고 여행을 하고 싶다네, 친구. 그런데 부인께서는 이번 휴가를 어떻게 보내실지 생각해 보셨나요?"

"어쩌면 아들과 함께 발베크로 갈 수도 있는데 아직은 잘

---

* 이 말은 나폴레옹이 명장 앙기엥(Enguien) 공작을 1804년 처형했을 때, 당시 탈레랑(Talleyrand) 재상이 했던 말로 알려져 있다.
** 빌헬름 2세는 1888년 즉위한 지 이 년 후 당시 총리였던 비스마르크를 해임했는데 비스마르크가 유럽 대륙에서 독일의 지위를 강화하는 보장 정책에 중점을 둔 반면, 황제는 해외로 적극적인 진출을 도모하는 세계 정책을 취했기 때문이다. 그리고 여기서 말하는 '전보'는 황제가 비스마르크의 80세 생일을 축하하면서 보낸 것으로 비스마르크의 실정에 대한 비난이 쓰여 있었다고 한다.

모르겠어요."

"아! 발베크는 쾌적한 곳이지요. 몇 년 전 그곳에 들른 적이 있습니다. 아주 멋진 별장들이 지어지고 있더군요. 그곳이라면 마음에 드실 겁니다. 그런데 누가 발베크를 택하게 했는지 물어보아도 실례가 안 되겠습니까?"

"제 아들이 그 고장의 몇몇 성당을, 특히 발베크 성당을 보고 싶어 한답니다. 저는 여행이나 특히 그곳에서의 체류로 인한 피로가 이 애 건강에 해롭지나 않을까 걱정했지만요. 그런데 최근에 아주 훌륭한 호텔이 지어졌다는 걸 알게 됐어요. 그런 호텔이라면 우리 애의 건강 상태에 맞춰 안락한 조건에서 지낼 수 있다고 생각해요."

"아, 그래요. 그럼 저도 그런 점을 무시하지 않는 어떤 사람에게 이 사실을 알려 주어야겠군요."*

"발베크 성당은 아주 훌륭하다고 하던데 그렇지 않습니까?" 하고 나는 발베크의 매력 중 하나가 멋진 빌라에 있다는 말을 들은 서글픔을 지우려고 이렇게 질문했다.

"아닐세. 그렇게 나쁘지는 않지만 그래도 진정한 보석 세공이라고 할 수 있는 랭스 대성당이나 샤르트르 대성당과는 비교가 안 된다네, 그리고 내 취향에는 이 모든 것 중에서도 백미는 파리의 생트샤펠 성당이라네."**

---

* '어떤 사람'이란 빌파리지 후작 부인을 가리키는데 그녀가 노르푸아의 정부였다는 사실이 나중에 밝혀진다. 화자와 할머니는 발베크 호텔에서 빌파리지 부인을 만난다.
** 모두 13세기에 지어진 고딕 성당들로 프랑스를 대표한다. 랭스 대성당은 파

"그러나 발베크 성당의 일부는 로마네스크 양식이 아닌가요?"*

"그렇지, 이미 그 자체가 생기 없는 로마네스크 양식이라네. 돌을 레이스처럼 새긴 고딕 건축가들의 우아함이나 독창성을 예고하는 건 하나도 없다네. 그 고장에 가는 사람에게는 발베크 성당이 그래도 방문할 가치가 있을 걸세. 묘한 데가 있으니까. 비가 오는 날 아무것도 할 일이 없다면 들어가 볼 만하겠지. 투르빌**의 묘를 볼 수 있을 걸세."

"어제 외무부 만찬에 가셨습니까? 전 가지 못했지만." 하고 아버지가 말씀하셨다.

"아뇨." 하고 노르푸아 씨는 미소를 지으며 대답했다. "실은 아주 다른 저녁 모임에 가느라고 가지 못했습니다. 아마도 들은 적이 있으실 겁니다만 아름다운 스완 부인 댁에서 저녁 식사를 했거든요."

어머니는 몸이 떨리는 걸 참고 있었다. 아버지보다 감수성이 예민한 어머니는 잠시 후 아버지를 언짢게 할 일에 대해 미

리에서 북동쪽으로 130킬로미터 떨어진 곳에 있으며, 샤르트르 대성당은 남서쪽으로 80킬로미터 떨어진 곳에 있다. 생트샤펠은 파리 한복판 '시테 섬'에 위치하며 채색 유리로 유명하다.

* 로마네스크 양식은 고딕 양식 전 10세기 말에 시작되어 11~12세기에 서유럽 전역에 유행하던 건축 양식으로 단순하고 소박하며 반원형 아치 형태가 많다.

** 투르빌 백작은 17세기 프랑스 원수로 그의 묘는 실제로는 파리 생퇴스타슈 성당에 있다. 이 군인의 묘소를 방문하라는 노르푸아의 충고는, 그 자신이 문학을 좋아하는 화자의 관심을 잘 이해하지 못하고 있음을 말해 준다.

리 걱정하셨던 것이다. 아버지께 닥쳐올 불쾌한 소식이, 마치 프랑스의 좋지 못한 소식이 국내보다 국외에 더 빨리 알려지듯이, 어머니에 의해 먼저 감지된 것이었다. 그러나 스완 부부가 어떤 부류의 사람들을 초대했는지 궁금해진 어머니는 노르푸아 씨에게 그곳에서 만난 사람들에 대해 물어보셨다.

"글쎄요……. 그 집에는 특히 신사분들이 많이 오는 것 같더군요. 결혼한 남자들이 몇 사람 있었는데, 부인들은 그날 저녁 몸이 불편하다고 오지 않았더군요." 대사는 순박함으로 위장한 교활한 대답을 하면서 우리를 둘러보았는데 그 시선의 부드러움과 신중함은 그가 한 말의 빈정댐을 누그러뜨리면서도 교묘하게 과장했다.

"아니, 더 정확성을 기하기 위해 말한다면 부인들이 오긴 했습니다만, 뭐라고 말해야 할지…… 그 부인들은 스완(대사는 '스완'이라고 발음했다.)의 세계에 속한다기보다는 공화국 세계에 속하는 사람들이더군요. 누가 아나요? 그곳이 언젠가는 정치 살롱이나 문학 살롱이 될지. 게다가 다들 그런대로 만족하는 것 같더군요. 저는 스완이 그 점을 조금은 지나치게 과시한다는 생각이 들었습니다. 스완은 다음 주에 그와 그의 아내가 초대받은 집의 이름들을 쭉 늘어놓더군요. 그렇지만 그런 사람들과의 친교를 자랑할 만한 이유도 없는데, 그렇게 세련된 남자가 조심성도 센스도 없이 거의 요령부득이라 할 정도로 지껄여 대다니 놀라지 않을 수 없더군요. 스완은 되풀이해서 '우리에게는 하룻저녁도 약속 없는 날이 없답니다.'라고 말하더군요. 그것이 무슨 명예라도 되는 것처럼,

또 진짜 벼락부자라도 된 것처럼 말이죠. 실은 그렇지 않은데 말입니다. 스완은 남자 친구나 여자 친구도 많지만, 제 말이 너무 앞서 가거나 실례가 아니기를 바랍니다만, 모든 여인들, 아니 대다수의 여인들은 아니라고 해도 적어도 한 여인, 어느 대단한 귀부인만큼은 스완 부인과의 교제를 완전히 반대하지는 않았을 겁니다. 그리고 그런 경우에는 필경 파뉘르주*의 양처럼 한 사람 이상이 그 귀부인을 따라갔을 게 분명하고요. 하지만 스완 쪽에서 그런 방향에서는 어떤 노력도 하지 않는 것 같더군요. 아니, 또 네셀로데 푸딩**을 주십니까! 이와 같은 루쿨루스 향연 후에는 원기를 회복하기 위해 칼스바트에서의 온천 요법이 필요할 것 같군요.*** 아마도 스완은 극복해야 할 장애가 많다고 느꼈나 봅니다. 그의 결혼은 확실히 사람들의 마음에 차지 않았습니다. 그들은 스완 부인의 재산에 대해 떠들어 댔지만 그건 지나친 허풍이고, 하지만 여하튼 그 모든 것이 다 유쾌하게 보이지는 않았습니다. 게다가 스완에게

---

* 16세기 작가 프랑수아 라블레(François Rabelais, 1494~1553)의 소설 『팡타그뤼엘』에 나오는 교활한 인물로 주인공 팡타그뤼엘의 친구다. 파뉘르주는 여행을 하다 장사꾼과 말싸움을 하게 되는데, 복수를 하기 위해 장사꾼의 양을 한 마리 사서 물에 빠뜨린다. 그러자 양의 울음소리에 놀란 다른 양들이 모두 따라서 물에 빠지고 결국에는 장사꾼도 물에 빠지게 된다는 이야기로, '파뉘르주의 양'이란 이처럼 생각도 하지 않고 무작정 남을 따라가는 사람을 가리킨다.

** 설탕에 절인 과일과 맛밤으로 만든 러시아 식 푸딩이다. 러시아의 유명한 외교관으로 서부 유럽에 우호적인 정당에 속했던 인물의 이름을 딴 디저트다.

*** 루쿨루스(Lucullus, 기원전 118년경~기원전 56)는 로마 군인이자 정치가로 호화로운 향연과 사치스러운 생활로 유명했다. 칼스바트(Karlsbad)는 독일어로 찰스 왕의 온천을 의미한다. 독일의 한 지명이기도 하다.

는 굉장한 부자이면서도 사회적 위치가 확고한 숙모가 한 분 계신데, 그 숙모의 남편 되시는 분이 재계에서 상당한 세력가랍니다. 그분은 스완 부인과 만나는 걸 거절했을 뿐만 아니라 친구나 지인들도 자기와 똑같이 하도록 적법한 공세를 폈답니다. 교육을 잘 받은 파리지앵이 스완 부인을 무례하게 대했다는 말은 전혀 아닙니다. 아니고 말고요, 전혀 아닙니다! 게다가 스완은 결투에 응하기 위해 얼마든지 장갑을 벗을 사람이니까요. 어쨌든 신기한 건 말입니다, 그토록 사교계와 엄선한 살롱만을 드나들던 스완이, 기껏해야 아주 잡다한 사람들이 섞였다고밖에 할 수 없는 그런 모임에 열의를 보인다는 겁니다. 오래전부터 그를 알던 저는, 그처럼 교육을 잘 받고 그처럼 선택된 사단에서 인기를 누리던 남자가 체신부 장관 비서실장의 방문에 감사를 표하면서 스완 부인이 그의 부인을 찾아봬도 좋은지 '허락을 구하는 게' 재미있기도 했고 놀랍기도 했죠. 물론 스완은 그런 모임이 낯설 겁니다. 분명 같은 세계가 아니니까요. 하지만 그럼에도 저는 스완이 불행하리라고는 생각하지 않습니다. 결혼 전 몇 해 동안 그의 아내가 아주 비열한 방법으로 협박한 건 사실입니다. 스완이 아내에게 뭔가를 거절할 때마다 아이를 빼앗아 가겠다고 했다는군요. 가엾은 스완은 세련된 사람이지만 또 순진하기도 해서 매번 딸의 납치가 우연히 일어난 일이라고 생각했고, 현실을 직시하려 하지 않았죠. 게다가 그의 아내는 계속해서 말다툼을 벌였기 때문에 사람들은 그녀가 목적을 달성하고 결혼하면 그 무엇도 더 이상 그녀를 제지하지 못할 거라고, 그래서 그들 삶이 지옥이 될 거라고 생각했죠. 그런데 말입니다. 결과는 정반대였습니다! 이제 사람들은 스완이 자기 아내에 대해 말하는 태도를 놀려 대며 악의적인 농담을 늘어놓기까지 한답니다. 물론 얼마간은 의식하고 했겠지만……(몰리에르의 그 말을 아시죠.)* 스완이 '사방에(urbi et orbi)'** 그 말을 떠들고 다닐 거라고는 생각하지 못했죠. 그래도 스완이 자기 아내를 훌륭한 배우자니 뭐니 하고 말할 때면 사람들은 그가 조금은 과장을 섞는다고 생각했죠. 그런데 사람들이 생각하는 것만큼 그 말이 그렇게 거짓은 아니었습니다. 그녀도 나름대로는 스완에게 애정이 있었다는 걸 부정하지 못하는 듯합니다. 물론 모든 남편들이 좋아하는 식은 아니라고 해도, 우리끼리 하는 말이지만, 스완도 오래전부터 그녀를 알아 왔고 또 바보 천치도 아니니까 어떻게 해야 할지를 모른다고는 생각하지 않습니다. 물론 짐작하셨듯이 끊임없이 떠들어 대는 말 많은 사람들의 말을 믿는다면, 오데트가 바람을 피우지 않았다거나 스완이 바람을 피우지 않았다는 건 아닙니다. 하지만 오데트는 스완이 그녀를 위해 해 준 걸 고맙게 생각했고 또 사람들이 우려하던 바와 달리 아주 온순한 천사로 변한 듯합니다." 이런 변화는 노르푸아 씨의 생각처럼 그리 놀라운 일이

---

* 17세기 극작가 몰리에르(Molière, 1622~1673)의 「스가나렐 또는 상상 속의 오쟁이 진 남편」을 암시하는 것처럼 보인다. 따라서 그 말이란 '바람 피우는 아내를 둔 남편'을 가리킨다.
** 로마 가톨릭 교황이 로마와 세계, 만인에게 하는 축복의 말로, '사방에 도처에'란 뜻이다.

아니었는지도 모른다. 오데트는 스완이 마침내 자기와 결혼하게 될 거라고는 믿지 않았다. 그녀가 의도적으로, 최근에 정부와 결혼한 어느 훌륭한 남자의 이야기를 꺼낼 때마다 스완이 냉랭하게 침묵을 지키는 걸 보았고, 그래서 기껏해야 직접적으로 그에게 "아주 잘된 일이라고 생각하지 않나요, 자기 때문에 젊음을 희생한 여자를 위해 그렇게 하다니 무척이나 아름답다고 생각하지 않으세요?"라고 물어도, 그가 "나쁘다고는 말하지 않겠지만 저마다 자기만의 행동 방식이 있는 법이니까." 하고 퉁명스럽게 대답하는 걸 보았기 때문이다. 그가 화났을 때 말했던 것처럼 그녀는 그가 자기를 정말 버릴 수도 있다고 생각했다. 며칠 전에 어느 여류 조각가로부터 "남자란 족속은 아주 비열해서 뭐든지 다 할 수 있어요."라는 말을 들었을 때는 이 비관적인 격언의 심오함에 충격을 받아, 이를 자신에게 적용하며 "어쨌든 전혀 불가능한 일이 아니구나. 이게 내 팔자인가 봐!"라는 말을 낙심한 표정으로 되풀이했다. 그리하여 지금까지 오데트의 삶을 이끌어 왔던, "당신을 사랑하는 남자에게는 모든 걸 다 시킬 수 있어. 남자는 아주 바보니까."라는 말은, "걱정하지 마, 저 사람은 아무것도 깨지 않을 테니까."라는 말을 할 때처럼 윙크로 표현되었는데 이런 낙천적인 격언도 이제 모두 효력을 상실했다. 어쨌든 그동안 오데트는 한 친구가 자신이 스완과 함께 보낸 시간보다더 짧은 시간을 함께 보낸 어떤 남자와 결혼해서는 아이도 없으면서 이제는 상당히 존경받으며 엘리제 궁 무도회에도 초대를 받는데, 이런 친구가 스완의 처신에 대해 어떻게 생각할지가 걱정되었다. 노르푸아 씨보다 더 깊이 있는 진단가였다면, 아마도 오데트를 기분 상하게 한 감정이 바로 굴욕감과 수치심이며, 그녀가 보여 준 저 끔찍한 성격도 그녀의 본질이나 고칠 수 없는 병이 아니며, 그래서 그 후에 일어난 일, 즉 새로운 처방, 결혼이라는 처방이 거의 마술처럼 신속하게 그 고통스럽고도 일상적인, 그러나 본질적이지 않은 고통을 멈추게 해 줄 거라고 진단했을지도 모른다. 거의 모든 사람이 이 결혼에 놀랐다. 그러나 이런 사실 자체가 놀라운 일이다. 우리가 사랑이라고 부르는 현상의 순전히 주관적인 성격을 이해하며, 또 세상에서 이름이 동일한 자와 구별되는 추가적인 인간을 만들어 내는 창조 유형과, 이 추가적인 인간을 구성하는 요소 대부분이 바로 우리 자신에게서 나온 것임을 이해하는 사람은 아마도 극소수인 듯하다. 그러므로 우리 눈에 보이는 모습과 전혀 같지 않은 존재가 우리 삶에서 큰 비중을 차지하는 것을 자연스럽게 생각하는 사람은 거의 없다. 그렇지만 오데트에 관한 한 그녀가 스완의 지성을 완전히 이해하지는 못했다 해도, 적어도 그가 하던 연구 제목이나 세부 사항은 모두 알았으며, 그리하여 그녀에게서 페르메이르*라는 이름은 양재사 친구 이름만큼이나 친숙하다는 사실을 사람들은 알아차렸을 것이다. 스완에 대해 그녀는 남이 알지 못하는 성격 또는 웃음거리로 여겨지는 그 성격의 여러 특징들을 깊

---

* 스완이 가장 좋아하는 화가이다. 『잃어버린 시간을 찾아서』 2권 26쪽 주석 참조.

이 알고 있었고, 아마도 정부나 누이만이 이런 특징들과 비슷한 모습을 가지고 있어 그 특징들을 좋아하는지도 모른다. 우리는 이런 성격적인 특징에 집착하며, 가장 고쳤으면 하는 특징에 대해서조차 집착하곤 하는데, 우리 자신이나 부모님을 대하는 습관과 마찬가지로 한 여인이 결국 관대하고도 다정한 농담을 하는 습관을 가지게 되는 것도 바로 이런 오랜 관계에는 뭔가 가족의 애정과도 같은 부드러움과 힘이 있기 때문이다. 우리와 다른 존재를 연결하는 관계는 상대방이 우리 결점을 판단하기 위해 취하는 관점이 우리와 같을 때 더욱 성스럽게 축성된다. 그리고 이런 개별적인 특징들 가운데는 스완의 성격과 마찬가지로 그의 지성에 속하는 것도 있었지만, 그럼에도 이런 특징들은 전부 스완의 성격에 뿌리박혀 오데트가 쉽게 식별할 수 있었다. 스완이 작가로서 작업하거나 연구물들을 출판할 때면, 그녀는 그의 편지나 대화 속에서는 그렇게도 풍부하게 드러나던 특징들이 잘 나타나지 않는다고 한탄했다. 그녀는 그런 특징들에 더 많은 자리를 할애하라고 그에게 충고했다. 그녀가 그렇게 하길 바랐다면 그녀가 가장 좋아하던 그의 특징들이 바로 그것들이며, 그러한 특징들이 스완 것이어서 그녀가 좋아한 이상, 스완이 쓴 글에서 그러한 특징들이 나타나기를 기대한 것은 어쩌면 그렇게 큰 잘못이 아니었는지도 모른다. 또 어쩌면 그녀는 그의 저술이 조금만 더 생동감 넘친다면, 마침내 스완에게 성공을 가져다줄 것이며 그렇게 되면 자신도 베르뒤랭네에서 다른 무엇보다도 중요하다고 배운 살롱이란 걸 마침내 가질 수 있겠다고 생각했는지도 모른다.

　이런 결혼을 우습게 여기는 사람들, 즉 "내가 드 몽모랑시* 양과 결혼한다면 게르망트 씨는 어떻게 생각하고, 또 브레오테 씨는 뭐라고 할까?"라고 자문하는 사람들이나 이런 사회적 이상을 품은 사람들 사이에, 이십 년 전이라면 스완 자신도 그 모습을 나타냈을 것이다. 조키 클럽 회원이 되려고 그렇게 많은 애를 썼고, 또 그 시절에는 빛나는 결혼으로 입지를 굳혀 파리에서 가장 주목받는 사람들 가운데 하나가 되겠다고 생각했으니까. 단지 이런 결혼에 대해 당사자가 그려 보이는 이미지들이, 다른 이미지들도 모두 그러하겠지만, 완전히 시들고 사라져 버리지 않으려면 밖으로부터의 양분이 필요한 법이다. 당신이 가장 열렬하게 바라는 것이 당신에게 상처 준 남자를 모욕하는 일이라고 하자. 그러나 상대가 다른 나라로 이주하여 더 이상 그 남자의 소식을 듣지 못한다면, 당신의 적은 결국 전혀 중요하지 않게 된다. 만약 어떤 사람들 때문에 조키 클럽이나 학사원에 들어가고 싶었는데 이십 년 동안이나 그들의 모습을 보지 못한다면, 조키 클럽이나 학사원 회원이 된다는 전망도 결코 당신 마음을 끌지 못할 것이다. 그런데 은퇴나 질병, 개종과 마찬가지로 애정 관계도 오래 지속되다 보면, 과거 이미지가 다른 이미지로 바뀌는 법이다. 스완 쪽에서 보면 그가 오데트와 결혼하면서 포기한 것은 사교적인 야심이 아니었다. 이

---

* Montmorency. 프랑스에서 가장 오래된 명문가로 10세기부터 알려졌으며 많은 장군과 추기경을 배출했다.

런 야심으로 말하자면, 실은 이미 오래전에 오데트가 이런 사교적인 야심으로부터 그를 종교적인 의미에서 멀어지게 했다. 하기야 그렇지 않았다면 그의 결혼은 좀 더 나은 평가를 받았을지도 모른다. 왜냐하면 일반적으로 다소 수치스러운 결혼이 다른 모든 결혼보다 높이 평가된다면, 그건 순전히 개인의 행복을 위해 어떤 유리한 상황이 희생되기 때문이다.(물론 여기서 말하는 수치스러운 결혼에는 돈 때문에 하는 결혼은 포함되지 않는다. 아내나 남편이 돈에 팔려 부부가 되는 경우에는, 비록 그 결혼이 전통과 수많은 사례에 대한 믿음, 그리고 부자나 가난한 자에게 두 잣대를 적용하지 않기 위해 이루어진 것이라 할지라도 결국 사회에서 받아들여지지 않는 경우는 거의 없기 때문이다.) 어쩌면 또 한편으로는 타락한 자가 아닌 예술가로서의 스완은 '멘델 학파'*가 실천하는, 또는 신화가 얘기하는 것과 같은 종의 혼합에 따라 종이 다른 존재와 자신을 짝짓는 데, 이를테면 오스트리아 공주가 신분 낮은 사람과, 화류계 여자가 왕가와 혼인할 때처럼 어떤 희열을 느꼈는지도 모른다. 오데트와의 결혼 가능성을 생각할 때마다, 단 한 사람 게르망트 공작 부인만이 마음에 걸렸는데, 결코 속물근성 때문만은 아니었다. 그런데 오데트는 반대로 자기 바로 위 사람들만 생각할 뿐 그렇게 막연한 천상 세계에 사는 사람들은 생각조차 하지 않았으므로, 게르망트 부인에 대해서도 전혀 신경 쓰지 않았다. 그러나 스완은 몽상을 하는

---

* 유전학의 기초를 세운 오스트리아 유전학자 그레고어 멘델(Grégor Johann Mendel, 1822~1884)을 가리킨다.

동안 자신의 아내가 된 오데트의 모습을 그려 보았고, 시아버지 사망으로 게르망트 공작 부인이 된 롬 대공 부인 댁으로 아내, 특히 딸을 데리고 가는 순간을 변함없이 떠올렸다. 아내와 딸을 다른 곳에 소개하는 건 원치 않았지만 공작 부인이 오데트에게 자기 얘기를 하고 오데트가 게르망트 부인에게 할 말들을 상상하고 직접 입 밖으로 내 보면서, 부인이 질베르트를 다정하게 대하고 귀여워하고 이런 딸을 둔 그가 자부심을 느끼도록 하는 모습을 떠올리자 그만 가슴이 뭉클해졌다. 복권 금액 숫자를 마음대로 정하고 당첨되면 어떻게 쓸지를 검토해 보는 사람들처럼 그는 그렇게 꾸며 낸 세부 사항에 대해 똑같이 정확하게 소개하는 장면을 스스로에게 연출했다. 만약 우리 결심 가운데 하나를 따라다니는 이미지가 그 결심의 동기가 될 수 있다고 가정한다면, 스완이 오데트와 결혼한 것은 오로지, 다른 사람은 아무도 동석하지 않고, 아니, 필요한 경우에는 아무도 알지 못하는 가운데 게르망트 부인에게 오데트와 질베르트를 소개하기 위함이라고 말할 수 있었다. 아내와 딸을 위해 스완이 열망했던 이 유일한 사교적 야심은, 나중에 알게 되겠지만, 공작 부인이 두 모녀를 알 일은 결코 없을 거라고 믿으면서 스완이 죽어 갈 정도로 그렇게 절대적인 거부권에 의해 실현이 금지되었다. 그런데 이와 반대로 우리는 스완이 죽은 후 게르망트 공작 부인이 오데트와 질베르트와 친분을 맺는 것을 보게 될 것이다. 그리고 어쩌면 스완으로서는 — 그럴 가치가 없는 일에 그토록 중요성을 부여했던 만큼 — 미래에 대해 지나치게 어두운 생각을 하지 않고, 더 이상 그가 누릴 수 없을 때 그가 소망하는 만남이 일어날 거라고 생각하는 편이 보다 현명한 처사였을 것이다.* 인과관계란 가능한 거의 모든 결과를 만들어 내며, 따라서 우리가 가장 기대하지 않았던 결과도 만들어 낸다. 이 작업은 우리 욕망이나 — 빨리 진행하려고 하면 도리어 방해가 되는 — 삶 자체로 인해 더욱 느리게 진행되어 우리 욕망이나 삶이 멈추었을 때 비로소 실현된다. 스완은 이 사실을 자신의 경험에 비추어 이미 깨달았으며, 또 그의 삶에서 — 그의 죽음 후에 일어날 일의 예시로서 — 처음 만났을 때는 마음에 들지 않았지만 그가 열정적으로 사랑했으며 더 이상 사랑하지 않게 되고서야 한 결혼이, 다시 말해 스완의 마음속에서, 그의 모든 삶을 함께 보내고 싶어 그토록 열망하고 절망했던 존재가 죽고 나서야 한 결혼이 바로 이런 사후의 행복 아니었던가?

나는 화제가 다른 데로 넘어갈까 겁이 나 파리 백작 이야기를 꺼내면서 그분이 스완의 친구가 아니냐고 물어보았다. "사실 그렇다네." 노르푸아 씨는 내 쪽으로 몸을 돌리면서, 또 일에 대한 그의 엄청난 능력과 동화 정신이 활기차게 감도는 푸른 눈길을 내 하찮은 존재에 고정하면서 대답했다. "그런데 말입니다." 하고 그는 아버지께 다시 말을 걸며 덧붙였다. "이렇듯 꽤 재미있는 일을 인용한다고 해서 제가 각하께 바치는 존경심의 한계를 넘어섰다고는 생각하지 않습니다.(아무리 비공식적인 입장이라 할지라도, 제 입장을 난처하게 만들 정도로 개인

---

* 이 만남은 「사라진 알베르틴」에 가서 이루어진다.

적인 친분은 없으니까요.) 실은 아직 사 년도 채 되지 않은 일인데 중부 유럽 어느 작은 역에서 각하께서 우연히 스완 부인을 만난 적이 있었습니다. 물론 어떤 측근도 각하께 그 여인을 어떻게 생각하시는지 물어보지 못했습니다. 부적절한 일이었으니까요. 하지만 우연히 오가는 대화에서 스완 부인의 이름이 나왔을 때 각하께서는 눈에 띄지 않을 정도로, 하지만 착각할 수는 없는 그런 표정으로 그녀의 인상이 호감 가지 않는 쪽과는 거리가 멀다는 걸 기꺼이 보여 주시려 했습니다."

"하지만 스완 부인을 파리 백작께 소개할 가능성은 없지 않았을까요?"하고 아버지께서 물으셨다.

"글쎄요! 모르겠군요. 왕족이란 결코 알 수 없는 분들이니까요."하고 노르푸아 씨가 대답했다. "가장 영광스러운 분들이며 사람들로부터 받아 마땅한 존경심을 충분히 의식하는 분들 가운데는 여론의 심판 따위는 전혀 아랑곳하지 않는 분들도 많습니다. 비록 그 심판이 아주 정당하다 할지라도 자신들에 대한 충성심을 보상하는 일이 문제라면 전혀 개의치 않죠. 그런데 파리 백작은 스완의 헌신적인 태도를 항상 지대한 호의로 받아들이고 있었죠. 게다가 스완은 보기 드물게 재치 있는 사람이니까요."

"그런데 대사님의 인상은 어땠나요, 대사님?"하고 어머니는 예의상 또 호기심에서 물어보셨다.

나이 많은 전문가의 활기가 평소에 말을 아끼는 습관과 뚜렷이 대조를 보이면서 "아주 뛰어난 여인이더군요."하고 노르푸아 씨가 대답했다.

그리고 한 여인에게서 받은 강렬한 인상을 활기차게 말하는 조건이라면 그런 사실을 고백하는 것이 특별히 높은 평가를 받는 대화술이라는 걸 잘 아는 대사는 작게 웃음을 터뜨렸다. 이 웃음이 몇 초 동안 계속되더니 노외교관의 푸른 눈을 적시면서 미세하게 붉은 혈관이 보이는 콧방울을 벌름거리게 했다.

"스완 부인은 아주 매력적인 분입니다!"

"베르고트라는 작가가 그 만찬에 있었나요, 대사님?" 하고 나는 대화 주제를 스완 가족에 머물게 하려고 애쓰면서 수줍게 물었다.

"그렇다네, 베르고트가 거기 있었네." 하고 노르푸아 씨는 아버지에게 상냥하게 대하고 싶다는 듯이, 아버지와 관계된 거라면 뭐든지 중요성을 부여한다는 듯이, 노르푸아 씨 같은 인사로부터 그런 대우를 받는 것에 익숙하지 않은 내 또래 어린애의 질문에조차도 중요성을 부여한다는 듯이 정중하게 내 쪽으로 얼굴을 돌리면서 대답했다. "그분을 잘 아는가?" 하고 그는 비스마르크가 칭찬했던 그 통찰력 깊은 맑은 눈길을 내게 고정하면서 덧붙였다.

"인사를 나눈 적은 없지만, 그분을 아주 존경한답니다." 하고 어머니께서 말씀하셨다.

"하느님 맙소사!" 하고 노르푸아 씨가 말했다.(나 자신보다 몇천 배나 뛰어나고 세상에서 가장 훌륭하다고 여겼던 분이 그에게서는 최하위에 속하는 감탄사를 자아내는 걸 보자 보통 때 날 괴롭혀 온 의혹보다 더 심각한 의혹이 내 지성에 일어났다.) "저는 아드님 관점에 동의하지 않습니다. 베르고트는 제가 소위 피리장이*라고 부르는 자입니다. 지나치게 기교나 겉멋을 부리긴 하지만 기분 좋게 연주한다는 점은 인정합니다. 하지만 요컨대 그뿐이라면 대단한 게 아닙니다. 그의 물렁한 작품에서는 소위 뼈대라고 부를 만한 걸 전혀 찾아볼 수 없습니다. 사건도 없지만 — 있다고 해도 아주 미미하죠. — 특히 중요한 내용이 없어요. 그 책은 바탕이 잘못됐어요. 아니, 차라리 바탕이 없다고 하는 편이 낫겠군요. 삶의 복잡함이 책 읽을 시간을 거의 주지 않고 유럽 지도에도 근본적인 변화가 일어나고 있으며 더욱이 앞으로 이 변화가 어쩌면 더 심해질 거고, 또 시급한 새로운 문제가 도처에서 제기되는 요즘 같은 시대에는 작가에게 단순한 재사(才士)가 아닌 다른 것을 요구할 권리가 있다고 생각하는데, 제 말에 동의하시겠죠? 이 재사는 순수 형식의 가치에 대한 부질없고 하찮은 논쟁으로 우리 밖과 안에서 몰려오는 이중의 '야만인들' 물결에 우리가 시시각각 휩쓸릴 수 있다는 사실을 망각하게 합니다. 제 말이, 이런 신사분들이 소위 '예술을 위한 예술'이라고 일컫는 신성불가침 학파를 모독한다는 걸 잘 압니다. 하지만 우리 시대에는 단어들을 조화로운 방식으로 배열하는 것보다 더 시급한 임무가 있어요. 베르고트의 방식도 때로는 매혹

---

* 베르고트의 모델로 거론되는 아나톨 프랑스 역시 이와 유사한 비난에 대해 이렇게 스스로를 변호했다고 한다. "때로 나는 내 작은 노래에 어떤 의미를 부여하려고 노력한 증거를 보여 줄 수 있음에도 피리를 부는 데 뭔가 수치심을 느낀다."(Jean Levaillant, "Note sur le personnage de Bergotte," *Revue des Sciences hummaines*, 1-3, 1952, p. 43. 『소녀들』(폴리오) 523쪽에서 재인용.)

적이라고 할 수 있습니다. 전 그 점을 부정하지 않아요. 하지만 전체적으로 볼 때 그 모든 것은 나약하고, 얄팍하고, 남성다운 점이 거의 없어요. 베르고트에 대한 자네의 과장된 찬사로 미루어 자네가 조금 전에 보여 준 글 몇 줄이 이제야 더 잘 이해가 가네만, 자네 자신도 솔직하게 어릴 적 심심풀이라고 했으니(그렇게 말하기는 했지만 실제로는 조금도 그렇게 생각하지 않았다.) 내가 그 글을 다시 거론할 필요는 없을 것 같네. 용서받지 못할 죄는 없네, 특히 젊은이의 죄는. 어쨌든 자네 이외의 사람들도 양심에 거리끼는 비슷한 죄를 저지른다네. 자네 혼자만이 스스로 당대의 시인이라고 믿는 건 아니니까. 하지만 자네가 보여 준 문장에는 베르고트의 나쁜 영향이 보이더군. 물론 그 문장 속에서 베르고트의 장점은 하나도 찾아볼 수 없다고 내가 말한다 해도 자네는 놀라지 않을 걸세. 왜냐하면 베르고트는 기교의 대가로 알려졌는데 — 게다가 표피적이지. — 자네 나이에는 아직 문체의 이러한 기본은 없을 테니 말일세. 하지만 베르고트와 똑같은 결점이 벌써 자네에게서도 보이네. 먼저 듣기 좋은 단어들을 나란히 배열하고 다음에 가서야 내용을 따지는, 조금은 거꾸로 된 방식이지. 소앞에 쟁기를 매는 식이라네. 베르고트의 책에서도 그 모든 쓸데없는 형식상의 것들이나 데카당한 선비들*의 그 모든 정교함들이 내게는 불필요해 보이네. 어떤 작가가 좀 보기 좋은

---

* 르메트르는 베르고트의 모델인 아나톨 프랑스에 대해 "지나치게 박학하고 정교한 선비"라고 말한 적이 있다. 『소녀들』(폴리오) 523쪽 참조.

불꽃을 쏘아 올리면 우리는 즉시 걸작이라고 외치지. 하지만 걸작은 그렇게 자주 탄생하는 게 아니라네. 베르고트에게는 그의 업적으로 내세울 만한, 아니 보따리라고 해야 하나, 조금이라도 더 높게 비상하려는 소설, 자기 서가의 좋은 구석 자리에 꽂힐 만한 책은 한 권도 없다네. 난 그의 작품에서 그런 책을 한 권도 발견하지 못했네. 그렇지만 그의 작품만큼은 작가보다 훨씬 낫다고 봐야 하네. 베르고트야말로 바로 책을 통해서만 작가를 알아야 한다고 주장하는 어느 재기발랄한 인간*에게 정당성을 부여한다네. 베르고트보다 더 잘난 체하고, 더 점잔 빼고 더 무례한 사람을 난 상상할 수 없네. 때로 저속하며, 남에게 책처럼, 그것도 자신의 책이 아니라 지루한 책처럼 떠들어 대는 작자, 적어도 그의 책이 지루하지 않다면 지루한 것은 바로 베르고트라는 인간이라네. 가장 모호한 정신에 기교를 부리는 재능을 가진 그는 우리 조상들이 허풍쟁이라고 불렀던 인간이자 또 자기가 하는 말을, 말하는 방식 때문에 더 불쾌하게 만드는 그런 자라네. 비니가 동일한 결점으로 사람들을 싫증나게 한다고 말한 사람이 로메니인지 생트뵈브인지는 잘 모르겠지만. 그러나 베르고트는 한 번도 『생마르스』나 『붉은 봉인』 같은 책은 쓰지 못했잖은가?** 이런 책들의 몇

---

* 여기서 말하는 '재기발랄한 인간'은 바로 미래의 프루스트를 가리킨다. 프루스트는 책과 저자를 동일시하는 19세기 실증주의 비평가 샤를 오귀스탱 생트뵈브(Charles Augustin Sainte-Beuve, 1804~1869)에 반기를 들기 위해 『생트뵈브에 반하여』라는 비평집을 썼다.

** 루이 드 로메니(Louis de Loménie, 1815~1878)가 프랑스 19세기 낭만주의

페이지는 문학사 선집에도 실리는데 말일세."

내가 보여 준 짧은 글에 대한 노르푸아 씨 말에 낙담한 나는 수필을 쓸 때나 단순히 진지한 명상에 몰두하려고 할 때마다 내가 느꼈던 어려움을 생각하면서 다시 한 번 내 지적 무능력과 함께 내가 문학을 위해 태어나지 않았음을 깨달았다. 아마도 지난날 콩브레에서 받은 몇몇 하찮은 인상들이 또는 베르고트의 책 읽기가 나를 몽상 상태로 몰아넣었고 이 상태가 내게는 무엇보다도 커다란 가치가 있다고 생각했는지 모른다. 그런데 이런 상태가 내 산문시에 반영되었으며, 노르푸아 씨는 내가 단지 순전히 어떤 기만적인 환영에 속아 아름다움을 발견했다는 걸 포착하고 꿰뚫어본 게 틀림없었다. 대사는 속지 않았으니까. 그는 오히려 그 반대로 내가 차지한 자리가 얼마나 보잘것없는지를 바로 가르쳐 주었다.(내게 지대한 호의가 있는 아주 박학한 전문가가 외부에서 객관적으로 평가하면서 말이다.) 나는 비탄에 빠졌고 작아지는 느낌이 들었다. 그리하여 내 정신은 사람들이 제공하는 항아리 크기만큼을 채우는 액체처럼, 지난날 천재의 거대한 용량을 채우려고 팽창했을 때와 마찬가지로 지금은 수축되어, 갑자기 노르푸아 씨의 손

시인 알프레드 드 비니(Alfred de Vigny, 1797~1863)에 대해 쓴 글에는 어디에서도 이런 '결점'을 찾아볼 수 없다. 아마도 이 구절은 생트뵈브가 그의 『신월요한담』에서 비니의 한림원 연설을 비난한 대목을 빗댄 것으로 보인다. 『소녀들』(폴리오) 523쪽 참조. 『생마르스』(1826)는 알프레드 드 비니의 소설로 프랑스 역사 소설 발전에 크게 기여한 작품이며, 『붉은 봉인』 역시 비니의 작품으로 원제는 『로레트 또는 붉은색 봉인』이다. 이 작품은 나중에 『군대 생활의 복종과 위대함』(1835)에 수록된다.

에 의해 그 전부가 얄팍한 초라함으로 줄어들며 갇혔다. "우리 첫 만남은 베르고트나 저한테나." 하고 노르푸아 씨는 아버지 쪽으로 얼굴을 돌리며 덧붙였다. "상당히 어려웠다고 할 수 있습니다.(결국은 아주 재미있었다는 걸 말하는 또 다른 방식이었다.) 몇 해 전 제가 빈에서 대사로 있을 때, 베르고트가 여행을 온 적이 있는데, 메테르니히* 대공 부인 소개로 찾아와서는 방명록에 이름을 쓰고 초대받기를 원했습니다. 그때 저는 프랑스를 대표해서 외국에 있었고, 어떤 점에서 정확히 하기 위해 말해 본다면 아주 미미하긴 하지만 그분 작품에 감탄하고 있었으므로, 그분 사생활에 대한 그 서글픈 의견은 무시하려고 했습니다. 그런데 그는 혼자 여행한 게 아니어서 동반자와 함께가 아니라면 초대받고 싶지 않다고 주장했지요. 저는 남보다 특별히 낯을 가리는 사람도 아니고 또 독신자였으므로 어쩌면 결혼한 가장보다는 대사관 문을 좀 더 넓게 개방할 수 있었을지 모릅니다. 그렇지만 고백하건대 그에게는 제가 도저히 적응할 수 없는 비열함이 있었고, 또 그 점은 베르고트가 자기 책에서 사용하는 그 도덕적인, 잘라 말하면 설교하는 어조 탓에 더욱 구역질 나더군요. 책에서는 끊임없는 분석, 게다가 우리끼리 얘기지만, 조금은 따분하며 고통스러운 양심의 가책과 병적인 회한으로 점철된 분석과 또 아주 작은 잘못에

---

* 리하르트 드 메테르니히비네부르크(Richard de Metternich-Winneburg, 1836~1921). 빈 태생 폴린 상도르(Pauline Sandor)는 프랑스 주재 오스트리아 대사인 메테르니히비네부르크와 결혼하여 제2제정 말기 사교계에서 상당한 위치에 올랐다.

도 진짜 장황한 잔소리(경험으로 우리가 훤히 아는)만 늘어놓는 사람이, 사생활에서는 그토록 무분별하고 파렴치한 면만 보여 주니 말입니다. 간단히 말해 나는 대답을 회피했고 대공 부인께서는 거듭 부탁하셨지만 성공하지 못했죠. 그래서 저는 그 인물로부터 높은 평가를 받으리라고는 생각조차 못 하고, 또 저를 함께 초대한 스완의 배려를 그가 어느 정도로 평가했는지도 잘 모릅니다. 스완에게 초대해 달라고 부탁한 사람이 베르고트 자신이라면 모를까. 누가 아니요? 그 작자는 요컨대 환자니까요. 그게 그의 유일한 변명거리인 셈이죠."

"스완 부인의 따님도 저녁 식사에 있었나요?" 하고 나는 거실로 옮겨 가는 순간을 틈타 노르푸아 씨에게 물어보았다. 불빛이 환하게 비치는 가운데 꼼짝 않고 앉아 있는 식탁보다 이편이 내 감정을 더 쉽게 감출 수 있다고 생각했기 때문이다.

노르푸아 씨는 잠시 기억을 더듬으려고 애쓰는 것 같았다.

"그렇다네, 열네 살이나 열다섯 살 정도 되는 소녀 말인가? 만찬에 앞서 암피트리온*의 따님이라고 소개받은 게 기억나는군, 잠깐밖에 보지 못했지, 일찍 잔다고 자리를 떴거든. 아니면 친구 집에 간다고 했던가, 잘 기억이 나지 않는군. 그런데 자네는 스완네 집 일을 훤히 아는 모양이군."

---

* 제우스는 암피트리온으로 가장하고 그의 아내인 알크메네 앞에 나타나 하룻밤 동침했는데, 그 사이에서 태어난 아들이 헤라클레스다. 보통 다른 사람에게 자기 자리를 빼앗긴 집주인을 가리키는 말로 사용되는데, 몰리에르는 「앙피트리옹」에서 아내가 의도적으로 제우스와 바람을 피우는 바람에 질투하는 남편을 극화했다.

"스완 양하고 함께 샹젤리제에서 놀거든요. 아주 매력적인 친구예요."

"그렇지! 그렇고말고! 사실 내가 보기에도 예쁘더군. 하지만 솔직히 말하면 결코 자기 어머니만은 못할 걸세. 자네의 예민한 감성에 상처를 주려고 하는 말은 아니네만."

"전 스완 양의 얼굴이 더 마음에 듭니다. 하지만 물론 스완 양의 어머니에 대해서도 대단히 감탄하고 있습니다. 그분이 지나가는 모습을 볼 희망으로 불로뉴 숲에 산책하러 갈 정도랍니다."

"그 사람들에게 말해 줘야겠군, 아주 마음에 들어 할 걸세."

이런 말을 하는 동안 노르푸아 씨는 잠시 동안 조용히 모든 사람의 입장에서, 내가 스완이 지적이라고, 그의 부모님은 명예로운 주식 중개인이라고, 그의 집이 아름답다고 말하는 걸 들으면서, 내가 다른 지적인 사람이나 다른 명예로운 주식 중개인, 다른 아름다운 집에 대해서도 똑같이 말하리라고 생각했을 것이다. 이는 미친 사람과 얘기하는 어느 정신 건전한 자가 아직 상대방이 미쳤다는 걸 알아채지 못하는 바로 그 순간이다. 노르푸아 씨는 아름다운 여자를 바라보는 일보다 더 자연스러운 즐거움은 없으며, 누군가가 그런 여자에 대해 열정적으로 말할 때는 그 사람이 사랑에 빠졌다고 믿어 주는 척하며 그 점에 관해 농담하거나 그 사람의 계획을 도와준다고 약속하는 일이 예의 바르다는 걸 알았다. 그러나 질베르트와 질베르트 어머니에게 내 이야기를 해 주겠다며(마치 바람의 유동성을 취한, 아니 차라리 노인의 모습으로 가장한 올림푸스의 여신 아테나인 듯* 눈에 띄지 않게 부인의 거실로 들어가 그녀 주의를 끌며 그녀 생각을 차지하고 내 감탄에 대한 고마움을 그녀 마음속에 불어넣어 날 중요한 명사의 친구로 비치게 하고, 그녀 초대를 받을 만한 가치가 있는 인간으로 보이게 하여, 드디어는 그녀 가정의 내밀한 삶 속으로 들어가게 해 줄) 스완 부인의 눈에 나에 대한 커다란 영향력을 행사해 줄 이 명사에게 나는 너무도 큰 애정을 느꼈으므로, 갑자기 그의 부드럽고 하얀 손, 너무 오랫동안 물속에 담가 주름이 진 듯한 손에 입을 맞추고 싶은 충동을 억제할 수 없었다. 그래서 나는 이런 충동적인 움직임을 살짝 몸짓으로 나타내 보였는데, 이를 알아차린 것은 오직 나뿐인 줄로 믿었다. 우리 누구나 자신의 말이나 동작이 어느 정도까지 타인에게 보이는지를 정확히 계산하기란 어려운 법이다. 중요성을 지나치게 과장할까 봐 두려워서, 또 타인에 의해 형성된 추억이 그들이 사는 동안 차지하게 될 부분을 지나치게 큰 비율로 확대하면서, 우리는 우리 말이나 태도의 부차적인 부분들이 거의 상대방의 의식 속으로 뚫고 들어가지 못할 거라고 상상하는데, 하물며 우리가 함께 대화를 나눈 사람들의 기억 속에 남아 있으리라고는 더더욱 상상하지 못한다. 죄를 지은 범인이 자신이 했던 말을 나중에 정정할 때, 그 정정한 말을 다른 어떤 증언과도 대조할 수 없다고 여긴다면 바로 이런 가정에 근거한다. 그러나 수천 년에 걸친 인류 생활에서 모든 것은 다 잊히기 마련이라고 주장하는 신

---

* 47쪽 주석 참조.

문 연재 소설가의 철학은 모든 사물의 불멸을 예언하는 그 반대의 철학보다 진실이 아닐 수도 있다. '파리의 선두 주자'에서 어느 윤리학자는 사건이나 걸작, 더욱이 '명성의 절정'에 놓인 여가수에 대해 "십 년이 지난 후에 누가 이 사람을 기억할 것인가?"라고 말하지만, 이 기사가 실린 같은 신문 3면에서 금석학·문학 아카데미 보고서는 그 자체로는 별로 중요하지 않거나 가치가 없지만 파라오 시대까지 거슬러 올라가는 운문시에 대해 언급하며 또 우리는 아직도 그 원문 전체를 완전히 알고 있지 않은가?* 어쩌면 인간의 짧은 인생은 이와 같지 않을지도 모른다. 하지만 몇 해 후 노르푸아 씨가 방문한 어느 집에서, 그런데 노르푸아 씨로 말하자면, 아버지의 친구이며 관대한 분이고 우리 가족 모두에게 호의적이며 더욱이 직업과 출신 덕분에 신중함이 몸에 밴 분이기에 내가 그 집에서 만날 수 있는 사람 가운데 가장 든든한 후견인이 되어 줄 거라고 생각했는데, 대사가 그 집을 떠난 후에 누군가가 얘기하기를 "내가 그분 손에 입 맞추려고 한 순간을 보았던" 저녁 식사에 대해 노르푸아 씨가 넌지시 비추었다고 했다. 나는 귀까지 붉어졌고, 뿐만 아니라 노르푸아 씨가 나에 대해 이야기를 한 방식과 그 추억의 구성조차 내가 생각했던 것과 너무도 다르다는 걸 알고 깜짝 놀랐다. 이런 '험담'은 인간 정신을 형성하는 방심과 주의력, 기억과 망각 사이의 예기치 않은 비율

---

* '파리의 선두 주자'는 당시 신문의 머리기사 제목이었으며, '금석학·문학 아카데미'는 프랑스 학사원 산하 고고학과 역사적 유물을 다루는 아카데미를 가리킨다. 70쪽 주석 참조.

에 내 눈이 뜨이게 해 주었으며, 또 처음으로 마스페로 책에서 기원전 10세기에 아슈르바니팔 왕이 수렵에 초대한 사냥꾼의 명단을 정확히 알았다는 걸 읽은 날만큼이나 놀라움을 주었다.*

"오! 대사님." 하고, 노르푸아 씨가 질베르트와 질베르트의 어머니에 대한 내 존경심을 전해 주겠다고 하자 난 이렇게 말했다. "그렇게 해 주신다면, 스완 부인에게 제 이야기를 해 주신다면 평생 대사님께 감사를 표해도 충분치 않다고 생각할 겁니다. 이제 제 인생은 대사님 겁니다! 그런데 제가 스완 부인을 알지 못하며 한 번도 소개받은 적이 없다는 사실을 대사님께 꼭 말씀드리고 싶습니다."

나는 양심의 거리낌으로 또 내가 맺지 않은 친분 관계를 자랑하는 것처럼 보이지 않으려고 이 마지막 말을 덧붙였다. 그러나 이 말을 입 밖에 내면서 이미 이 말이 불필요해졌다는 걸 깨달았다. 내가 대사에게 감사의 말을 하기 시작했을 때부터 대사의 얼굴은 싸늘하게 식어 가더니 망설임과 불만의 표현이 스쳐 갔고, 또 두 눈에는 좁고 곁눈질하는 일직선의 시선이 스쳐 가는 걸 보았기 때문이다.(원근법으로 그려진 입체 도면에서 멀어져 가는 한 측면의 선처럼.) 이 시선은 자기 마음속에

---

* 기원전 10세기가 아닌 6세기에 있었던 일로 아슈르바니팔(Assourbanipal, 기원전 685년경~기원전 627)은 아시리아를 통치했던 왕이며, 아름다운 조각품과 니네베 도서관을 남겼다. 사냥꾼 명단은 이집트학 학자 가스통 마스페로(Gaston Maspéro, 1846~1916)가 집필한 『람세스와 아슈르바니팔 시대』에서 언급된다.

있는 어느 보이지 않는 대화 상대에게 지금까지 함께 이야기를 나누던 다른 대화 상대가 — 이 경우엔 내가 — 들어서는 안 되는 뭔가를 말할 때 던지는 시선이었다. 나는 즉시 내가 발음한 이러한 구절들이, 내 마음속에 솟구쳐 오르는 감사 표시에 비하면 아직 부족하지만 노르푸아 씨를 감동시켜 마침내 그에게는 아주 작은 수고이지만, 내게는 큰 기쁨을 가져다줄 중개 역할을 하도록 결심시켜 줄 게 틀림없다고 여겨지는 이러한 구절들이, 어쩌면 (날 괴롭히고 싶은 사람들이 악랄한 의도를 가지고 찾아낼 수 있는 구절 가운데서도) 결과적으로는 그러한 결심을 포기하게 하는 유일한 구절이 될 수 있다는 걸 깨달았다. 사실 이런 구절들을 들으면서 마치 한 낯선 사람이 우리와 함께 유쾌한 감정으로, 지나가는 행인들의 인상을 말하다가 서로 비슷한 인상을 받았음을 알고 그 행인이 천박하다는 사실에 의견의 일치를 보았을 때, 갑자기 그 낯선 사람이 호주머니를 뒤지면서 무심히 "불행하게도 권총을 가져오지 않았군, 한 놈도 남겨 놓지 않았을 텐데."라고 덧붙임으로써 우리와 그 낯선 사람을 갈라놓는 병적인 심연을 보여 주는 것과 마찬가지로, 노르푸아 씨는 스완 부인에게 소개를 받고 그녀 집에 초대받는 일이 그처럼 중요한 일도 아니며 그보다 더 쉬운 일도 없다는 걸 잘 알았지만, 반면 내가 그 일을 정말로 중요하고 따라서 틀림없이 큰 어려움이 따르는 일로 여기는 듯하자, 그는 내가 표현한 욕망이 겉보기에는 정상적인 듯 보이지만 뭔가 다른 생각이나 수상한 목적, 과거의 잘못이 감춰져 있어 그 때문에 스완 부인을 불쾌하게 만들 게 확실해 지금까지 아무도 내 말을 전해 주는 심부름을 하지 않았다고 생각했던 것이다. 그래서 난 그가 결코 내 말을 전해 주지 않을 것이며 여러 해 동안 날마다 스완 부인을 만나면서도 내 이야기는 결코 하지 않으리라는 걸 알아차렸다. 그렇지만 며칠 후 그는 내가 알고 싶어 하던 정보를 스완 부인에게 물어보았고 아버지를 통해 그 정보를 내게 전해 왔다. 하지만 그는 누구를 위해 묻는지는 그녀에게 알려 줄 필요가 없다고 생각했다. 따라서 스완 부인은 내가 노르푸아 씨를 안다는 사실과 내가 그녀 집을 방문하고 싶어 한다는 말은 듣지 못했을 것이다. 그리고 어쩌면 이것은 내가 생각했던 것만큼 그렇게 큰 불행이 아니었는지도 모른다. 왜냐하면 이런 소식 가운데서 내가 그녀 집을 방문하기를 열망한다는 소식이 효력을 발휘하는 데는 노르푸아 씨를 안다는 사실이, 게다가 불확실하기만 한 이 사실이 별로 도움이 되지 않았을 테니까. 오데트로서는 그녀 자신의 삶과 집에 대한 생각이 어떤 은밀한 문제도 야기하지 않았으므로 그녀를 알고 또 그녀 집에 오는 사람이 신화적인 존재로 보이지 않는 데 반해, 내게는 그런 사람이 신화적인 존재로 보였으므로 만약 내가 돌에다 노르푸아 씨를 안다는 사실을 쓸 수만 있다면, 난 그 돌을 기꺼이 스완 씨 집 창문으로 던졌을 것이다. 그리고 이렇게 난폭한 방식으로 전해졌다 할지라도 이 메시지가 그 집 여주인에게 반감을 주기보다는 오히려 날 더 멋진 사람으로 보이게 할 거라고 생각했다. 그러나 만약 노르푸아 씨가 수행하기를 원치 않은 임무가 별 효과 없이 끝날 것이며, 더욱이 그 임무가 스완네 가족에게 나에 대한 나쁜 인상을 줄 수 있다는 걸 알았다 해도, 대사가 동의한 이상 내게는 대사의 임무를 그만두게 할 용기가 없었으며, 나중에 그 결과가 치명적으로 드러난다 할지라도, 내 이름과 나라는 인간이 그토록 한순간 질베르트 곁에, 미지의 그녀 집과 그녀 삶에 가 있었던 만큼 그 쾌락을 포기할 용기가 내게는 없었다.

노르푸아 씨가 떠나자 아버지는 석간신문으로 눈길을 던지셨고 나는 다시 라 베르마를 생각했다. 라 베르마를 들었을 때의 기쁨이 내가 기대했던 기쁨에 훨씬 미치지 못했으므로 그만큼 보충이 필요했다. 그리하여 그 기쁨은 양분을 줄 수 있는 거라면 뭐든지 즉각적으로 자기 것으로 만들었는데, 예를 들어 내 정신은 노르푸아 씨가 라 베르마에 대해 인정했던 가치들을 마치 메마른 초원에 물을 붓듯이 단번에 들이마셨다. 그런데 아버지가 내게 신문을 건네면서 이런 말로 표현된 기사를 가리키셨다. "「페드르」 공연은 예술계와 비평계 대표 인사들이 자리한 가운데 열광하는 관객들 앞에서 이루어졌으며, 페드르 역을 연기한 마담 베르마에게는 그녀의 명예로운 경력에서도 보기 드문 찬란한 성공을 가져다준 계기가 되었다. 연극계의 진정한 사건이라 할 수 있는 이 공연에 관해 우리는 나중에 좀 더 자세히 다루게 될 것이다. 다만 가장 권위 있는 비평가들은 이와 같은 해석이 라신의 인물 중에서도 가장 아름답고 가장 공을 들인 페드르 역을 완전히 쇄신했으며 우리 시대에 만나 볼 수 있는 공연 중에서 가장 순수하고 가장 드높은 예술의 발현이었다고 공언하는 데 의견을 모았다는 점만을 우선 말하고자 한다." 내 정신이 "가장 순수하고 가장 드높은 예술의 발현"이라는 이 새로운 관념을 이해한 순간 이 관념은 내가 극장에서 느꼈던 불완전한 기쁨에 다가가 그 기쁨에 부족했던 점을 덧붙이며 뭔가 열광적인 걸 이루었고 그래서 난 이렇게 소리쳤다. "아, 정말 위대한 예술가야!" 아마도 사람들은 내가 전혀 솔직하지 않다고 생각할지도 모른다. 그러나 자기가 쓴 글에 만족하지 못한 채 샤토브리앙의 천재를 찬미하는 글을 읽거나, 또는 대등한 인물이 되기를 원하던 어느 위대한 예술가를 떠올리면서, 예를 들면 베토벤의 어느 악절을 콧노래로 부르다가 그 곡의 슬픔을 자신이 산문으로 표현하고 싶었던 슬픔에 비교하다가 대개는 천재의 생각으로 가득 채워져서는, 자기 작품에 이 천재의 생각을 덧붙이고 그래서 자기 작품을 다시 생각할 때면 처음 나타났던 대로 보지 못하고, 자기 작품의 가치에 대해 감히 신앙의 맹세마저 하면서 "결국은!" 하고 소리치며 자신에 대한 최종적인 만족감을 표현하는 전체 속에 샤토브리앙의 뛰어난 글 몇 쪽의 기억을 끌어들여 자기 것으로 만들며 그리하여 자기가 그 글을 쓰지 않았다는 것은 전혀 기억하지 못하는 많은 작가들을 생각해 보라. 정부의 사랑을 굳게 믿으면서도 배신만 맛보는 수많은 남자들, 또한 아내를 잃어 위로받지 못한 남편들이 여전히 사랑하는 아내를 생각할 때면, 아니면 예술가로서 누릴지도 모르는 미래의 영광을 생각할 때면 어떤 이해할 수 없는 삶의 연장에 희망을 걸다가도, 차례로 그들 지성이 사후에라도 속죄해야 하는 과오를 생각할 때면 오히려 죽음 후에는 아무것도 없으므로 두려워할 필요가 없다는 생각에 허무를 마음 편하게 받아들이는 이들을 기억하라. 또는 그날그날의 여행에는 권태를 느끼지만 여행 전체를 생각하면 아름다움을 느끼고 열광하는 여행자들을 생각해 보라. 그리고 우리 정신 속에서 공동으로 기거하는 관념들 가운데 우리를 가장 행복하게 해주는 관념이 처음에는 진짜 기생충처럼 자신에게 부족한 중요한 힘을 낯선 사람이나 이웃에게서 얻었던 것은 아닌지 말해 보라.

어머니는 이제 아버지가 나를 위한 '경력'에 더 이상 신경을 쓰지 않는 게 그리 만족스럽지는 않으신 듯했다. 무엇보다도 규칙적인 일상생활로 신경의 충동을 길들이기를 바랐던 어머니에게는 내가 외교관 직을 포기하는 것보다 문학에 전념하는 모습을 보는 편이 더 걱정되었을 것이다. "그냥 둬요." 하고 아버지가 소리치셨다. "무엇보다도 자기가 하는 일에 기쁨을 느껴야 하오. 이제는 어린애가 아니잖소. 지금은 자기가 뭘 좋아하는지도 잘 알고, 취향도 거의 변하지 않을 거요. 또 인생을 행복하게 해 주는 것이 무엇인지도 잘 알 거요." 이런 아버지의 말씀이 준 자유 덕분에 앞으로의 내 삶이 행복할지 어떨지는 두고 봐야겠지만, 어쨌든 그날 저녁 이 말은 내게 많은 고통을 안겨 주었다. 언제나 아버지의 예기치 않은 다정한 몸짓을 접할 때면 아버지의 수염 난 붉은 뺨에 입을 맞추고 싶었는데 그렇게 하지 못한 것은 단지 아버지의 마음을 언짢게 할까 봐 두려웠기 때문이다. 오늘날 어떤 작가가 자신과 구별되지 않아 별 가치도 없어 보이는 그런 자기만의 몽상들로 채워진 작품을 두고 출판업자가 그 몽상에 비해 지나치게 좋은 종이를 고르거나 지나치게 아름다운 활자를 택하는 걸 보고는 겁을 내듯이, 글을 쓰고 싶은 내 욕망이 아버지로 하여금 그토록 많은 친절을 베풀게 할 만큼 중요했는지 스스로에게 물어보았다. 더욱이 변하지 않을 내 취미와 내 삶을 행복하게 해 줄 것에 대해 말씀하시면서, 아버지는 두 가지 무서운 의혹을 내 마음속에 심어 넣었다. 첫 번째는(매일 나는 아직 손도 대지 않은 삶의 문턱에 있으며 내 삶은 다음 날 아침에야 시작되리라고 생각해 왔는데) 내 삶이 이미 시작되었으며, 게다가 뒤이어 올 삶도 지나온 삶과 별로 다르지 않을 거라는 의혹이었다. 두 번째는 사실을 말하자면 첫 번째 의혹의 또 다른 형태에 지나지 않았지만, 내가 '시간' 밖에 있지 않고 소설 속 인물처럼 시간의 법칙에 종속된다는 점이었다. 바로 그런 이유로 콩브레에서 덮개 달린 버드나무 의자 깊숙이에서 그 인물들의 삶에 대한 이야기를 읽었을 때, 인물들이 그토록 날 슬픔 속으로 몰아넣었던 것이다. 이론적으로 우리는 지구가 회전한다는 사실을 알지만 실제로는 깨닫지 못하며, 우리가 걷는 땅도 움직이지 않는 듯 느끼며 그래서 편안히 살아간다. 삶의 '시간'도 이와 마찬가지다. 그리고 이런 시간의 흐름을 느끼게 하려고 소설가는 시곗바늘의 움직임을 미칠 듯이 가속화하여 독자로 하여금 이 초 동안 십 년이나 이십 년, 삼십 년을 뛰어넘게 한다. 페이지 첫머리에서 우리는 희망으로 가득한 연인과 헤어졌지만, 다음 페이지 끝에 가면 양로원 안뜰에서 일상의 산책을 힘겹게 마치고 과거를 망각한 채 사람들이 건네는 말에 겨우 대답하는 여든 살 연인과 만난다. 아버지는 "이제는 어린애가 아니잖소. 지금은 자기가 뭘 좋아하는지도 잘 알고, 취향도 거의 변하지 않을 거요⋯⋯."라는 말씀으로 나 자신이 느닷없이 '시간' 속에 있다는 걸 깨닫게 해 주었고, 내가 아직은 정신 나간 양로원 입소자는 아니라고 해도, 작가가 책 마지막에 유달리 잔인하다고 할 수 있는 무관심한 어조로 "그는 점점 더 시골을 떠나려고 하지 않았다. 마침내 그곳에 정착했다⋯⋯."라고 말하는 그런 소설의 주인공이 된 듯한 슬픔을 안겨 주었다.

그동안 아버지는 우리가 손님에 대해 할지 모르는 비난을 미리 막으려고 어머니께 이렇게 말씀하셨다.

"노르푸아 영감이 당신 말대로 약간 '진부한' 사람이라는 건 인정하겠소. 그분이 파리 백작께 질문하는 게 '부적절한 일'이라고 했을 때 난 당신이 웃을까 봐 겁이 났소."

"그럴 리가요." 하고 어머니가 대답하셨다. "그렇게 훌륭하고 그렇게 연세도 있으신 분이 그처럼 순진하다는 게 전 무척이나 좋았어요. 매우 정직하고 좋은 교육을 받았다는 증거잖아요."

"나도 그렇게 생각하오. 그렇다고 해서 그분이 세련되지도, 총명하지도 않다는 말은 아니오. 난 그 점을 잘 아오, '위원회'에서의 그분은 우리 집에서의 모습과는 아주 다르다오." 아버지는 어머니가 노르푸아 씨를 높게 평가하는 것에 만족해서 노르푸아 씨가 어머니가 생각하는 것보다 훨씬 뛰어난 분이라는 점을 소리 높여 설득하고 싶어 하셨다. 진심 어린 접대

는 남을 헐뜯으며 맛보는 것과 같은 즐거움으로 남을 과대평
가하는 법이니까. "그런데 그분은 어째서 왕족들을…… 알 수
없는 사람이라고 말했을까?"

"그러게요, 당신 말처럼 그렇게 말씀하시더군요. 저도 주의
해서 들었어요, 아주 섬세해요. 정말 그분은 인생에 대해 많은
경험을 하신 분 같아요."

"그런 분이 스완네 집에서 저녁을 들다니, 그리고 거기서
정상적인 사람들, 관료들을 만났다니 놀랍지 않소. 스완 부인
은 어디서 그 모든 사람들을 낚아챘을까?"

"그분이 그 말을 할 때 얼마나 짓궂었는지 보셨어요? '그 집
에는 특히 신사분들이 많이 오는 것 같더군요!'라고 한 말을."

그리고 두 분은 노르푸아 씨가 그 말을 하는 투를 재생하려
고 애쓰셨는데, 마치 「모험가 여인」 또는 「푸아리에 씨의 사
위」라는 연극에서 브레상이나 티롱의 억양을 흉내 내는 모습
과도 흡사했다.* 그러나 프랑수아즈는 노르푸아 씨가 한 말 중
에 자신을 '일류 요리장'으로 불렀던 것을 가장 높이 평가했
는데, 몇 년이 지난 후에도 우리가 그 사실만 환기하면 그녀는
'특유의 근엄한 표정'을 고수하지 못했다. 어머니는 이 말을,
마치 '열병식'이 끝난 후 방문 중인 군주의 축하 인사를 국방
부 장관이 대신 전하듯이 프랑수아즈에게 전해 주러 가셨다.

---

* 「모험가 여인」(1848)은 에밀 오지에(Emile Augier, 1820~1889)의 작품이며,
「푸아리에 씨의 사위」는 에밀 오지에와 쥘 상도(Jules Sandeau, 1811~1883)가
쓴 희극(1854)으로 코메디프랑세즈에서 공연되었다. 브레상과 티롱은 당시 코
메디프랑세즈에서 활동하던 배우들이다.

나는 어머니보다 먼저 부엌에 갔다. 평화주의자이면서도 잔인하기만 한 프랑수아즈로부터 토끼를 너무 아프지 않게 죽이겠다는 약속을 받아 놓았는데도, 토끼의 죽음과 관련하여 어떤 소식도 받지 못했기 때문이다. 프랑수아즈는 그 죽음이 매우 신속하게 잘 처리되었다고 안심시켰다. "저는 그런 짐승은 난생처음 봤어요. 끽소리도 내지 않고 죽지 뭐예요. 도련님이 봤으면 토끼가 벙어리라고 생각했을 거예요." 짐승의 언어를 거의 알지 못했던 나는 아마 토끼는 닭처럼 소리를 지르지 못할 거라고 주장했다. "두고 보세요." 하고 나의 무지에 화가 난 프랑수아즈가 말했다. "토끼가 닭만큼 소리를 지르는지 안 지르는지는 두고 보자고요. 토끼 목소리가 더 크기까지 한걸요." 프랑수아즈는 노르푸아 씨의 칭찬을 소박한 자만심과 더불어 즐겁게, ─ 비록 일시적이긴 했지만 ─ 또 자기 예술에 대해 남들이 하는 말을 듣는 예술가의 지적인 눈길로 받아들였다. 어머니는 예전에 프랑수아즈에게 몇 군데 큰 레스토랑에 가서 어떻게 요리하는지 보고 오라고 하신 적이 있었다. 나는 그날 저녁, 프랑수아즈가 가장 유명한 식당들을 싸구려 식당 취급하는 걸 들으면서, 예전에 내가 연극배우들에게서 그들 재능의 서열이 명성과 일치하지 않는다는 사실을 깨달았을 때와 같은 기쁨을 느꼈다. "대사님께서는." 하고 어머니는 프랑수아즈에게 말씀하셨다. "당신이 만든 차가운 쇠고기와 수플레*는 다른 어느 곳에서도 먹지 못할 거라고 하셨어요." 프랑수아즈

---

* 달걀흰자에 우유를 섞어 구운 과자.

는 겸손하게 진실을 존중한다는 표정으로 그 말을 받아들였지만, 그렇다고 해서 대사라는 직함에 그리 감동한 것 같지는 않았다. 그녀는 자신을 '요리장'으로 알아봐 준 사람에게 걸맞은 호의를 노르푸아 씨에게 표명하면서 "나처럼 좋은 노인이죠."라고 말했다. 노르푸아 씨가 집에 올 때면 그녀는 노르푸아 씨를 보려고 애썼지만, 어머니가 문 뒤나 창가에 있는 걸 무척이나 싫어하셨고, 또 다른 하인들이나 문지기들을 통해 그녀가 망본다는 사실이 전해질까 봐(프랑수아즈는 도처에서 '질투와 혐담'이 난무하는 걸 보아 왔으므로 이것이 그녀 상상력 속에서 예수회 신도나 유대인의 음모가 다른 사람에게 끼치는 것과도 같은 그런 지속적이고도 불길한 역할을' 했다.) '마님과 사이가 나빠지지 않기 위해' 부엌 유리창을 통해 보는 걸로 만족했다. 그러고는 노르푸아 씨를 얼핏 본 인상만으로는, 비록 어떤 공통점도 없지만 그의 '민첩함' 때문에 "르그랑댕 씨인 줄 알았다."라고 말했다. "그런데 말이에요." 하고 어머니가 프랑수아즈에게 물으셨다. "어째서 다른 사람들은 당신만큼 젤리를 잘 못 만드는 건지 좀 설명해 주겠어요?(당신이 만들고 싶을 때면 말이에요.)" "저도 어디서 '되는지' 잘 모르겠어요." 하고 프랑수아즈가 대답했다.(그녀는 몇몇 경우에 '오다'라는 동사와 '되다'라는 동사를 명확히 구분해서 쓰지 않았다.)* 그러나 프랑수아즈가 부분적으로는 진실을 말했다 해도 젤리나 크림을 탁월하게 만드는 비법은 밝힐

---

* 프랑수아즈의 또 다른 말실수로, '저도 어디서 오는지 잘 모르겠어요.'라고 말하려고 하면서 동사 venir(오다) 대신에 devenir(되다)를 썼다.

수 없었고 또 밝히려 하지도 않았다. 대단한 멋쟁이가 자신의 화장법을, 또 뛰어난 여류 성악가가 자신의 노래 비법을 밝히지 않는 것과 마찬가지다. 그들의 설명은 우리에게 많은 걸 말해 주지 않는다. 우리 요리사의 요리법도 마찬가지였다. "고기를 너무 빨리 익혀요." 하고 프랑수아즈는 큰 음식점 주인들에 대해 말하면서 대답했다. "또 고루 익히지 않고요. 고루 익혀야 쇠고기가 해면처럼 되어 고기 국물을 한 방울도 남기지 않고 빨아들이거든요. 그렇지만 제가 보기에 음식을 조금 만들 줄 아는 카페가 하나 있기는 한 것 같아요. 제가 만든 젤리와 완전히 같지는 않지만 그래도 아주 천천히 만들어졌고, 수플레에는 크림이 많이 들어 있더군요." "앙리 카페를 두고 하는 말이오?" 정해진 날 단체 회식을 하러 가는 가이용 광장의 레스토랑을 높이 평가해 오셨던 아버지가 우리 쪽으로 오시면서 이렇게 물으셨다. "오! 아닌데요." 하고 프랑수아즈는 깊은 경멸감을 온화한 표정으로 숨기면서 말했다. "아주 작은 레스토랑에 대해 말한 거예요. 앙리 식당도 물론 훌륭하기는 하지만, 거긴 레스토랑이 아니라…… 수프 전문점이지요!" "베베르요?" "오, 아니에요, 주인님. 저는 맛있는 레스토랑에 대해 말하고 있어요. 베베르는 루아얄 거리에 있지만, 거긴 레스토랑이 아니라 맥줏집이에요. 음식 서비스나 제대로 하는지 모르겠어요. 아마 식탁보도 없을걸요. 테이블 위에다 되는대로 아무렇게나 음식을 놓고 가죠." "그럼 시로요?"* 프랑수아즈는 미소를 지으며 "오!

---

* 1914년까지 베베르 식당은 문인들과 예술가들, 정치가들의 만남의 장소였는

거기는 음식보다는 특히 사교계 여인들이 많이 찾는 곳이죠."
(프랑수아즈에게 '사교계'란 화류계를 의미했다.) "저런, 젊은이
들에게는 그런 게 필요한 모양이더군요." 우리는 프랑수아즈
가 소박한 표정을 짓고 있음에도 유명 레스토랑들에 대해, 가
장 시기심 많고 가장 자만심이 강한 여배우가 자신의 '동료 배
우'를 대하는 것보다 더 끔찍이 여긴다는 걸 알아차렸다. 그
렇지만 자신의 음식 예술에 정당한 감정과 전통에 대한 존경
심을 품고 있다고 느꼈다. 그녀가 이런 말을 덧붙였기 때문이
다. "아니에요, 저는 작지만 아주 괜찮은 부르주아 가정의 부
엌 같은 레스토랑을 말하는 거예요. 그 집은 아직도 꽤 괜찮아
요. 장사가 잘되죠. 아! 동전을 많이도 끌어모은답니다.(절약
가인 프랑수아즈는 동전으로 셈하지, 도박에서 돈을 잃은 사람처럼
금화로 셈하는 법이 없었다.) 마님께서도 잘 아시는 곳인데, 오
른쪽 큰 거리를 따라가다 보면 조금 뒤쪽에 있어요⋯⋯." 그녀
가 자만심과 호감이 섞인 공정한 태도로 말한 레스토랑은 바
로⋯⋯ 앙글레 카페였다.*

────────────

데 프루스트도 1900년부터 1905년 사이에 자주 드나들었다. 시로 식당은 도누
거리에 있었다.
* 파리 8구 오스만 거리 근처 이탈리앵 대로와 마리보 거리 모퉁이에 있는 이
레스토랑은 영국인들이 많이 드나들었다고 해서 이런 이름이 붙었는데, 발자크
의 소설이나 졸라의 소설에도 나온다. 스완이 오데트를 찾아 온 파리를 찾아 헤
맬 때 언급되었던 식당 중 하나다. 『잃어버린 시간을 찾아서』 2권 83쪽 참조. 그
리고 레스토랑과 카페는 큰 차이가 없지만 레스토랑이 격식을 갖추고 식사를
하는 곳이라면, 카페는 보다 자유로운 분위기에서 식사나 음료수를 든다는 점
이 다르다.

새해 첫날이 오자 나는 어머니와 함께 먼저 친척 집을 방문했다. 어머니는 내가 힘들지 않도록 (아버지가 그려 준 일정표의 도움을 받아) 친척 관계의 정확한 촌수보다는 동네별로 방문을 나누었다. 그런데 우리 집과 그리 멀지 않다는 이유로 먼저 방문한, 촌수가 꽤 먼 친척의 거실에 들어서는 순간 어머니는 '설탕에 절인 맛밤'인지 '초콜렛을 입힌 맛밤'인지를 손에 든 손님을 보고 깜짝 놀랐는데, 그분은 우리 삼촌들 중에서도 가장 자존심 강한 삼촌의 친구였으므로, 우리가 삼촌네부터 방문을 시작하지 않았다고 고자질하러 갈 것이 뻔했기 때문이다. 삼촌은 틀림없이 상처 받을 것이었다. 삼촌은 우리가 사는 마들렌 거리에서 나와 삼촌이 사는 식물원까지 갔다가, 거기서 생토귀스탱으로 돌아왔다 다시 에콜드메드신 거리로 가는 게 지극히 당연하다고 생각할 테니까.**

방문이 끝나자(그날 저녁 할머니 댁에서 식사할 예정이었으므로 할머니는 집에 들르지 않아도 된다고 하셨다.) 나는 편지를 들고 샹젤리제까지 달려갔다. 향신료가 든 팽데피스***를 찾으러 스완네 집에 일주일에 몇 번 오는 사람에게 편지를 전해 달라고 가게 여주인에게 부탁하기 위해서였다. 친구인 질베르트

---

* 화자가 사는 마들렌 가와 생토귀스탱은 같은 8구에 속하며 센 강 오른쪽에 위치한다. 따라서 삼촌이 사는 식물원(5구)과 에콜드메드신(6구)으로 가려면 센 강을 건너야 한다. 마들렌 거리에서 센 강을 건너 식물원 쪽으로 갔다 강을 건너 다시 마들렌 근처 생토귀스탱으로 돌아왔다 다시 강을 건너 에콜드메드신으로 가야 한다는 의미다.
** 『잃어버린 시간을 찾아서』 2권 364쪽 주석 참조.

가 내게 그토록 많은 고통을 안겨 준 그날부터 새해가 오면 보내기로 결심했던 그 편지에서 나는 우리의 오랜 우정은 끝나는 해와 더불어 사라졌으며, 이제 원한도 실망도 다 잊었고, 1월 1일부터 우리가 쌓으려는 것은 새로운 우정, 그 무엇으로도 깨지지 않을 견고하고도 경이로운 우정으로서, 질베르트가 이런 우정의 아름다움을 간직하기 위해 노력해 주기를 바라며, 우리 우정을 손상하는 어떤 작은 위험이라도 생길 경우에는 나 자신이 그렇게 할 것을 맹세하지만, 그녀 쪽에서도 그 즉시 제때 내게 알려 주기를 바란다고 말했다. 돌아오는 길에 프랑수아즈는 루아얄 거리 모퉁이 노점상 진열대 앞에 나를 세우더니 자신의 새해 선물로 교황 비오 9세와 라스파유*의 사진을 골랐고, 난 라 베르마의 사진을 샀다. 이 여배우가 불러일으킨 그토록 수많은 찬사에 답하기에 사진이 보여 주는 단 하나뿐인 얼굴은 어쩐지 초라한 느낌이 들었다. 마치 갈아입을 옷 없는 사람들의 옷처럼 한결같이 허술한 모습, 또 그녀가 과시할 수 있는 거라곤 윗입술 위 잔주름, 위로 올라간 눈썹, 그 밖의 몇몇 신체적인 특징들로 화상이나 충격으로 생기는 늘 같은 것들이었다. 얼굴 자체만으로는 아름답게 보이지

---

* 교황 비오 9세(Pius IX, 1792~1878)는 가톨릭 세속화에 반대하는 보수적이고 전통적인 인물이었다. 라스파유(Raspail, 1794~1878)는 정치가이자 의사로서 프랑스 혁명 때 열렬한 공화주의자로 여러 해를 감옥에서 보냈다. 이 두 인물이 프랑수아즈의 찬미 대상이라는 점은 조금 놀라운 일로, 1878년에 죽었다는 공통점 외에는 달리 설명되지 않는다고 지적된다. 『소녀들 1권』(GF플라마리옹) 346쪽 참조.

않았지만, 그것이 견디어 냈을 모든 입맞춤 때문에, 또 이 '카드 앨범' 깊숙이에서 여전히 교태를 부리는 부드러운 눈길과 짐짓 천진난만한 미소로 여전히 호소하는 듯 보이는 입맞춤 때문에 그 얼굴은 키스하고 싶은 생각, 따라서 키스하고 싶은 욕망을 불러일으켰다. 페드르라는 인물의 가면 아래서 그녀가 고백했던 이런 욕망들을, 라 베르마는 실제로 많은 젊은이들에 대해 품었을 것이며, 또 그녀의 아름다움을 더해 주고 젊음을 연장해 주는 명성까지도 틀림없이 그녀의 욕망을 쉽게 채워 주었으리라. 어둠이 내렸고, 나는 라 베르마의 1월 1일 공연을 알리는 광고가 붙은 극장 기둥 앞에서 걸음을 멈췄다. 습하고 부드러운 바람이 불었다. 친숙한 날씨였다. 나는 갑자기 새해 첫날이 다른 날과 다르지 않으며, 아직 손대지 않은 행운과 더불어 질베르트와의 교제를 다시 시작할 수 있는, '창세기' 시절처럼 과거가 아직 존재하지 않는다는 듯, 때때로 그녀가 주었던 환멸도 내가 그 환멸에서 미래를 위해 끄집어낼 수 있는 교훈 탓에 소멸되었다는 듯, 예전의 것이라곤 아무것도 남아 있지 않는, 단지 질베르트가 날 사랑해주기를 바라는 내 욕망만이 남아 있는 그런 새로운 세계의 첫날이 아니라는 느낌과 예감을 받았다. 내 마음이 내 마음을 채워 주지 못하는 주변 세계의 쇄신을 열망한다면, 그건 바로 내 마음이 변하지 않았으며 따라서 질베르트의 마음도 나보다 더 변할 이유가 없다는 걸 말해 준다고 그때 나는 중얼거렸다. 이 새로운 우정도 옛 우정과 같다고 느꼈다. 마치 새로운 세월이 하나의 고랑에 의해 다른 세월에서 분리되지 못하듯, 우리 욕망이 그 세월을 붙잡거나 변경할 수 없어 몰래 다른 이름으로 덮은 데 불과하다. 그러니 내가 질베르트에게 이 새로운 세월을 바쳐 본들, 또 자연의 눈먼 법칙에 종교를 포개듯이 새해 첫날에 품었던 특별한 관념을 이 새해 첫날에 새겨 보려고 노력한들 아무 소용이 없었다. 나는 새해 첫날이 사람들로부터 자신이 그렇게 불린다는 것도 모른 채로, 내게는 전혀 새롭지 않은 방식으로 마침내 황혼 속으로 사라지는 걸 느꼈다. 광고 기둥 주위에 부는 따뜻한 바람 속에서 나는 영원하면서도 평범한 물질, 친숙한 습기, 오랜 나날들의 무심한 흐름이 다시 나타나는 걸 느꼈다.

집에 돌아왔다. 나는 방금 나이 든 사람의 1월 1일을, 더 이상 새해 선물을 받지 못해서가 아니라 새해라는 존재를 믿지 않기에 이날만큼은 젊은이들과 다른, 그런 나이 든 사람의 새해 첫날을 체험했다. 새해 선물은 받았지만, 나를 즐겁게 해 주는 단 하나의 선물인 질베르트의 편지는 받지 못했다. 하지만 그래도 난 아직 젊었다. 질베르트에게 편지를 쓸 수 있었고, 편지를 통해 내 고독한 사랑이 꿈꾸는 걸 얘기하면서 그녀에게서도 비슷한 감정이 일깨워지기를 기대할 수 있었으니까. 나이 든 사람의 서글픔은 편지를 써 봐야 아무 효과도 없다는 걸 깨닫고 그런 편지조차 쓰려고 하지 않는다는 점이다.

잠자리에 들 무렵 축제의 밤이 늦게까지 계속되어 나는 거리의 소음 때문에 잠을 이룰 수 없었다. 쾌락 속에 밤을 끝내는 모든 사람들, 연인들, 오늘 저녁 공연 포스터를 보고 아마도 연극이 끝난 후에 라 베르마를 찾으러 갈지도 모르는 그 방탕한 무리를 생각했다. 잠 못 이루는 밤, 이런 생각 탓에 내 마음에 일어난 동요를 진정하기 위해, 난 라 베르마가 어쩌면 사랑 같은 건 생각하지도 않으리라고 스스로에게 말할 수조차 없었다. 왜냐하면 그녀가 낭송하고, 그토록 오랫동안 연구해 온 시(詩)가 그녀에게 매 순간 사랑이 감미롭다는 걸 환기했으며, 게다가 그녀는 그런 사실을 그토록 잘 알았기에 이미 알려진 혼미에, 그렇지만 새로운 격렬함과 생각해 보지도 못한 부드러움을 깃들이면서, 그 혼미를 이미 느끼고 경탄하는 관객들에게 표현할 수 있었기 때문이다. 나는 한 번 더 그녀의 얼굴을 바라보려고 꺼진 촛불을 다시 켰다. 이 얼굴이 지금 이 순간에도 남자들로부터 애무를 받으며, 그 남자들이 어떤 초인적이고도 막연한 기쁨을 라 베르마에게 주고, 또 그들도 그녀로부터 그런 기쁨을 받는 걸 막을 수 없다고 생각하자, 나는 관능적이라기보다는 가슴 찢어지는 듯한 감동을, 사순절 셋째 목요일 밤이나 다른 축제일에 흔히 들을 수 있는 뿔피리 소리지만 거기에는 시(詩)가 없어 "어느 저녁 숲 속에서"* 들려오는 소리보다 선술집에서 들려오면 더욱 구슬프기만 한 뿔피리 소리를 더욱 쓰라리게 하는 향수를 느꼈다. 이런 순간에 필요한 건 질베르트의 말 한 마디가 아니었다. 우리의 욕망은 서로 부딪치고, 이런 삶의 혼동 속에서는 행복이 그 행복을 요구한 욕망 위에 정확히 놓이는 일이 극히 드물다.

---

* 비니의 「뿔피리」(『고금시집(古今詩集)』, 1826)라는 시에서 인용한 구절로 "나는 어느 저녁 깊은 숲 속에서 들려오는 뿔피리 소리를 사랑한다."가 첫 시구이다.

날씨가 좋으면 난 계속 샹젤리제에 갔다. 지나는 거리거리
마다 장밋빛이 감도는 우아한 저택들이 움직이는 가벼운 하
늘 속에 잠겨 있었는데, 수채화 전시회가 크게 유행하던 시절
이었다.* 그 무렵 가브리엘이 건축한 궁들이** 인접한 다른 저
택들보다 한층 더 아름답고 다른 시대 것으로 보였다고 한다
면, 난 거짓말한 셈이 될 것이다. 오히려 난 산업박물관이 아
니라면 적어도 트로카데로 궁에서 더 많은 스타일과 고풍스
러움을 느꼈는지는 모른다.*** 불안한 수면 아래 잠긴 내 사춘기
는 거리 전체를 동일한 꿈으로 감싸고, 또 그 꿈을 거기 노닐
게 하여, 루아얄 거리에 18세기에 지어진 건물이 있을 거라고
는 꿈에도 생각하지 못했으며,**** 마찬가지로 루이 14세 시대의
걸작인 생마르탱 문이나 생드니 문이 그 지저분한 구역에서
가장 최근에 지어진 건물들과 동시대 건물이 아닌 것을 알았
다면 무척이나 놀랐을 것이다.***** 한번은 가브리엘이 건축한 궁

* 수채화 전시회는 1879년부터 1883년 사이에 파리에서 크게 유행했다.
** 가브리엘이 건축한 궁들이란 파리 콩코르드 광장에 지어진 지금의 크리
용 호텔과 해군성 건물을 가리킨다. 앙게자크 가브리엘(Ange-Jacques Gabriel,
1698~1782)은 18세기 후반에 콩코르드 광장을 설계한 건축가다.
*** 산업박물관은 1855년 파리 만국박람회를 위해 지어진 건물로 1900년 '그
랑팔레'로 교체되기 위해 해체되었다. 트로카데로 궁은 1878년 만국박람회를
위해 샤이요 언덕에 건축되었다가 1937년 무어 풍 반원형 지붕의 거창한 양식
으로 세워진 샤이요 궁으로 교체되기 위해 해체되었다.
**** 루아얄 거리는 콩코르드에서 출발하여 마들렌으로 이어지는 길로, 이 길
에 가브리엘이 18세기에 건축한 해군성 건물이 있다.
***** 생드니 문과 생마르탱 문은 루이 14세 명에 따라 각각 1672년과 1674년
파리에서 가장 지저분한 구역 중 하나인 파리 10구에 지어졌다. 루이 14세를 기
리기 위한 일종의 개선문이다.

가운데 하나가 내 발걸음을 오랫동안 멈추게 한 적이 있다. 밤이 오자 달빛에 비현실적으로 변한 기둥들이 극장 마분지 세트처럼 보이면서 「지옥의 오르페우스」*의 희가극 배경을 연상케 하여 처음으로 내게 아름다움이라는 인상을 심어 주었다.

하지만 질베르트는 여전히 샹젤리제에 오지 않았다. 그럼에도 난 그녀를 만날 필요가 있었다. 얼굴조차 기억이 안 났으니까. 우리가 사랑하는 사람을 바라볼 때의 저 탐색하고 불안해하며 요구가 많은 태도, 다음 날 만남에 대한 희망을 줄지 혹은 빼앗아 갈지 모르는 말에 대한 기다림, 그 말이 말해질 때까지 동시에 또는 번갈아 나타나는 기쁨과 절망의 상상, 이 모든 것은 사랑하는 사람 앞에서 우리 주의를 지나치게 동요하게 만들어 그 사람에 대한 어떤 선명한 이미지도 포착할 수 없게 한다. 어쩌면 또한 동시적으로 일어나는 이 모든 감각 활동들이 우리 시선만으로 감각 너머에 존재하는 걸 알려고 애쓰면서 수많은 형태나 온갖 맛, 그 살아 있는 사람의 움직임에는 너무도 무관심하기 때문인지도 모른다. 사랑하지 않을 때라야 우리는 그 사람의 움직임을 고정할 수 있다. 이와 반대로 사랑하는 사람은 항상 움직인다. 따라서 우리에겐 언제나 실패한 사진만이 있다. 나는 질베르트가 내 눈앞에 자신의 모습들을 펼쳐 보였던 그 성스러운 순간들을 제외하고는 그녀 모습이 정말로 어땠는지 생각나지 않았다. 기억나는 건 그녀의

---

* 독일 태생 프랑스 작곡가 자크 오펜바흐(Jacques Offenbach, 1819~1880)가 1858년에 작곡한 희가극이다.

미소뿐이었다. 아무리 기억해 내려고 애써도 사랑스러운 그 얼굴을 다시 그려 볼 수 없었고, 결정적으로 정확하게 내 기억에 떠오르는 건 회전목마 아저씨나 보리 사탕 장수 아주머니처럼 인상적이지만 별 볼일 없는 얼굴들뿐이어서 짜증이 나곤 했다. 이처럼 사랑하는 사람을 잃어버리고 꿈속에서조차 만나지 못하는 이들은, 깨어 있는 상태에서 아는 것만으로도 지긋지긋한 그 사람들을 꿈속에서 끊임없이 보게 되면 몹시 화가 난다. 고통의 대상을 떠올릴 수 없기에 그들 스스로는 거의 고통을 느끼지 않는다고 생각한다. 나 역시 질베르트의 모습을 떠올릴 수 없었기에 그녀의 존재를 망각하고 그녀를 더이상 사랑하지 않는다고 기꺼이 믿었다. 마침내 그녀는 거의 매일같이 놀러 왔다. 그녀에게 바라고 싶은 새로운 것들을, 다음 날 부탁하고 싶은 새로운 것들을 내 앞에 놓고 가면서, 이런 의미에서 매일같이 내 애정을 새롭게 만들면서, 그녀는 놀러 왔다. 그런데 한 번 더, 게다가 느닷없이 한 사건이 매일 오후 2시경 내 사랑의 문제가 제기되는 방식을 바꾸었다. 내가 그의 딸에게 보낸 편지를 스완 씨가 가로챘던 것일까? 아니면 질베르트가 날 더욱 조심하게 만들려고 아주 오래된 일을 한참 후에야 고백했던 것일까? 내가 얼마나 그녀의 아버지와 어머니를 존경하는지 모른다고 그녀에게 말했을 때, 질베르트는 사람들이 그녀가 해야 할 일이나 쇼핑 또는 방문에 대해 말했을 때처럼, 망설임과 비밀이 가득한 그런 모호한 표정을 지으면서 갑자기 이런 말을 하고야 말았다. "알다시피 우리 부모님은 널 좋아하지 않아!" 하고 그녀는 물의 요정처럼 미끄러

져 가며 —— 그녀는 그런 사람이었다. —— 웃음을 터뜨렸다. 종
종 말과 일치하지 않는 그 웃음은 마치 음악이 그러하듯 다른
도면에 눈에 보이지 않는 또 하나의 표면을 그리는 듯했다. 스
완 부부가 나와 놀지 말라고 하지는 않았지만 나와의 교제를
다시 시작하지 않는 편을 더 좋아한다고 질베르트는 생각했
던 것이다. 그들은 나와 질베르트의 교제를 달가운 눈으로 보
지 않았고, 내 품행이 그리 단정하다고 여기지 않았으며, 내가
딸에게 나쁜 영향을 미칠 수도 있다고 생각했던 모양이다. 스
완이 나와 닮았다고 생각하는 그런 양심적이지 못한 젊은이
들을 그려 보면서 나는 그들이, 사랑하는 아가씨의 부모를 싫
어하면서도 부모가 옆에 있을 때는 아첨을 떨다가 그녀와 단
둘이 있을 때는 부모를 조롱하고, 부모에게 순종하지 말라고
부추기고, 일단 딸을 범하고 나면 부모가 딸을 보는 것조차 허
락하지 않을 거라고 생각했다. 이런 모습에(그들 중 가장 비열
한 자도 결코 자신을 이런 모습으로 그려 보지는 않겠지만) 내 마음
은 얼마나 격렬하게 내가 스완에 대해 품었던 감정들을 대립
시켰으며, 또 이 감정들은 그와 반대로 얼마나 열정적이었던
지, 만약 스완이 그 감정들을 짐작만 했어도, 그는 자신이 내
린 판결을 재판상 과오처럼 후회했을 거라고 믿어 의심치 않
았다. 나는 스완에 대해 느끼는 온갖 감정들을 감히 장문의 편
지로 썼고 그 편지를 전해 달라고 질베르트에게 부탁했다. 그
녀는 그렇게 하겠다고 했다. 아! 슬프게도 그는 내 속에서 내
가 생각해 보지도 못한 엄청난 위선자를 보았던지, 열여섯 장
에 걸쳐 그토록 진심을 담아 표현했다고 믿은 감정들마저 의

심했던지, 내가 그에게 쓴 편지는, 노르푸아 씨에게 했던 말만큼이나 그렇게도 뜨겁고 진지했던 내 편지는 별 성과를 거두지 못했다. 다음 날 질베르트는 월계수 덤불 뒤로 나만 따로 데리고 가서 작은 길에 놓인 의자에 각자 따로 앉게 하고는 이렇게 얘기했다. 그녀의 아버지가 편지를 읽더니(그녀는 내게 편지를 돌려주려고 가져왔다.) "쓸데없는 짓을 하는구나! 내가 얼마나 옳았는지를 증명해 줄 뿐이다."라고 말하면서 어깨를 으쓱했다고 전했다. 내 순수한 의도와 내 선한 영혼을 아는 나는, 내 말이 스완의 그 터무니없는 과오를 건드리지조차 못한 것에 화가 났다. 그것은 분명 과오였고 나는 그 점을 믿어 의심치 않았다. 나는 나 자신의 관대한 감정을 부정할 수 없는 몇몇 특징을 들어 아주 정확하게 기술했으므로 스완이 그러한 특징에 의거해 즉시 내 감정을 재구성하거나, 내게 용서를 구하러 와서 자신의 잘못을 고백하지 않는다면, 그건 그가 이런 고결한 감정을 결코 느껴 본 적이 없기 때문이며, 그래서 다른 사람이 느끼는 이런 감정을 이해하지 못하는 게 틀림없다고 생각했다.

그런데 어쩌면 스완은 단지 관대함이란 종종 우리의 이기적인 감정들이 아직 명명되거나 분류되지 않았을 때 이 이기적인 감정의 내면적 양상에 지나지 않는다는 걸 알았는지도 모른다. 어쩌면 그는 내가 표현한 호의에서 질베르트를 향한 내 사랑의 단순한 효과를 — 또 이 사랑의 열광적인 증거를 — 보았으며, 그리하여 나중에 이 사랑에 의해 — 그에 대한 부차적인 숭배에 의해서가 아니라 — 내 행동이 이끌려 가리라는 걸 알아차렸는지도 모른다. 나는 그와 이런 예측을 공유할 수 없었다. 왜냐하면 나는 나 자신으로부터 내 사랑을 따로 떼어 내어 다른 사람들이 말하는 일반적인 것 안에 집어넣고, 경험적으로 그 결과를 산정하는 단계에는 이르지 못했기 때문이다. 난 절망했다. 그때 프랑수아즈가 날 불러 잠시 질베르트를 두고 떠나야 했다. 프랑수아즈를 따라 폐기된 옛 파리 입시세* 납부소와 거의 흡사한 초록색 철책이 쳐진 작은 건물로 가야 했다. 그 건물에는 영국에서는 '세면실(lavabo)'이라 불리고 프랑스에서는 어느 잘못 전해 들은 영국 심취자가 '수세식 화장실(water closets)'이라고 부르는 것이 최근에 설치되었다. 내가 프랑수아즈를 기다리던 입구의 눅눅하고 오래된 벽에서 서늘한 곰팡이 냄새가 났다. 그 냄새는 질베르트를 통해 전해 들은 스완의 말들이 이제 막 내 마음속에 생기게 한 걱정들을 이내 가볍게 해 주면서 내 마음을 기쁨으로 채웠는데, 붙잡거나 소유할 수 없어 우리를 더욱 불안하게 만드는 그런 기쁨이 아니라, 그와 반대로 내가 기댈 수 있는 단단한 기쁨, 감미롭고도 평온한 기쁨, 지속적이며 설명할 수는 없지만 확실한 진리로 가득한 기쁨으로 내 마음에 스며들었다. 나는 예전에 게르망트 쪽을 산책했을 때처럼 나를 사로잡는 이런 인상의 매력을 규명하고 싶었고, 또 내게 추가로 주어진 기쁨을 즐기기보다는 내게 그 모습을 드러내지 않은 현실 속으로 더 깊이 내려가도록 권하는 이 케케묵은 발산물에 질문하기

---

* 시의 재정을 위해 시를 출입하는 상인들에게서 받던 세금이다.

위해 꼼짝 않고 있고 싶었다. 그러나 뺨에 덕지덕지 분을 칠하고 붉은 가발을 쓴 나이 든 관리인 여자가 말을 걸기 시작했다. 프랑수아즈는 그 여자를 '아주 훌륭한 부인'이라고 생각했다. 부인의 딸이 프랑수아즈가 소위 '좋은 집안 댁 자제'라고 부르는 사람과 결혼했는데, 따라서 생시몽이 어느 공작에 대해 '천민' 출신과는 다르다고 말했던 것 이상으로,* 프랑수아즈는 그 사람을 노동자와는 다르다고 생각했다. 이 관리인 여자는 지금 처지에 이르기까지 숱한 어려움을 겪었음에 틀림없었다. 그러나 프랑수아즈는 그녀가 '후작 부인'이며 생페레올** 가문 출신이라고 단언했다. 이 '후작 부인'이 내게 찬바람을 쐬지 말라고 권하더니 화장실 문을 열어 주기까지 하면서 말했다. "들어와 보지 않을래요? 보다시피 이곳은 아주 깨끗해요. 당신에게는 공짜랍니다." 아마도 부인은 구아슈*** 상점 여점원들처럼 그냥 그렇게 말해 본 걸 수도 있었다. 우리가 상점으로 주문하러 갔을 때 여점원들은 카운터에 있는 종 모양 유리그릇에 담긴 사탕 한 개를 내게 주었고, 그럴 때마다 어머니는 애석하게도! 받지 말라고 말리곤 했다. 또는 어쩌면 부인은, 어머니가 화분에 꽃을 심어 달라고 부탁한 나이 많은 꽃집

---

* 생시몽은 루이 14세가 귀족으로 임명한 베르사유 궁 건축가 망사르(Mansart)에 대해 "그 사람은 키가 크고 멋진 풍채에 호감 가는 얼굴의 '천민 출신' 인물이었다."(『회고록』 3권)라고 썼다.
** 생페레올(Saint-Ferréol) 또는 페레올루스 성인은 3세기경 프랑스 비엔 지방에 살던 군사 호민관으로 비밀리에 신앙생활을 하다 순교했다.
*** 1847년 마들렌 거리에 있었던 유명한 사탕 가게.

여자가 부드러운 눈길로 두리번거리면서 장미꽃 한 송이를 내게 내밀었을 때처럼 덜 순수했던 걸 수도 있었다. 어쨌든 만약 이 '후작 부인'이 어린 소년에게 관심이 있어 남자들이 스핑크스처럼 웅크리고 있는 네모난 석실 지하 문을 열어 주었다면, 이는 그녀가 어린 소년들을 타락시키려는 희망보다는 오히려 자기가 좋아하는 것에 돈을 아끼지 않는다는 태도를 헛되이 보여 주는 데서 느끼는 기쁨 때문에 그런 후한 인심을 베푼 건지도 모른다. 나이 든 공원 감시원 외에 주위에서 그녀를 찾아오는 손님은 한 번도 본 적이 없을 테니까.

잠시 후 나는 '후작 부인'에게 작별 인사를 하고 프랑수아즈 뒤를 따라가다가 질베르트에게 다시 돌아가려고 프랑수아즈 곁을 떠났다. 그러곤 월계수 덤불 뒤 의자에 앉아 있는 질베르트를 금방 찾았다. 친구들 눈에 띄지 않기 위해서였다. 숨바꼭질 놀이를 하고 있었다. 나는 그녀 옆에 가 앉았다. 그녀는 눈까지 제법 낮게 내린 챙 없는 납작한 모자를 쓴 채로, 내가 콩브레에서 처음 보았을 때처럼 꿈꾸는 듯 앙큼한 눈길을 '내리떴'다. 나는 그녀의 아버지와 만나서 말로 해명할 방법이 없겠느냐고 물었다. 질베르트는 아버지에게 여쭤 보았으나 소용없는 일이라고 판단하는 것 같다고 전했다. "저기." 하고 그녀가 덧붙였다. "네 편지를 놓고 가지 마. 애들이 날 찾지 못하니 내가 애들 쪽으로 가 봐야 해."

나의 진심 어린 편지에도 설득되지 않다니 참 지각없는 분이라고 느꼈던 스완이 만약 내가 그 편지를 가져가기 전에 이곳에 왔다면, 필시 자신이 옳았다고 여겼을 것이다. 의자에 기대어 몸을 젖힌 채 편지를 받으라고 하면서도 편지를 주지 않는 질베르트에게 가까이 다가간 나는 그녀 몸에 이끌리는 자신을 느끼며 이렇게 말했다.

"편지를 잡지 못하게 해 봐, 누가 더 힘이 센지 보게."

그녀가 등 쪽에 편지를 숨기자 나는 그녀 목덜미 뒤로 손을 내밀어 어깨에 늘어뜨린 땋은 머리를 들어 올렸다.(그 머리가 아직도 그 나이에 어울리는 건지 아니면 그녀 어머니가 젊어 보이려고 딸을 더 오래 아이처럼 보이게 하려는 생각에서 그렇게 한 건지는 잘 모르겠지만.) 우리는 서로의 몸에 기대어 버티면서 싸웠다. 난 그녀를 끌어당기려 했다. 그녀는 저항했다. 힘을 너무 써서 달아오른 그녀의 두 볼은 버찌처럼 빨갛고 동그랬다. 그녀는 내가 간지럼이라도 태운 양 그냥 웃어 댔다. 나는 마치 작은 관목을 기어오르듯 그녀를 두 다리 사이에 조였다. 그리고 이런 체조를 하며 근육 운동과 놀이의 열기로 숨이 막 가빠 오려는 순간, 마치 애를 쓴 탓에 떨어지는 몇 방울의 땀처럼, 쾌락이 발산되는 걸 느꼈다. 하지만 이 쾌락의 맛을 알기 위해 지체할 수는 없었다. 나는 곧 편지를 낚아챘다. 그러자 질베르트가 상냥하게 말했다.

"원한다면 좀 더 싸워도 돼."

아마도 그녀는 그 놀이에 내가 고백한 것 외에 다른 목적이 있었다는 걸 어렴풋이 느꼈는지도 모른다. 하지만 내가 그 목적을 달성한 사실은 알아차리지 못했다. 그녀가 그 사실을 알아차릴까 봐 두려웠던 나는(잠시 후에 그녀가 모욕당한 듯 부끄러워하는 자세로 몸을 움츠리고 오므리는 걸로 보아 들킬까 봐 두려워했던 것이 괜한 걱정은 아니었다는 생각이 들었다.) 그런 목적을 달성한 후 그녀 곁에서 조용히 쉬고 싶다는 생각 외에 다른 목적은 없다고 생각할까 봐 그녀와 조금 더 싸우는 데 동의했다.

돌아오는 길에 지금까지 숨겨져 있던 이미지가 갑작스레 머리에 떠오르면서, 조금 전 철책이 쳐진 건물의 거의 그을음에 가까운 서늘한 기운이 나를 그 이미지에 접근하게 했지만 그 이미지를 보거나 인식하는 데는 이르게 하지 못했다는 사실을 깨달았다. 그 이미지는 바로 콩브레에 있던 아돌프 할아버지의 작은방 이미지로, 그 방도 똑같이 습기를 머금은 향기를 내뿜었었다. 그러나 이처럼 별 의미 없이 환기되는 이미지가 왜 내게 그토록 행복감을 안겨 주었는지 이해할 수 없었으므로 그 이유를 알아보는 것을 훗날로 미루어야만 했다. 지금으로서는 정말로 내가 노르푸아 씨로부터 멸시받을 만하다고 생각했다. 이제까지 나는 그가 다만 '피리장이'라고 부르는 작가를 그 어떤 작가보다 좋아했고, 또 진심에서 우러나는 열광도 어떤 중요한 관념에 의해서가 아니라 이처럼 곰팡이 냄새를 통해 전달받았다.

얼마 전부터 몇몇 가정에서는 만일 어떤 손님이 샹젤리제라는 이름을 입 밖에 내기라도 하면 그 가정의 어머니로부터 적대적인 대접을 받았는데, 마치 여러 번 오진을 해서 일말의 신뢰마저 잃은 유명한 의사를 대할 때와 같은 태도였다. 사람들은 이 공원이 애들에게 도움이 되지 않으며, 아이들이 기관지염이나 홍역을 앓는 걸 여러 번 봤을 뿐만 아니라, 고열이 나는 경우도 셀 수 없이 많다며 이것이 모두 공원 탓이라고 했다. 엄마 친구들 중 몇 분은 나를 그곳에 계속 보내는 엄마의 애정에 대해 공개적으로 의심하지는 못했지만 적어도 엄마의 무분별한 태도는 개탄했다.

그 관용적인 의미와 달리 신경증자란 '자기 말을 가장 조금 듣는' 사람일 것이다. 그들은 마음속에서 아주 많은 소리를 듣지만 그런 소리를 두려워하는 게 잘못됐다는 걸 깨닫고 나중에는 더 이상 어떤 것에도 주의를 기울이지 않게 된다. 그들의 신경계는 그저 눈이 내릴 듯한 날씨나 또는 다른 아파트로 이사 가는 경우에도 마치 큰 병이라도 난 듯 자주 "살려 주세요!"라고 외치기 때문에, 나중에는 이런 경고에 더 이상 신경 쓰지 않는 습관이 몸에 밴다. 마치 죽어 가면서도 격렬한 전투 중이라 위험 신호를 깨닫지 못하고 며칠 더 건강한 사람처럼 생활할 수 있다고 느끼는 병사같이 말이다. 난 지속적인 장의 순환과 관계된 거북함을 일상적으로 느끼면서도, 마치 우리가 혈액순환에 신경을 쓰지 않듯이 그 거북함에 주의하지 않았고 그래서 어느 날 아침 부모님이 이미 앉아 계신 식당을 향해 가볍게 달려갔다. 그리고 — 오한이란 몸을 따듯하게 해야 한다는 뜻이 아니라 가령 꾸중을 들었다는 의미일 수도 있으며, 배가 고프지 않다는 의미가 비가 올 듯한 날씨를 의미하지 식사하면 안 된다는 의미는 아닐 거라고 여느 때처럼 스스로에게 타이르면서 — 식탁에 앉아 먹음직스러운 갈비구이를 한 입 삼키는 순간 심한 구역질과 현기증을 느끼고 먹는 걸 멈추었다. 병을 알리는 열이 났고, 얼음장처럼 무표정한 내 얼굴은 병의 증상을 감추고 늦추었지만, 병은 내가 더 이상 섭취

할 수 없는 음식물을 완강히 거부했다. 그러자 순간 내가 아프다는 사실이 식구들에게 알려지면 외출이 금지될지 모른다는 생각에 마치 생존 본능이 부상자에게 힘을 주듯이 나는 힘겹게 내 방까지 몸을 이끌었고, 열이 40도는 될 거라고 짐작하면서도 곧장 샹젤리제로 갈 준비를 했다. 허약하고 손상되기 쉬운 육체에 둘러싸인 내 즐거운 상념은 질베르트와 더불어 술래잡기 놀이를 하는 감미로운 기쁨을 요구했고, 한 시간 후에는 가까스로 몸을 버티면서, 그러나 그녀 곁에 있는 것이 행복하기만 한 채로 여전히 그 기쁨을 맛볼 수 있었다.

집에 돌아오자 프랑수아즈는 내 "몸이 안 좋아 보인다"면서 "오한이 난 게" 틀림없다고 했다. 곧 불려 온 의사는 폐부종을 동반하는 이런 발열의 '위급함'이나 '중독성'이 그나마 '잠복성이나 잠복 진행 중인' 상태에 비하면 '짚에 불이 붙듯' 일시적인 상태에 지나지 않는다고 단언했다. 오래전부터 내게는 호흡곤란 증세가 있었는데 주치의는 내가 발작이 오는 걸 느낄 때마다 호흡하는 데 도움이 되도록 처방한 카페인 외에도, 알코올중독으로 죽어 가는 내 모습을 벌써부터 머릿속에 그려 보는 할머니의 반대에도 불구하고 맥주나 샴페인, 코냑을 마시라고 권했다. 의사는 알코올로 생기는 '쾌감' 때문에 발작이 가실 거라고 말했다. 나는 할머니로부터 내게 알코올을 주어도 좋다는 허락을 받아 내려고 호흡곤란을 할머니에게 감추기는커녕 과시하기까지 했다. 더욱이 질식할 것 같은 느낌이 들 때마다, 나는 그 정도가 어느 정도인지를 정확하게 알 수 없어 나 자신의 고통보다도 할머니가 슬퍼할 것이 더 두려워 불안하기만 했다. 하지만 동시에 내 몸은 고통의 비밀을 홀로 간직하기에는 지나치게 나약했는지, 아니면 병의 위급함을 모르는 식구들이 내 몸에 대해 뭔가 불가능하고 위험천만한 노력을 강요할까 봐 두려웠는지, 내 불편함을 할머니에게 아주 정확히 알려야 할 필요를 느꼈고, 그래서 나는 거기에 일종의 생리학적인 불안감마저 덧붙였다. 미처 식별하지 못한 거북한 증상이 몸 안에서 느껴질 때마다 곧바로 그 증상을 할머니에게 전달하지 못하면 내 몸은 비참한 경지에 빠지곤 했다. 할머니가 내 병에 전혀 관심이 없는 게 아니냐고 하면서 몸이 내게 고집을 부리도록 강요했다. 때로는 도가 지나쳐, 예전처럼 더 이상 감정을 절제하지 못하는 다정한 할머니 얼굴에는 연민의 표현이, 고통으로 일그러진 모습이 나타나기도 했다. 그러면 할머니의 고통스러워하는 모습에 내 가슴은 찢어질 것만 같았다. 내 입맞춤이 그 아픔을 지워 주기라도 한다는 듯, 내 애정이 할머니에게 내 행복만큼이나 기쁨을 주기라도 한다는 듯 나는 할머니 품에 뛰어들었다. 한편 내 생리적인 불안감은 내가 느낀 증상을 할머니가 알고 있다는 확신에 의해 진정되었으므로, 내 몸은 할머니를 안심시켜 드리는 일에 별 거부반응을 보이지 않았다. 나는 이 거북함이 전혀 고통스럽지 않으며 불평할 것도 전혀 없고 내가 행복하다는 걸 할머니도 확신할 거라고 주장했다. 내 몸은 자신이 받아 마땅한 동정심을 정확히 받아 내고 싶어 해서 오른쪽 옆구리가 아프다는 걸 알아주기만 하면, 이런 고통쯤이야 병도 아니며 행복의 걸림돌도 되지 않는다고 별 불편한 기색 없이 선언했다. 내 몸은 철학을 안다고 뽐내려 하지 않았다. 철학은 내 몸의 관할이 아니었기에. 회복기 동안 나는 거의 날마다 이런 호흡곤란 발작을 겪었다. 어느 날 저녁 내 몸 상태가 좋아진 걸 보고 나간 할머니께서 밤늦게 다시 내 방에 들어오셨다가 숨도 제대로 쉬지 못하는 나를 보고는 "오! 이를 어째, 얼마나 아팠을까." 하고 큰 충격을 받은 듯한 모습으로 외치셨다. 할머니가 곧장 나가시더니 이내 대문이 열리는 소리가 들렸고 조금 후에 코냑을 들고 들어오셨는데, 집에 남은 게 없어서 사러 가셨던 것이다. 이윽고 나는 쾌감을 느끼기 시작했다. 할머니는 약간 상기된 얼굴로 조금은 어색한 표정을 지으셨는데 그 눈에는 피로와 절망이 어려 있었다.

"널 혼자 두는 게 낫겠다. 좋아진 기분을 좀 맛볼 수 있게." 라고 말씀하시면서 할머니는 급히 내 곁을 떠났다. 그렇지만 나는 그대로 나가려는 할머니를 껴안으며 입맞춤을 했고 이제 막 축축한 밤공기를 쐬고 온 탓인지는 모르겠지만 할머니의 시린 뺨이 뭔가로 촉촉이 젖어 있는 걸 느꼈다. 다음 날 할머니는 저녁까지 내 방에 오시지 않았는데 외출할 일이 있기 때문이라고 누가 말해 줬다. 나에 대한 할머니의 무관심을 보여 주는 거라고 생각했지만 그것 때문에 할머니를 비난하지는 않았다.

내 호흡곤란은 폐부종이 가신 후에도 오래 계속되어 더 이상 폐부종으로는 설명되지 않았으므로, 부모님은 코타르 교수의 왕진을 청했다. 이런 종류의 병인 경우, 불려 온 의사가 박학다식하기만 해서는 안 된다. 서로 다른 여러 병 서너 개에서 올 수 있는 증상 앞에서 보기에는 거의 비슷한데도 그 병이 무엇인지 결정하는 것은 결국 의사의 육감이나 통찰력이다. 이 신비스러운 재능이 있다고 해서 다른 지적 영역까지 우월하다는 말은 아니다. 지지리도 형편없는 그림이나 음악을 좋아하며 지적인 호기심 같은 건 어디서도 찾아볼 수 없는 가장 천박한 사람에게도 얼마든지 이런 완벽한 재능이 있을 수 있다. 그런데 내 경우, 물리적으로 관찰될 수 있는 병이란 신경 경련, 결핵 초기, 천식, 신장 기능 장애로 인한 중독성 호흡곤란, 만성 기관지염 또는 이런 여러 요소가 뒤섞인 복합적인 상태로 일어날 수 있는 병이었다. 그런데 신경 경련이란 병은 그걸 무시하는 것이 치료법이며, 결핵은 보다 세심한 보살핌과 과다한 영양 섭취를 요하며, 이런 영양 과다 섭취는 천식과 마찬가지로 관절염 체질인 환자에게는 좋지 않으며, 음식물 중독에 의한 호흡곤란의 경우에는 위험한 지경에 이를 수도 있고, 이런 중독성 호흡곤란은 제한된 식사를 요하는데, 이는 결핵 환자에게는 치명적이다. 그러나 코타르 교수의 망설임은 짧았고 또 그의 처방은 명령과도 같았다. "아주 강력한 준하제를 사용하고 당분간 우유만 마시도록 하며 육식은 금하고 술은 마시지 말 것." 어머니는 내가 원기를 회복해야 하며 신경도 많이 예민해졌으니 말에게나 사용하는 준하제와 이런 식이 요법은 상태를 더 악화할 거라고 중얼거렸다. 나는 기차를 놓칠까 봐 두려워할 때와 같은 불안한 의사의 눈길에서 그가, 자신이 본래의 상냥한 모습을 드러내지 않았는지 생각하고 있는 걸 보았다. 그는 자신이 냉정한 가면을 쓰려고 했다는 사실을 기억해 내려고 애썼다. 마치 넥타이 맨 것을 잊지 않았는지 살펴보려고 거울을 찾는 사람처럼. 그는 확신하지 못하는 상태에서 어쨌든 만일을 대비해 무뚝뚝하게 대답했다. "제겐 제 처방을 두 번 반복하지 않는 습관이 있습니다. 펜을 주십시오. 무엇보다 우유입니다. 나중에 발작과 불면증이 진정되면 수프를 먹이고 다음에는 퓨레를 먹이시길. 하지만 그래도 항상 우유, 우유입니다. 요즘 스페인 풍이 유행이니 마음에 드실 겁니다. 올레! 올레!*(코타르의 학생들은 병원에서 그가 심장병 또는 간장병 환자에게 우유 요법을 권할 때마다 매번 이런 재담을 한다는 걸 잘 알고 있었다.) 그러다가 점차 평상시 생활로 돌아오게 하십시오. 하지만 기침과 호흡곤란이 재발하면 언제나 준하제, 장세척, 침대, 우유입니다." 그는 냉정한 태도로 어머니의 마지막 반박에도 대꾸조차 하지 않고, 또 이런 처방을 내린 이유도 설명해 주지 않고 가 버렸으므로 부모님은 내 경우와 아무 상관없는 이런 처방이 괜히 나를 허약하게 만든다고 판단하시고는 내게 그것을 시도조차 해 보려 하지 않으셨다. 부모님은 물론 의사의 말을 듣지 않았다는 걸 의사에게 감추려고 애썼으며, 보다 확실히 성공하기 위해 의사를 만날 가능성이 있는 집들은 모두 피해 다니셨다. 그 뒤 내 상태가 더 나빠지자 부모님은 코타르의 처방전을 그대로 따르기로 결정했다. 사흘이

---

* 퓨레는 감자 으깬 것에 우유를 넣어 만든 일종의 죽 같은 것이다. 그리고 스페인어로 '올레(ole)'는 투우나 플라멩코 춤 등에서는 '좋다'라는 의미의 감탄사지만, 프랑스어의 '우유로'를 뜻하는 au lait와 발음이 같다는 점에서 착안한 코타르의 재담이다.

지나자 더 이상 헐떡임이나 기침이 나지 않았고 숨쉬기도 훨씬 편해졌다. 그래서 우리는, 코타르가 나중에 말한 것처럼 내가 명백히 천식 환자이기는 하지만 무엇보다도 '미쳤다'*는 걸 알아보고, 그 무렵 나를 지배한 것이 중독증이며 따라서 간을 세척하고 신장을 씻어 내리면 기관지 충혈을 없애 호흡이나 수면, 기력이 회복되리라는 걸 간파했으며, 이 바보같이 보이는 사람이 뛰어난 임상의라는 사실을 알게 되었다. 나는 마침내 침대에서 일어날 수 있었다. 하지만 가족들은 더 이상 날 샹젤리제에 보내지 않겠다고 말했다. 그곳 공기가 나쁘기 때문이라고 했다. 나는 가족들이 스완 양과 만나지 못하게 할 구실을 붙인 거라고 생각하면서 줄곧 질베르트의 이름을 애써 되풀이해 보았는데, 이는 마치 정복당한 민족이 다시는 보지 못할 조국을 잊지 않으려고 모국어를 애써 사용하는 것과도 같았다. 때로 어머니는 내 이마에 손을 대며 말했다.

"요즘 애들은 자기 슬픔이 뭔지 엄마에게 더 이상 얘기하지 않는 거냐?"

프랑수아즈는 매일 내게 다가와 이렇게 말했다. "도련님, 안색 좀 봐! 자기 얼굴이라 안 보이겠지만 꼭 죽은 사람 같다니까요!" 물론 내가 앓고 있는 게 단순히 감기였다 해도 프랑수아즈는 똑같이 슬픈 표정을 지었을 것이다. 이러한 한탄은 내 건강 상태보다는 프랑수아즈가 속한 '계급'과 더 관련이 있

---

* 프루스트는 1893년 한 편지에서 당시 그가 출입하던 살롱 여주인 스트로스 부인(Mme Straus)이 그를 가리켜 '미쳤다(toqué)'고 했다며 하소연했다.

었다. 나는 이런 비관주의가 프랑수아즈에게 있어서 고통에서 온 것인지 아니면 만족감에서 연유한 것인지 잘 분간되지 않았다. 그래서 나는 잠정적으로 이 비관주의가 사회적이며 직업적인 것이라는 결론을 내렸다.

어느 날 우편물 오는 시간에 엄마는 내 침대에다 편지 한 통을 두고 갔다. 나는 아무 생각 없이 편지를 열었다. 내게 행복을 안겨 줄 유일한 서명, 샹젤리제 외에는 어떤 교류도 없었던 그 질베르트의 서명이 쓰여 있으리라고는 꿈에도 생각하지 못했기 때문이다. 그런데 투구 쓴 기사가 그려져 있고, 그 아래 '페르 위암 렉탐(Per viam rectam)'*이라는 경구로 둘러싸인 은색 봉인이 찍힌 종이 하단에 커다란 필체로 쓰인 편지 아래서, 거의 모든 t 자의 가로획이 단어 사이가 아니라 바로 윗줄에 있는 단어 밑에 놓여 있어 모든 문장에 밑줄이 쳐진 것처럼 보이는 편지 아래서, 내가 본 것은 바로 질베르트의 서명이었다. 하지만 내게 온 편지 중 질베르트의 서명이 든 편지가 있다는 게 도저히 믿기지 않아, 편지를 봐도 전혀 기쁨이 느껴지지 않았다. 잠시 동안 이 서명은 날 에워싼 모든 것에 비현실적인 느낌을 주었다. 이 사실 같지 않은 서명은 현기증이 날 것 같은 속도로 내 침대, 내 난로, 내 벽 구석구석을 돌아다녔다. 나는 말에서 떨어진 사람처럼 모든 게 흔들거리는 듯 느껴졌고 내가 아는 것과는 전혀 다른 삶, 내가 아는 것과는 모순되지만 진정한 삶이 내 앞에 갑자기 나타난 게 아닌지, 마치

---

* 라틴어로 '올바른 길로'라는 뜻이다.

최후의 심판을 묘사한 조각가들이 다른 세계의 문턱에서 깨어난 망자들에게 주었던 그런 망설임과 더불어 날 채워 준 게 아닌지 묻고 있었다. "사랑하는 친구에게,"라고 편지는 말했다. "네가 많이 아파 더 이상 샹젤리제에 오지 못한다는 걸 알아. 나 역시 그곳에 환자들이 너무 많아 이제는 거의 가지 않아. 하지만 내 친구들이 매주 월요일과 금요일에 간식 먹으러 우리 집에 온단다. 네 몸이 회복되는 대로 방문해 주면 아주 기쁠 거라고 엄마가 전해 달라고 했어. 그럼 우리가 샹젤리제에서 나누던 즐거운 이야기들을 집에서도 다시 나눌 수 있을 거야. 안녕, 내 사랑하는 친구, 네 부모님이 우리 집에 간식 먹으러 자주 올 수 있도록 허락해 주시기를, 내 우정을 전하면서, 질베르트."

이 글을 읽는 동안 내 신경계는 놀랄 만큼 빠른 속도로 내게 큰 행복이 찾아왔다는 소식을 받아들였다. 그러나 내 영혼, 즉 나 자신, 요컨대 주 당사자인 나는 아직 이 소식을 깨닫지 못했다. 행복, 질베르트를 통한 행복이야말로 내가 줄곧 생각해 왔던, 내 마음을 완전히 차지하고, 레오나르도 다빈치가 회화에 대해 '코사 멘탈레(cosa mentale)'*라고 했던 것 아닌가. 우리 생각은 글자로 덮인 종이 한 장을 단번에 소화하지는 못한다. 그러나 편지를 다 읽고 나서 나는 이내 편지를 생각했고 편지는 내 몽상의 대상이 되었고 또한 '코사 멘탈레'가 되었으

---

* 1856년 프랑스에서 처음으로 출간된 레오나르도 다빈치(Leonardo da Vinci, 1452~1519)의 「회화에 관한 소고」에 나오는 말로 '정신적인 것'이란 의미의 이탈리아어이다. 『소녀들 1권(GF플라마리옹) 348쪽 참조.

며, 그래서 오 분마다 다시 읽고 어느새 키스를 하지 않을 수 없을 정도로 편지를 사랑하게 되었다. 그제서야 비로소 나는 내 행복을 깨달았다.

우리 삶에는 사랑하는 이들이 늘 소망하는 이런 기적이 곳곳에 뿌려져 있다. 이 기적은 어쩌면 며칠 전부터 살아야 할 이유를 완전히 상실한 나를 보고 어머니가 질베르트에게 편지를 보내도록 부탁하여 인위적으로 만들었는지도 몰랐다. 마치 내가 수영을 처음 시작했을 때 숨이 막혀 무척이나 하기 싫었던 잠수에 재미를 붙이게 하려고 어머니가 몰래 수영 교사에게 멋진 조가비 상자와 산호 가지들을 가져다주어 내가 그것들을 물 바닥에서 스스로 발견했다고 믿게 했던 것처럼 말이다. 게다가 우리의 여러 대조적인 삶과 상황에서 사랑과 관계되는 사건에 대한 최선의 태도는 이해하려고 애쓰지 않는 것이다. 왜냐하면 이러한 사건들은 피할 수 없는 뜻밖의 사건이라는 점에서 합리적인 법칙이 아니라 오히려 마법의 법칙에 지배되는 듯 보이기 때문이다. 엄청난 부자인 데다가 매력적이기까지 한 남자가 함께 살던 어느 가난하고 매력 없는 여인에게서 이별을 통보받고 절망한 채 자신의 모든 재력과 지상의 온갖 영향력을 행사해도 받아들여지지 않을 때는, 애인의 완강한 고집 앞에서 논리적인 설명을 찾기보다 차라리 '운명'이 자신을 짓누르며 마음의 병으로 죽이려 한다고 생각하는 편이 최선이다. 연인들이 맞서 싸워야 하는 장애물, 고통 때문에 지나치게 예민해진 상상력이 헛되이 간파하려고 애쓰는 이러한 장애물은, 때때로 자신의 품에 다시 불러들일 수 없는 여인의 어떤 성격적인 특징에, 그녀의 어리석음에, 얼굴조차 모르는 이들이 그녀에게 미친 영향과 넌지시 불어넣은 경외감에, 그녀가 일시적으로 삶에 대해 요구하는 쾌락이 연인도 연인의 재력도 충족해 줄 수 없는 그런 종류의 쾌락에 있다. 어쨌든 연인은 여인의 술책이 그에게 숨기고, 또 왜곡된 판단력 때문에 정확히 식별할 수 없는 이런 장애물의 속성을 알아내기에는 나쁜 위치에 있다. 이런 장애물은 의사가 끝내 그 원인을 모른 채 작게 만드는 종양들과도 비슷하다. 종양처럼 이 장애물은 신비롭지만 일시적이다. 다만 이 장애물은 일반적으로 사랑보다 오래 지속된다. 또 사랑이란 비타산적인 열정이 아니므로, 더 이상 연인을 사랑하지 않는 남자는 자신이 사랑했던 그 가난하고 경박한 여인이 어째서 자기로부터 부양받기를 여러 해 동안 완강하게 거절해 왔는지 그 이유조차 알려고 하지 않는다.

그런데 자주 파국의 원인을 우리 눈앞에 숨기는 것과 같은 신비로움이 사랑의 경우에는 종종 느닷없는 행복한 해결책으로 감싸이기도 한다.(질베르트의 편지가 내게 가져다준 것처럼.) 행복한 해결책이라고? 아니, 어쩌면 그렇게 보일 뿐인지 모른다. 왜냐하면 우리가 사랑에 부여하는 만족감이란 그게 어떤 종류든 우리를 고통으로부터 잠시 비켜 가게 할 뿐, 실제로는 결코 행복을 주는 감정이 아니기 때문이다. 그럼에도 잠시 유예기간이 주어지면 우리는 얼마 동안 치유된 듯한 착각에 사로잡힌다.

이 편지와 관련해서 프랑수아즈는 편지 아래 쓰인 것이 질베르트의 이름이라는 사실을 인정하려 하지 않았다. 왜냐하면 꽃무늬처럼 장식풍으로 쓰인 알파벳 G가 점이 안 찍힌 i에 기대어 A처럼 보였고,* 또한 마지막 음절도 구불구불한 필체 덕분에 한없이 길게 늘어졌기 때문이다. 만일 이 편지가 표현하고 또 나를 그렇게도 행복하게 해 주었던 그런 역전을 굳이 합리적으로 설명하자면, 어쩌면 스완 가의 정신에 비추어 날 영원히 실추시킬 거라 믿었던 어떤 사건의 덕을 내가 본 것일지도 몰랐다. 얼마 전 블로크가 날 보러 왔을 때, 내가 코타르 교수의 식이요법을 따르게 된 후로 우리 집에 왕진을 청했던 교수가 마침 내 방에 와 있었다. 진찰도 끝났고, 코타르 씨도 부모님께서 저녁 식사를 위해 붙잡는 바람에 그저 손님으로 남아 있었으므로 우리는 블로크를 들어오게 했다. 우리 모두가 담소를 나누고 있을 때, 블로크가 전날 저녁 식사를 함께했던 여인이 스완 부인과 각별한 사이인데, 그 여인을 통해 스완 부인이 날 무척이나 좋아한다는 말을 들었다고 했다. 나는 블로크가 분명 잘못 들었을 거라고 대답해 주고 싶었다. 그리고 지난날 노르푸아 씨에게 스완 부인을 알지 못한다는 사실을 공표했을 때와 같은 양심의 가책과 또 스완 부인이 나를 거짓말쟁이로 여길까 봐 두려워서 난 스완 부인을 잘 알지 못하며 그녀와 이야기를 나눠 본 적도 없다고 밝히고 싶었다. 그러

---

* G와 A라는 필체의 유사성은 「사라진 알베르틴」에서 질베르트가 보낸 전보를 알베르틴의 서명으로 착각한 에피소드를 예고한다. 이 「스완 부인의 주변」이 1914년에 집필되었으며, 「사라진 알베르틴」의 스토리를 구상하기 전에 쓰였다는 사실을 고려한다면 무척이나 놀라운 일이다.

나 내게는 블로크의 실수를 바로잡을 만한 용기가 없었다. 난 그의 말이 의도적이라는 걸 잘 알았고, 설령 그 여자 친구가 스완 부인이 실제로 말할 수 없는 사실을 지어냈다 할지라도, 그건 단지 블로크가 스완 부인의 친구들 가운데 한 사람과 저녁 식사를 했다는 걸 알리려고, 또는 내 기분을 맞추려고 그런 것이지, 사실이 아니라는 걸 깨달았기 때문이다. 그런데 내가 스완 부인을 알지 못하며 또 알고 싶어 한다는 걸 알게 된 노르푸아 씨는 내 이야기를 스완 부인에게 말하는 걸 경계했던 반면, 스완 부인의 주치의였던 코타르는 스완 부인이 나를 잘 알며 꽤나 높이 평가한다는 블로크의 말을 듣고, 언젠가 그녀를 만나면 내가 자기와 친분이 있는 매력적인 소년이라고 말하는 게 나에게 득이 될지 어떨지는 모르지만, 자기에게는 그녀의 비위를 맞출 수 있는 꽤 괜찮은 기회가 될 수 있겠다고 생각했는데, 이런 두 가지 이유로 인해 기회가 닿는 대로 오데트에게 내 이야기를 했던 것이다.

그리하여 나는 스완 부인이 즐겨 사용하는 향수 냄새가 계단까지 풍기는, 하지만 질베르트의 삶에서 발산되는 그 특별하고도 고통스러운 매력이 더욱 짙게 풍기는 그 방을 알게 되었다. 무자비하기만 했던 문지기는 어느새 관대한 에우메니데스* 여신이 되어 내가 올라가도 괜찮겠느냐고 물으면 자비

---

* 에우메니데스는 그리스 비극 시인인 아이스킬로스(Aeschylos, 기원전 525~기원전 465)의 3부작 『오레스테이아』 중 마지막 부분인 「에우메니데스」에 나오는 여신으로, 오레스테스는 복수의 여신 에리니에스에게 쫓기나 아테나 여신의 중재로 마침내는 에리니에스의 원한을 가라앉히는 데 성공한다. 따라서 복수의

로운 손짓으로 챙 달린 모자를 들어 올리면서 나의 청원을 들어준다는 듯한 표정을 습관처럼 지어 보였다. 그리고 집 창문은, 밖에서 보면 나를 위해 마련되지 않은 보물들과 나 사이에 반짝이는 눈길, 내게는 스완 가 사람들의 눈길 자체인 양 보이는 거리감 있는 피상적인 눈길을 끼워 놓았고, 화창한 계절이 되어 질베르트와 함께 오후 내내 그녀 방에서 보낼 때면 환기를 하려고 나는 그 창문을 열어 놓았으며, 만일 그녀 어머니의 손님 접대일이기라도 하면 손님들이 도착하는 걸 구경하려고 그녀 옆에서 이런 창문에 몸을 기울이기도 했고, 마차에서 내린 손님들은 얼굴을 들어 나를 이 집 여주인의 조카들 중 하나로 여기고는 손을 흔들어 인사하기도 했다. 그럴 때마다 질베르트의 땋은 머리가 내 뺨에 스치곤 했다. 동시에 자연스럽고도 초자연적인 잔디의 섬세함에 기교를 부린 덩굴무늬처럼 힘차게 엮인 그 머리칼은 흡사 천국에서 가져온 잔디로 만든 유일한 작품인 듯 보였다. 그녀의 가느다란 머리카락 한 올을 갖기 위해서라면 천상의 식물을 담은 성궤라도 기꺼이 내주었으리라! 그러나 이런 땋은 머리의 진짜 조각을, 아주 작은 올 하나도 기대조차 할 수 없었던 내게 그 모습이 담긴 사진만이라도 한 장 있었다면, 다빈치가 스케치한 작은 꽃들 사진보다 얼마나 더 소중해 보였을까!* 이런 사진 한 장을 얻기 위해 나는 스완네 주변 친구들은 물론이고 사진사들에게까지 비굴

여신 에리니에스는 관대한 여신 에우메니데스가 된다.
* 피렌체 박물관에 있는 레오나르도 다빈치의 「꽃의 다양성에 관한 연구」를 암시하는 것처럼 보인다. 『소녀들』(폴리오) 525쪽 주석 참조.

한 짓을 마다하지 않았는데, 이런 행동들은 내가 원하는 걸 가져다주기보다는 지극히 따분한 자들과 평생을 엮이게 했을 뿐이다.

질베르트와의 만남을 그토록 오랫동안 방해해 왔던 질베르트의 부모님은 ─ 그 옛날 베르사유 궁에서의 '왕'의 출현보다 더 놀랍고 더 기대되는, 스완 부부와 마주칠 가능성이 끊임없이 감도는 그 어두컴컴한 응접실로 들어갈 때면, 난 보통 '성경에 나오는 촛대'처럼 일곱 가지가 달린 커다란 외투걸이에 부딪히고 난 후에* 회색 코트 차림으로 나무 상자에 걸터앉아 있는 하인을 어둠 속에서 스완 부인으로 착각하고는 거듭 인사를 하곤 했는데 ─ 이제는 혹시 두 분 중 한 분이 마침 내가 도착한 순간 옆을 지나가기라도 하면 화내는 기색을 보이기는커녕 미소를 지으며 내 손을 잡고는 이렇게 말했다.

"코망 알레 부?"**(그들은 둘 다 t를 연음하지 않은 채 '코망 알레 부?'라고 발음했는데, 짐작하겠지만 집으로 돌아와서 나는 연음하지 않고 발음하는 그 감미로운 연습을 끊임없이 되풀이했다.) "여기 온 걸 질베르트가 아니요? 그럼 이만 가 볼게요."

게다가 질베르트가 친구들에게 대접하는 간식거리는 그토록 오랫동안 그녀와 나 사이에 놓인 경계 중 가장 뛰어넘기 어려운 걸로 보이더니, 이제는 우리를 만나게 해 주는 기회가 되

---

* 시나이 산에서 내려온 모세가 주님의 명에 따라 성전에 놓을 일곱 개의 가지가 달린 황금 등잔대를 만든 것을 가리킨다.(「출애굽기」 37장 17절)
** Comment allez-vous. 불어로 "어떻게 지냈어요?" "잘 있었어요?"라는 인사말이다. 보통은 연음해서 '코망 탈레 부'라고 발음한다.

었고, 매번 그녀는 다른 종류의 편지지에 짧은 글로 (그녀에게 난 아직 사귄 지 얼마 안 되는 친구였으므로) 그 만남을 알려 주었다. 편지지에 감탄부호가 붙은 영어 설명문 위에 돋을새김의 푸른색 푸들이 장식될 때도 있었고, 배의 닻 그림이 새겨진, 또는 편지지 위쪽을 차지하는 직사각형 공간에 엄청나게 길게 늘여 쓴 G. S.라는 이니셜이 새겨질 때도 있었고, 편지지 한 구석에 검정색 잉크로 인쇄된 펼쳐진 우산 아래쪽에 '질베르트'라는 이름이 내 여자 친구의 서명을 모방한 금색 활자로 비스듬하게 그려져 있을 때도 있었으며, 전부 대문자로 쓴 글자들이 중국 모자 모양 모노그램 안에 갇혀 단 한 글자도 구별되지 않을 때도 있었다.* 질베르트가 보유한 편지지 시리즈가 아무리 많다고 할지라도 끝이 없는 것은 아니었으므로 드디어 몇 주가 지나자 나는 그녀가 처음으로 보내왔던 편지지와 같은, 그은 은메달 투구를 쓴 기사 위에 '페르 위암 렉탐'이라는 경구가 새겨진 편지지를 다시 보게 되었다. 그리고 당시에는 각각의 편지지가 이런저런 날에 알맞게 어떤 의식에 따라 선택되었다고 생각했는데, 지금 와서 생각하니 질베르트가 편지를 받는 사람에게, 또는 적어도 환심을 사려고 애쓰는 이들에게 가능한 시간 차를 많이 벌려 같은 편지지를 두 번 다시 사용하지 않으려고 이미 사용했던 편지지를 애써 기억해 냈다는 사실을 알게 되었다. 수업 시간이 다른 탓에 질베르트가

---

* 중국 모자란 끝이 뾰족한 삿갓 모양 모자를 가리킨다. 모노그램은 여러 문자를 하나로 조립한 것이다.

간식 시간에 초대한 친구들 중 몇 명은 다른 친구들이 도착할 때 떠나야 했는데, 계단에 이르자마자 나는 응접실로부터 새어 나오는 속삭임을 들을 수 있었다. 그 소리는 이제 곧 내가 참석할 장엄한 의식이 불러일으킬 감동 속에 내가 미처 층계 참에 이르기도 전에 아직도 나를 예전 삶과 연결해 주는 관계들로부터 느닷없이 단절시켰고, 더워지면 목도리를 벗어야겠다는 생각이나 너무 늦게 돌아가지 않게 시계를 들여다봐야겠다는 생각 따위는 모두 잊게 만들었다. 게다가 이 계단은 오랫동안 오데트의 이상이었다가 금방 싫증을 내게 될, 당시 앙리 2세 양식으로 지은 몇몇 집에 설치되었던 것처럼 전부 목재로 되어 있었는데, 거기에는 우리 집에서는 찾아볼 수 없는 "내려갈 때는 승강기 사용 금지."라는 표시판이 붙어 있었으며, 내 눈엔 그 계단이 너무도 근사해 보여 나는 부모님께 스완 씨가 아주 먼 곳에서 가져온 옛 계단이라고 말했을 정도였다. 진실에 대한 내 관심이 얼마나 컸던지 설령 그 계단이 가짜라는 걸 알았다 해도 나는 부모님께 그런 정보를 주저 없이 알렸을 것이다. 왜냐하면 오직 그런 정보만이 스완 씨 댁 계단의 품격에 대해 나 자신이 느끼는 것과 동일한 존경심을 부모님께 품게 할 수 있었기 때문이다. 예컨대 명의의 탁월한 솜씨가 어디 있는지 잘 이해하지 못하는 무식한 사람 앞에 그 명의가 코감기는 잘 못 고친다고는 말하지 않는 편이 더 나은 것과 같은 이치다. 그러나 내게는 관찰력이라는 게 전혀 없어 보통 눈앞에 놓인 물건의 이름이나 종류도 알지 못했으며, 단지 스완 가 사람들 가까이에 있다는 사실만으로도 그 물건들은 대단한 것이 틀림없으며, 부모님께 계단이 먼 곳에서 왔다는 사실과 그 예술적 가치에 대해 알린다 해도 내가 거짓말을 했다고는 전혀 생각하지 않았다. 내가 거짓말을 했다고 확신하지는 못했지만 어쩌면 그럴 가능성도 있다고 믿었던 아버지가 내 말을 중단시키며 "나도 그런 집들을 잘 안단다. 그런 집 가운데 한 집을 본 적이 있는데 모두가 비슷비슷하더구나. 단지 스완은 여러 층을 사용한다는 점이 다르지만. 그 집들은 베를리에*가 건축한 거란다."라고 말씀하셨는데 그 순간 난 그만 얼굴이 붉어지는 걸 느꼈다. 아버지는 덧붙이시길, 당신도 그런 집 가운데 한 채를 빌리고 싶었지만 편하지 않은 듯 보였고, 또 현관이 어두워 포기했다고 하셨다. 아버지는 그렇게 말씀하셨지만 나는 본능적으로 내 정신이 스완 가의 명성과 내 행복을 위해 필요한 희생을 치러야 한다고 느꼈고, 방금 내가 들은 이야기에도 불구하고 내 마음의 명령에 따라 스완 가의 아파트가 우리도 거처할 수 있는 여느 아파트와 똑같다는 불경한 생각을, 마치 독실한 신자가 르낭의 「예수의 생애」**에 대해 그러듯이 영원히 떨쳐 버렸다.

그렇지만 이런 간식 모임이 있는 날이면 난 한 계단 한 계단

---

* 장밥티스트 베를리에(Jean-Baptiste Berlier, 1843~1911). 프랑스의 엔지니어이자 건축가로 압축 공기관을 통한 우편물 발송을 발명했지만 건축가로서는 그다지 명성이 높지 않았다.
** 에르네스트 르낭(Ernest Renan, 1823~1892)이 이십오 년에 걸쳐 집필한 『기독교 기원의 역사』 중 1권 「예수의 생애」(1863)는 초자연적인 설명을 배제하고 합리주의적 시각으로 종교를 고찰했다는 점에서 큰 파문을 불러왔다.

걸어 올라가면서 이미 내 생각이나 기억은 떨쳐 버린 채로 가장 저속한 반사작용의 꼭두각시가 되어 스완 부인의 향기가 풍기는 지대에 이르곤 했다. 그럴 때면 벌써 프티 푸르*가 담긴 접시와 스완 가의 독특한 예절이 요구하는 작은 회색 물결무늬 냅킨에 둘러싸인 초콜릿 케이크의 웅장한 모습이 보이는 것 같았다. 그러나 이렇게 변경할 수 없을 만큼 잘 정돈된 전체도 칸트가 말하는 필연적 세계처럼 자유의지의 최고 행위에 달린 듯했다.** 왜냐하면 우리 모두가 질베르트의 작은 살롱에 모여 있을 때 갑자기 그녀가 시계를 바라보면서 이렇게 말했기 때문이다.

"저기, 점심 먹은 지도 꽤 오래됐고, 저녁 식사는 8시나 돼야 할 텐데, 난 좀 뭘 좀 먹고 싶거든. 너희들은 어때?"

그러고는 렘브란트가 그린 어느 아시아 사원 내부처럼*** 어두운 식당으로 우릴 안내했다. 그곳에는 위압적이면서도 온순하고 또 친숙한 건축물 형태 케이크가 당당히 세워져 있었는데, 어느 날 갑자기 질베르트가 초콜릿으로 만들어진 방어

---

* 한 입에 넣을 수 있는 작은 과자.
** 독일 철학자 이마누엘 칸트(Immanuel Kant, 1724~1804)는 모든 지식이 경험과 함께 시작된다는 영국의 경험주의 철학을 비판하면서 선험적으로 지각할 수 있는 필연적이고 보편적인 세계를 상정한다. 그러나 모든 것이 원인과 결과의 연쇄로 정의되는 결정론을 주장하면서도 순수이성의 명령을 따르는 자유의지의 개념을 인정함으로써 조금은 모순된 입장을 취한다고 지적된다.
*** 여기서는 렘브란트(Rembrandt, 1606~1669)의 특정 그림을 가리킨다기보다 어둠과 빛의 대조를 통해 성서적 주제를 동양풍 배경에서 그린 렘브란트의 여러 작품을 환기하는 것처럼 보인다.

용 요철 벽에서 왕을 폐위하고, 다리우스* 궁 보루처럼 화덕에서 구워 낸 가파르게 경사진 담갈색 성벽들을 무너뜨리고 싶은 생각이 들 때를 위해 놓여 있는 듯했다. 뿐만 아니라 질베르트는 이런 거대한 니네베** 과자를 파괴하려고 자신이 배고픈지 어떤지만 물어보지 않고 나도 배고픈지 계속 물어보았는데, 그럴 때마다 그녀는 그 무너진 기념물에서 동양풍 진홍색 과일이 박힌 반짝이는 벽면 일부를 떼어 내게 주었다. 그녀는 우리 부모님의 저녁 식사 시간에 대해서도 물었다. 마치 내가 아직까지도 그걸 기억한다는 듯이, 나를 뒤덮는 이 마음의 동요에도 불구하고 텅 빈 내 기억과 마비된 내 위장 속에 아직도 식욕부진이나 공복감, 저녁 식사에 대한 생각, 가족의 이미지가 존재한다는 듯이 말이다. 하지만 안타깝게도 이런 마비 상태는 일시적인 것에 불과했다. 이제 곧 내가 의식하지도 못하고 먹었던 케이크를 소화시켜야 할 시간이 다가왔기 때문이다. 하지만 그 시간은 아직도 멀리 있었다. 그동안 질베르트는 '내 차'를 만들어 주었다. 나는 끝없이 차를 마셔 댔다. 단 한 잔의 차만으로도 스물네 시간 동안 잠을 이루지 못하던 내가. 그래서 어머니는 이런 말을 습관처럼 하셨다. "딱하기도 하지, 어쩜 얘는 스완 씨 댁에만 가면 아파서 돌아올까." 하지

* Darius 1세(기원전 550~기원전 486). 고대 페르시아의 왕. 정복자로서의 활동 외에도 많은 페르시아 궁전을 건축한 것으로 유명하다.
** 고대 아시리아의 수도로 기원전 7세기에 파괴되었다. 건축물 모양 과자를 먹는 것을 니네베의 폐망에 비유했다. 『잃어버린 시간을 찾아서』 2권 314쪽 주석 참조.

만 나 자신은 내가 스완 씨 댁에서 마셨던 것이 차라는 사실을 알기나 했을까? 설령 알았다 해도 나는 마셨을 것이다. 잠시 현재를 식별할 수 있는 감각을 회복했다 해도 그 감각이 내게 과거에 대해 추억하고 미래에 대해 예측할 수 있는 힘을 돌려주지는 못했을 테니까. 내 상상력은 잠자리에 누울 생각과 수면의 필요를 느낄 정도로 그렇게 멀리까지는 뻗어 나가지 못했다.

질베르트의 친구 모두가 어떤 결정도 불가능한 이런 도취 상태에 빠졌던 것은 아니다. 몇 명은 차를 거절했으니까! 그러면 질베르트는 당시 널리 유행하던 말투로 이렇게 말했다. "정말이지 내 차는 영 인기가 없네!" 그러고는 차 마시는 의식이라는 생각을 더 많이 지우려는 듯, 식탁 주위에 놓인 의자의 순서를 뒤섞으면서 "우리 무슨 결혼식이라도 하는 것 같지 않아? 정말 하인들은 바보 같아."라고 말했다.

질베르트는 비스듬하게 놓인 X 자 모양 의자에 옆으로 앉아 과자를 야금야금 먹었다. 어머니에게 허락을 구하지 않고도 프티 푸르를 마음껏 먹을 수 있는 모양이었다. 때로는 푸른색 벨벳 드레스를 입기도 했지만 자주 하얀 레이스가 달린 검정 새틴 드레스를 입은 스완 부인이 방문객을 배웅하고 나서 — 부인의 '접대일'은 대개 질베르트의 다과회 날과 겹쳤다. — 급히 돌아와 놀란 얼굴로 이렇게 말했다.

"어머나, 여러분들 먹는 게 맛있어 보이네요. 케이크를 먹는 걸 보니 나도 배가 고파 오네요."

"좋아요, 엄마, 저희가 엄마를 초대할게요." 하고 질베르트가 대답했다.

"그건 안 된단다, 내 귀여운 것, 엄마 손님들이 뭐라고 하시 겠니. 트롱베르 부인, 코타르 부인, 그리고 봉탕 부인이 아직 도 계신걸. 존경하는 봉탕 부인의 방문이 결코 짧지 않다는 건 너도 알잖니, 더구나 이제 막 오셨는걸. 내가 돌아가지 않으 면, 그 착한 분들께서 뭐라고 하시겠니? 그분들이 다 떠나고 나서 아무도 오시지 않으면, 돌아와서 잠시 이야기를 나누도 록 하마.(이편이 내게는 훨씬 더 즐거운 일이 될 테지만.) 난 잠시 휴식을 취하는 게 좋을 것 같다. 지금껏 마흔다섯 명이나 다녀 가셨는데, 그 마흔다섯 명 중 마흔두 명이 제롬*의 그림에 대 해 말하지 않겠니." 하고 그녀가 말했다. 그리고 손님들 쪽으 로 서둘러 가면서 내게 이렇게 덧붙였다. "그건 그렇고, 조만 간 질베르트와 함께 '당신 차'를 마시러 오지 않겠어요? 질베 르트는 당신이 원하는 대로 당신만의 작은 '스튜디오'**에서 처럼 차를 마시게 해 줄 거예요." 이 말은, 마치 내가 이 신비로 운 세계에 찾으러 온 것이 내 습관들(차를 마시는 습관이야 가져 본 적이 있지만 '스튜디오'의 경우, 내가 그런 걸 가져 본 적이 있는 지 없는지는 확실치 않았다.)만큼이나 내가 잘 아는 그 무엇이라

---

* 장레옹 제롬(Jean-Léon Gérôme, 1824~1904). 신고전주의 양식의 정확하 고 사실적인 묘사로 유명한 화가로서, 인상파 화가들의 적이었다. 프루스트는 이 런 이유로 그를 사교계 인사들이 좋아하는 화가로 인용한 것이다.
** 이 작품이 쓰인 시기에 '스튜디오'는 화가의 아틀리에나 작업실을 의미했다. 부엌과 침실이 하나로 된 방이라는 현대적 의미의 스튜디오는 아직 등장하지 않았던 시절이다.

도 되는 듯한 말투였다. 그녀는 "언제 올 거예요? 내일? 콜롱뱅* 찻집 못지않게 맛있는 토스트를 만들어 줄게요. 안 된다고요? 나쁜 사람이네요."라고 말하곤 했는데, 살롱을 갖게 된 후부터는 아양을 떠는 듯하면서도 위압적인 것이 베르뒤랭 부인의 말투를 그대로 따르고 있었다. 게다가 콜롱뱅과 마찬가지로 토스트는 내게 낯설어서 이 마지막 약속은 더 이상 내 마음을 끌지 못했다. 가장 이상하게 보였던 건 지금 와서는 모두들 그렇게 말하고 아마 요즘은 콩브레에서도 그렇게 말하겠지만, 스완 부인이 우리의 늙은 '너스'**에게 보내는 찬사를 들었던 일인데, 처음 얼마 동안 나는 부인이 누굴 두고 하는 말인지 알지 못했다. 나는 영어를 몰랐지만 이내 그 단어가 프랑수아즈를 가리킨다는 걸 알아차렸다. 샹젤리제에서 프랑수아즈가 틀림없이 주었을 좋지 못한 인상 때문에 무척이나 걱정했지만, 스완 부인과 남편이 나에게 호감을 갖게 된 것이 질베르트가 내 '너스'에 관해 이야기했기 때문이라는 사실을 난 스완 부인을 통해 알게 되었다. "그분이 당신에게 그토록 헌신적이고 잘한다는 걸 느낄 수 있었어요."(즉시 난 프랑수아즈에 대한 생각을 바꾸었다. 그 여파로 방수 코트와 깃털 장식을 단 여자 가정교사를 두는 일이 불필요해졌다.)*** 끝으로 스완 부인이 블라

---

* 콜롱뱅 찻집은 파리 1구 캉봉 거리와 몽타보르 거리 모퉁이에 있었다. 토스트보다 크루아상으로 더 유명했는데 2차 세계 대전 이후 문을 닫았다.
** nurse. 『로베르 백과사전』에 의하면 이 단어는 처음에는 영국 유모를 가리켰으나 1896년에 이르면 간호사나 아이를 돌보는 사람을 의미했다고 한다.
*** 화자는 처음에 질베르트의 가정교사가 방수 코트에 깃털 장식을 단 것을

탱 부인*에 대해 흘린 몇 마디 말을 통해 난 그녀가 블라탱 부인의 호의는 인정하지만 방문은 꺼린다는 걸 알게 되었고, 그 부인과의 개인적인 관계도 내가 믿었던 것만큼 그렇게 소중하지 않으며, 또 스완 가에서의 내 상황을 조금도 개선해 주지 않으리라는 사실도 알게 되었다.

지금까지 닫혔던 길이 모든 예상을 뒤엎고 내 앞에 열리면서 이 요정이 사는 처소를 내가 존경과 환희에 떨며 탐색하기 시작했다면, 그건 어디까지나 질베르트의 친구 자격으로서였다. 나를 맞이한 왕국은 스완과 스완 부인이 초자연적인 생활을 영위하는 보다 신비로운 왕국 안에 가두어져, 그들은 악수를 한 후 응접실을 통과하고 나서 동시에, 하지만 반대 방향으로 자기들의 왕국을 향해 발길을 옮겼다. 하지만 나는 곧 이런 지성소의 중심부까지 뚫고 들어갈 수 있었다. 이를테면 질베르트가 집에 없고, 스완 씨나 스완 부인만 집에 있을 때가 있었다. 그들은 누가 초인종을 울렸는지를 묻고 나인 줄 알면 잠시 자기들 옆에 오라고 청했으며 내가 딸에 대해 이런저런 일이나 이런저런 방향에서 영향력을 행사해 주길 바랐다. 나는 너무나 완벽하고 너무나 설득력 있는

무척이나 부러워하면서 프랑수아즈를 부끄럽게 생각했다. 『잃어버린 시간을 찾아서』 2권 379쪽 참조.
* 샹젤리제에서 산책을 하러 오는 이 부인에게 질베르트가 공손히 인사하는 걸 보고 화자는 그녀가 대사 부인이나 왕족이라고 생각한다. 그러나 집행관의 과부라는 사실이 어머니에 의해 드러난다. 『잃어버린 시간을 찾아서』 2권 382~383쪽 참조.

편지, 내가 스완에게 최근에 보냈지만 답장조차 받지 못했던 편지가 생각났다. 나는 정신이나 이성, 가슴의 무능력 탓에 아주 작은 대화를 기대할 뿐이거나 단 하나의 어려움도 풀어 내지 못하다가 나중에 시간이 흐르면서 삶이 그 일을 어떻게 처리했는지는 모르지만 그토록 쉽게 어려움을 풀어낸다는 사실을 알고 깜짝 놀랐다. 질베르트의 친구로서 그녀에게 탁월한 영향력을 가진 사람이라는 나의 새로운 입장은, 흡사 항상 최고로 꼽히는 중학교에서 어떤 왕의 아들을 친구로 삼게 되어 그 우연 덕에 내가 사사롭게 왕궁 출입도 하고 알현실에서 면담을 하는 것과도 같은 은총을 누리게 했다. 스완은 끝없는 호의로 그의 명예로운 업무에도 바쁘지 않다는 듯이, 나를 자신의 서재로 데리고 가서는 내가 감동해서 한 마디도 이해하지 못하는 이야기에 대해 한 시간이나 더듬거리며, 짧고 두서없는 용기와 열정의 폭발로 가끔 중단되는 그런 수줍은 침묵으로 대답하게 했다. 스완은 내가 흥미 있을 만하다고 생각되는 미술품과 책 들을 보여 주었는데, 나는 그 작품들이 루브르 박물관이나 국립도서관이 소장한 것보다 무한히 아름답다는 걸 미리 확신했지만, 그 작품들을 똑바로 쳐다볼 수는 없었다. 그런 순간에 스완의 집사가 내 시계나 넥타이핀, 장화를 달라고 하거나, 자기를 내 유산 상속인으로 인정하는 증명서에 서명해 달라고 부탁했다 해도 난 기쁘게 수락했을 것이다. 속어로 가장 멋지게 표현해 본다면, 나는 "내가 뭘 하는지 더 이상 알 수 없었다." 이 속어는 가장 아름다운 서사시처럼 작자 미상이지만, 서사시와 마찬

가지로 볼프*의 학설과는 달리 분명한 저자가 생각해 낸 것임에 틀림없다.(우리가 매해 만나는 이런 창의적이고 겸손한 이들은 '얼굴을 보고 이름을 생각해 낸다.'와 같은 의외의 발견을 했으면서도 정작 그들의 이름은 가르쳐 주지 않는다.) 기껏해야 방문이 길어졌을 때, 이 마법의 저택에서 머무른 시간 동안 아무것도 실현되지 않았으며 그 어떤 행복한 결말도 오지 않았다는 사실에 그저 놀랄 뿐이었다. 하지만 내 실망은 스완 씨가 보여 준 걸작의 부족함이나 내 방심한 시선을 그 걸작에 고정할 수 없다는 데서 비롯된 것은 아니었다. 왜냐하면 내가 스완 씨 서재에 있는 물건들을 기적처럼 여기게 된 것은 물건에 내재하는 아름다움 때문이 아니라 내가 오래전부터 그의 서재에 배치했던 그리고 아직도 그곳에 스며 있는 뭔가 특별하고도 서글픈, 관능적인 느낌이 그 물건들에 ── 실제로는 세상에서 가장 추한 물건일 수도 있는 ── 배어 있었기 때문이다. 이와 마찬가지로 스완 부인의 친구들인 가장 뛰어난 예술가들의 손으로 조각되거나 그려진 수많은 거울과 은 머리빗, 파도바의 성 안토니오 성당** 풍 제단들도 스완 부인이 나를 자기 방에서 잠시 접대해 주었을 때 내 마음속에 일어났던 내 부적격함에 대한 감정과 그녀의 왕족 같은 관대함에 비하면 아무것도

---

* 프리드리히 아우구스트 볼프(Friedrich August Wolf, 1759~1824). 독일 문헌 학자로서 『일리아드』와 『오디세이』의 저자가 호메로스가 아니라, 다른 시기의 익명 저자들이 쓴 짧은 시를 모은 글이라고 주장했다.
** 파도바에 있는 성 안토니오 성당은 13세기에 건축된 도나텔로의 부조로 유명하다. 파도바에는 만테냐의 벽화로 유명한 에레미타니 성당도 있다.

아니었다. 그녀 방에서는 아름답고 기품 있는 세 여인, 즉 스완 부인의 첫 번째, 두 번째, 세 번째 하녀가 미소를 지으면서 부인을 위해 그 경이로운 화장을 준비했고, 짧은 바지를 입은 하인이 부인께서 잠깐 이야기를 하고 싶어 하신다고 명령을 전해 오면, 나는 그녀의 드레스 룸으로부터 향기로운 냄새가 끊임없이 발산되어 그 소중한 향유가 멀리까지 퍼지는 구불구불한 복도를 따라 그곳에 가곤 했다.

스완 부인이 방문객들 쪽으로 돌아간 후에도 우리는 그녀가 말하고 웃는 소리를 여전히 들을 수 있었는데, 왜냐하면 그녀는 단 두 사람이 있을 때조차도, 예전에 '여주인'이 작은 패거리에서 '대화를 유도할' 때 자주 그랬던 것처럼, '친구들' 전부에 맞서기라도 하듯 목소리를 높여 말했기 때문이다. 최근에 다른 사람에게서 빌려 온 표현은 적어도 한동안은 한껏 써먹길 바라는 법이다. 스완 부인은 때로는 남편이 어쩔 수 없이 그녀에게 소개해야 했던 그 품위 있는 인사들로부터 배운 표현(사람을 수식하는 형용사 앞에 관사나 지시대명사를 생략하는 기교를 알게 된 것도 바로 그들로부터였다.)을 택하거나, 또 어떤 때는 훨씬 천박한 말투(예를 들면 그녀의 여자 친구들 중 한 명이 즐겨 사용하는 "그치는 형편없는 작자야!"와 같은)를 택하면서, 그 말투를 '작은 패거리'에서 배운 습관에 따라 자신이 즐겨 말하는 모든 이야기 속에 끼워 넣으려 했다. 그런 후에는 곧잘 "전 그런 이야기를 아주 좋아해요." "어쩜! 인정하세요, 정말로 '아름다운' 이야기라는 걸!"과 같은 말을 했다. 이런 말들은 그녀가 알지 못하는 게르망트 가 사람들로부터 남편을 통해 전해졌다.

스완 부인이 식당을 나가자 이번에는 방금 집에 돌아온 스완 씨가 우리들 앞에 모습을 나타냈다. "어머니 혼자 계시니, 질베르트?" "아뇨, 어머니는 아직 손님들하고 계세요, 아빠." "뭐라고, 아직도? 7시인데도! 끔찍하구나! 가여운 여인이 녹초가 됐겠구나. 지긋지긋하군!(우리 집에서는 이 '지긋지긋한(odieux)'이라는 단어에서 항상 o를 길게 발음하는 걸 들어 왔는데, 스완 씨와 스완 부인은 o를 짧게 발음했다.) 생각해 보렴, 오후 2시부터 저러고 있잖니!" 하고는 내 쪽으로 몸을 돌리며 이렇게 말을 이었다. "카미유 말로는 4시에서 5시 사이에만도 열두 사람이나 왔다고 하더라. 내가 지금 열두 사람이라고 했니? 열네 사람이라고 들은 것 같기도 하고. 아니, 열두 사람이었는지, 잘 모르겠다. 집에 돌아왔을 때 난 오늘이 네 어머니 손님 접대일이라는 건 생각도 못 하고, 문 앞에 있는 모든 마차들을 보고는 집에 결혼식이라도 있는 줄 알았다. 게다가 내가 서재에 들어간 뒤로도 초인종 소리가 그칠 줄 모르잖니. 정말이지, 그 소리에 머리가 지끈거리는구나. 그런데 어머니 주위에는 아직도 손님이 많으시니?" "아뇨, 두 분뿐이에요." "누군지 아니?" "코타르 부인과 봉탕 부인이에요." "아아! 건설부 장관의 비서실장 사모님이시구먼!" "전 그분 남편이 어느 부서 직원인지는 알아도 뭘 하는지는 정확히 모르겠어요." 하고 질베르트가 어린애 같은 태도로 말했다. "뭐라고, 이 바보 같은 녀석, 꼭 두 살짜리 어린애처럼 말하는구나. 너 뭐라고 했지, 어떤 부서 직원이라고? 그분은 간단히 말해 비서실장, 그러니까 모든 업무의 책임자시란다. 아니, 나도 머리가 어떻게 됐나 보다, 너만큼이나 나도 멍청해졌나 보다. 그분은 비서실장이 아니라 정무 차관이시란다." "모르겠어요, 그럼 정무 차관이란 게 대단한 거예요?" 하고 질베르트는 부모님의 허영심을 채워 줄 수 있는 온갖 것에 자신의 무관심을 보여 줄 기회를 단 한 번이라도 놓치지 않으려는 듯 이렇게 대답했다.(어쩌면 지나치게 중요성을 부여하지 않는 듯한 태도를 보임으로써 그처럼 눈부신 교제를 더 빛나게 할 수 있다고 생각했는지도 모른다.)

"아무렴, 대단하고말고!" 하고 스완은 나를 의혹 속에 남겨 둘지 모르는 겸손함을 택하기보다는 훨씬 분명한 언어로 이렇게 소리쳤다. "간단히 말해 장관 다음으로 으뜸가는 자리란다! 오히려 장관을 능가하는 자리지. 모든 업무를 처리하는 분이니까. 뿐만 아니라 유능한 일류급 인사인 데다 아주 품위 있는 분이란다. 레지옹 도뇌르 훈장 수훈자이기도 하고. 아주 매력적이고 얼굴도 잘생겼단다."

하기야 스완의 아내도 스완이 '매력적인 존재'였으므로 모든 사람의 반대에도 결혼했다. 그에게는 얼굴 전체를 보기 드문 섬세한 조화로 이끌기 충분한, 비단 같은 금빛 턱수염과 잘생긴 이목구비, 콧소리, 강한 입 냄새와 의안(義眼)이 있었다.

"말해 줄 게 있네." 하고 스완은 내게 말을 걸며 이렇게 덧붙였다. "나는 이런 양반들이 현 정부에 있는 걸 상당히 재미있게 지켜보고 있다네. 왜냐하면 그분들은 사상이 편협한 반동적이고도 교권 지지자인 부르주아의 전형이라고 할 만한 봉탕-쉬뉘 가문의 봉탕네 사람들이기 때문이지. 가엾은 자네 할아버지께서도 적어도 소문으로 듣거나 직접 보신 적이 있지만, 당대의 부호이면서도 마차꾼들에게 팁으로 1수밖에 주지 않았던 쉬뉘 영감이나 브레오-쉬니 남작을 잘 아시네. 그런데 그들은 전 재산을 위니옹제네랄* 은행 도산 때 다 날리고 말았지. 그런 일을 알기엔 자네가 너무 어렸지만 여하튼 그런 집 사람들이 힘닿는 대로 집안을 재건한 거라네."

"그분은 내 수업에 오는, 나보다 훨씬 아랫반에 있는 저 유명한 '알베르틴'이라는 애의 아저씨예요. 걔는 틀림없이 어른이 되면 '패스트'** 할 거예요. 지금은 별난 꼴이지만."

"놀라운걸, 내 딸은 모르는 사람이 없군."

"하지만 그 앤 몰라요. 지나가는 걸 봤을 뿐이거든요. 애들이 여기서도 알베르틴, 저기서도 알베르틴 하고 소리치니까요. 하지만 봉탕 부인은 알죠. 역시나 맘에 들지는 않지만요."

"그건 네가 크게 잘못 생각하는 거란다. 그분은 매력적이고 예쁘고 지적인 분이야. 게다가 재치도 있으시고. 그분께 인사하러 가서 물어봐야겠다. 그분 남편이 전쟁이 곧 터질 거라고 생각하시는지, 또 우리가 테오도시우스 왕에게 기대를 걸어도 되는지를 말이다. 그분 남편이라면 분명 이런 일들에 대해

---

* 1878년에 설립된 가톨릭 계열의 위니옹제네랄 은행은 일부 이스라엘 계열과 프로테스탄트들에 의해 1882년에 도산했다.
** 영국풍 오데트를 닮은 질베르트의 언어 습관이다. '패스트(fast)'란 '매우 자유롭거나 유행을 즐겨 따른다'는 의미로 알베르틴에 대한 이런 질베르트의 평은 훗날 발베크 해변에서 스포츠를 좋아하는 알베르틴의 모습으로 형상화된다.

잘 아실 거다, 안 그러냐? 높은 자리 사람들의 비밀을 아는 분이시니."

　예전의 스완은 이런 식으로 말하지 않았다. 아주 소박한 왕가의 공주들이 시중꾼에게 납치되어 십 년이라는 세월을 보낸 후 사교계에 되돌아가려고 했을 때, 사람들이 자기 집에 기꺼이 오지 않으려 한다는 걸 느끼고는 본능적으로, 지겨운 늙은 여인네들의 언어를 쓰고, 또 누군가가 한창 유명세를 타는 어느 공작 부인의 이름을 꺼낼 때면 "그분은 어제 저희 집에 오셨답니다." 또는 "전 세상과 떨어져 산답니다."라고 말하는 걸 들을 수 있다. 이처럼 풍속 관찰이란 심리적인 법칙으로부터 연역할 수 있으므로 불필요한 것이다.

　스완 씨 부부에게는 손님이 거의 방문하지 않는 집 사람들에게 있는 그런 결점이 있었다. 조금이라도 알려진 인사들의 방문이나 초대, 그리고 그들이 건네는 단순한 한 마디 호의적인 말조차도 그들에게는 자랑하고 싶은 사건이었다. 오데트가 꽤 호화로운 저녁 만찬을 베풀었을 때, 운 나쁘게도 베르뒤랭네 부부가 런던에 머물기라도 하면, 스완네 부부는 공통의 친구를 통해 이 소식이 영불해협을 건너 그들에게 전송되도록 조치를 취했다. 오데트에게 보내오는 아첨하는 편지나 전보까지도 스완네 부부는 그들을 위해서만 간직하지 못했다. 그들은 친구들에게 말했고 또 손에 손을 거쳐 그 편지나 전보를 돌려 읽게끔 했다. 이렇게 해서 스완네 살롱은 전보를 게시판에 붙여 놓는 온천지 호텔과도 같았다.

　게다가 예전의 나처럼 사교계 밖에서의 스완뿐 아니라 사교계 안에서의 스완을 알던 사람들은, 왕족들이나 공작 부인들은 제외하고 재치와 매력에 대해 끊임없이 까다롭게 굴면서 아무리 훌륭한 인물이라 할지라도 그 인물이 따분하고 천박하면 제명 선고를 내리던 그런 게르망트 사회에서의 스완을 알던 사람들은, 이런 과거의 스완이 자기 교우 관계에 대해 말할 때 신중하지 않을 뿐만 아니라 그런 관계를 선택하는 데도 까다롭게 굴지 않는 것을 보고 무척이나 놀랐을 것이다. 그토록 평범하고 그토록 심술궂은 봉탕 부인이 어떻게 그의 비위를 거스르지 않을 수 있단 말인가? 또 그런 봉탕 부인을 어떻게 호감 가는 분이라고 말할 수 있단 말인가? 게르망트네 세계에 대한 추억만으로도 그렇게는 못 할 듯 보였다. 하지만 실제로는 오히려 그 추억이 그렇게 하도록 도와주었다. 게르망트네 사람들에겐, 대부분의 사교계 모임과 달리 취향이, 그것도 세련된 취향이 있었지만, 그에 못지않게 속물근성도 있어서 이런 취향의 실천을 일시적으로나마 중단하는 일도 있었다. 만약 게르망트 사단에 반드시 필요하지 않은 사람인 경우, 이를테면 조금은 점잔 빼는 공화당원인 외무부 장관이나 수다스러운 한림원 회원인 경우, 그 취향은 철저하게 그 사람에게 불리한 쪽으로 작용했다. 스완은 대사관저 같은 데서 게르망트 부인이 그런 초대 손님 곁에 앉아 만찬을 드는 걸 보면 동정했고 그런 자들보다는 세련된 인간, 다시 말하면 아무짝에도 쓸모없지만 게르망트 정신을 소유한 같은 동아리에 속하는 게르망트네 인간을 천배나 더 좋아했다. 오직 왕족 혈통의 대공작 부인 또는 공주만이 게르망트 부인 집에서 자주 저녁 식사를 했는데, 그 사단에 낄 만한 어떤 권리나 재치가 없다 해도 그녀 역시 게르망트네 사단에 속했다. 그러나 사교계 인사들은 순진하게도 이런 그녀를 받아들인 순간부터는 호감 가는 인물로 생각하려고 애썼는데, 왜냐하면 애초에 이 여인이 호감 가는 인물이어서 초대를 했다고는 볼 수 없었기 때문이다. 게르망트 부인을 도우려고 온 스완은 공주님이 떠나자 부인에게 말을 건넸다. "참으로 좋은 분이시군요. 유머도 약간 있으시고, 물론 『순수이성비판』*을 깊이 연구하신 분은 아닌 듯 싶습니다만, 그렇다고 해서 불쾌한 분은 아니네요."

"나도 당신과 같은 의견이에요." 하고 공작 부인이 대답했다. "약간 겁을 먹은 것 같지만 두고 보면 상당히 매력 넘치는 분이라는 걸 곧 알게 될 거예요." "스무 권쯤 되는 책을 인용하는 XJ 부인에 비하면(수다스러운 한림원 회원 부인으로 뛰어난 여인이긴 하지만) 덜 권태로운 분이죠." "비교조차 할 수 없을 정도죠." 뭔가를 말하는, 그것도 진지하게 말하는 능력을 스완은 공작 부인으로부터 배워 간직했다. 이제 스완은 이런 재능을 자신이 접대하는 손님들에게 발휘했다. 스완은 까다로운 사람이 보이는 혐오감이 아닌 호의적인 선입관을 가지고 살펴보면 누구나 드러내 보이는 그런 장점들을 그들에게서 간파하고 또 좋아하려고 애썼다. 예전에는 파름 대공 부인의 가치에 대해 그러했지만 지금은 봉탕 부인의 가치를 돋보이게

---

* 1781년과 1787년에 발간된 칸트의 『순수이성비판』은 프랑스에서 1835년에 클로드 조셉 티소(Claude Joseph Tissot, 1801~1870) 교수에 의해 처음 번역되었다.

하는 데 힘썼다. 만약 게르망트 사회에서 몇몇 왕족 부인들을 위한 특별 입장 혜택이 없었다면, 또 왕족 부인의 경우라 해도 진짜로 문제 되는 것이 재치와 매력뿐이었다면, 파름 대공 부인 역시 게르망트 사회에서 제명되었을 것이다. 게다가 이미 앞에서 살펴보았듯이 스완은 사교계에서 자신의 위치를 몇몇 상황에서는 자신에게 더욱 잘 어울리는 위치로 바꾸는 취미가 있었다.(예전과 달리 지금은 보다 지속적인 방식으로 그런 취미를 실천했다.) 사물을 지각하는 데 있어 첫눈에 나눌 수 없는 것처럼 보이는 사물을 더 이상 나눌 수 없는 사람만이 사회적 위치가 곧 그 사람이라고 생각하는 법이다. 동일 인물을 삶의 연이은 시기에 비추어 관찰해 본다면, 그 인물이 자신의 환경보다 반드시 높다고 할 수 없는 그런 다양한 사회 계층에 잠긴 것을 보게 된다. 삶의 어느 시기에 있어서 우리가 몇몇 환경과 관계를 맺고 또는 다시 맺을 때마다, 그리하여 그곳에서 사랑을 받는다고 느낄 때마다, 우리는 아주 자연스럽게 그곳에 인간적인 뿌리를 내리고 정착하기 시작하는 것이다.

봉탕 부인에 관해서는 스완이 그렇게도 끈질기게 말했으므로 그 부인이 스완 부인을 만나러 온다는 사실을 내 부모님이 안다고 해도 스완이 화를 내지 않을 거라고 생각했다. 사실 우리 집에서는 스완 부인이 조금씩 알아 가는 사람들의 이름들이 감탄을 자아내기보다는 호기심을 불러일으켰다. 트롱베르 부인 이름을 들었을 때, 어머니는 이렇게 말씀하셨다.

"저런! 신입 회원이 한 명 더 늘었구나. 앞으로 다른 사람들도 끌어오겠네."

어머니는 스완 부인이 새로운 친분 관계를 개척해 가는 그 간략하고도 신속하며 격렬한 방식과 식민지 전쟁 사이에 어떤 유사점이라도 발견한 듯 이렇게 덧붙이셨다. "이제야 트롱베르 족이 항복했구나, 머지않아 인근 부족들도 항복하게 될 거다."

길에서 스완 부인과 마주쳤던 날, 어머니는 집에 돌아와서 이렇게 말씀하셨다.

"전투태세를 갖춘 스완 부인을 보았단다. 분명 마세쉬토스 족, 실론 족, 또는 트롱베르 족에게 유리한 공격을 하려고 출정하는 걸 게다."*

그리고 내가 어머니께 아주 다른 세계에서 아주 어렵게 끌어모은 여인들로 이루어진 그 잡다하고도 인위적인 모임에서 새로운 인물들을 보았다고 말하면, 어머니는 금세 그 사람들의 출신을 알아맞히셨고, 마치 그들이 비싼 값을 치르고 사들인 전리품인 양 이렇게 말씀하셨다.

"아무개 집에 원정 갔다 데려온 거란다."

코타르 부인의 경우, 아버지는 이 세련되지 못한 부르주아 여인을 끌어들여 스완 부인이 도대체 무슨 이득을 볼 수 있는지 놀라워하셨다. "코타르에게 대학 교수라는 지위가 있긴 하지만 그래도 이해가 가지 않는다고 말할 수밖에." 반면 어머니는 너무도 잘 이해하셨다. 한 여인이 예전에 살던 세계와는 다

---

* 마세쉬토스 족은 허구적인 부족으로 보이며, 실론 족은 스리랑카의 대표적 부족이며, 트롱베르 족은 트롱베르란 인물의 이름을 패러디한 것이다.

른 세계로 뚫고 들어가면서 얻는 기쁨을, 만일 그녀가 예전에 알던 사람들에게 자신이 현재 교제하는 비교적 찬란하다고 할 수 있는 인맥을 알려 줄 수 없다면, 그런 기쁨의 상당 부분을 잃게 된다는 걸 아셨다. 그렇게 하기 위해서는, 마치 바람기 많은 곤충이 붕붕거리며 꽃을 찾아가듯, 그 새롭고 매혹적인 세계로 들어가서 다음으로는 그녀가 우연히 방문하는 집집마다 선망과 감탄의 은밀한 씨앗을 퍼뜨려 줄, 적어도 그렇게 해 줄 것으로 기대되는 증인이 필요했다. 이런 역할을 수행하기 위해 찾아낸 코타르 부인이야말로, 어떤 점에서는 할아버지의 사고방식을 물려받은 엄마가 "이방인이여, 스파르타인에게 가서 전하거라!"*라고 말할 때 이방인이라고 불렀던 사람과 같은 그런 특별한 범주의 손님에 속했다. 게다가 — 여러 해가 지나고 나서야 비로소 알게 된 또 다른 이유** 말고도 — 스완 부인은 이 관대하고 신중하고 소박한 친구를 자신의 찬란한 '손님 접대일'에 초대함으로써 배신자나 경쟁자를 끌어들이는 일을 두려워할 필요가 없었다. 스완 부인은 깃털 장식과 명함 가방으로 무장한 이 부지런한 일벌이 단지 오후 나절 동안 엄청난 수의 부르주아 꽃받침들을 방문할 수 있다는 사실을 알았다. 스

---

* 기원전 480년 삼백여 스파르타 군이 이끄는 그리스 연합군과 페르시아 제국이 테르모필레 전투에서 싸웠는데, 이때 전사한 스파르타군 삼백 명의 비석 위에는 "이방인이여, 스파르타에 가서 전하거라, 우리는 스파르타 법률에 복종해서 여기 누워 있노라고."라는 말이 쓰여 있었다고 한다.
** 또 다른 이유란 오데트와 코타르의 관계를 암시하는 듯하나 프루스트는 작품의 최종본에서 그런 가능성을 배제했다.

완 부인은 그녀의 전파 능력을 알았고 확률 계산에 근거해, 분명 베르뒤랭네 단골 중 한 명이 이틀 후에는 거의 확실히 스완 부인 집에 파리 수비대 지휘관이 명함을 놓고 간 사실을 알 것이며, 또는 베르뒤랭 씨 자신도 마사회 회장인 르오드프레사니 씨가 스완 부인과 스완 씨를 테오도시우스 왕을 위한 특별 공연에 동반했다는 이야기를 듣게 되리라는 걸 알았다. 스완 부인은 자신에게 유리한 이 두 사건만이 베르뒤랭네 사람들에게 알려질 거라고 가정했다. 왜냐하면 우리가 그 영광스러운 명성을 그려 보거나 또 추구하는 특별한 물질적 형상화는 그 명성이 온갖 형태를 거의 동시에 갖춰 나타나 줬으면 하는 희망에도 불구하고 한 번에 모든 형태를 상상할 수 없는 우리 정신의 결함으로 인해 그 수가 매우 적기 때문이다.

게다가 스완 부인은 사람들이 '공직 사회'라고 부르는 부분에 한해서만 성공을 거두었다. 우아한 여인들은 그 집에 가지 않았다. 그런 여인들이 멀어진 이유는 단지 그곳에 공화정 명사들이 참석한다는 사실 때문만은 아니었다. 내가 어렸을 때 보수 사회에 속했던 것은 모두 사교계와 관련 있었기 때문인데 입지가 확고한 살롱에서는 절대 공화당원을 초대하는 법이 없었다. 이런 환경에서 살던 사람들은 '기회주의자'나 하물며 위험한 '급진주의자'의 초대를 불가능한 일로 생각했으며,* 이런 상황이 기름 램프나 합승 마차처럼 영원히 지속되리라

---

* 여기서 기회주의자란 1871년 헌법 제정을 위해 왕당파와 결탁한 공화정 의원들을 가리킨다. 이 '기회주의' 정당은 1879년부터 1885년까지 정권을 잡았으며 1893년부터는 진보주의로 불린다.

고 생각했다. 하지만 때때로 돌아가는 만화경과도 흡사한 사회는 지금까지 부동의 모습이라고 믿어 온 요소들을 연이어 다른 방식으로 배치하면서 다른 모습을 구성한다. 내가 아직 첫 영성체를 하지 않았을 무렵만 해도 제아무리 사려 깊은 귀부인들도 방문 중에 우아한 유대계 여인과 마주치기라도 하면 경악을 금치 못했다. 만화경의 이런 새로운 배치는 철학가라면 판단 기준의 변화라고 일컬었을 그런 것에 의해 이루어진다. 드레퓌스 사건*은 내가 스완 부인 댁을 출입하기 시작하던 시절 이후에는 판단 기준을 새로이 변화시켰고, 만화경은 그 채색된 작은 마름모꼴을 다시 한 번 뒤집었다. 유대인과 관련된 모든 것은, 설령 우아한 귀부인이라 할지라도 밑바닥으로 추락했으며, 무명의 민족주의자들이 상승하여 그 자리를 대신 차지했다. 파리에서 가장 화려한 살롱은 오스트리아 태생이자 급진적 가톨릭 신자인 어느 대공의 살롱이었다. 만일 드레퓌스 사건 대신 독일과 전쟁이 일어났다면, 만화경은 다른 방향으로 돌아갔을 것이다. 유대인들은 일반 사람들의 놀라움 속에 스스로 애국자임을 보여 줌으로써 자신들의 입지를 지켰을 것이고, 또한 아무도 오스트리아 대공 댁에 가려 하

---

* 드레퓌스 사건은 1894년 독일 대사관에 군사 정보를 팔았다는 혐의로 체포된 드레퓌스가 진범이 아님에도 유죄 판결을 받고, 진범인 헝가리 태생의 에스테라지 소령이 무죄 석방되면서 발단이 되었다. 졸라가 쓴 「나는 고발한다」라는 논설은 이 사건과 관련하여 큰 파장을 불러일으켰다. 그러나 열렬한 드레퓌스 지지자였던 프루스트는 『잃어버린 시간을 찾아서』 내내 이 사건에 관한 자신의 개인적 의견을 제시하는 걸 삼가며, 소설적 차원에서 사회적 만화경의 변화를 예시하는 예로 이 사건을 인용하는 데 더 큰 의미를 부여한다.

지 않았을 것이며, 전에 갔던 일도 입에 올리지 않았을 것이다. 그럼에도 사회가 일시적으로 움직이지 않을 때마다 그 사회에 사는 사람들은, 전화기의 출현을 눈으로 목격했으면서도 여전히 비행기를 믿지 않으려고 하는 것처럼, 이젠 더 이상 어떤 변화도 일어나지 않을 거라고 상상한다. 그런데 저널리즘에 편승한 철학자들은 이전 시대를 비난하며, 거기서 누리는 쾌락과 부패의 결정판처럼 보이는 유형의 쾌락뿐 아니라, 심지어 그들 눈에 더 이상 가치가 없어 보이는 예술가들과 철학가들의 작품에 대해서조차도 그것이 마치 사교계의 연이은 경박한 양상들과 밀접하게 결부된다는 듯 비난한다. 유일하게 변하지 않은 단 하나의 사실은 매번 "프랑스에는 뭔가 변한 것이 있는 것처럼" 보인다는 점이다. 내가 스완 부인 댁에 출입하던 무렵은 아직 드레퓌스 사건이 터지기 전이라, 몇몇 유력한 유대인들의 세력이 대단했었다. 그런 세력 중에서도 뤼퓌스 이스라엘 경을 넘어설 만한 사람이 없었는데, 그분 아내 레이디 이스라엘이 바로 스완의 숙모였다. 그녀는 자신의 조카만큼 그렇게 우아한 사람들을 개인적으로 사귀지는 않았지만, 반면 자신의 숙모를 그다지 좋아하지 않았던 스완은 틀림없이 숙모의 유산 상속자가 되었을 텐데도 그녀와의 관계를 전혀 진전시키지 않았다. 하지만 부인은 사교계에서의 스완의 위치를 알았던 유일한 친척이었으며, 다른 사람들은 이 점에 관해 우리 집 식구들이 오랫동안 그러했듯이 여전히 무지했다. 한 집안의 일원이 상류사회로 이주할 때면 ── 그에게는 유일한 현상으로 보이지만 십 년이라는 세월이 흐르면 그와 함께 소년 시절을 보낸 여러 젊은이들도 다른 방식과 다른 이유로 상류사회에 이주했다는 사실을 확인한다. ── 그는 자기 주위에 그늘진 지대, 즉 '테라 인코그니타'*를 그려 보는데, 거기 사는 모든 사람들에게는 그 사소하고 미묘한 의미까지 다 보이지만, 그곳에 들어가지 않고 그런 세계가 존재한다는 사실을 꿈에도 의심해 보지 못한 채 아주 가까이 그 옆을 스쳐 가는 사람들에게는 어둠과 허공만이 보일 뿐이다. 아바스 통신사가 스완의 사촌 누이들에게 스완이 교제하는 사람들의 이름을 보도할 이유는 없었으므로, 사촌들은 가족끼리 하는 식사 자리에서 '사촌 샤를'을 방문하는 데 '예의 바르게' 일요일을 할애했다고 관대한 미소를 지으며 얘기했으며(물론 스완이 저 끔찍한 결혼을 하기 전의 일이지만) 그들은 이 샤를을 자신들의 행복을 다소 부러워하는 가난한 친척으로 여겨, 발자크의 '사촌 베트'를 본떠 '바보 사촌'이라는 재치 넘치는 별명을 붙일 정도였다.** 레이디 뤼퓌스 이스라엘은 자신이 질투할 정도로 스완에게 우정을 쏟아붓는 사람들이 어떤 사람인지 잘 알았다. 로칠드 가문과 거의 대등하다고 할 수 있는 그녀 남편의 가문은 여러 대에 걸쳐 오를레앙 공들의 자산을 관리해 왔다. 엄청난 부자인 레이디 이스라엘은 대단한 영향력을 행사했고 그녀는 이런 영향력을 이용해 자기가 아는 사람은 아무도 오데트를 초대하지 못하게 했다. 한 여자만이 몰래 이 명

---

* terra incognita. '낯선 지대'를 뜻하는 라틴어이다.
** 오노레 드 발자크(Honoré de Balzac, 1799~1850)의 소설 『사촌 베트』(1846)에 대한 암시이다.

령에 복종하지 않았는데, 바로 마르상트 백작 부인이었다. 그런데 공교롭게도 오데트가 마르상트 부인을 방문했을 때, 거의 동시에 레이디 이스라엘이 들어왔다. 마르상트 부인은 바늘방석에 앉은 심정이었다. 그렇지만 모든 것을 다 허용할 수 있는 그런 사람들의 비겁함을 가지고 마르상트 부인은 한 마디도 하지 않았다. 그때부터 오데트는 그런 세계에 끼어들고자 노력할 용기를 내지 못했으며, 게다가 그곳은 전혀 그녀가 초대받기를 원하는 세계가 아니었다. 이처럼 포부르생제르맹에 대한 완전한 초연함 속에서 오데트는, 족보의 극히 사소한 것까지 정통하며 옛 회고록을 읽으면서 현실 삶이 그들에게 제공하지 못하는 귀족들과의 교류에 대한 갈증을 달래곤 하는 다른 부르주아들과 달리, 그냥 무식한 화류계 여자로 계속 남아 있었다. 또 한편 스완은 여전히 옛 정부였던 여인의 모든 특징들을 기분 좋게 생각하거나 또는 해롭지 않다고 여기면서 연인으로 계속 남아 있었음에 틀림없다. 왜냐하면 그의 아내가 사교계에 관한 진짜 이단적인 말들을 지껄이는 걸 자주 들으면서도(한 가닥 남은 애정 탓인지 아니면 존경심이 부족한 탓인지, 아니면 그녀를 더 나은 사람으로 만드는 데 게으른 탓인지) 이러한 말들의 오류를 고치려 하지 않았기 때문이다. 아마도 바로 이런 형태의 소박함이 콩브레에서 그토록 오랫동안 우릴 오해하게 만들었고, 또 지금은 적어도 그로 하여금 자신을 위해서는 여전히 명사들과 알고 지내면서도 아내의 살롱에서는 대화 중에 그러한 저명인사가 중요하게 보이지 않기를 원하게 했는지도 모른다. 게다가 스완의 생활 중심이 자리를 이동했으므로 그 저명인사들도 예전만큼은 중요하지 않게 되었다. 여하튼 사교계에 대한 오데트의 무지는, 게르망트 대공 부인의 이름이 그의 사촌 동생인 게르망트 공작 부인 이름 다음에 나올 때면 "어머, 그분들이 대공이신가요. 그렇다면 서열이 하나 더 오르셨나 봐요."라고 말할 정도였다. 그리고 혹시 어떤 사람이 샤르트르 공작에 대해 '대공'이라고 말하기라도 하면, 그녀는 이렇게 고쳐 말했다. "그분은 공작이에요, 샤르트르 공작이라고요. 대공이 아니랍니다."라고 말했고, 파리 백작의 아들인 오를레앙 공작에 대해서는 "아들이 아버지보다 지위가 높다니 이상하군요!"라고 말하면서* 영국 심취자라도 되는 듯, "이런 '로열티즈(Royalties)' 사이에서는 뭐가 뭔지 모르겠어요."라고 덧붙였다. 그리고 게르망트 가문의 영지가 어느 지방에 있느냐고 물으면, 그녀는 "앤이죠."라고 대답했다.**

---

* 나폴레옹 시대 이전에는 프랑스 귀족 간에 서열이 존재하지 않았다. 그렇지만 전통적으로는 오래된 가문이나 영지 소유 여부가 작위의 호칭보다 더 중요했다. 따라서 파리 백작인 오를레앙 공이 백작이라는 칭호에도 불구하고 실제로는 아들인 공작보다 더 높다. 그러나 이런 복잡한 귀족 작위에 대해 잘 알지 못하는 오데트는 일반 기준인 대공, 공작, 백작, 후작의 순위에 따라 서열을 매기는 실수를 범하고 있다. 또한 이 책에서 대공 또는 왕자라고 옮긴 prince는 본래는 왕가의 직계 자손만을 의미하나 그렇지 않은 경우도 종종 있다.

** 게르망트 성이 파리 북쪽, '앤(Aisne)'에 위치하는 것은 가능해 보인다. 전쟁이 중요한 역할을 하게 됨에 따라, 프루스트가 콩브레를 보스 지방에서 상파뉴 지방으로 옮겼기 때문이다. 그러나 '지방(province)'을 묻는 질문에, 혁명 후의 행정구역인 '데파르트망(département)'으로 대답함으로써 오데트의 무지가 드러나는 대목이다. 『소녀들』(폴리오) 527쪽 참조.

게다가 스완은 오데트에 관해서라면 그녀가 받은 교육이 얼마나 부족하든 지성이 얼마나 얄팍하든 신경을 쓰지 않았다. 뿐만 아니라 오데트가 바보 같은 이야기를 늘어놓을 때면, 만족스럽고 즐거움이 넘치며 쾌락의 흔적이 남아 있는 듯한 거의 감탄에 찬 모습으로 아내 이야기를 경청했다. 이런 대화 중에 스완 자신이 할 수 있는 섬세하고 심오하기까지 한 말들에 대해 오데트는 별 흥미를 보이지 않았고, 그 말들을 빨리 듣거나 초조한 나머지 때로는 매몰차게 반박하기까지 했다. 천박함에 대한 엘리트의 이러한 종속 상태는, 우리가 만일 거꾸로 아주 뛰어난 여인들이 그녀들의 지극히 섬세한 말을 가차 없이 비판하는 어떤 상스러운 자에 매혹되어 그자의 지극히 진부하기 짝이 없는 농담 앞에서도 애정이 넘치는 한없는 관대함과 더불어 황홀해하는 경우를 생각해 본다면, 수많은 가정에서 일반화된 현상이라고 결론지을 수 있다. 당시 오데트가 포부르생제르맹 사회로 진입하는 걸 방해했던 여러 이유들로 다시 돌아가 보면, 사교계 만화경의 가장 최근 회전이 일련의 스캔들로 야기되었다는 점을 이야기해야 한다. 완전한 신뢰 속에 방문했던 저택의 여인들이 거리 여자이거나 영국 스파이였다는 사실이 드러났다. 그래서 사람들은 당분간 신분이 확실하고 튼튼하게 뿌리를 내린 사람들하고만 교제하기를 바랐고 적어도 그렇다고 믿었다. 그런데 오데트는 정확히 사람들이 관계를 끊자마자 곧바로 다시 관계를 맺는 그런 종류의 사람을 표상했다.(왜냐하면 오늘내일 사이에 달라지지 않는 인간은 새로운 체제 아래에서도 옛 체제가 지속되기를 바라기 때문이다.) 다만 사람들이 다시 교제하는 사회가 위기를 맞기 전 사회가 아니라는 걸 믿게 하고 또 그렇게 믿게끔 속이기 위해 그들은 다른 형태로 교제를 시도했다. 그런데 오데트는 이러한 사회에서 '발각된' 여인들과 너무도 닮았다. 사교계 사람들은 지나치게 근시안이다. 그들이 알고 지내던 이스라엘 여인들과의 모든 교제를 끊고 그 빈자리를 어떻게 채워야 할지 망설이는 바로 그 순간에, 폭풍우가 몰아치는 밤의 어두움을 이용해 등이 떠밀린 새로운 여인, 역시나 이스라엘 출신인 새로운 여인이 나타나는 걸 본다. 그러나 그녀는 너무도 새로운 유형인지라 그들의 정신 속에서 그들이 증오해야 한다고 믿었던 예전 여인들과 연결되지 않는다. 게다가 그녀는 자신의 '신'을 존경하도록 요구하지 않는다. 그들은 그녀를 받아들인다. 내가 오데트 집에 드나들기 시작했을 무렵 유대인 배척주의는 전혀 문제 되지 않았다. 하지만 그녀는 사람들이 당분간 피하려고 했던 사람에 가까웠다.

스완으로 말하자면, 그는 예전 지인들을 따라서 최상류층에 속하는 사람들을 자주 방문했다. 그렇지만 그가 방금 방문을 마치고 온 사람들에 대해 얘기할 때면, 나는 그가 예전에 알았던 사람들에 대한 그의 선택이 미술품 수집가로서 그를 인도하는, 반은 예술적이고 반은 역사적인 취향에 따라 이루어졌다는 점에 주목했다. 그리고 종종 이런저런 실추한 귀부인이 그의 관심을 끄는 경우, 그 귀부인이 리스트의 정부였거나, 혹은 발자크의 어느 소설이 그녀 할머니에게 헌정되었다는 사실 때문이라는 것도 알게 되었다.(샤토브리앙이 어떤 그림에 대한 글을 썼다면 아마도 그는 그 그림을 구입했을 것이다.) 나는 우리가 콩브레에서 스완을 사교계에 드나들지 않는 평범한 부르주아로 믿었던 과오가, 단지 파리에서 가장 세련된 남자들 가운데 하나로 생각하는 또 다른 과오로 대체된 것은 아닌가 하는 의구심이 들었다. 파리 백작의 친구라는 사실은 별 의미가 없다. '왕족의 친구들'이 조금은 폐쇄적인 살롱에서 받아들여지지 않는 경우는 수없이 많았다. 왕족은 스스로 '왕족'이라는 사실을 알며, 속물도 아니며, 게다가 그들과 같은 피를 물려받지 못한 사람들보다 훨씬 높은 곳에 있다고 믿기 때문에, 자기들보다 아래쪽에 있는 대영주들과 부르주아들은 거의 동격으로 본다.

더구나 스완은 현재 존재하는 사회에서 과거 시대가 새겨 놓았고 아직도 그곳에서 읽을 수 있는 이름들에 집착하는, 단지 문인이나 예술가로서의 즐거움을 찾는 데 만족하지 않고, 이질적인 구성원들을 모으고 여기저기서 얻은 인물들을 한데 묶어 사회적인 꽃다발을 만드는 것과 같은 약간은 저속한 오락거리를 즐겼다. 하지만 이 재미있는 사회학적 실험은(또는 스완이 그렇게 생각하는) 아내의 모든 여자 친구들에게 ─ 적어도 지속적인 방식으로 ─ 동일한 반향을 일으키지는 못했다. "코타르 부부와 방돔 공작 부인을 함께 초대할까 합니다." 하고 그는 웃으면서 봉탕 부인에게 말했다. 마치 소스에다 정향 대신 카이엔 페퍼*를 넣어 보고 싶은 생각이 들

─────────

* 정향은 향기가 강하고 맛이 자극적이어서 카레나 케첩, 술, 담배 등에 사용되

어 한번 시도해 볼까 한다는 듯, 그는 탐욕스러운 미식가와도 같은 얼굴로 말했다. 그런데 코타르 부부에게 재미있으리라고 — 이 말의 옛 의미에서* — 여겨졌던 이 계획은 오히려 봉탕 부인을 화나게 하고 말았다. 봉탕 부인은 최근 들어 스완 부부를 통해 방돔 공작 부인을 소개받았는데, 그녀는 이 일을 당연히 기분 좋게 생각했다. 코타르 부부에게 그 일을 얘기하며 자랑하는 일은 그녀의 즐거움 중 결코 대수롭지 않다고 할 수 없는 부분이었다. 그러나 새로 훈장을 받은 사람들이 훈장을 받는 즉시 훈장이 나오는 수도꼭지가 잠기기를 바라듯이, 봉탕 부인도 자기 세계의 어느 누구도 자기 다음에는 공작 부인에게 소개되기를 원치 않았다. 봉탕 부인은 스완의 타락한 취미를 내심 저주했는데, 스완이 그 너절한 미학적 괴벽을 실현하기 위해, 그녀가 코타르 부부에게 방돔 공작 부인에 대해 말하면서 그들 눈에 뿌려 놓았던 연막을 모두 단숨에 거두었기 때문이다. 자기만이 유일하게 누린다고 자랑해 왔던 이 즐거움을 이제 코타르 교수 부부와 같이 나누게 되었다고 어떻게 남편에게 알린단 말인가? 코타르 부부가 호의로 초대받은 것이 아니라 재미 삼아 초대되었다는 사실을 알게 된다면 또 모를까! 봉탕 부부도 같은 이유로 초대되었던 건 사실이지만, 이 보잘것없는 두 여인 사이에 사람들이 진심으로 좋아하는 사람은 오직 그대뿐이라고 믿게 하는 저 영원한 돈 주앙

며, 카이엔 페퍼는 남아메리카와 아마존 유역에서 자라는 작고 매운 고추다.
* 원어 plaisant은 '기분 좋은', '즐거운'을 뜻하나 예전에는 '재미있는', '익살스러운'이라는 의미로 쓰였다.

기질을 귀족 사회로부터 배운 스완이, 봉탕 부인에게 방돔 공작 부인만이 그녀와 만찬을 함께해도 괜찮은 사람인 듯 말했던 것이다. 몇 주일이 지나 스완 부인이 "네, 저희는 공작 부인을 코타르 내외분과 함께 초대할 생각이에요. 남편은 이런 '결합'이 꽤 재미있는 일이 될 거라고 생각해요."라고 말했다. 그녀는 이를테면 모든 '신도들'의 귀에 들리도록 큰 소리로 외치는 것과 같은, 베르뒤랭 부인에게 친숙한 몇몇 습관을 그 '작은 동아리'로부터 간직했지만, 반면 게르망트 가에 친숙한 '결합'과 같은 몇몇 단어도 사용했다.* 이처럼 오데트는 먼 거리에서 자기도 모르게 게르망트의 인력에 이끌렸는데, 마치 바다가 달에 대해 그렇듯이, 눈에 띌 만큼 그 옆으로 다가가지는 못했다. "그래요, 코타르 부부와 방돔 공작 부인이라, 아주 재미있을 것 같지 않습니까?" 하고 스완이 물었다. "제 생각엔 별로 좋은 생각 같지 않네요. 난처한 일만 생길 것 같은데요. 불장난은 하지 않는 게 좋을걸요." 하고 봉탕 부인은 화가 나 대꾸했다. 그러나 그녀와 그녀 남편은 아그리장트 공작과 함께 그 만찬에 초대받았고, 그래서 봉탕 부인과 코타르는 그들이 말을 건네는 사람에 따라 두 가지 방식으로 얘기했다. 만찬에 다른 사람들도 참석했느냐고 묻는 이들에게 봉탕 부인은 그녀 나름대로, 또 코타르는 그 나름대로 아무렇게나 건성으로 대답했다. "아그리장트 공작밖에 없었죠. 상당히 내

---

* 원어인 conjonction이라는 단어에는 육체적인 결합이란 뜻도 들어 있다. 「소돔과 고모라」에서 샤를뤼스와 쥐피앵의 동성애 장면은 벌과 꽃의 '결합'으로 묘사된다. '신도'는 베르뒤랭 패거리 회원들을 가리킬 때 사용하는 표현이다.

밀한 모임인지라." 하지만 더 많은 걸 알려는 사람들도 있었다.(한번은 어떤 사람이 코타르에게 "그런데 거기에는 봉탕 부부도 있지 않았나요?"라고 말하자, 코타르는 "아, 그분들을 잊었군요." 하고 얼굴을 붉히면서 대답했고, 그 후부터는 그 경솔한 자를 험담꾼으로 분류했다.) 그런데 이런 자들에 대해 봉탕 부부와 코타르 부부는 서로 상의하는 일 없이 자신들 이름만 바뀐 거의 동일한 설명의 틀을 택했다. 코타르는 "글쎄요. 그 자리에는 그 댁 주인 부부, 방돔 공작 부부, ─ (자신을 돋보이게 하는 미소를 지으면서) ─ 코타르 교수 부부, 그리고 정말이지 어떻게 이런 일이 일어날 수 있는지 정말 모르겠지만 '수프에 떨어진 머리카락'*마냥 봉탕 부부가 와 있었지요."라고 했다. 봉탕 부인도 똑같은 구절을 정확하게 낭송했는데 단지 다른 점은 방돔 공작 부인과 아그리장트 대공 사이에 만족스럽게 과장된 어조로 말한 이름이 봉탕 부부이며, 초대를 받지 않았는데도 스스로 와서 자리에 얼룩을 만든 자가 코타르 부부라는 점이었다.

스완은 방문 후에는 종종 저녁 식사 시간 조금 전에야 돌아왔다. 저녁 6시, 예전에는 그토록 불행하게 느꼈던 그 시각에 그는 더 이상 오데트가 무엇을 하는지 묻지 않았고, 그녀가 집에서 손님 접대 중인지 외출했는지에 대해서도 더 이상 걱정하지 않았다. 이따금 아주 오래전 어느 날 오데트가 포르슈빌에게 보낸 편지를 봉투 너머로 읽으려 했던 일이 떠오르기도

---

* '격에 맞지 않음'을 의미하는 비유적 표현이다.

했다. 하지만 그 추억은 그리 유쾌하지 않아서 자신이 느꼈던 수치스러움을 더 깊이 파고들기보다는 오히려 입가를 찌푸리거나 그래도 부족하다고 생각되면 '그래서 어쩌란 말인가?'를 뜻하는 듯 머리를 흔들었다. 물론 이제 그는 예전에 자신이 자주 몰두했던 가정(假定)이, 실제로는 결백한 오데트의 삶을 비난하게 만들었던 그 질투심 어린 상상력이(사랑의 병이 지속되는 동안 그의 고뇌를 상상적인 것으로 보이게 하여 고뇌를 덜어 주었으므로 결국에는 유익하다고 할 수 있는) 진실이 아니었으며, 이 점을 바로 그의 질투심이 정확히 보았고, 또 만일 자신이 믿었던 것 이상으로 오데트가 그를 사랑했다 해도 그만큼 그를 속였다는 사실도 깨달았다. 미치도록 괴로웠던 예전에 그는, 자신이 더 이상 오데트를 사랑하지 않게 되면, 그녀를 화나게 하거나 자신이 그녀를 지나치게 사랑한다고 믿게 하는 걸 두려워하지 않게 되면, 자신이 헛되이 초인종을 울리고 창문을 두들겼던 그날, 오데트가 자기를 찾아온 사람이 그녀 아저씨였다고 포르슈빌에게 편지를 썼던 바로 그날, 포르슈빌이 그녀와 함께 잤는지 안 잤는지를 단지 진실에 대한 사랑과 역사의 한 부분으로 그녀와 함께 규명할 수 있다면 스스로 만족할 수 있을 거라고 다짐했었다. 그러나 그토록 흥미로웠던 이 문제를 규명하기 위해서는 질투가 끝나기만을 기다리면 되었지만, 이제 더 이상 그런 감정을 느끼지 않게 되자 스완은 이 문제에 대해서도 모든 흥미를 잃고 말았다. 그렇지만 곧바로 그렇게 된 것은 아니었다. 오데트에게 질투를 느끼지 않게 되고 나서도 라페루즈 거리의 작은 저택 문을 헛되이 두들기면서 오후 나절을 보냈던 날이 계속 그의 마음에 질투심을 불러일으켰다. 마치 질투가 이런 점에서는 질병과도 흡사해서 그 전염의 중심과 근원이 어떤 사람이 아닌 장소나 집에 있다는 듯이. 그 대상이 오데트 자체가 아닌 스완이 오데트 집 문을 모두 두들겼던 흘러가 버린 과거의 그날, 그 시간인 것 같았다. 오직 그날, 그 시간만이 스완이 예전에 품었던 사랑의 성격에 대해 마지막 조각들을 몇 개 붙들고 있어 오로지 거기서만 그 조각들을 되찾을 수 있을 것 같았다. 그는 오래전부터 오데트가 자기를 속였는지, 아직도 자기를 속이는지에 대해서는 별 신경을 쓰지 않았다. 그래도 몇 해 동안 계속해서 오데트의 옛 하인들을 찾아다녔는데, 아직도 그의 마음속에는 그토록 오래된 일인 바로 그날, 6시에 오데트가 포르슈빌과 같이 잤는지 아닌지를 알려고 하는 고통스러운 호기심이 남아 있었기 때문이다. 그러다가 이 호기심마저 사라졌지만 탐색은 멈추지 않았다. 그는 더 이상 그의 관심을 끌지 않는 문제에 대해 계속해서 알아내려고 애썼는데, 극도로 노쇠한 상태에 이른 그의 옛 자아가 이제는 소멸된 걱정거리에 의해 여전히 기계적으로 움직였기 때문이다. 스완이 더 이상 그려 볼 수조차 없었던 그 고뇌는, 하지만 예전에는 얼마나 강렬했던지 거기서 해방될 날이 오리라고는 결코 상상할 수도 없었으며, 사랑하는 여인의 죽음만이(나중에 가장 잔인한 반증을 통해 드러나겠지만, 죽음은 질투에 의한 고뇌를 어떤 방법으로든 감소시키지 못한다.) 꽉 막힌 그의 삶의 길을 평탄하게 해 줄 수 있다고 생각했다.

그러나 어느 날인가 자신의 고통을 초래한 오데트의 삶에 관한 여러 사실들을 밝히는 일이 스완의 유일한 소망은 아니었다. 오데트를 더 이상 사랑하지 않게 되어 그녀를 두려워하지 않는 날이 오면 그런 고통들에 대해 복수하리라는 소망도 있었다. 그런데 이 두 번째 소망을 실현할 기회가 마침내 찾아왔다. 스완은 다른 여인을 사랑했고, 이 여인은 스완에게 어떤 질투의 동기도 유발하지 않았지만 그럼에도 그를 질투하게 만들었다. 이제 더 이상 사랑하는 방법을 바꿀 수 없었고 현재 다른 여인을 대하는 방법도 실은 이미 오래전에 오데트를 대하던 것이었으니까. 스완의 질투가 다시 발동하려면 그 여인이 반드시 부정한 여인일 필요도 없었다. 이런저런 이유로 그녀가 스완 곁에 없거나 이를테면 저녁 파티에 가거나 또 거기서 즐거워하는 모습을 보는 것만으로도 충분했다. 그것만으로도 그의 사랑의 비참하고도 모순된 증식물인 옛 고뇌가 다시 깨어났고, 이 고뇌가 여인의 진실에 도달하려는 욕구에서 그를 멀어지게 했다.(이 젊은 여인이 스완에 대해 품은 실제 감정이나 낮 동안 감추었던 욕망, 그녀 마음속 비밀에서 그를 멀어지게 했다.) 왜냐하면 이 고뇌가 스완과 스완이 사랑하는 여인 사이에, 오데트나 혹은 어쩌면 오데트보다 앞선 다른 여인으로부터 비롯된 이전의 의혹이라는 내성 덩어리를 끼워 놓았고, 더 나아가 이 늙은 연인에게 '그의 질투를 불러일으켰던 여인'이라는 과거의 공통된 유령, 그 안에서 그의 새로운 사랑을 마음 대로 구현하던 그런 유령에 의해서만 현재의 정부를 보게 했기 때문이다. 그럼에도 종종 스완은 상상 속 배신을 실제로 믿도록 부추기는 이런 질투심을 원망했다. 하지만 그때 그는 자신이 오데트를 똑같은 추론으로 잘못 해석했다는 사실을 기억해 냈다. 그리하여 그가 사랑하는 젊은 여인이 자기와 함께 있지 않을 때 하는 모든 행동이 더 이상 순수해 보이지 않았다. 그러나 어느 날인가 그녀를 더 이상 사랑하지 않는 날이 오면, 아내가 되리라고는 생각하지도 못했던 그녀를 더 이상 사랑하지 않는 날이 오면, 그때 그는 오랫동안 모욕받았던 자존심에 대한 복수를 위해 그의 무관심을, 드디어 진짜 무관심을 가차 없이 보여 주리라 맹세했건만, 이제 그 복수를 아무 위험 없이(그녀가 그의 말을 곧이곧대로 믿어 예전에 그에게 그토록 필요했던 만남을 취소하거나 해도) 실행할 수 있게 되자 더 이상 그 일에 집착하지 않게 되었다. 자신이 사랑하지 않는다는 걸 보여 주고 싶었던 욕망도 사랑과 함께 사라졌다. 오데트로 인해 괴로워했던 시절, 다른 여인을 좋아하는 모습을 어느 날인가 그녀에게 보여 주기를 그토록 열망했건만, 그렇게 할 수 있는 지금 오히려 그는 아내가 이 새로운 사랑을 눈치챌까 봐 무척이나 조심하는 것이었다.

예전에 나는 질베르트가 다른 날보다 더 빨리 나와 헤어져 집에 돌아가는 모습을 바라보면서 슬픔을 느꼈는데 이제는 내가 참석하게 된 간식 모임 때문이 아니라 그녀가 어머니와 함께 산책을 하거나 낮 공연을 위한 외출을 할 때 슬펐으며, 이 외출이 그녀가 샹젤리제에 오는 걸 방해하여 나에게서 그녀를 빼앗아 갔으므로 이런 날들이면 난 혼자 잔디밭이나 목마 앞에 앉아 있곤 했지만, 지금은 이런 외출에도 스완 씨 부부가 날 함께 끼워 주어 덮개 달린 그들 사륜마차에는 내 자리가 마련되었고, 그들은 내게 극장에 가는 걸 더 좋아하는지, 아니면 질베르트 친구네 집에 무용 교습하러 가는 걸 더 좋아하는지, 그것도 아니면 스완 부부 친구들 집에서의 사교 모임에 가는 걸 더 좋아하는지(스완 부인이 '작은 미팅(un petit meeting)'이라고 부르는) 아니면 생드니 성당 안 묘소* 방문을 더 좋아하는지 물었다.

스완 씨네 가족과 외출하기로 한 날이면 난 스완 부인이 '런치(lunch)'라고 부르는 점심을 먹으러 그 집에 갔다. 그들은 12시 30분에야 초대를 했고, 당시 우리 부모님께서는 11시 15분이면 점심을 드셨으므로, 난 부모님이 식탁에서 일어서면 그 사치스럽고 언제나 쓸쓸한 거리, 특히 모두들 집에 들어간 그 시각에는 특별히 쓸쓸한 거리를 향해 발걸음을 옮겼다. 서리 낀 겨울날에도 날씨만 좋으면 난 샤르베** 가게에서 산 멋진 넥타이 매듭을 이따금 조이며 짧은 에나멜 가죽 부츠가 더러워질까 가끔 쳐다보면서 12시 27분이 되기만을 기다리며 큰길을 왔다 갔다 했다. 멀리 스완 씨네 작은 정원에는 헐벗은 나무가 햇빛에 서리처럼 반짝이는 모습이 보였다. 사실 그 작은 정원에는 나무가 두 그루밖에 없었다. 여느 때와 같지 않은 시간이 풍경을 새롭게 보이게 했다. 자연이 가져다주는 이런 기쁨에(습관의 중단과 허기가 겹쳐 더 생생한) 스완 부인 곁에서

---

* 생드니 성당(생드니 바실리카) 안에는 순교자 생드니뿐 아니라 역대 프랑스 왕들의 묘가 안치되어 있다.
** 파리 방돔 광장에 있는 고급 셔츠 가게.

점심을 먹는다는 감동 어린 전망이 섞이면서, 이 전망은 기쁨을 덜기는커녕 그 기쁨을 지배하고 따르게 하여 사교 생활의 장식품으로 만들었다. 그리하여 보통 때는 이런 기쁨을 인지하지 못하는 그 시간에 아름다운 날씨와 추위, 겨울 빛을 발견한 듯 느꼈다면, 그 풍경이 마치 크림 달걀 요리를 알리는 일종의 서두이거나 스완 부인의 처소라는 그 신비스러운 성당 벽에 칠해진 고색 짙은 차가운 분홍빛 글라시*와도 흡사했기 때문이다. 그 처소 안에는 반대로 그토록 많은 열기와 향기와 꽃들이 담겨 있었다.

12시 30분이 되자 나는 드디어 커다란 성탄절 구두처럼 내게 초자연적인 기쁨을 가져다줄 것만 같은 그 집 안으로 들어가기로 결심했다.(스완 부인과 질베르트는 '성탄절'이란 말을 알지 못하는 듯했는데, 그 대신 '크리스마스'라는 단어를 쓰면서 크리스마스 푸딩이나 크리스마스 선물로 받은 것, 크리스마스에 집을 떠나는 일 — 나를 무척이나 고통스럽게 하는 — 에 대해서만 말했다. 나는 우리 집에 있을 때에도 '성탄절'이라고 말하는 게 부끄러워 '크리스마스'라고 말했는데 이런 나를 아버지는 무척이나 우스꽝스럽게 여기셨다.)

처음에는 하인만 보였다. 그는 여러 커다란 거실을 지나 아주 작은 빈 방, 창문에서 비치는 푸른빛 오후 햇살과 더불어 꿈을 꾸는 방으로 날 안내했다. 나는 난초 꽃과 장미꽃, 바이올렛 꽃을 벗 삼아 혼자 앉았고, 꽃들은 마치 당신 곁에서 기

---

* 밑그림 위에 반투명 물감을 칠해 윤기와 깊이를 더하는 유화 기법이다.

다리지만 당신을 알지 못하는 사람처럼 살아 있는 식물의 개성을 더욱 인상적으로 돋보이게 하는 침묵을 지키면서 크리스털 문 뒤에 소중히 놓인 하얀 대리석 화로로부터 작열하는 숯불 열기로 추운 듯 몸을 덥혔으며, 불은 이따금 그 위험한 루비 불꽃을 흩뿌렸다.

나는 의자에 앉았다가 문이 열리는 소리를 듣고 급히 일어났다. 그러나 이는 두 번째, 세 번째 하인에 지나지 않았고, 그들의 부산하지만 별 의미 없는 왕래의 작은 결과라곤 겨우 화로에 숯을 넣거나 꽃병에 물을 붓는 정도였다. 하인들이 떠나자 다시 문이 닫혔고, 난 혼자가 되었다. 스완 부인이 오래지 않아 그 닫힌 문을 열 것이었다. 분명 내가 어느 다른 마법의 방에 있다 해도, 방 안 불꽃이 클링조르* 실험실마냥 사물의 변환을 일으키는 듯 보이는 이 작은 응접실에 있는 것보다 더 동요하지는 않았을 것이다. 다시 발걸음 소리가 들렸지만 난 일어나지 않았다. 여전히 하인이겠거니 생각했다. 그런데 스완 씨였다. "아니, 어떻게? 혼자였나? 어쩌겠는가, 가엾은 내 아내는 시간이 뭔지도 전혀 알지 못하니. 1시 십 분 전이라. 매일같이 더 늦어지는군. 자네도 보면 알겠지만, 아내는 틀림없이 빨리 도착하는 거라고 생각하면서 서두르지 않고 천천히 들어올 걸세." 신경성 관절염에 걸려 또 조금은 우스꽝스러워진 스완은 불로뉴 숲에서 꽤 늦게 돌아오는, 또는 양재사 친구

---

* 바그너의 오페라 「파르시팔」에 나오는 마법사로 파르시팔의 성배 찾기를 방해하는 인물이다.

집에서 정신이 팔려 점심 식사 시간에 한 번도 제때 돌아오지 않는, 그렇게도 시간을 지키지 않는 아내를 뒀다는 사실에, 자신의 위를 위해서는 걱정했지만 그의 자존심을 위해서는 만족스러워했다.

그는 내게 새로 구입한 물건들을 보여 주며 그 가치를 설명해 주었지만, 그 시각까지 공복으로 있는 습관이 없었던 관계로 정신이 혼미해지고 멍했던 나는, 말은 할 수 있어도 알아들을 수는 없었다. 게다가 스완이 소유한 작품들이 스완 씨 댁에 있으며 점심 식사에 앞선 그 감미로운 시간의 일부를 이룬다는 사실만으로도 나는 충분했다. 그곳에 「모나리자」가 있었다 해도 스완 부인의 실내복이나 작은 소금 병*보다 더 나를 기쁘게 하지는 못했을 것이다.

나는 계속해서 홀로 또는 스완 씨와 함께, 그리고 우리와 함께하려고 온 질베르트와 함께 더 자주 기다렸다. 이처럼 거창한 인물들의 등장으로 준비된 스완 부인의 도착은 내게 뭔가 엄청난 일처럼 보였다. 삐걱거리는 소리가 날 때마다 나는 살폈다. 하지만 대성당이나 폭풍우 속 파도, 무용수의 비상도 우리가 기대했던 만큼 높이 치솟는 모습은 결코 보이지 않는 법이다. 무대에서 열을 지어 왕비의 마지막 출현을 준비하면서 그 출현 효과를 약화하는 단역배우들처럼, 제복을 입은 하인들이 들어온 후 수달피 반코트를 입고 추위로 빨개진 코 위에

---

* 기절할 경우 냄새를 맡게 하여 깨어나게 하는 일종의 각성제가 든 작은 향수 병을 말한다.

베일을 드리운 채 살그머니 들어온 스완 부인은 내 상상의 기다림 속에 넘쳐났던 약속들을 지키지 않았다.

하지만 그녀가 아침 나절을 내내 방에서 보내고 거실로 나왔을 때는 밝은색 크레프드신으로 만든 실내복을 입고 있었는데, 내가 보기엔 세상 그 어떤 옷보다 우아했다.

때때로 스완네 가족은 오후 내내 집에 있기로 결정하기도 했다. 점심을 아주 늦게 먹었으므로, 난 햇빛이 다른 날과 달라 보일 거라고 생각하며 정원 벽 위로 기우는 모습을 재빨리 보았고, 또 하인들은 온갖 크기와 모양의 램프를 가져다가 콘솔,* 자그마한 원탁, '코너 장', 작은 탁자 제단 위에다 놓고 마치 미지의 의식을 집전하듯 각각 불을 붙였지만, 그들과의 대화에서는 어떤 특별한 일도 생기지 않았으므로, 난 마치 어린 시절 자정 미사 후 종종 그랬듯 실망하며 그 집을 떠났다.

그러나 이 실망은 정신적인 것에 불과했다. 난 이 집에서 기쁨으로 넘쳐흘렀다. 아직은 우리와 함께 있지 않지만 잠시 후면 질베르트가 이 방에 들어올 테고, 몇 시간 동안 내가 콩브레에서 그녀를 처음 보았을 때와 마찬가지로 주의 깊고도 웃음 띤 시선으로 말을 걸 것이기에, 난 기껏해야 그녀가 안쪽 계단을 통해 올라가 커다란 방들로 종종 사라지는 모습을 보며 약간 질투를 느꼈을 뿐이다. 1층 앞좌석밖에 구하지 못한 어느 여배우 애인이 무대 뒤 배우 휴게실에서 무슨 일이 일어나는지 상상하며 걱정하듯, 난 스완에게 이 집 다른 장소에 대해 교

---

* 일반적으로 장식품을 놓는 다리가 둘 또는 넷 달린 작은 탁자를 가리킨다.

묘하게 위장된 질문을 던져 보았지만 그 어조에서 불안감을 떨치진 못했다. 스완 씨는 질베르트가 가는 방이 세탁물 보관실이라고 설명하며 내게 그 방을 보여 주겠다고 제안했고 질베르트가 그 방에 갈 때마다 나를 데려가게 해 주겠다고 약속했다. 이 마지막 말과 이 말이 내게 가져다준 안도감을 통해 스완은 사랑하는 여인이 드디어는 아주 멀리 있는 듯 보이는 그 무시무시한 내적인 거리감을 돌연히 제거해 주었다. 이런 순간이면 나는 질베르트보다 스완에게 훨씬 깊은 애정을 느꼈다. 딸의 주인인 그가 내게 이렇게 그녀를 허락하는데도 그녀가 때때로 날 거부했으므로, 난 그녀에게 스완을 통한 이 영향력을 직접적으로 행사하지 못하고 그를 통해 간접적으로만 행사할 수 있었다. 게다가 난 그녀를 사랑했다. 따라서 사랑하는 사람 곁에 있으면서도 사랑한다는 느낌을 깨뜨리는 그 혼란스러운 마음이나 뭔가를 더 바라는 욕망 없이는 그녀를 바라볼 수 없었다.

게다가 우리는 집에만 있지 않고 자주 산책을 나갔다. 가끔씩 옷을 입기 전에 스완 부인은 피아노 앞에 앉았다. 크레프드신 실내복의 분홍, 하양 또는 아주 화려한 빛깔 소맷부리 밖으로 나온 그녀의 아름다운 손은, 그녀 눈 속에는 있으나 그녀 마음속에는 없는 그런 우수의 빛으로 피아노 위에 놓인 손가락을 더 길어 보이게 했다. 스완이 그토록 좋아하던 소악절이 포함된 뱅퇴유 소나타 일부를 그녀가 내게 연주해 준 것도 바로 이런 날들 가운데 하루였다. 그러나 약간 복잡한 음악을 처음 들을 때면 아무 소리도 들리지 않는 법이다. 하지만 나중에 이 소나타 연주를 두세 번 들었을 때, 나는 그 곡을 완전히 이해할 수 있었다. 따라서 "처음 듣는다."라는 말은 틀린 말이 아니다. 우리가 아는 것처럼 이 첫 번째 듣기에서 아무것도 구별하지 못한다면, 두 번째, 세 번째도 처음과 같을 것이므로, 열 번 들었다 해서 더 잘 이해하리라는 법은 없다. 아마도 첫 번째 듣기에서 결핍된 것은 이해가 아니라 기억일 것이다. 왜냐하면 우리의 기억이란 상대적으로 우리가 듣는 동안 마주치는 인상들의 복잡성에 비하면 아주 미미해서, 잠을 자며 수많은 걸 생각하고는 즉시 잊어버리는 인간의 기억만큼이나, 또는 이제 막 들은 것을 조금 후에는 기억하지 못하는, 반쯤은 어린애로 돌아간 사람의 기억만큼이나 짧기 때문이다. 이런 다양한 인상에 대한 추억을, 기억은 즉시 제공해 주지 못한다.* 하지만 추억은 점차적으로 우리 기억 속에서 두세 번 들었던 작품에 의해 형성된다. 마치 중학생이 자러 가기 전에는 잘 알지 못한다고 생각했던 학과를 여러 번 읽어서 다음 날 아침에 암송하는 것처럼 말이다. 다만 나는 그날까지 소나타의 어떤 부분도 들어 본 적이 없었고, 그래서 스완과 스완 부인이 뚜렷이 알아본 악절은 내 명료한 지각과 거리가 멀었다. 마치 기억해 내려고 애쓰지만 대신 빈 허공만

---

* 프랑스어로 '기억(mémoire)'은 흔히 사물을 환기하는 능력을 가리키며, '추억(souvenir)'은 이런 능력의 실행으로 나타나는 결과를 가리킨다. 이 두 단어는 종종 혼동되어 사용되기도 하며, souvenir가 사물을 회상하는 행위 자체를 의미하기도 한다. 이 경우 기억은 보다 중요하거나 광의의 모호한 대상과 관계되며, 추억은 비교적 협의의 구체적인 대상과 관계된다고 설명된다. 『동의어 사전』(라루스, 1977) 374쪽 참조.

을 발견하게 되는 이름처럼, 그러나 이 허공으로부터 한 시간이 지난 후 우리가 그것에 대해 생각조차 하지 않을 때 그렇게도 헛되이 찾던 이름의 음절은 단번에 스스로 떠오른다. 그리고 진정으로 드문 작품이란 우리가 즉시 기억하지 못하며, 뿐만 아니라 그런 작품들 가운데서도 내가 뱅퇴유 소나타를 들었을 때처럼, 우리는 별로 중요하지 않게 생각하는 부분을 먼저 인지한다. 스완 부인이 가장 유명한 악절을 연주했으므로(그래서 오랫동안 소나타를 들어 볼 생각조차 하지 못한) 나는 이 작품에 나를 위해 남아 있는 건 거의 없다고 잘못 생각했다.(이 점에 있어 베네치아 산마르코 성당 앞에 섰을 때 이미 사진을 통해 돔 지붕을 잘 안다고 생각하며 별다른 경이로움을 느끼지 못하는 사람들처럼 나 또한 어리석었다.) 뿐만 아니라 내가 소나타를 처음부터 끝까지 다 들었을 때에도, 이를테면 거리감이나 안개 탓에 어렴풋한 부분밖에 들어오지 않는 역사 기념물처럼 내게는 소나타 전체가 거의 눈에 보이지 않았다. 바로 여기서 시간 속에서 구현되는 다른 작품도 다 마찬가지지만, 이런 작품의 인식과 관계된 우수가 연유한다. 소나타 안에 가장 깊숙이 감추어졌던 부분이 내게 드러나면서 내가 처음 알아보고 좋아했던 것이 습관에 의해 내 감성 영역 밖으로 끌려가면서 나로부터 빠져나가고 도주하기 시작했다. 시간이 지남에 따라 소나타가 가져다주는 모든 것을 좋아할 수밖에 없었지만, 난 한 번도 소나타를 완전히 소유할 수 없었다. 소나타에는 우리 삶과 닮은 데가 있다. 그러나 우리 삶보다 덜 환멸스러운 이 위대한 걸작은 처음부터 작품이 가진 최상의 것을 주지는 않는다. 뱅퇴유 소나타에서 가장 먼저 발견하는 아름다움도 가장 빨리 싫증 나는 아름다움으로, 아마도 그런 아름다움이 우리가 이미 아는 것과 별로 다르지 않다는 동일한 이유 때문일 것이다. 그러나 이런 종류의 아름다움이 멀어지면 그 구조가 너무도 새로워 우리 정신에 혼란을 야기하며, 그래서 우리가 식별하지도 못하고 손도 대 보지 못한 채 그대로 간직해 왔던 악절을 좋아하는 일만 남는다. 우리가 알아보지 못한 채 매일 그 앞을 스쳐 가던 악절, 그 유일한 아름다움의 힘 때문에 눈에 보이지 않게 되어 미지의 것으로 남아 있던 악절이 이제 우리에게 마지막으로 다가온다. 그러나 그 악절을 떠나는 것도 우리가 맨 마지막일 것이다. 그 악절을 좋아하는데 그토록 많은 시간이 걸렸으므로 다른 악절보다는 바로 그 악절을 더 오래 좋아할 것이기에. 그리고 다른 작품들보다 더 심오한 작품을 파악하는 데 필요한 시간이란 — 이 '소나타'에 대해 내게 필요했던 시간처럼 — 일반 대중이 진정으로 새로운 걸작을 좋아할 수 있을 때까지 흘러가는 수십 년 혹은 수 세기의 축소판이자 일종의 상징에 지나지 않는다. 그러므로 대중의 몰이해를 피하려는 천재는, 어쩌면 동시대인들에게는 작품 이해에 필요한 거리가 부족하므로 후대를 위해 쓰인 작품은 후대에 의해서만 읽혀야 한다고 말할지 모른다. 마치 너무 가까운 시대의 그림이라 우리가 잘못 판단하는 몇몇 그림들처럼. 그러나 현실에서 잘못된 평가를 피하려는 모든 비겁한 노력은 헛된 짓이며 이런 평가는 피할 수 없다. 천재의 작품이 즉각적인 찬미를 자아내기 어려운 이유는 작품을 쓴 자가 예외적인 인물로서 그와 비슷한 인물이 거의 없다는 데 있다. 천재를 이해할 수 있는 드문 지성을 생산하고 또 배양하고 증식하는 것은 바로 작품 자체다. 베토벤의 사중주곡(12번, 13번, 4번, 15번 사중주곡)* 자체가 오십 년이나 걸려 그 작품을 이해하는 청중을 낳고 길렀으며, 그리하여 모든 걸작이 다 그렇듯이, 예술가의 가치가 아니라면 적어도 지식인 사회에서(걸작이 처음 발표되었을 때는 발견되지 않았지만 오늘날에는 폭넓게 구성된, 즉 그 작품을 좋아할 수 있는 능력을 가진 사람들 사이에서) 발전해 나간다. 우리가 후대라고 부르는 것은 작품의 후대를 말한다. 작품 자체가 이런 후대를 창조해 나가야 한다.(이야기를 간단히 하기 위해 동시대에 배출된 몇몇 천재들이 함께 더 나은 미래의 대중을 준비하고 그러한 대중으로부터 다른 천재들이 혜택을 받는 경우는 고려하지 않기로 하자.) 그러므로 작품이 보존되었다 후대에 가서야 알려지는 경우, 그 후대는 작품의 후대가 아니라, 단지 오십 년 뒤에 사는 동시대인들의 모임에 지나지 않는다. 그러므로 예술가는 ─ 바로 뱅퇴유가 그랬던 것처럼 ─ 자신의 작품이 제 갈 길을 가기 원한다면, 작품을 아주 깊은 곳으로, 아주 먼 미래의 한복판을 향해 내던져야 한다. 그렇지만 이런 미래의 시간, 걸작의 진정한 전망이라 할 수 있는 미래의 시간을 참조하지 않는 것이 서투른 비평가들이 범하는 실수라면, 미래의

---

* 프루스트는 바그너와 슈만, 그리고 베토벤을 자신이 좋아하는 음악가로 꼽았다. 『생트뵈브에 반하여』(플레이아드) 337쪽 참조.

시간을 지나치게 참조하는 것 역시 훌륭한 비평가들이 범하는 위험한 배려라고 할 수 있다. 아마도 지평선 위의 모든 물체를 균등하게 만드는 착시 현상과도 유사한 현상에 따라 그림이나 음악에서 지금까지 일어났던 모든 혁명은 그래도 어떤 일정한 규칙을 존중하며, 그러나 현재 우리 앞에 있는 인상파나 불협화음의 추구, 중국 음계의 배타적 사용, 입체파, 미래파는 전 시대 것과 완연히 다르다고 쉽게 생각할 수 있다.* 이는 전 시대 것을 우리 정신이 오랜 시간의 동화작용을 통해 동질적인 실체로 — 물론 다양하기는 하지만 19세기의 위고가 17세기의 몰리에르와 나란히 하는 — 전환했다는 사실을 고려하지 않은 것이다. 만약 우리가 앞으로 올 시간과 그 시간이 가져다줄 변화를 고려하지 않는다면, 어린 시절에

---

* 이전 시대 것은 우리 정신에 의해 충분히 동화되었으므로 동질적인 것으로 간주되지만, 인상파 등등과 같은 최근 예술은 아직 우리 정신이 충분히 동화되지 못했으므로 과거의 것과 다르게 보인다는 의미이다. 여기서 불협화음이란 물론 음악에서 새로운 현상은 아니지만(이미 모차르트에게서도 찾아볼 수 있는) 20세기 초반 아르놀트 쇤베르크(Arnold Schönberg, 1874~1951)가 현대음악의 특징으로 체계화했다고 할 수 있으며, 프루스트가 좋아하던 클로드 드뷔시(Claude Debussy, 1862~1918)의 「펠레아스와 멜리장드」도 어떤 의미에서는 이런 불협화음의 승리라고 할 수 있다. 중국 음계는 오음계를 말하는데 1889년 파리 만국박람회에서 드뷔시의 소개로 널리 알려졌다.(『소녀들』(폴리오) 528쪽 주석 참조.) 입체파는 20세기 초 피카소(Picasso, 1881~1973)나 브라크(Braque, 1882~1963) 등에 의해 색채주의에 반대하여 일어난 운동으로, 세잔(Cézanne, 1839~1906)의 자연론에 근거를 둔 주지주의적이며 형식주의적인 경향을 띤다. 미래파는 20세기 초 이탈리아 시인 필리포 마리네티(Filippo Marinetti, 1876~1944)가 주창한 미학적 움직임으로 과거의 전통적 예술에 반대하고 근대 문명의 동적인 감각과 속도감을 도입하여 미래의 아름다움을 표현하고자 했다.

치는 별자리 점이 보여 주는 성인이 된 우리 모습처럼, 어떤 충격적인 괴리감이 나타날지 한번 상상해 보라. 단지 별자리 점은 모두 사실이 아니며 또 예술 작품의 아름다움에 시간적인 요소를 포함하는 일은 우리 판단에 뭔가 우연성을 부여하여 그 결과 모든 예언처럼 진정한 흥미를 반감하겠지만, 그러나 예언이 실현되지 않는다고 해서 그것이 예언자의 초라한 지성을 의미하지는 않는다. 왜냐하면 우리 삶에 가능성을 불러들이거나 배제하는 일은 반드시 천재의 능력에만 속하지 않기 때문이다. 천재이면서도 철도나 비행기의 미래를 믿거나 믿지 않을 수 있으며, 위대한 심리학자이면서도 자기 정부나 친구의 위선을 — 가장 평범한 사람도 그들의 배신을 예측할 수 있는데 — 깨닫지 못할 수 있다.

나는 소나타를 잘 이해하지 못했지만 스완 부인이 연주하는 걸 들으며 황홀해했다. 그 연주는 그녀의 실내복처럼, 그 집 계단의 향기처럼, 그녀가 입은 망토처럼, 그녀의 국화처럼, 이성으로 재능을 분석할 수 있는 세계보다 무한히 높은 세계에서 개별적이고 신비로운 전체를 이루는 듯했다. "이 뱅퇴유 '소나타', 아름답지 않은가?" 하고 스완이 내게 말했다. "나무들 밑에 어둠이 깃들고 바이올린의 아르페지오가 싱그러움을 떨어뜨릴 때면 얼마나 아름답게 들리는지 인정하게나. 거기에는 달빛의 본질이라 할 수 있는 모든 정태적인 면이 있네. 내 아내가 받는 광선치료가 근육에 효과를 보이는 것도 전혀 신기한 일이 아닐세, 달빛이 나뭇잎의 움직임을 가로막는 것만 봐도 알 수 있네. 소악절에 그토록 잘 묘사된 것도 바로 그 점이라네, 마비 상태에 빠진 불로뉴 숲. 바닷가라면 더 인상적이지, 왜냐하면 나머지 다른 것은 전혀 움직이지 않아 미세한 바다 물결의 파동이 더 잘 들리니까. 파리에서는 이와 반대라네. 기껏해야 역사 기념물 위에 비치는 기이한 미광, 빛깔도 위험도 없는 불길로 밝혀진 듯한 하늘, 우리 모두가 그 내용을 짐작할 수 있는 거대한 삼면기사 같은 것뿐이라네. 그러나 뱅퇴유 소악절, 더욱이 소나타 전곡을 통해 묘사된 것은 그런 게 아닐세. 그것은 불로뉴 숲을 배경으로 하며, 그루페토*가 연주될 때 누군가가 '거의 신문을 읽을 수 있을 정도구나.'라고 말하는 목소리가 뚜렷이 들린다네." 스완의 이 말은 나중에 내가 '소나타'를 잘못 이해하게 했는지도 모른다. 다른 사람이 우리에게 찾아보라고 암시한 사실을 배제하기에 음악은 지나치게 포괄적이기 때문이다. 그러나 스완의 또 다른 말로 미루어 그가 말하는 저녁의 나뭇잎이란, 단지 파리 근교의 많은 레스토랑 안에 있는 무성한 나뭇잎 그늘 아래서 그가 저녁이면 수없이 소악절을 들었던 그 나뭇잎을 가리키는 것에 지나지 않았다. 현재 소악절이 스완에게 환기하는 것은 그가 소악절에서 자주 발견했던 그 심오한 의미가 아닌, 소악절 주위를 나란히 둘러싸며 그려졌던 나뭇잎들이었으며(그리고 소악절은 마치 나뭇잎의 영혼과도 같은 내적인 존재로 보였

---

* gruppeto. 본음 위 음에서 시작하여, 본음과 그 아래 음을 거쳐 본음으로 돌아오는 일종의 장식음이다.

으므로 그에게 다시 보고 싶은 욕망을 주었다.) 또 열기 어린 슬픔 때문에 마음이 편치 않아 예전처럼 소나타를 즐길 수 없던, 소악절이(마치 누군가가 환자를 위해 먹을 수 없는 맛있는 음식을 만들어 주듯이) 그를 위해 간직해 두었던 봄이란 계절 전체였다. 불로뉴 숲에서 보낸 밤들이 느끼게 했고, 이제 뱅퇴유 소나타가 가르쳐 줄 수 있는 매력, 이 점에 대해 스완은 당시 소악절과 함께 그를 동반했던 오데트에게 물어볼 수도 없었다. 오데트는 단지 그의 곁에 있었고(뱅퇴유 음악의 모티프처럼 그의 마음속에 있는 게 아니라) 우리 가운데 어느 누구도(이 법칙에는 어떤 예외도 없다고 나는 오랫동안 믿어 왔다.) 그 매력을 밖으로 드러낼 수 없기에, 따라서 그녀도 전혀 보지 못했다.(아무리 그녀에게 이해력이 많다 해도.) "어쨌든 아름다운 일 아닌가?" 하고 스완이 말했다. "음(音)이 물이나 거울처럼 사물을 반영할 수 있다니. 뱅퇴유 악절은 그 무렵 내가 전혀 주목하지 않던 사실을 보여 주었네. 당시 내 근심이나 내 사랑에 대해서는 아무것도 환기하지 않고 다른 걸로 바꾸었다네." "샤를, 당신 말이 어쩐지 제게 호의적인 것 같지 않군요." "호의적이지 않다고! 여자들은 대단한 존재야! 나는 단지 이 젊은이에게 음악이 보여 주는 것에 대해서 — 적어도 내게서 — 말하고 있소. 그것은 '의지 자체'나 '무한의 종합' 같은 것은 아니고,* 이를테면 아클리마

---

* 음악에 대한 아르투어 쇼펜하우어(Arthur Schopenhauer, 1788~1860)의 영향이 느껴지는 부분이다. 쇼펜하우어는 음악의 무한한 언어로 의지를 표상할 수 있다고 생각했다.

타시옹 공원 야자수 재배용 온실에서의 프록코트를 입은 베르뒤랭 영감 같다고나 할까. 내가 이 살롱에서 나가지 않아도 소악절은 수천 번이나 나를 아르므농빌 레스토랑으로 데려가 식사를 하게 해 준다네.* 아! 그렇다네, 캉브르메르 부인**과 함께 가기보다는 이편이 언제나 덜 지루하지." 스완 부인은 웃기 시작했다. "샤를에게 홀딱 반했다는 소문이 자자한 부인이랍니다." 하고 그녀는 조금 전 델프트의 페르메이르***에 대해 말할 때와 똑같은 어조로 설명했다. 나는 스완 부인이 이 화가를 안다는 사실에 놀랐는데 그녀는 이렇게 대답했다. "샤를이 내 환심을 사려고 했을 때 이 화가에게 빠져 있었어요, 안 그래요, 샤를?" 스완은 "캉브르메르 부인에 대해서는 그렇게 함부로 말하는 게 아니오." 하고 말했지만 속으로는 기분이 좋은 모양이었다. "뭐, 저는 남들이 말한 걸 그대로 말했을 뿐이에요. 게다가 그 여자는 아주 총명하대요. 잘 알지 못하지만, 아주 '영악한(pushing)' 여자 같아요. 지적인 여자에게는 조금 놀라운 일이지만요. 모두들 그 여자가 당신에게 미쳤다고 하니, 당신 마음을 상하게 할 생각은 조금도 없었어요." 스완은 귀머거리처럼 침묵을 지켰는데 이는 일종의

* 아클리마타시옹 공원은 파리 16구 불로뉴 숲에 있는 열대 동식물원이며, 아르므농빌은 이 숲에 있는 고급 레스토랑이다.
** 르그랑댕의 여동생으로 귀족과 결혼해서 생퇴베르트 부인이 베푼 연회에 처음 등장한다. 스완은 그녀를 통해 콩브레의 매력을 환기하며 그녀를 만나기 위해 콩브레로 돌아갈 결심을 한다. 『잃어버린 시간을 찾아서』 2권 329쪽 참조.
*** 『잃어버린 시간을 찾아서』 2권 26쪽 주석 참조.

긍정이자 자만심의 증거였다. "제가 치는 피아노 소리가 당신에게 아클리마타시옹 공원을 상기시킨다니." 하고 스완 부인은 기분이 상했다는 듯 농담을 했다. "이 젊은이가 좋아한다면 조금 후에 그곳으로 산책하러 가요. 날씨도 무척 좋고, 당신도 거기서 당신이 좋아하는 그 인상을 되찾을 수 있을 테니까요. 아클리마타시옹 공원 말이 나왔으니 말인데요, 여보, 아니 글쎄 이 젊은 분이 내가 가능한 한 자주 '피하려고' 했던 사람을 우리가 아주 좋아한다고 생각했나 봐요, 블라탱 부인 말이에요! 그런 사람이 우리 친구 행세를 하다니 정말 수치스러운 일이에요. 글쎄 다른 사람에 대해 전혀 험담을 하지 않는 그 선량한 코타르 의사 선생님도 고약한 여자라고 하신 말씀을 생각해 보세요." "끔찍한 여자지! 그녀가 가진 거라곤 사보나롤라와 닮았다는 점 하난데. 정확히 그녀는 프라 바르톨롬메오가 그린 「사보나롤라의 초상」 그 자체라고 할 수 있소."* 그림에서 유사점을 찾아내려는 스완의 이런 괴벽은 정당하다고 할 수 있었는데, 왜냐하면 우리가 개별적인 표현이라고 부르는 것 — 우리가 사랑에 빠져 사랑하는 사람의 유일한 현실을 믿으려 하다가 결국은 한없는 슬픔과 더불어 깨닫는 — 조차에도 뭔가 보편적인 점이 있으며 또 여

---

* 프라 바르톨롬메오(Fra Bartolommeo, 1472~1517)가 그린 「사보나롤라의 초상」은 검은색 바탕에 매부리코와 날카로운 눈매, 고집스러운 인물의 모습을 아주 잘 표현했다고 평가받는다. 1498년 그리스도교의 정통성 회복을 주장하다 이단으로 몰려 화형당한 지롤라모 사보나롤라(Girolamo Savonarole, 1452~1498)의 설교를 듣고 수도승이자 화가인 바르톨롬메오가 그린 그림이다.

러 시대에 걸쳐 발견될 수 있기 때문이다. 그러나 스완이 하는 말에 귀 기울여 본다면, 베노초 고촐리가 「베들레헴으로 가는 동방박사들」에 메디치 가문의 사람들을 그려 넣은 사실만으로도 이미 심각한 시대착오 현상이 보인다고 할 수 있지만, 거기에 고촐리 시대 사람이 아닌 스완과 동시대 사람들 무리를, 즉 예수 탄생으로부터 십오 세기가 지난 후의 사람들이 아니라, 화가 탄생 후 사 세기가 지난 후에 태어난 사람들을 포함한다면, 이는 더더욱 시대착오라고 할 수 있었다.* 스완 말에 따르면, 파리 저명인사들 가운데 이 행렬에 모습을 나타내지 않은 사람은 단 한 명도 없었다고 하는데, 마치 사르두 연극의 어느 한 막에서 유명 의사들이나 정치가들, 변호사 등 파리 저명인사들이 작가와 주연 여배우에 대한 우정에 이끌려, 또 유행에 편승하여 각자 하룻저녁 무대에 올라가 단역으로 출연하며 즐기던 모습과도 같았다.** "그런데 그 여인이 아클리마타시옹 공원과 어떤 관계가 있다는 거요?" "모든 점에서요!" "뭐라고, 당신은 그 여자 엉덩이에 원숭이처럼 푸른색

---

* 베네초 고촐리(Benezzo Gozzoli, 1420~1497)가 피렌체 메디치 궁전 성당에 그린 벽화를 암시하는 부분이다. 그는 「베들레헴으로 가는 동방박사들」에 15세기 메디치 가문의 가족들을 그려 넣었다. 이 문단에서 말하는 15세기란 바로 베네초 고촐리가 살던 시대를 가리키며 화가의 탄생 사 세기 후란 19세기 말, 즉 스완이 살던 시대를 가리킨다.
** 빅토리앙 사르두(Victorien Sardou, 1831~1908)의 연극 「페도라」는 1882년 사라 베르나르가 여주인공 역을 맡아 유명했다. 페도라 공주가 약혼자의 시신 위에서 통곡하는 장면에서 파리 저명인사들과 훗날의 에드워드 7세인 웨일스 공이 시신 역할을 맡아 더욱 유명해졌다.

반점이 있다고 말하는 거요?" "샤를, 무례하군요! 그런 게 아니고, 난 실론 사람이 그 여자에게 한 말을 생각하는 거예요. 이분에게 그 이야기를 들려 드려요, 정말 '명언'이잖아요." "바보 같은 얘기지, 알다시피 블라탱 부인은 모든 사람에게 자기가 상냥한 태도로 말한다고 생각하지만, 어딘지 모르게 보호자 같은 태도로 말하기를 좋아한다네." "우리 착한 이웃인 템스 강 사람들이 '잘난 체한다고(patronizing)'일컫는 그런 태도로 말이죠." 하고 오데트가 말을 끊었다. "최근에 그 여자가 아클리마타시옹 공원에 갔을 때 흑인들이 있었던 모양이야. 내 아내 말로는 실론 사람들이라는군, 아내는 나보다 더 인종학에 조예가 깊으니까."* "놀리지 마세요, 샤를." "놀리는 말이 아니오. 그런데 그 여자가 한 흑인에게 '안녕, 깜둥이 양반.' 하고 말을 건넸다는 걸세." "정말 형편없군요!" "어쨌든 그 수식어가 흑인 마음에 들지 않았던지 흑인이 화를 내며 블라탱 부인에게 이렇게 말했다네. '난 깜둥이지만, 넌 낙타야.'**라고." "정말 재미있군요! 전 이 이야기가 아주 마음에 들어요, 근사하지 않나요? 블라탱 부인이 눈에 훤히 보이는 것 같아요. '난

---

* 1883년 아클리마타시옹 공원에서는 실론 사람들(인도 남쪽 인도양에 있는 섬으로 영국 식민지였다가 국명을 실론에서 스리랑카 공화국으로 바꾸어 독립한 국가)에 대한 구경거리를 마련했는데 1889년 식민지 박람회에서는 이런 구경거리를 더 많이 보여 주었다고 한다. 『소녀들』(폴리오) 529쪽 참조.

** '낙타'는 품행이 방정치 못한 여자를 가리킨다. 이 일화는 1914년 카부르의 병원에서 한 어리석은 여자가 세네갈 또는 모로코 출신 병사에게 "안녕, 깜둥이 양반."이라고 하자, 흑인이 "난 깜둥이지만, 넌 낙타야."라고 대답한 데서 연유한다고 프루스트는 한 편지에 썼다. 『소녀들』(폴리오) 529쪽 참조.

깜둥이지만, 넌 낙타야!'라니." 나는 실론 사람들 가운데 블라탱 부인을 낙타라고 부른 사람을 보고 싶다는 의사를 표명했다. 난 실론 사람들에게 전혀 관심이 없었다. 하지만 우리가 아클리마타시옹 공원에 갔다 오려면 예전에 내가 그토록 스완 부인을 찬미했던 그 아카시아 산책로를 통과할 테고, 그렇게 되면 내가 스완 부인에게 인사하는 모습을 무척이나 보이고 싶었지만 한 번도 보이지 못했던, 그 코클랭 친구인 흑백 혼혈 은행가에게,* 내가 무개 사륜마차 안에서 오데트 옆에 나란히 앉아 있는 모습을 보여 줄 수 있다고 생각했기 때문이다.

질베르트가 외출 준비를 하려고 나가고 없는 동안 스완 씨 부부는 딸의 몇 가지 장점을 말해 주면서 즐거워했다. 또 내가 관찰한 것도 그들 말이 모두 사실이라는 걸 증명해 주는 것 같았다. 그녀 어머니가 내게 말해 주었듯이 친구뿐 아니라 하인이나 가난한 사람 들에게도 오랜 시간 숙고한 사려 깊은 자상한 배려나 그들을 기쁘게 해주고 싶은 소망, 불만을 품게 하지나 않을까 하는 두려움, 이 모든 게 질베르트의 아주 사소한 행동에 나타났고, 또 이런 일 때문에 그녀가 자주 어려움을 겪는다는 것도 알게 되었다. 질베르트는 샹젤리제 과자 가게 아주머니를 위해 만든 물건을 하루라도 지체하지 않고 빨리 손수 가져다주려고 눈이 오는 날에도 외출했다. "저 애

---

* 당시 유명 배우였던 코클랭과 이 흑백 혼혈아에 대해서는 『잃어버린 시간을 찾아서』 2권 393~395쪽 참조.

마음씨가 어떤지, 자네는 아마 모를 걸세. 감추고 있으니까."
하고 질베르트의 아버지가 말했다. 비록 어리긴 했지만 질베
르트 쪽이 그녀 부모보다 더 분별 있어 보였다. 스완이 아내
가 교제하는 유명 인사에 대해 말할 때면, 질베르트는 얼굴을
돌리고 아무 말도 하지 않았지만, 비난하는 기색은 전혀 없었
다. 아버지는 어떤 식으로도 비판의 대상도 될 수 없다는 듯.
어느 날 내가 뱅퇴유 양에 대한 이야기를 꺼내자 그녀는 이렇
게 말했다.

"난 그 여자를 조금도 알고 싶지 않아. 자기 아버지에게 다
정하게 대하지 않았다는 단 한 가지 이유 때문이야. 들리는 말
로는 아버지에게 많은 걱정을 끼쳤다나 봐. 너도 나처럼 이해
할 수 없을 거야. 너나 나나 아버지가 돌아가시면 단 하루도
살 수 없을 텐데. 게다가 당연한 거 아니니. 오래전부터 사랑
해 온 사람을 어떻게 잊을 수가 있겠어?"

또 한번은 질베르트가 스완에게 유달리 애교를 부려 스완
이 멀리 가자 난 그녀에게 그 사실을 지적했다.

"그래, 가엾은 아빠, 할아버지 기일이 가까워졌거든. 우리
아버지 심정이 어떨지 너도 알 거야. 너나 나나 그런 점에서는
느끼는 게 같으니까. 그래서 난 보통 때보다는 덜 나쁜 애가
되려고 해." "하지만 네 아버지는 널 나쁜 애라고 여기기는커
녕 완벽한 애라고 생각하시던데." "가엾은 아빠, 아빠가 지나
치게 좋은 분이라서 그래."

질베르트의 부모는 딸의 장점을 칭찬하는 데서 그치지 않
았다. 이런 질베르트는 그녀를 직접 보기도 전에 일드프랑스

풍경 속 어느 성당 앞에 나타났고,* 다음에는 더 이상 몽상의 형태가 아닌 추억 속에서 언제나 분홍빛 산사 꽃 울타리 앞에, 내가 메제글리즈 쪽으로 산책하러 들어섰던 비탈길에 서 있었다. 어느 날 나는 스완 부인에게 어린아이가 좋아하는 걸 알고자 하는 호기심에 지나지 않는다는 듯, 가족의 친구와도 같은 무관심한 어조로 말하려고 애쓰면서, 질베르트의 친구 중 질베르트가 누굴 가장 좋아하는지 물어보았다.

"당신은 그 애가 속내를 털어놓는 친구니까 나보다 더 잘 알 텐데요. 그 애가 가장 좋아하는 친구는, 영국 사람들이 말하는 것처럼 '최고의(crack)' 친구는 바로 당신이에요."

아마도 이런 완벽한 일치감 속에, 현실이 우리가 오랫동안 꿈꾸어 오던 것에 덧붙고 겹쳐질 때, 마치 동등한 두 형상이 포개져 하나를 이루듯이, 그 현실은 우리가 꿈꾸던 것을 완전히 가리고 그 꿈과 혼동되는지도 모른다. 그러면 우리 욕망의 모든 지점에 우리 손이 가 닿는 바로 그 순간, 우리가 느끼는 기쁨에 모든 의미를 부여하기 위해 — 또 우리 손이 닿은 것이 바로 그 욕망의 지점임을 보다 확실히 하기 위해 — 오히려 우리는 손댈 수 없는 것의 매력을 간직하고자 한다. 그리고 우리 상념은 과거 상태를 새로운 상태와 대조하기 위해 재구성조차 할 수 없다. 왜냐하면 그 상념이 마음대로 활동할 수 있는 영역을 잃어버렸으니까. 우리가 사귀었던 사람들, 예기치 않았던 첫 순간에 대한 추억, 우리가 들었던 말들, 이 모

---

* 『잃어버린 시간을 찾아서』 1권 180쪽 참조.

든 것들이 우리 의식의 통로를 가로막기 위해 저기 있으며, 또 상상력의 출구보다 기억의 출구를 더 많이 지배하여, 우리 미래의 아직 만들어지지 않은 자유로운 형태보다는 회고적으로 우리 과거 쪽에 더 많이 작용하기 때문에, 이제 우리는 이 모든 것들을 참조하지 않고는 더 이상 과거를 그려 볼 수조차 없다. 여러 해 동안 나는 스완 부인 댁 방문이 그저 막연한 공상에 그칠 것이며 결코 이루지 못할 꿈이라고 생각해 왔다. 그런데 이제 그녀 집에서 십오 분을 보내고 나자, 내가 그녀를 알지 못했던 시절이 오히려 하나의 가능성이 실현되어 소멸된 또 다른 가능성처럼, 그렇게도 비현실적이고 막연하게 느껴졌다. 금방 먹은 미국식 바닷가재 요리*가 무한히 뒤쪽으로 아주 오랜 내 과거까지 비추는 그런 견고한 광선에 부딪혀야만 비로소 내 정신이 움직일 수 있는데, 어떻게 이 식당을 생각할 수 없는 장소라고 여기며 여전히 꿈에 그릴 수 있단 말인가? 스완 역시 자신과 관계하여 이와 비슷한 현상이 일어나는 걸 목격했음이 틀림없다. 왜냐하면 그가 지금 나를 접대하는 이 처소가 나의 상상력이 낳은 이상적인 집일 뿐만 아니라, 나의 몽상만큼이나 창의적이던 스완의 질투심 많은 사랑이 그렇게도 자주 그에게 떠올렸던 또 다른 처소가 혼동되고 일치하는 장소처럼 느껴졌기 때문이다. 오데트와 그에게 속한 이 공동 처소는 어느 날 저녁 오데트가 그를 포르슈빌과 함께 데리고 가서 오렌지 주스를 마시게 했지만 그에

---

* 토마토 소스와 마늘, 야채를 넣고 볶은 바닷가재 요리.

게는 정말 접근하기 어렵게만 느껴졌던 곳이었다. 그리고 우리가 점심을 먹은 식당의 관점에서 말해 본다면, 그날 스완의 마음을 사로잡으러 온 것은 기대하지도 않았던 낙원의 이미지였다. 지난날 그들의 집사에게 "부인은 준비되었는가?"라는 말을, 떨지 않고는 입 밖에 낼 수 있으리라고 상상도 하지 못했던 그 말을 이제 그는 자존심이 충족된 듯한 약간은 초조한 빛으로 입 밖에 내는 걸 듣고 있지 않은가. 그러나 아마 스완도 그랬을 테지만 나 역시 행복을 느끼는 데는 이르지 못했다. 질베르트가 "술래잡기하는 걸 바라보기만 하며 말도 걸지 못하던 소녀가 이제 너의 가장 친한 친구가 되어 네가 원하면 언제라도 집에 가게 될 줄이야 정말 누가 알았겠어?"라고 외치면서 어떤 변화에 대해 말한다면, 내 마음속에서 이런 변화의 흔적을 전혀 찾아볼 수 없었던 나는 이 변화를 밖에서 확인하는 수밖에 없었다. 하지만 이 변화는 두 개의 상태로 구성되어, 서로 구별되기를 멈추지 않는 이상 이 두 상태를 동시에 생각하기란 불가능했다.

그럼에도 이 집은 스완의 의지가 그렇게도 열정적으로 욕망했던 만큼 그에게 얼마간의 부드러움을 간직하고 있었는지도 모른다. 적어도 이 집의 모든 신비로움을 완전히 잃지 않았던 내 관점에서 판단해 본다면 그랬다. 사실 나는 스완네 삶에 오랫동안 배어 있다고 생각해 온 그 특이한 매력을 그들 집에 들어서면서도 완전히 떨쳐 버리지 못했다. 다만 그 매력을 이방인의 시각에 의해, 나처럼 배척받은 자가 느끼는 것에 의해 뒤로 미루고 억눌렀는데, 이런 사람에게 이제 스완 부인은 안락의자를, 감미롭고도 적대적이며 화가 난 안락의자를 우아하게 내밀며 앉으라고 권했다. 그러나 이 매력을, 나는 아직도 내 주위에서, 내 추억 속에서 인지한다. 스완 씨 부부가 점심 식사에 날 초대하고, 식사 후에는 그들 부부와 질베르트와 함께 외출하기로 했던 그런 나날, 혼자 거실에서 기다리는 동안 스완 부인일까, 아니면 그녀의 남편일까, 아니면 질베르트가 돌아오는 소리일까 하고 마음속에 아로새긴 상념을 내가 양탄자나 안락의자, 콘솔, 병풍, 그림 위에 눈길로 새겨 놓았기 때문일까? 이 물건들이 내 기억 속에서 스완네 가족 옆에 함께 살고 있었기에 마침내 뭔가 그들 것을 갖게 된 때문일까? 그들이 이런 물건들 가운데서 생활한다는 사실을 알고 있었기에 그 모든 물건들을 그들 삶의 특별한 상징, 너무 오랫동안 제외되어 있어서 내가 거기 끼어드는 은총을 입었을 때도 계속해서 낯설게만 느껴졌던 그런 습관의 상징물로 만든 때문일까? 어쨌든 매번 이 살롱을 생각할 때마다, 스완이 그토록 잡다한 곳이라고 생각했던 (이러한 비판은 그의 입장에서 아내 취향에 반대하려는 의도는 전혀 아니었다.) 이 살롱에는, ── 그가 처음으로 오데트를 알게 된 집과 같은 취향으로 구성되어 여전히 반은 온실이고 반은 작업실로 꾸며졌지만, 그래도 오데트가 그 수많은 중국 잡동사니들을 이제는 약간 '시시하고' 매우 '주변적인' 것으로 여겨 오래된 실크가 늘어진 많고 작은 루이 16세풍 가구들로 바꾸어 놓았지만(스완이 오를레앙 강변로 저택에서 가져온 미술품들은 제외하고) ── 이 잡다한 것이 뒤섞인 살롱에는, 반대로 내 추억 속에서는 과거가 우리에게 물려준 가장 온전한 수집품이나 어떤 개인의 흔적이 기재된 현대의 살아 있는 전체가 결코 갖지 못하는 그런 일관성과 통일성과 개별적인 매력이 있다. 왜냐하면 사물에 그 자체의 삶이 있다는 믿음과 더불어 오로지 우리만이 우리가 보는 몇몇 사물에 영혼을 불어넣을 수 있으며, 그런 후에는 사물이 영혼을 보존하고 우리 마음속에서 이 영혼을 키워 나가기 때문이다. 스완네 사람들이 보내는 일상생활이라는 영혼에 대한 육체라고 할 수 있는 이 집에서, 그리하여 그 영혼의 특이함을 표현해야 하는 이 집에서, 다른 사람들이 보내는 시간과는 아주 다른 시간을 보내는 스완네 사람들의 시간에 대해 내가 가졌던 생각은, 가구 위치며 양탄자 두께며 창문 방향이며 하인들 심부름 안에서 — 도처에서 한결같이 혼란스럽기만 하여 뭐라고 정의할 수 없는 — 다시 배열되고 혼합되었다. 점심 식사 후 우리가 커피를 마시러 거실의 커다란 창문 옆 햇빛 비치는 곳으로 자리를 옮겨 스완 부인이 내게 커피에 각설탕 몇 개를 넣기를 원하는지 물으면서 내밀었던 것은 실크 천으로 싼 의자만은 아니었다. 그 의자는 오래전 — 분홍빛 산사 꽃 아래서, 다음에는 월계수 덤불 옆에서 — 질베르트라는 이름이 발산했던 그 고통스러운 매력과 더불어 그녀 부모가 내게 드러냈던 적대감도 발산했다. 그 작은 가구는 나에 대한 그들의 적대감을 너무도 잘 알고 또 그것을 공유하는 듯 보였기에, 내가 그 의자에 앉을 자격이 없으며 또 자신을 방어할 줄도 모르는 의자 쿠션에 내 발을 올려놓는 일이 조금은 비열하게 느껴졌다. 한 개인의 영혼이 그 의자를 다른 어떤 햇살과도 같지 않은, 오후 2시 햇살에 은밀히 엮어 놓았다. 햇살은 도처에서, 만(灣)에서, 우리 발밑에서 황금빛 물결을 놀게 했고, 그런 햇살 사이로 푸른빛 의자와 아련한 장식 융단이 마법의 섬들처럼 솟아올랐다. 벽난로 위에 걸린 루벤스의 그림마저도 스완 씨의 끈 달린 부츠와 그의 케이프 코트와 같은, 거의 동일한 종류의 강력한 매력을 풍겼는데, 내가 그렇게도 비슷한 걸 입어보고 싶었던 그 코트를, 이제 내가 그들과 함께 외출하는 영광을 누리게 됐을 때 오데트는 좀 더 근사해 보이게 다른 코트와 바꿔 입어야 한다고 남편에게 권했다. 그녀 역시 아름다운 크레프드신이나 비단으로 만들어진 빛바랜 분홍, 버찌 빛, 티에폴로*의 분홍, 하양, 연보라, 초록, 빨강, 노랑의 무늬 없는 또는 무늬 있는 실내복을 입었고, 이런 실내복이 어떤 '외출복'보다 아름답다는 내 주장에도 그녀는 그 옷을 점심 식사 때 입었다가는 벗으러 갔다. 내가 실내복 차림 그대로 외출해야 한다고 말하면, 그녀는 내 무지를 놀리려고 또는 내 칭찬에 기분이 좋아져서인지 큰 소리로 웃음을 터뜨렸다. 그녀는 그렇게 많은 실내복이 있는 것에 대해 그 옷 안에서만 매우 편하게 느끼기 때문이라며 변명을 늘어놓았고, 이내 모든 사람의 주의를 끄는 여왕과도 같은 몸단장을 하기 위해 우리 곁을 떠났다.

---

* 조반니 바티스타 티에폴로(Giovanni Battista Tiepolo, 1896~1770)는 베네치아 출신의 이탈리아 화가로 밝은 색채와 관능적 인물 묘사 그리고 다양한 화면 구성으로 당시에는 인정을 받지 못했지만 오늘날에는 18세기 최고의 화가로 평가된다. 티에폴로의 분홍빛은 그의 그림에서 자주 보이는 버찌 빛 분홍색을 가리킨다.

하지만 때로는 좋아하는 옷을 고르라고 날 부르기도 했다.

아클리마타시옹 공원에서는 마차에서 내려 스완 부인 곁에서 나란히 걷는 게 얼마나 자랑스러웠는지! 스완 부인은 느린 걸음걸이로 망토 자락을 살랑거렸고, 내가 그녀에게 찬미의 시선을 보내면 나의 이런 시선에 아양을 떠는 듯 긴 미소로 응답했다. 우리가 질베르트의 친구들 가운데 여자아이나 남자아이를 만나면 그 친구는 멀리서도 우리에게 인사를 보냈는데, 그들 눈에는 내가 나 자신이 그렇게도 부러워했던, 그녀 가족을 알고 또 샹젤리제에서 보내는 삶과는 다른 삶의 부분에 끼어든 그런 존재 중 하나로 보이는 것이었다.

불로뉴 숲 또는 아클리마타시옹 공원 오솔길을 걷는 동안 우리는 자주 스완의 이런저런 귀부인 친구들을 만났고 또 그들로부터 인사도 받았다. 스완이 미처 부인들을 알아보지 못할 때면 그의 아내가 환기해 주었다. "샤를, 몽모랑시 부인이 안 보이세요?" 그러면 스완은 오랜 친숙함에서 우러나온 다정한 미소를 지으며 그만의 우아한 태도로 모자를 벗곤 했다. 때로는 귀부인이 스완 부인에게 예의를 표하게 되어 기쁘다는 듯 걸음을 멈추기도 했는데, 스완이 아내에게 처신을 신중하게 하도록 가르쳤으므로 그 인사가 차후에 어떤 결과도 초래하지 않으리라는 걸, 스완 부인이 나중에 이용하지 않으리라는 걸 잘 알았기 때문이다. 그래도 스완 부인은 사교계의 모든 매너를 습득해서, 아무리 우아하고 고귀한 귀부인이라 할지라도 그에게 필적할 수 있을 것만 같았다. 남편의 여자 친구를 만나기라도 하면 스완 부인은 걸음을 멈추고 질베르트와 나에게 너무도 자연스럽게 소개해 주었는데, 그녀의 상냥함에는 자유로움과 침착함이 배어 있어 스완 부인과 이 지나가는 귀족 부인 중 어느 쪽이 진짜 귀부인인지 말하기 어려울 정도였다. 실론 사람들을 보러 갔던 날 우리는 돌아오는 길에 어두운 색 외투로 몸을 감싸고 끈 두 개로 작은 헝겊 모자를 목에 묶은, 연로해 보이지만 여전히 아름다운 한 귀부인이 수행원인 듯 보이는 두 사람을 뒤따르게 하며 우리 쪽으로 걸어오는 모습을 보았다. "아! 저기 자네 관심을 끌 만한 분이 오시는군." 하고 스완이 내게 말했다. 노부인은 이미 우리와 아주 가까운 거리에서 인자한 미소를 짓고 있었다. 스완은 모자를 벗었고 스완 부인도 공손히 몸을 기울여 빈터할터*가 그린 초상화와도 닮은 귀부인의 손에 키스를 하려 했는데 노부인은 이런 스완 부인의 몸을 일으키며 포옹했다. "자아, 모자를 다시 쓰세요." 하고 노부인은 스완에게 다소 불만스러운 굵은 목소리로 허물없는 친구에게 대하듯 말했다. "좀 이따가 공주님께 소개해 드리죠." 하고 스완 부인이 내게 말했다. 스완 부인이 전하와 함께 화창한 날씨와 아클리마타시옹 공원에 새로 들어온 동물에 대해 담소를 나누는 동안 스완은 날 구석으로 끌고 갔다. "저분이 바로 마틸드 공주**라네." 하고 스완이 말했다. "자네도 알겠지만, 플로

---

* 프란츠 크사버 빈터할터(Franz Xavier Winterhalter, 1805~1873). 독일에서 태어나 파리에서 활동했으며 말년에는 왕족들의 그림을 많이 그렸는데, 이 문단에 나오는 마틸드 공주의 초상화도 그렸다.
** 특히 제2제정(1852~1871)이 몰락한 이후 제롬 보나파르트와 카트린 드 뷔르템베르크 사이에 태어난 마틸드 보나파르트(Mathilde Bonaparte,

베르, 생트뵈브, 뒤마의 친구 되시는 분이지. 생각해 보게나, 나폴레옹 1세의 조카 되는 분이네! 나폴레옹 3세와 러시아 황제로부터 청혼을 받은 분이지, 흥미로운 일 아닌가? 그분에게 말을 좀 걸어 보게나. 하지만 공주님께서 우리를 한 시간 이상 서 있게 하지 않기를 바라네." "요전 날 텐*을 만났는데 공주님께서 그와 사이가 틀어졌다고 말하더군요." 하고 스완이 말했다. "그 작자는 진짜 '코숑'처럼 행동했어요." 하고 공주는 거친 목소리로, 이 단어를 마치 잔 다르크와 동시대인인 주교 이름이라도 되는 듯 발음했다.** "그 작자가 쓴 나폴레옹 3세에 관한 기사를 읽고 나서 난 명함에다 '절교'라는 의미의 PPC를 써서 그 작자 집에 놓고 왔죠."*** 나는 팔라틴 공주로 태어나 저 오를레앙 공작 부인이 된 분****의 서간문을 펼칠 때와 똑같

1820~1904) 공주는 자신의 살롱에 수많은 문인들을 초청했으며, 프루스트는 이에 대한 글을 1913년부터 《르 피가로》에 연재했다.

* 이폴리트 아돌프 텐(Hippolyte Adolphe Taine, 1829~1893). 프랑스 실증주의 철학가이자 문학 비평가로 『영문학사』, 『근대 프랑스의 기원』 등을 남겼다.

** 프랑스어로 코숑(cauchon)은 보통명사로는 '돼지'를 의미하지만, 15세기에 프랑스 대주교를 지낸 잔 다르크와 동시대인인 피에르 코숑(Pierre Cochon, 1371~1442)의 이름이기도 하다. 역사적 인물인 코숑을 언급하는 척하면서 욕을 한 것이다.

*** 텐의 이 글은 1887년 《르뷔 데 되 몽드》에 실렸는데 결별을 통고하는 P. P. C.(Pour prendre congé)에 당시 신문들은 '공주가 만족하지 않음(Princesse pas contente)'이라는 의미를 부여했다. 『소녀들』(폴리오) 529쪽 주석 참조.

**** '팔라틴 공주'란 프랑스 17~18세기에 게르만 황제 선출권을 가졌던 왕족의 후손을 가리킨다. 이 텍스트에서 말하는 공주는 엘리자베트 샤를로테 드 바비에르(Elisabeth Charlotte de Bavier, 1652~1722)로, 루이 14세의 동생인 필리프 도를레앙과 결혼하여 세 자녀를 낳았으며 특히 독일 친지들에게 보낸 서간

은 놀라움을 느꼈다. 사실 마틸드 공주는 프랑스적인 감성으로 활기를 띠기는 했지만 옛 독일 사람들을 연상시키는, 아마도 뷔르템베르크 태생 어머니로부터 물려받은 듯한 약간은 거칠고 직설적인 태도로 자신의 감정을 표현했다. 조금은 투박한, 거의 남성적이라 할 수 있는 이 솔직함도 미소를 짓기 시작하면 이탈리아 사람 특유의 애수로 부드러워지곤 했다. 그리고 이 모든 것이 제2 제정풍 옷차림에 감싸여 있었는데 그저 자신이 좋아했던 유행에 대한 애착으로 그런 차림을 했는지는 모르지만, 거기에는 그래도 역사의 색채를 하나도 빠뜨리지 않으려는, 그녀로부터 뭔가 다른 시대의 환기를 기다리는 사람들의 기대에 어긋나지 않으려는 그런 의도가 담겨 있었다. 나는 스완에게 공주께서 뮈세를 알고 있는지 물어봐 달라고 속삭였다. "거의 알지 못한답니다, 선생." 하고 공주는 화난 척하는 표정을 지으며 대답했다. 사실 그녀가 아주 친하게 지내는 스완을 선생이라고 부른 것은 농담이었다. "그분을 저녁 식사에서 뵌 적이 있었어요. 우리는 7시에 초대했죠. 그런데 7시 30분이 되어도 오지 않더군요. 그래서 우린 식사를 하기 시작했답니다. 그분은 8시가 되서야 나타나더니 내게 인사를 하고는 자리에 앉아 한 마디도 하지 않고 식사가 끝나자마자 가 버리더군요. 저는 그분 목소리도 듣지 못했답니다. 거의 만취 상태였으니까요. 이 일로 나는 다시는 그런 일은 하지 않으리라 생각했어요." 우리는, 스완과 나는 잠시 비켜서 있었다. "이 작은 집회가 더

문으로 유명했다.

이상 길어지지 않았으면 좋겠군." 하고 스완이 내게 말했다. "발바닥이 아파 오는군. 난 왜 아내가 얘깃거리를 제공하는지 모르겠네. 조금 후면 피곤하다고 불평할 거면서, 그리고 나 역시 이렇게 서 있는 게 견디기 힘들군." 과연 스완 부인은 봉탕 부인이 제공한 정보를 가지고, 마침내 정부가 무례함을 깨닫고 러시아 황제 니콜라이가 이틀 후 앵발리드*에 행차할 때 공주께 특별석 초대장을 보내기로 결정했다는 소식을 전하고 있었다. 그런데 공주는 그 겉모습에도 불구하고, 그녀 측근이 특히 예술가와 문인 들인데도, 마음 깊은 곳에서는 또 매번 어떤 행동을 해야 할 때면 여전히 나폴레옹의 조카로 남아 있었다. "그래요, 부인, 오늘 아침에 받았어요. 하지만 장관에게 다시 돌려보냈는데 지금쯤이면 아마도 받았을 거예요. 내가 앵발리드에 가는 데 초대장은 필요 없다고 말했죠. 만일 정부 쪽에서 내가 와 주기를 바란다면 특별석이 아니라, 황제 묘가 있는 우리 가문의 지하 묘실이겠죠. 거기 가는 데 초대장이 무슨 필요겠어요. 내게 열쇠가 있으니 원하면 언제라도 들어갈 수 있는데요. 정부는 내가 오기를 바라는지 아닌지를 알리는 것만으로 충분해요. 그러나 만약 가더라도, 그 지하 묘실 외에는 다른 어디에도 가지 않을 거예요." 이때 스완 부인과 나는 한 젊은이로부터 인사를 받았는데, 그는 걸음을 멈추지 않고 스완 부인에게 인사했다. 스완 부인이 그 젊은이와 아는 사이라는 걸 난 알지 못

---

* 1670년 루이 14세가 퇴역 군인과 부상병을 위해 요양원으로 세운 건물이다. 그러나 나폴레옹의 유해가 세인트헬레나에서 옮겨 와 이 건물 성당 지하 묘실에 안치되면서(1861년) 관광 명소가 되었다.

했었다. 블로크였다. 내가 블로크에 대해 묻자, 스완 부인은 봉탕 부인의 소개로 알게 되었는데, 장관 비서실에서 근무한다고 말했다. 나는 그런 사실을 몰랐다. 하기야 스완 부인은 블로크를 자주 만나지 못했을 것이다. 만났다 해도 블로크라는 이름이 아마도 그렇게 '멋지다'고 생각되지 않아 그 이름을 말하려 하지 않았는지도 모른다. 그녀가 내게 블로크를 모뢸 씨라고 소개했으니까. 난 그녀가 혼동했다고 말하면서 그의 이름이 블로크라고 단언했다. 공주는 뒤쪽으로 길게 늘어진 옷자락을 추켜올렸고 스완 부인은 그 모습을 감탄스러운 듯 바라보았다. "이게 바로 러시아 황제께서 보내 주신 모피랍니다." 하고 공주가 말했다. "조금 전에 황제를 뵈러 갔었는데 그 모피로 외투를 만들 수 있다는 걸 보여 드리려고 입고 갔었죠." "루이 공*께서 러시아 군대에 자원하셨다고요. 공주님께서는 루이 공이 옆에 안 계셔서 퍽 쓸쓸하시겠어요." 하고 스완 부인은 남편이 초조해하는 몸짓도 보지 못한 채 이렇게 말했다. "그렇게 할 수밖에 없었어요! 그래서 전 이렇게 말했죠. '네 가족 중에 군인이 있다고 해서 꼭 그래야 할 필요가 있는 건 아니란다.'라고요." 공주는 이렇게 대답하면서 그 투박한 솔직함으로 나폴레옹 1세를 암시했다. 스완은 더 이상 제자리에 있을 수 없었다. "공주님, 제가 물러가는 걸 허락해 주시기 바랍니다. 아내가 몸이 많이 아파 더 이상 꼼짝 않고 서 있을 수가 없답니다." 스완 부인

---

* 루이 공(Prince Louis, 1864~1932)은 마틸드 공주의 오빠인 나폴레옹 제롬 보나파르트의 아들이다. 실제로 러시아 황제의 친위대 대령이었다.

은 다시 공손하게 인사를 했고, 공주는 과거 젊은 시절의 우아한 모습과 콩피에뉴 성*의 저녁 연회로부터 가지고 나온 듯한, 또 조금 전까지만 해도 투덜대던 얼굴에 옛 모습 그대로 부드럽게 흘러내렸던 그 성스러운 미소를 우리에게 짓고는 두 시녀와 함께 멀어졌다. 시녀들은 통역사나 어린애 보는 사람, 간병인처럼 뜻 모를 구절과 불필요한 설명을 우리 대화에 뿌릴 뿐이었다. "이번 주 중에 공주님 댁에 가서 당신 이름을 써 놓고 오세요." 하고 스완 부인이 내게 말했다. "영국 사람들이 말하듯이 저런 '왕족'에게는 귀 접은 명함을 두고 오지 않아요. 그러나 이름을 적어 놓으면 공주님께서 당신을 초대할 거예요."**

겨울의 마지막 날들, 때로 우리는 산책하러 가기에 앞서 그 무렵 열렸던 작은 전시회를 방문했다. 이름난 수집가였던 스완이 들어서면 전시회를 주관한 화상은 특별히 정중하게 인사를 했다. 그리고 아직도 추운 날씨에 남쪽 지방이나 베네치아로 떠나고 싶은 내 오랜 욕망은 전시회장을 통해 되살아났는데, 그곳에는 이미 깊어진 봄과 불타는 태양이 장밋빛 알피유***산악 지대에 보랏빛 그림자를 만들었으며 또 '대운하'****를 길

---

* 콩피에뉴 성은 1742~1786년 사이에 완전히 복구되어 나폴레옹 3세가 사냥을 하기 위해 즐겨 머무르던 처소였다.
** 방문했다는 표시로 명함의 한 쪽 귀를 접는 것을 말한다. 오데트의 영국 취향을 드러내기 위해 원문에서는 왕족을 지칭하기 위해 조금은 낯선 '왕위(royautés)'란 단어를 썼다.
*** 남쪽 프로방스 지방의 작은 산악 지대로 아비뇽에서 남쪽으로 20킬로미터 떨어진 곳에 위치한다. 빈센트 반 고흐의 그림으로 유명하다.
**** 베네치아의 대운하를 가리킨다.

은 에메랄드 빛 투명함으로 물들였다. 날씨가 나쁜 날에는 음악회나 극장에 갔고 그 후에는 '찻집'으로 차를 마시러 갔다. 스완 부인은 옆 테이블에 앉은 사람이나 차 시중 드는 종업원에게 뭔가 알리고 싶지 않은 말을 할 때면 마치 우리 두 사람만 아는 언어라는 듯 영어로 말했다. 그런데 모든 사람들은 영어를 알았지만 나 혼자만이 아직 영어를 배우지 못했으므로, 그녀가 차 마시는 사람들이나 차를 가져오는 사람들에게 뭔가 불쾌한 말이라고 짐작되는 말을 하지 못하도록 그 사실을 털어놓아야 했는데, 난 그 말뜻이 무엇인지 알지 못했으며 왜 상대가 그녀 말을 한 마디도 빼놓지 않고 들으려 했는지도 알지 못했다.

한번은 연극 낮 공연 일로 질베르트가 날 매우 놀라게 했다. 그날은 바로 그녀가 이미 말한 적 있는 그녀 할아버지의 기일이었다. 우리는 질베르트의 가정교사와 함께 오페라 발췌곡 연주를 들으러 갈 예정이었는데, 질베르트는 내 마음에 들고 그녀 부모님을 기쁘게 하는 일이라면 뭐든지 상관없다면서, 우리가 하는 일에 습관처럼 보여 주는 그 무관심한 표정을 지으며 음악회에 갈 목적으로 옷을 입었다. 점심 식사 전에 그녀의 어머니가 우리를 따로 데리고 가더니 우리가 그날 음악회에 가는 걸 본다면 아버지가 언짢아하실 거라고 말했다. 난 아주 당연하게 생각했다. 그러나 질베르트는 잠시 무표정한 얼굴로 있더니 이내 창백해지면서 분노를 감추지 못하고 한 마디도 하지 않았다. 스완이 집에 들어오자 스완 부인이 거실 한구석으로 데리고 가 귀에 대고 속삭였다. 스완은 질베르트를 불러 옆방으로 데리고 갔다. 큰소리가 들려왔다. 그렇지만 이런 날에 그처럼 아무것도 아닌 이유로 그렇게도 온순하고 다정하고 현명한 질베르트가 아버지 부탁을 거절하다니, 나는 도저히 믿을 수 없었다. 마침내 스완이 나오면서 딸에게 말했다.

"내가 한 말을 들었을 테니 이제는 네가 하고 싶은 대로 하려무나."

질베르트의 얼굴은 점심 식사를 하는 동안에도 내내 일그러져 있었고 우리는 식사 후에 그녀 방으로 갔다. 그런데 갑자기 그녀가 전혀 망설이지 않고, 단 한 순간도 망설여 본 적 없다는 듯이 "2시다!" 하고 외쳤다. 그러고는 "하지만 음악회가 2시 30분에 시작한다는 거 알지?"라며 가정교사에게 서두르라고 말했다.

"하지만." 하고 나는 그녀에게 말했다. "아버님을 언짢게 하는 건 아닐까?"

"전혀 안 그래."

"그렇지만 기일인데 이상하게 보일까 봐 걱정하시는 것 같은데."

"남들 생각 따위가 무슨 상관이야. 감정적인 문제에서 다른 사람을 걱정하는 건 정말 우스운 일이야. 우리는 자신을 위해 뭔가를 느끼지 다른 사람을 위해 느끼는 건 아니잖아. 머리를 식힐 오락거리가 거의 없는 우리 선생님께서 이 음악회에 가시는 걸 큰 기쁨으로 여겨 오셨는데 다른 사람을 기쁘게 하려고 그 기쁨을 빼앗지는 못하겠어."

그러고는 모자를 들었다.

"하지만 질베르트." 하고 나는 그녀 팔을 붙잡으며 말했다. "다른 사람을 기쁘게 하려는 게 아니라 네 아버지를 위한 거잖아."

"나를 훈계하려는 건 아니겠지." 하고 그녀는 팔을 세차게 잡아당기면서 날카롭게 소리쳤다.

아클리마타시옹 공원이나 음악회에 나를 데리고 가 준 일보다 더 소중한 호의는 스완 부부가 나를 베르고트와의 우정에서 제외하지 않았다는 점이다. 이 우정이야말로 내가 그들에게서 발견한 매력의 근원이었으며, 질베르트와 친해지기 전에 내가 틀림없이 그녀에게 불러일으켰을 그 멸시의 감정이, 그녀가 나를 데리고 베르고트와 함께 베르고트가 좋아하는 도시들을 방문하는 소망을 금지하지만 않았다면, 이 성스러운 노인과의 친밀한 관계가 그녀를 나의 가장 열정적인 친구로 만들었을 거라고 생각했다. 그런데 어느 날 스완 부인이 나를 아주 성대한 오찬에 초대했다. 나는 초대 손님들이 어떤 사람인지 잘 알지 못했다. 그곳에 도착한 나는 현관에 들어서자마자 나를 주눅 들게 하는 어떤 사건 때문에 당황했다. 스완 부인은 사교계 사람들 사이에서 한 계절 유행하다가 철이 지나면 지속되지 않고 곧 버려질 관습들을 거의 빠짐없이 따르고 있었다.(아주 오래전에 '핸섬 캡(hansom cab)'*이라는 마

---

* 말 한 필이 끌며 마부 자리가 뒤에 있는 2인승 이륜마차.

차를 갖고 있던 일이나, 점심 식사 초대장에 조금은 중요한 인물을 '만나기 위한(to meet)' 식사라는 구절을 인쇄하는 따위의.) 이런 관습들은 대부분 신비스러울 게 전혀 없었고 따로 배울 필요도 없었다. 이렇게 해서 당시 영국에서 수입해 온 별 대수롭지 않은 새로운 것 중 하나로, 오데트가 남편에게 샤를 스완이란 이름 앞에 Mr.라고 적힌 명함을 만들게 했던 일을 들 수 있다.* 내가 처음 스완네 집을 방문한 후, 스완 부인은 우리 집에 와서 그녀가 '두꺼운 종이(cartons)'라고 부르는 명함의 귀를 접어 놓고 갔다. 어느 누구도 내게 명함을 두고 간 적이 없었기 때문에, 나는 너무도 자랑스럽고 감동스럽고 감사해서는 가진 돈 전부를 털어 가장 좋은 동백꽃 한 바구니를 주문하여 스완 부인에게 보냈다. 나는 아버지에게 스완 부인 집에 명함을 놓으러 가 달라고 부탁하면서 우선 아버지 이름 앞에 Mr.를 서둘러 인쇄해 달라고 간청했다. 아버지는 이 두 가지 청 가운데 어느 하나도 들어주지 않았다. 나는 며칠 동안 실의에 빠져 지냈지만 그 후에는 아버지가 옳았던 게 아닌지 스스로 물어보기도 했다. Mr.를 쓰는 건 불필요했지만 그 뜻은 분명했다. 그러나 이 오찬 날 내게 나타난 또 다른 관습은 이와 같지 않았으며 그 뜻도 불분명했다. 내가 응접실에서 살롱으로 들어가려고 했을 때, 집사가 내 이름이 쓰인 얇고 기다란 봉투를 주었다. 나는 놀라서 고맙다고 인사했지만 그러는 와중에도 내 눈은 봉투를 바라보고 있었다. 나는 중국인들

---

* 프랑스에서는 Mr.가 아닌 M.라고 표기한다. 그리고 당시 명함은 아주 컸다.

의 만찬에서 초대 손님들에게 주는 작은 도구들을 어떻게 해야 할지 모르는 외국인처럼, 봉투 사용법을 알지 못했다. 봉투가 봉해진 걸 보고 곧장 봉투를 열면 실례가 될까 두려워 알았다는 표정을 지으며 주머니에 넣었다. 스완 부인은 며칠 전에 "몇몇 사람들끼리 하는 작은 회식"에 식사를 하러 오라며 내게 편지를 써 보냈다. 그런데 그날 온 사람은 무려 열여섯 명이나 됐고, 그들 가운데 베르고트가 있으리라고는 전혀 생각하지 못했다. 스완 부인은 여러 손님들에게 한 것처럼 내 이름을 '호명했고', 갑자기 내 이름 다음에 방금 내 이름을 부른 것과 같은 방식으로(마치 우리가 단지 서로를 소개받는 데 만족해하는, 오찬에 초대받은 단 두 명의 손님이라는 듯이) 그 온화한 백발 '시인' 이름을 발음했다. 베르고트라는 이름은 누군가가 나를 향해 발사한 권총 소리처럼 나를 소스라치게 놀라게 했지만 나는 본능적으로 예의 바른 태도를 보이려고 인사했다. 내 앞에서 총 한 방이 발사되고 그 연기 속에서 비둘기가 날아가는데도 프록코트 차림으로 멀쩡히 서 있는 마술사처럼, 젊고 투박하며 키가 작고 다부진 체형에 근시이며 코가 달팽이 껍데기 모양으로 붉은, 검은 턱수염 남자가 인사에 답했다. 나는 죽을 듯이 슬펐다. 왜냐하면 지금 재가 되어 버린 것은 아무 흔적도 남지 않은 처량한 늙은이만이 아니라, 그의 쇠진한 성스러운 몸 안에 내가 머물게 할 수 있었던 거대한 작품의 아름다움이었기 때문이다. 내가 일부러 아름다움을 기리기 위해 전당처럼 축조해 놓았던 그 몸, 그러나 내 앞에 있는 납작코와 검은 턱수염을 가진 이 키 작은 남자의 혈관이나 뼈, 신경 마디로 채워진 땅딸막한 몸 어디에도 그런 아름다움을 위한 자리는 마련되어 있지 않았다. 나 자신이 마치 종유석처럼 천천히 섬세하게 한 방울 한 방울 그의 책들이 지닌 투명한 아름다움으로 축조했던 베르고트 전체가, 지금 달팽이 껍데기 모양 코를 보존하고 검은 턱수염을 활용해야 하자 그런 베르고트는 단번에 더 이상 아무짝에도 쓸모가 없게 되어 버렸다. 마치 우리에게 제시된 요소를 불완전하게 읽고 또 그 총계가 어떤 숫자로 나타나야 하는데도 그런 사실은 고려하지 않고 문제를 풀어 결국에는 그 답이 무용지물이 되는 것처럼. 코와 턱수염은 내게 베르고트라는 인물을 완전히 다시 구성하도록 강요하면서도 일종의 활기찬 자기만족 정신을 끊임없이 끌어들이고 생산하며 분비하는 듯 보여 그만큼 불가피하고 거추장스러웠는데, 이는 어떤 점에서 공정하지 못했다. 왜냐하면 이러한 정신은 내게 잘 알려진 책들을 통해 널리 퍼져 있던 그런 온화하고 성스러운 지혜가 깊숙이 배어든 지성의 유형과는 아주 달랐기 때문이다. 만약 내가 그의 책에서 출발했다면 이 달팽이 껍데기 모양 코에는 결코 이르지 못했을 것이다. 하지만 이런 점에는 전혀 개의치 않고 홀로 '제멋대로' 행동하는 코에서 출발했기 때문에 나는 베르고트의 작품과는 전혀 다른 방향으로 나아가고 말았으며, 결국에는 바쁜 엔지니어의 정신 상태에 이르게 될 것만 같았다. 그래서 사람들이 인사를 하면 안부를 묻기도 전에 "고마워요, 당신은요?"라고 말해야 하는 줄 알고, 그들이 만나서 반갑다고 말하기라도 하면 불필요한 관례적 표현으로 귀중한 시간을 낭비하는 걸 피한답시고, 곧잘 효과적이고 지적이며 현대적이라고 믿는 그런 간략한 표현으로 "저 역시."라고 대답했을 것이다. 아마도 이름이란 제멋대로 충동적으로 그림을 그리는 데생 화가와 같아서 현실과 하나도 닮지 않은 사람들과 고장에 대한 스케치를 우리에게 제공하는 까닭에, 만약 우리가 상상의 세계 대신 진짜 눈에 보이는 세계를 마주하면 종종 놀라게 되는지도 모른다.(하기야 눈에 보이는 세계도 진짜 세계가 아니며 우리 감각에도 상상력에 비해 더 비슷하게 그리는 재능은 없기에 결국 우리가 현실에 대해 얻을 수 있는 대략적인 그림은, 적어도 눈에 보이는 세계가 상상의 세계와 다르듯이, 이 눈에 보이는 세계와 다르다.) 그러나 베르고트의 경우 작품 앞에 붙은 이름이 불러일으킨 당혹감은, 내게 친숙한 그의 작품이 야기하는 당혹감에 비하면 아무것도 아니었다. 나는 그 작품에, 이를테면 풍선에 끈을 매달듯이, 위로 올라갈 만한 힘이 있는지 어떤지도 알지 못한 채 턱수염 난 남자를 매달지 않으면 안 되었다. 그럼에도 내가 그토록 좋아한 책을 쓴 사람이 바로 그 남자라는 사실은 틀림없었는데, 그의 작품 가운데서도 내가 좋아하는 책을 말해 주어야 한다고 생각한 스완 부인이 그 점에 대해 말했을 때, 그는 그녀가 다른 초대 손님이 아닌 자신에게 말했다는 사실에 전혀 놀라지 않았으며 오해의 결과라고 여기지도 않는 것 같았다. 그렇지만 그는 거기 모인 모든 초대 손님들에게 경의를 표하려고 입은 프록코트에 다가올 점심 식사를 탐하는 몸을 가득 채우면서, 다른 중요한 현실적인 이야기에 주의를 기울였고, 그 이야기가 이전 삶에 있었던 지나간 에피소드에 지나지 않는다는 듯, 누군가가 어느 해 가장무도회에서 그가 입었던 기즈 공작* 의상을 암시한다는 듯, 그는 자신의 책들을 생각하며 미소를 지었는데, 그러자 즉시 내게는 그 책의 가치가 하락하면서(이 하락과 더불어 '아름다움'과 우주와 삶의 모든 가치도 더불어 하락했다.) 드디어는 그 책이 턱수염 난 남자의 하찮은 심심풀이에 지나지 않는다는 생각까지 하게 되었다. 나는 그가 글 쓰는 데 열중했다고 생각했지만, 그 대신 그가 만약 진주조개 층에 둘러싸인 섬에서 살았다면 진주 장사에 전념해서 성공했을 거라고 생각했다. 그의 작품은 더 이상 내게 없어서는 안 될 필수 불가결한 작품으로 보이지 않았다. 그러자 독창성이란 것이 정말로 위대한 작가들이 저마다 자기만의 왕국을 지배하는 신이라는 걸 입증해 주는지, 아니면 이 모든 것에 조금은 속임수가 있는 게 아닌지, 작품들의 차이란 것도 각각의 다른 개성들 사이에서 절대적으로 상이한 본질의 표현이라기보다는 그저 단순한 노동의 결과에 지나지 않는 건 아닌지 생각해 보았다.

그동안 우리는 식탁에 가서 앉았다. 내 접시 옆에는 은박지로 줄기를 싼 카네이션 한 송이가 놓여 있었다. 그 꽃은 응접실에서 받은 것으로 내가 완전히 잊고 있었던 봉투만큼은 아

---

* 기즈 공작(Duc de Guise, 1549~1588)은 프랑스 장군으로 별칭이 '칼자국 있는 사나이,' 즉 '발라프레(Balafré)'였다. 로렌 지방의 전통적인 명문 귀족으로 1562년 위그노 전쟁 때 구교도를 이끌고 출전하여 승리를 거두었으나 오를레앙 전투에서 암살되었다.

니지만 그래도 날 당황하게 했다. 남자 손님들이 하나같이 그들 접시 옆에 놓인 비슷한 카네이션을 집어 프록코트 단춧구멍에 끼우는 걸 보았을 때, 그 관습이 물론 내게 새로웠지만 잘 이해되는 듯했다. 성당 안에 들어선 자유사상가가, 미사 의식을 잘 몰라 모든 사람들이 일어날 때 일어나고, 무릎을 꿇으면 조금 후에 무릎을 꿇는 것처럼, 나도 그들처럼 그렇게 자연스럽게 행동했다. 그런데 내가 모르는 또 다른 관습, 덜 일시적인 듯 보이는 관습이 날 불쾌하게 했다. 접시 다른 한쪽에 뭔가 거무스름한 것이 가득 들어 있는 작은 접시가 놓여 있었는데, 난 그것이 철갑상어 알인 줄 미처 알지 못했다. 어떻게 먹어야 할지 몰랐으므로 그냥 먹지 않기로 했다.

베르고트의 자리가 내 자리에서 멀리 떨어져 있지 않았으므로 난 그가 하는 말을 전부 알아들을 수 있었다. 그러자 지난날 노르푸아 씨가 말했던 인상이 이해되었다. 그의 목소리는 사실 괴상했다. 생각을 담은 목소리보다 목소리의 물질적 특징을 더 달라지게 하는 것도 없다. 즉 이중 모음의 울림이며 입술소리의 세기가 그 생각의 영향을 받는다. 발성법도 마찬가지다. 베르고트가 말하는 방식은 그의 글쓰기 방식과는 아주 달라 보였고, 또 말하는 내용도 그의 책을 채우는 내용과 아주 달랐다. 목소리는 가면 아래서 나오는 것이어서 우리가 문체를 통해 발견한 얼굴이라 할지라도 처음 순간에는 알아보지 못하는 법이다. 노르푸아 씨도 느꼈지만, 부자연스럽고도 불쾌한 방식으로 말하는 습관이 있는 베르고트의 대화 가운데서 몇몇 구절이 매우 시적이며 음악적인 형식으로 이루어진 그의 책 어느 부분과 정확히 일치한다는 사실을 깨닫기까지는 꽤 오랜 시간이 걸렸다. 그는 자신의 말에서 문장의 의미와는 무관한 어떤 조형적인 아름다움을 보고 있었는데, 인간의 말이란 영혼과 연관이 있음에도, 문체로 표현되는 것이 대화에서는 나타나지 않음으로 해서 베르고트가 몇 마디 말을 낭송할 때는 거의 반대되는 의미로 말하는 듯 들렸고, 또 그 말들 아래서 하나의 이미지를 추구할 때는 그 말들로 동일한 음인 듯 간격도 두지 않고 지칠 정도로 단조롭게 실을 짜는 듯했다. 그리하여 꾸밈이 많고 과장되고 단조로운 어조는 그의 담화의 미학적 특징의 표시였고, 또 그의 책에서 일련의 이미지와 조화를 만들어 낸 동일한 능력의 결과였다. 처음 이런 사실을 깨닫기가 그렇게도 힘들었던 이유는 그때 그가 말한 것이 진짜 베르고트의 담화였으며, 베르고트의 전형적인 담화와 전혀 닮은 데가 없었기 때문이다. 이 담화는 많은 신문기자들이 자기 것으로 만든 그 '베르고트 스타일'에도 들어 있지 않은, 정확히 베르고트만의 관념들로 넘쳐나는 것이었다. 이러한 차이는 아마도 ― 그은 유리 너머로 보이는 영상처럼 대화 흐름을 통해 흐릿하게 보이는 ― 우리가 베르고트의 한 문단을 읽을 때, 신문이나 책에서 '베르고트 식' 이미지나 사상으로 자기 산문을 장식하는 이들이 많은데, 이런 수많은 진부한 모방자들이 쓴 것과 전혀 다른 느낌을 준다는 점에서 베르고트의 또 다른 측면이었다. 이러한 문체의 차이는 '베르고트 스타일'이 다른 무엇보다도 각각의 사물 가운데 감춰진 어떤 귀중하고도 진실된 요소가 이 위대한 작가의 천재성 덕분에 추출되었다는 사실에 연유하며, 이러한 추출은 부드러운 목소리의 '시인'이 되고자 하는 목적에서 비롯되었지 베르고트 스타일을 만들려는 목적에서 비롯된 것은 아니었다. 하지만 사실을 말하자면, 그는 자신도 모르는 사이에 그렇게 하고 있었다. 왜냐하면 그는 베르고트였고, 이런 점에서 베르고트 작품에서 각각의 새로운 아름다움은 사물 속에 매몰된 베르고트의 작은 부분이었으며, 또 그가 뽑아낸 것이라 할 수 있었기 때문이다. 그러나 이러한 아름다움 하나하나가 다른 것과 관계를 맺으면서 알아볼 수 있게 되었다 해도, 그 아름다움은 마치 새로운 빛에 의해 발견된 것처럼 특별했다. 이 새로운 아름다움은 따라서 베르고트에 의해 이미 발견되고 쓰인 베르고트 작품의 막연한 종합인 베르고트 스타일이라고 불리는 것과 달랐는데, 재능이 없는 사람은 기존 베르고트의 작품만으로는 이후 그가 다른 곳에서 드러내게 될 것에 대해 전혀 예측할 수 없었다. 모든 위대한 작가도 이와 마찬가지다. 이러한 작가들이 쓰는 문장의 아름다움은, 우리가 아직 알지 못하는 여인의 아름다움이 그러하듯 예측이 불가능하다. 그 아름다움은 그들이 생각하는 외적 대상에, ─ 그 자체가 아니라 ─ 또 그들이 아직 표현하지 않은 대상에 관계되므로 창조이다. 우리 시대의 '회고록' 저자가 생시몽을 모방하지 않은 척하면서 모방을 하려 한다면 기껏해야 빌라르* 같은 인물의 초상화처럼 처음 몇 줄은 쓸 수 있을지 모른

---

* 프랑스 17세기 군인으로 생시몽의 『회고록』에 나오는 인물이다.

다. "그는 갈색 머리에 활기차고 열린 성격의 꽤 키 큰 남자로 보통 사람들과는 달랐다." 그러나 어떤 결정론적인 법칙이 "그런데 사실을 말하자면 그는 조금 미쳤다."로 시작되는 생시몽의 두 번째 구절을 발견하게 해 줄 수 있단 말인가? 진정한 다양성이란 바로 현실의 예기치 못한 요소들의 충만함 속에, 모든 기대 밖에 솟아 나온 푸른 꽃들로 가득한 작은 가지 속에, 이미 꽉 찬 봄의 울타리 속에 있으며, 반면 다양성에 관한 순전히 형식적인 모방은(우리는 문체의 다른 모든 성질에 대해서도 같은 방식으로 추론할 수 있다.) 공허하고 획일적이며 다시 말해 다양성과는 가장 반대되는 것으로, 이런 모방은 거장들의 작품에서 그것의 진정한 의미를 이해하지 못한 독자에게 모방자들의 다양성이 있는 듯한 환상을 주거나 그 기억을 떠올릴 뿐이다.

또한 ─ 베르고트의 발성법이 단번에 우리 귀로 파악할 수 없는 핵심적인 관계에 의해 작업되고 활동 중인 베르고트 사상에 결부되지 않고, 단지 자칭 베르고트라는 자의 글을 낭송하는 아마추어에 불과했다면 틀림없이 그 발성법은 듣는 사람을 매혹했을지 모르지만 ─ 그의 입에서 '외관의 영원한 분출', '아름다움의 신비로운 전율' 같은 표현만을 들으리라 기대했던 사람들에게 그의 언어가 뭔가 지나치게 실증적이고 과도한 양분을 포함하여 실망을 안겨 주었다면, 이는 베르고트가 이 상념을 그가 좋아하는 현실에 정확히 적용했기 때문이다. 요컨대 베르고트가 글을 쓰는 아주 드물고 새로운 특징이 어떤 문제에 접근하는 매우 정교한 방식으로 그 대화 안에 표현되었으며, 이미 알려진 사실들은 모두 무시하고 하찮은 질문에서 시작되었으므로, 뭔가 틀렸다는, 역설적이라는 느낌을 주었고, 그래서 그의 관념은, 우리 각자는 정확히 우리 것과 똑같이 모호한 것만을 '정확한 관념'이라고 부르는 법이므로, 자주 모호하게 생각되었던 것이다. 게다가 모든 새로움의 선행 조건은 우리에게 너무 익숙해서 현실 자체로 여겨지는 상투적인 것의 제거이므로, 모든 새로운 대화는 독창적인 그림이나 음악과 마찬가지로 항상 지나치게 기교를 부리거나 지루해 보일 것이다. 이 새로움은 우리에게 익숙하지 않은 문체에 근거하며, 얘기하는 사람이 은유를 통해서만 말하는 듯 보이는데, 이 점이 언제나 우리를 지치게 하고 진실이 결여된 듯한 느낌을 준다. (사실 언어의 옛 형태 역시 과거에는, 듣는 이가 아직 그 언어가 묘사하는 세계를 몰랐을 때에는 따라가기 힘든 이미지들이었다. 그러나 이미 오래전부터 우리는 이 세계가 현실 세계였다고 생각하며 거기 기대고 있다.) 그러므로 베르고트가, 오늘날에 와서는 지나치게 단순한 표현처럼 생각되지만, 코타르에 대해서는 균형을 잡으려는 '잠수 인형'*이라고 하고, 브리쇼에 대해서는 "스완 부인보다 머리 손질에 더 신경을 쓰는 사람이죠. 그도 그럴 것이 그는 자신의 프로필과 명성이라는 두 가지 면에 늘 신경을 쓰고 있어 매 순간 머리 모양이 사자와 철학자처럼 보여야 하거든요."라고 말했을 때, 사람들은 금세 싫증을 느끼며, 그보다는 더 구체적인, 보다 일상적이라는 의미에서

---

* 물속에서 물체의 무게와 압력을 알아보는 실험에 쓰이는 인형이다.

의 구체적인 뭔가에 기대고 싶었을 것이다. 내가 눈앞에서 보는 가면으로부터 나온 그 알 수 없는 말들을, 분명 내가 존경하는 작가의 말로 돌려야 했지만, 그러나 마치 다른 조각들 사이에 끼워 놓은 퍼즐처럼 그의 책에는 끼워 넣을 수 없었다. 그 말들은 다른 차원에 속했고 그래서 뭔가 전환을 요구했으며, 훗날 이 전환에 의해 베르고트에게서 들었던 구절들을 반복해 보았을 때, 나는 그의 문체를 구성하던 모든 뼈대를 찾아낼 수 있었고, 그렇게도 내게 다르게 들렸던 그 구술적인 담화에서도 글로 쓰인 문체의 상이한 조각들을 알아보고 명명할 수 있었다.

보다 부차적인 관점에서는 그가 대화에서 자주 반복하거나 어떤 식의 강조를 하지 않고는 결코 말하지 않는 몇몇 단어나 형용사, 그리고 음절 하나하나를 뚜렷이 드러나게 하며 마지막 음절을 노래하듯이 발음하는, 약간은 지나치게 세심하면서도 강렬한 그 특별한 방식은(이를테면 그는 얼굴을 의미하는 단어로 '피귀르(figure)' 대신 '비자주(visage)'를 늘 사용했는데 v, s, g란 철자를 하나하나 분리해서 발음함으로써 그 음들은 벌린 손과 더불어 폭발하는 듯했다.) 그가 좋아하는 낱말을 산문 속에 빛나게 하는 문장에서의 아름다운 자리와 정확히 일치했고, 또 거기에는 일종의 여백이 앞서 있어 문장의 전체 틀 안에 문장을 이루는 낱말 하나하나가 운율을 잘못 측정하지만 않는다면 '음량'을 최대한 발휘하도록 구성되어 있었다. 하지만 베르고트가 말로 하는 언어에는, 다른 작가들의 책에도 있으며 그의 책에서도 찾아볼 수 있는 일종의 조명, 쓰인 문장에서 낱말들의 외관을 변화시키는 그런 조명이 없었다. 아마도 이 조명은 깊은 심연으로부터 우러나오기 때문에, 대화를 통해 타자에게 열려 있지만 우리 자신에 대해서는 어느 정도 닫혀 있는 그런 시간에는 우리가 하는 말까지 그 빛이 들어오지 못하기 때문인지도 모른다. 이런 점에서 그의 책에는 그의 말보다 더 많은 억양과 악센트가 있었으며, 문체의 아름다움과는 무관한 이런 악센트는 아마 저자 자신도 인식하지 못했을 것으로, 그 이유는 악센트가 저자의 가장 내밀한 개성과 분리될 수 없기 때문이다. 바로 이 악센트가 그의 책 안에서 베르고트가 전적으로 자연스러운 순간에 쓴 그토록 무의미한 단어들에 자주 운율을 부여했다. 이 악센트는 텍스트 안에 기재되지 않고 또 텍스트의 그 무엇도 그걸 가리키지 않지만, 스스로가 문장에 덧붙어서는 그 문장을 달리는 말할 수 없는, 작가에게서 가장 덧없으면서도 가장 심오한 것이며, 바로 이것이 아무리 작가가 표현하는 말이 냉혹하다 할지라도 작가란 부드러운 존재이며, 아무리 관능적인 말을 해도 감성적인 존재라는 그런 작가의 본성을 증언해 줄 것이다.

베르고트의 대화에서 희미한 흔적의 형태로 남아 있는 이런 화술은 그만의 고유한 특징이 아니었다. 나중에 그의 형제와 자매 들을 알게 되었을 때 나는 그들에게서 그런 특징이 보다 두드러진다는 사실을 깨달았다. 즐거운 구절의 마지막 단어에서는 뭔가 거칠고도 쉰 소리가 났으며, 구슬픈 구절 끝에서는 쇠약하고도 숨이 꺼질 듯한 소리가 났다. 이 '거장'의 어린 시절을 알았던 스완은 내게 당시 베르고트나 그의 형제자매들에게서 들었던 격한 즐거움의 외침과 우수에 찬 느린 속삭임이 번갈아 나타나는 이런 일종의 가족적 억양에 대해 말해 주었는데, 그들이 함께 노는 거실에서 귀를 멍하게 하는 소리와 기력이 쇠진한 소리의 합주 속에서 베르고트의 목소리가 여느 소리보다 더 뚜렷이 들렸다고 말했다. 아무리 특이한 소리라 할지라도 인간으로부터 새어 나오는 소리란 덧없으며 인간보다 오래 지속되지 않는다. 그런데 베르고트 가족들의 발성은 그렇지 않았다. 예술가가 새들의 지저귐을 듣고 어떻게 음악을 작곡하는지는 「마이스터징거」*를 본다 해도 이해하기 힘들지만, 베르고트는 즐거움의 함성으로 반복되거나 서글픈 탄식으로 방울져 떨어지는 낱말에서 이처럼 질질 끄는 방식을 그의 산문에 옮겨 고정했다. 그의 책 속에는 마치 오케스트라 지휘자가 지휘봉을 놓기 전까지 끝을 맺지 못하고 마지막 선율을 여러 번 되풀이하는 오페라 서곡의 그 마지막 화음처럼 음이 겹치는 문장의 끝맺음이 있었고, 나는 거기서 나중에 베르고트 가족의 금관악기 같은 발성법과 동등한 음악적 표현을 발견했다. 하지만 그로 말하자면 그가 이런 금관악기를 그의 책 속에 옮겨 쓰게 된 후부터는 더 이상 대화에서 무의식적으로 사용하지 않았다. 그가 글을 쓰기 시작

---

* 빌헬름 리하르트 바그너(Wilhelm Richard Wagner, 1813~1883)가 작곡한 「뉘른베르크의 마이스터징거」를 가리킨다. 발터란 젊은이가 애인을 차지하기 위해 시민 출신 시인과 가수를 의미하는 '마이스터징거'의 길드가 주최하는 노래 경연 대회에서 한스라는 구두 수선공의 가르침에 따라 음악 규칙을 배운다는 내용의 오페라다.

한 날부터, 물론 나중에 내가 그를 알게 되었을 때는 더더욱, 그의 목소리는 이런 오케스트라 연주로부터 영원히 벗어나 있었다.

이 베르고트네 젊은이들은 ─ 미래의 작가와 그의 형제자매들은 ─ 그들보다 세련되고 지적인 젊은이들에 비하면 아마도 더 뛰어나다고 할 수는 없었을지 모른다. 오히려 반대로 지적인 젊은이들은 베르고트네 젊은이들을 매우 시끄럽고 천박하다고 여겼으며, 조금은 잘난 체하고 조금은 어리석은 이 집안의 '가풍'을 특징짓는 농담에도 짜증을 냈다. 하지만 천재든 그저 재능이 뛰어난 자든 그들을 탄생시키는 것은 남들보다 탁월한 지적 요소나 사회적 세련미가 아니라, 그런 요소를 변형하고 전환하는 능력이다. 전구로 액체를 데우려면 가능한 가장 전력이 센 전구를 사용하려고 할 게 아니라, 그 전구가 빛을 그만 내고 대신 열을 내도록 유도해야 한다. 하늘을 날아다니기 위해서는 가장 강력한 엔진이 필요한 게 아니라 그 엔진이 지면을 달리던 걸 멈추고 따라가던 방향을 수직 방향으로 돌려 수평적 속력을 모두 상승력으로 전환할 수 있어야 한다. 마찬가지로 가장 훌륭한 작품을 만드는 이들은 가장 세련된 환경에서 살고 가장 재치 있는 화술과 가장 폭넓은 지식을 가진 사람이 아니라, 갑자기 그들 자신만을 위해 살기를 멈추고 자신의 개성을 거울처럼 투명하게 만들어, 비록 현재의 삶이 사회적으로 또 어떤 점에서는 지적인 면에서조차 초라하다 할지라도 그 삶을 거울에 반영하는 자이다. 천재란 사물을 반영하는 능력에서 나오지 반영된 광경의 내적인 질에서 나오는 것이 아니다. 젊은 베르고트가 어린 시절을 보냈던 그 취향 나쁜 살롱이나 거기서 자기 형제들과 나누었던 그다지 재미있지도 않은 한담을 독자들의 세계에 보여 줄 수 있었던 날, 바로 그날 그는 그보다 더 재치 있고 더 품위 있는 가족의 친구들을 뛰어넘어 높이 상승했다. 친구들은 그들의 멋진 롤스로이스 안에서 베르고트네 사람들의 천박함에 조금은 경멸을 보내며 저마다 집으로 돌아가겠지만, 베르고트는 그의 소박한 기계를 타고 마침내 '이륙하여' 그들 위를 날았다.

베르고트의 화술에는 또 자기 가족의 일원으로서가 아닌 동시대 몇몇 작가들에게서 공통으로 나타나는 특징이 있었다. 베르고트를 부정하고 그와 어떠한 지적 관계도 없다고 주장하는 젊은이들도 이전 시대의 유려하고도 안이한 언어 사용에 대한 반동 작용으로, 베르고트가 끊임없이 반복하는 것과 동일한 부사나 전치사를 사용하면서, 같은 방법으로 문장을 구성하고 똑같이 느리고 가라앉은 어조로 말하면서 자기도 모르는 사이에 베르고트와의 유사성을 표출했다. 어쩌면 이 젊은이들은 — 누가 이런 경우의 사람인지는 나중에 알게 될 것이다. — 베르고트를 만나 본 적도 없었을지 모른다. 그러나 그들에게 전파된 베르고트의 사유 방식은 지적인 독창성과 불가분의 관계에 있는 통사론이나 악센트에서 이러한 변화를 발전시켰다. 게다가 이런 관계는 해석되기를 요구한다. 이렇게 해서 글을 쓰는 방식은 어느 누구에게도 빚지지 않았지만, 뛰어난 달변가인 베르고트의 말하는 방식은 자신의 오랜 친구 가운데 하나와 비슷해 대화 도중 자기도 모르는 사이에 그를 모방했는데, 하지만 그 친구는 베르고트보다 재능이 없었으므로 진짜 훌륭한 책은 쓰지 못했다. 그러므로 만약 사람들이 담화의 독창성에 국한했다면, 베르고트에게도 아무개의 제자니 남의 걸 베껴 쓰는 작가니 하는 꼬리표가 붙었을 테지만, 그는 이런 한담의 분야에서만 친구의 영향을 받았을 뿐 작가로서는 독창적이고 창조적이었다. 이런저런 책의 장점을 말하고 싶을 때면 베르고트는, 아마도 추상적인 표현이나 상투적인 표현을 좋아하는 이전 세대와 구별되기 위해서인지, 그가 강조하거나 인용하는 것은 언제나 이미지로 표현되는 몇몇 장면, 논리적 의미가 전혀 없는 어떤 광경이었다. "아! 그래요!" 하고 그는 말했다. "좋아요! 거기에는 오렌지 빛깔 숄을 두른 소녀가 있군요. 아주 좋아요."라고 하거나 "오! 그래요, 시내를 통과하는 군대가 나오는 문단이군요. 아주 좋아요!"*라고 했는데 그의 문체로 말하자면, 그는 전혀 자기 시대 사람이 아니었다.(게다가 완전히 프랑스적인 그는 톨스토이나 조지 엘리엇, 입센, 도스토옙스키를 무척이나 싫어했다.)** 어떤 문체를 칭찬하고 싶을 때 그가 항상 입에 떠올리는 말은 '부드러운(doux)'***이라는 단어였다. "예, 나는 그래도『랑세의 생애』

---

* 스탕달(Stendhal, 1783~1842)의『적과 흑』에 나오는 한 문단을 암시한다.

** 베르고트와 달리 여기 인용된 작가들은 모두 프루스트가 좋아하는 작가들이다. 조지 엘리엇(George Elliot, 1819~1880)은 청년 프루스트의 우상이었으며 표도르 도스토옙스키(Fyodor Dostoevsky, 1821~1881)는「갇힌 여인」의 중요한 참조 대상이다.

*** 아나톨 프랑스는 19세기 작가들을 '부드러움'을 가진 작가들과 '힘'을 가진 작가들로 구별했다고 한다.(『소녀들』(폴리오) 531쪽 참조.) 부드럽다는 의미의 프

보다는 『아탈라』를 쓴 샤토브리앙을 더 좋아합니다.* 『아탈라』가 더 부드러운 느낌을 주거든요." 이 낱말을 말할 때의 그는 마치 우유를 먹으면 위가 아프다고 말하는 환자에게 "그래도 우유는 정말 부드러워요."라고 대답하는 의사 같았다. 또한 베르고트의 문체에는 옛 사람들이 몇몇 웅변가에게서 포착하고 칭찬했던 것과 같은 화음이 있었는데, 이런 종류의 효과를 추구하지 않는 현대 언어에 익숙한 우리로서는 그 칭찬의 본질을 이해하기가 쉽지 않다.

사람들이 그가 쓴 글을 칭찬하면 그는 수줍어하는 미소를 지으며 이렇게 말했다. "그건 적당히 진실되며 적당히 정확하다고 할 수 있습니다. 유용하게 쓰일 수도 있을 겁니다." 그러나 그는 이 말을 아주 겸손하게 했는데, 마치 어떤 여인에게 그녀가 입은 옷이나 딸이 근사하다고 말하면 옷에 대해서는 "이 옷은 편해요."라고 대답하고, 딸에 대해서는 "그 아이는 성격이 좋답니다."라고 말하는 것과도 같다. 그러나 베르고트에게는 작품 구성자로서의 본능이 아주 심오했으므로 작품을 유익하고 진실되게 구성했다는 유일한 증거가 그 작품이 주는 기쁨 속에 ── 우선 자기에게 주는 기쁨과 다음으로는

랑스어 doux에는 '온화한'이란 의미도 있다.('온화한 백발 시인'이란 표현에서처럼.)
* 프랑수아르네 드 샤토브리앙(François-René de Chateaubriand, 1768~1848)이 쓴 『아탈라』(1811)는 당시 큰 성공을 거두었지만 『랑세의 생애』(1844)는 그렇지 못했다. 고행과 죽음에 대한 성찰이 주를 이루는 이 작품의 해체적이고 거친 문체가 당시 독자에게는 낯설게 느껴진 탓이다. 롤랑 바르트는 샤토브리앙의 작품들 중에서도 이 작품을 가장 현대적인 작품이라며 높이 평가했다.

타인에게 주는 기쁨 속에 ─ 있다는 사실마저 깨닫지 못하게 할 정도였다. 다만 여러 해가 지난 후 그가 더 이상 재능을 발휘하지 못하고 뭔가 자신도 만족스럽지 않은 걸 쓸 때마다, 그가 삭제하고 싶은데도 그러지 못하고 발표해야 할 때마다, 스스로 이런 말을 되풀이했다. "어쨌든 이건 적당히 정확해. 내 나라에 그렇게 불필요하지는 않겠지." 예전에 그토록 자신에게 찬사를 보내던 이들 앞에서 겸손함을 가장하며 중얼거렸던 구절과 똑같은 말을, 그는 자존심으로 야기된 불안감 때문에 자신의 가슴속 가장 은밀한 곳에서 속삭였다. 베르고트에게 초기 작품의 가치에 대한 불필요한 변명으로 쓰였던 말이 똑같이 후기 작품의 진부함에 대해 그를 위로하는 별 효과 없는 말로 쓰였다.*

취향에 대한 엄격함이나 단지 '부드럽다'고 할 수 있는 것만을 쓰겠다는 의지, 그리고 그를 수년간 무익하고도 멋 부리는 하찮은 것들의 세공사로 통하게 했던 그러한 것들이 반대로 그의 힘을 만들어 내는 비결이었는데, 왜냐하면 습관이란 인간의 성격뿐 아니라 작가의 문체를 만들어 내며, 또 자신의 사상을 표현하는 데 있어 여러 번 기쁨을 느끼며 만족하는 작가는 그렇게 하면서 자기 재능에 영구히 한계를 긋기 때문이다. 마치 쾌락이나 게으름, 고통에 대한 두려움을 이기지 못하고 자신의 성격에 악덕의 형상이나 미덕의 한계를 그려 놓아

---

* 베르고트의 모델로 알려진 아나톨 프랑스의 후기 작품에 대해 프루스트는 신랄한 비판을 가했다. 『생트뵈브에 반하여』(플레이아드) 568쪽 참조.

마침내는 수정을 할 수 없게 만드는 것처럼 말이다.

그렇지만 작가와 그 인간 사이에 훗날 수많은 일치점을 인지했음에도, 만약 내가 스완 부인의 집에서 내 앞에 있던 사람이 베르고트이며 그처럼 수많은 성스러운 책을 쓴 작가라는 사실을 첫 순간 믿지 못했다면, 이는 아마도 전적으로 내 잘못만은 아니었을 것이다. 베르고트 자신도 역시 이 사실을 '믿지' 않았다.(이 단어의 진정한 의미에서.) 그는 이 사실을 믿지 않았는데, 자기보다 열등한 사교계 인사들이나 문인들, 신문기자들에 대해 지나치게 열성적으로(속물이 아닌데도) 대했기 때문이다. 물론 그는 자기에게 천재적 재능이 있다는 걸 이미 다른 사람들의 투표를 통해 알았으며, 거기에 비하면 사교계에서의 위치나 공적 지위는 별 의미가 없다는 것도 잘 알았다. 그는 자신에게 재능이 있다는 걸 알고 있었지만 그 점을 믿지 않았는데, 그 증거로 곧 한림원 회원이 되려고 저 형편없는 작가들에게 계속 공손한 척하고 있었기 때문이다. 그런데 한림원이나 포부르생제르맹으로 말하자면, 베르고트 책의 진정한 저자라고 할 수 있는 '영원한 정신'과는 인과율이나 신의 개념과 마찬가지로 전혀 관계가 없었다. 이 점 또한 그는 잘 알고 있었다. 마치 도벽이 있는 환자가 도둑질이 나쁜 줄 알면서도 어쩔 수 없이 하는 것처럼, 턱수염이 있고 코는 달팽이 껍데기 같은 이 인간은 포크를 슬쩍하는 괴도 신사의 속임수를 알아차렸고, 그래서 자기가 바라는 한림원 의자에 다가가기 위해 선거에서 여러 표를 가진 이런저런 공작 부인에게 접근하려고 노력했으며, 이런 목적을 악덕이라고 여기는 사람에게는 자신의 술책을 들키지 않으려고 조심했다. 그는 절반밖에 성공하지 못했는데, 그 이유는 베르고트의 진심에서 우러나오는 말이 이기적이며 야심 많고, 단지 자기 가치를 높이기 위해서만 유력한 귀족이나 부자에 대해 말하는 또 다른 베르고트의 말과 번갈아 입 밖에 나오는 것을 들을 수 있었기 때문이다. 그런데 자기 책에서 진정으로 그 자신이 되었을 때 그는 한 줄기 샘물의 매력인 양 순수하기만 한 가난한 이들의 매력을 그토록 잘 표현했다.

노르푸아 씨가 암시했던 또 다른 악덕, 돈과 관련된 야비한 문제로 더 복잡해졌다는 거의 근친상간과도 같은 사랑으로 말하자면, 그 악덕이 비록 선에 대해 그토록 세심하고 고통스러운 걱정으로 가득하며 주인공들의 아주 작은 기쁨도 그 걱정으로 오염되어 거기서 발산되는 고뇌의 감정이 독자마저 가장 평온한 삶을 보내는 것을 견디기 어렵게 만드는 그의 최근 소설 경향과 충격적인 방식으로 다르다 할지라도, 설령 그 악덕을 전부 베르고트의 책임으로 돌린다 할지라도, 이 악덕 때문에 그의 문학이 거짓이며 그의 감수성이 연극에 지나지 않는다고 증명할 수는 없었다. 병리학에서는 겉으로 비슷한 증상도, 어떤 증상은 긴장이나 분비물의 과도함에서 연유하며 또 어떤 증상은 그 결핍에서 연유하듯이, 지나치게 예민한 감수성에서도 감수성의 결핍과 마찬가지로 악덕이 생겨날 수 있다. 아마도 도덕적인 문제가 정말로 우려할 만한 비중으로 제기되는 것은 실제로 타락한 삶을 사는 동안인지 모른다. 그리고 이 문제에 대해 예술가가 제시할 수 있는 해결책이란 그의 개인적 삶의 차원이 아닌, 그에게서 진정한 삶이라 할 수 있는 문학적 삶에서 우러나온 보편적 해결책이다. 위대한 기독교 신학자들이 자주 완전한 선의 상태에서 모든 인간의 죄악을 경험하는 일로 시작하여 그로부터 그들의 개인적 신성을 이끌어 냈듯이, 위대한 예술가들은 악의 상태에 있으면서도 그들의 악덕을 이용해 모든 이들의 도덕적 법칙을 구상해 낸다. 작가들은 자주 그들이 사는 환경의 악덕이나(또는 단지 약함이나 어리석음을) 무분별한 말들, 딸의 경박하고 눈에 거슬리는 생활, 아내의 배신이나 자신의 과오를 책망하며 비난하지만 그렇다고 해서 그들 부부의 생활이나 자기 집안에 퍼진 그 좋지 못한 취향을 변화시키지는 못한다. 그러나 이러한 대조적인 양상이 베르고트 시대보다 과거에 덜 주목을 끌었던 이유는, 한편으로는 사회가 부패함에 따라 도덕관념이 점점 세련되게 다듬어졌으며, 다른 한편으로는 대중이 작가의 사생활에 대해 지금까지 알았던 사실보다 훨씬 많은 걸 알게 되었기 때문이다. 그리하여 극장에서 어느 저녁, 내가 콩브레에서 그토록 찬미하던 작가가 칸막이 좌석 깊숙이에 앉은 걸 보고 사람들이 손가락으로 가리킬 때면, 베르고트와 함께 칸막이 좌석에 앉아 있는 사람들은 그가 최근 작품에서 주장했던 학설에 대한 유난히 우스꽝스럽거나 날카로운 설명 또는 그 뻔뻔한 부정인 듯 보였다. 베르고트의 선함이나 악함에 대해 내게 많은 걸 알려 주고 또 말해 준 것은 이런저런 사람이 아니었다. 베르고트의 어느 지인이 그가 얼마나 냉혹한지 증거를 제시했고, 어떤 이는 익명으로 그의 심오한 감성의 특징(그 특징을 비밀로 유지하려 했기에 더욱 감동적인)을 언급했다. 베르고트는 아내에게도 가혹하게 행동했다. 그러나 밤을 보내러 왔던 마을의 여인숙에서는 물속에 몸을 던지려고 하는 불쌍한 여인을 곁에서 밤새도록 지켜보다가 그곳을 떠나지 않으면 안 되었을 때는 그 불행한 여인을 쫓아내지 말고 잘 보살펴 달라고 주인에게 많은 돈을 남겼다. 위대한 작가가 턱수염 난 남자를 희생하고 베르고트의 마음속에서 발전하면 할수록, 그의 개인적인 삶은 그가 상상하는 온갖 삶의 흐름에 잠겼고, 또 실제 의무가 타인의 삶을 상상하는 의무로 바뀌었으므로, 더 이상 이런 실제 의무를 수행해야 할 필요가 없다고 생각되었던 것이다. 그러나 동시에 타인의 감정을 마치 자신의 것처럼 상상했으므로, 불행한 사람에게 적어도 지나가는 방식으로 말을 걸어야 하는 경우에도, 그는 자신의 개인적 관점이 아닌 고통 받는 이의 관점에서 말을 걸었으며, 이런 관점은 타인의 고통 앞에서 자신의 작은 이익만을 생각하는 사람의 언어를 몹시 싫어하게 했다. 그리하여 그는 자기 주위에 정당한 원한과 지울 수 없는 감사의 마음을 야기했다.

특히 그는 정말로 어떤 종류의 이미지만을 좋아했고, 또 그 이미지들을 (장식함 바닥에 그려진 세밀화처럼) 단어로 꾸미고 묘사하기만을 좋아했다. 누가 하찮은 선물을 보내와도 그 하찮은 선물이 그에게 몇몇 이미지를 교차시키는 기회가 된다면 감사의 표현을 아끼지 않았고, 반면 값진 선물에 대해서는 어떤 말도 하지 않았다. 그리고 만약 그가 법정에서 스스로를 변호해야 했다면, 그는 자기도 모르는 사이에 자신이 할 말을,

판사에게 끼칠 효과가 아니라 판사는 알아차리지도 못할 이미지를 위해 선택했을 것이다.

질베르트의 부모님 집에서 베르고트를 처음 본 날, 나는 그에게 최근에 라 베르마가 「페드르」에서 낭송하는 걸 들었다고 얘기했다. 그러자 그는 라 베르마가 어깨 높이로 팔을 올리고 서 있는 장면에서 — 사람들이 많은 갈채를 보냈던 장면에서 — 라 베르마 자신은 게다가 어쩌면 한 번도 본 적 없는 걸작의 고귀한 예술과 더불어, 올림피아 동산의 메토프 벽에 새겨진 헤스페리데스* 자매 가운데 하나와 또한 에레크테이온 신전**을 장식하는 아름다운 처녀들을 환기한다고 말했다.

"선견지명이라고 해야겠지만 나는 그녀가 박물관에 드나든다고 생각해요. 그 점을 '알아보는' 것도 흥미로울 겁니다.('알아본다'는 말은 베르고트의 일상적인 표현 가운데 하나였는데, 베르고트를 한 번도 만나 보지 못한 젊은이들은 그에게서 이 표현을 빌려 그와 마찬가지로 일종의 거리감을 두는 암시로 사용했다.)

"카리아티드 처녀상***을 생각하시나요?" 하고 스완이 물

---

* 메토프는 도리아 건축양식에서 지붕 밑을 장식하는 사각형 부조 패널을 가리킨다. 베르고트가 암시하는 메토프는 올림피아 제우스 신전의 것으로, 헤라가 석양의 요정인 헤스페리데스를 시켜 황금 사과를 지키게 했으나 거인 아틀라스가 사과를 훔치고 다시 헤라클레스가 훔쳐 아테나 여신에게 바쳤다는 내용이 조각된 패널을 말한다.『소녀들』(폴리오) 532쪽 참조.
** 아테네의 아크로폴리스 언덕에 있는 이 이오니아 식 신전은 아테나 여신과 그리스의 전설적인 왕 에레크테우스를 모시기 위해 세워졌다고 하는데 여섯 명의 아름다운 처녀, 즉 카리아티드가 기둥의 형상이다.
*** 고대 그리스 건축에서 기둥으로 세워진 여인상을 가리킨다. 에레크테이온 신전은 특히 이 여섯 명의 카리아티드로 유명하다.

었다.

"아니오, 아닙니다." 베르고트가 말했다. "페드르가 외논*에게 자신의 정념을 고백하는 장면과 케라미코스 묘역에 새겨진 헤게소**의 몸짓을 하는 장면을 제외하고, 라 베르마가 표현하는 것은 훨씬 더 오래된 예술입니다. 저는 고대 에레크테이온 신전의 코레***에 대해 말하고 있습니다. 물론 그리스 아르카익****기의 예술이야말로 라신의 예술과 가장 거리가 멀 겁니다만, 「페드르」에는 이미 너무 많은 것들이 있어서…… 한 가지 더……. 오! 그래요, 그 6세기의 작은 페드르는 아주 매력적입니다. 수직으로 내뻗은 팔이며 '대리석에 조각된' 곱슬거리는 머리 모양이……. 라 베르마가 이 모든 걸 찾아냈다는 건 참으로 대단한 일입니다. 거기에는 올해 사람들이 '고대풍'이라고 부르는 것을 다룬 책보다 더 많은 고대 유적이 들어 있습니다."

베르고트는 그의 책 어디에선가 이런 아르카익기 조각상들에 대해 유명한 기원문을 바친 적이 있었으므로 그 순간 그

---

* 47쪽 주석 참조.

** 아테네 북서쪽에 있는 케라미코스 유적은 고대 아테네의 가장 중요한 묘역으로 여기 위치한 헤게소 묘비는 두 여인이 보석 상자를 들여다보며 행복했던 시절을 회상하는 장면을 묘사했다.

*** 코라이(Koraï)는 코레(Kore)의 복수형으로 소녀를 의미하며, 일반적으로 고대 그리스 아르카익기의 처녀상을 가리킨다.

**** 흔히 그리스 문명은 미케네 시기, 암흑기, 아르카익기, 고전기, 헬레니즘 시기로 나뉘며, 테세우스가 크레타 섬에서 미노타우로스를 물리친 것은 기원전 5세기에 시작되는 고전기보다 앞선 것으로 분류된다. 따라서 여기서 6세기라는 표현은 기원전 6세기를 가리키며, 「페드르」의 배경이 고전기보다 앞선 아르카익기임을 말해 준다.

가 하는 말들은 아주 명확해 보였고, 또 라 베르마의 연기에 새로운 흥미를 가지도록 동기를 부여했다. 나는 어깨 높이로 팔을 들어 올렸다고 기억되는 장면에서 라 베르마를 본 그대로 내 기억 속에서 다시 떠올리려고 애썼다. 그리고 이렇게 중얼거렸다. "여기 올림피아의 헤스페리데스 조각상이 있구나. 여기 아크로폴리스 신전의 저 경이로운, 기도하는 처녀 자매가 있구나. 바로 이것이 예술의 고귀함이구나." 그러나 이런 생각이 라 베르마의 몸짓을 아름답게 장식할 수 있으려면 베르고트가 라 베르마 공연 이전에 내게 그런 생각을 제시했어야 했다. 만약 그렇게 했다면 여배우의 자태가 내 앞에 실제로 존재하는 동안, 또 그 장면이 아직 현실의 충만함을 간직하는 동안, 이 아르카익기의 조각에 대한 관념을 추출할 수 있었으리라. 하지만 이 장면의 라 베르마로부터 내가 간직한 것이라곤 다시는 수정할 수 없는 추억뿐이었으며, 이 추억은 언제라도 깊이 파고들어 진정으로 새로운 뭔가를 발견할 수 있는 그런 현재라는 심오한 밑바닥이 결여된 이미지처럼, 나중에 회고적으로 해석하려고 할 때면 객관적인 검증이나 평가를 덧붙일 수 없는 이미지처럼 빈약하기만 했다. 스완 부인이 대화에 끼어들기 위해 베르고트가 페드르에 관해 쓴 책을 질베르트가 내게 주었는지 물었다. "제 딸은 좀 덤벙댄답니다." 하고 스완 부인이 덧붙였다. 베르고트는 겸손한 미소를 지으며 별로 대단치 않은 책이라고 반박했다. "아니에요, 소책자, 그 작은 '트랙트'*는

---

* tract. 영어로 '소책자'를 의미한다.

정말 훌륭해요." 하고 스완 부인은 훌륭한 가정주부로 보이기 위해, 소책자를 읽었다고 믿게 하기 위해 그렇게 말했는데, 이는 단지 베르고트를 칭찬하는 걸 좋아해서가 아니라 그가 쓴 글 중 하나를 골라 대화를 그쪽으로 유도하기 위해서였다. 사실을 말하자면, 스완 부인은 베르고트에게 영향을 주었지만 그 영향은 그녀가 믿는 것과는 다른 방식이었다. 하지만 요컨대 스완 부인 살롱의 우아함과 베르고트 작품의 어느 한 부분 사이에는 관계가 있으며, 오늘날 나이 든 사람들에게서 그들 중 하나는 다른 하나에 대한 설명으로 사용된다.

　나는 내 인상들을 이야기해 나갔다. 베르고트는 종종 그 인상들이 적절하지 않다고 생각했지만 내가 말하는 대로 그냥 내버려 두었다. 나는 페드르가 팔을 들어 올린 순간의 초록빛 조명이 좋았다고 말했다. "아! 무대장치사가 아주 기뻐하겠군. 그는 정말 훌륭한 예술가라네. 자네 말을 전하지. 그 사람은 자기 조명에 대한 자부심이 대단하다네. 하지만 난 그 조명이 내 마음에는 썩 들지 않았다고 말해야겠군. 일종의 초록빛 장치 속에 모든 걸 젖어들게 하여 작은 페드르가 그 안에서 지나치게 수족관 밑바닥에 있는 산호 가지마냥 보인다네. 자네는 그 점이 연극의 우주적 양상을 돋보이게 한다고 말하겠지만. 그렇긴 하지. 어쨌든 포세이돈*의 왕궁에서 벌어지는 일이

* 그리스 신화의 해신으로 원문에는 로마 신화의 넵투누스로 표기되어 있다. 크레타 섬의 미노스는 형제들과 왕위를 놓고 다투면서 자기가 왕위에 적합한 자라는 징표를 보여 달라고 포세이돈에게 청한다. 이에 포세이돈은 그의 청을 들어주어 황소 한 마리를 보낸다. 그러나 왕이 된 후에 미노스는 포세이돈에게 황

었다면 더 잘 어울렸겠지만. 물론 그 작품에 포세이돈의 복수
가 있다는 건 나도 잘 아네. 저런, 그렇다고 해서 포르루아얄*
만 생각해야 한다는 말은 아닐세. 요컨대 그래도 라신이 얘기
하는 것이 성게들의 사랑은 아니니까.** 결국 그 점이 내 친구
가 의도했던 바이고, 그래도 지나치게 강렬하긴 했지만, 뭐 어
쨌든 꽤 훌륭하다고 할 수 있네. 그래, 자네도 그 점을 좋아했
다니까 이해했으리라고 믿네만. 실은 우리가 그 점에 대해서
는 생각이 같아 보이는데, 그가 한 짓은 약간 미친 짓 아닌가,
어떻게 생각하나? 하지만 어쨌든 아주 영리하다네." 베르고트
는 나와 의견이 반대였지만 노르푸아 씨처럼 나를 침묵으로
몰아넣거나 아무 대답도 못 하게 가로막지는 않았다. 그렇다
고 해서 그게 베르고트의 의견이 대사의 의견보다 가치가 덜
하다는 걸 증명하지는 않는다. 오히려 그 반대다. 강력한 사상
은 반대자에게도 그 힘의 일부를 전달한다. 정신의 보편적 가
치에 참여하는 강력한 사상은 다른 이차적인 사상들 가운데
서 반대자의 정신 속에 끼어들고 접붙으며, 그리하여 반대자

소를 바치지 않았고, 이에 화가 난 포세이돈은 미노스의 왕비 파시파에로 하여
금 황소를 사랑하게 하여 반인반수인 미노타우로스를 태어나게 함으로써 복수
한다.
* 장세니스트의 본거지가 있는 곳으로 라신이나 파스칼의 정신적 고향이다.
「페드르」에는 기독교적 표현만이 있는 것은 아니라는 뜻이다.
** 이 부분은 19세기 말 비평가들이 라신의 연극을 맹목적인 정념의 표출이나
본능적인 야성, 광기의 표출로 간주한 데 대해 베르고트가 반론을 제기하는 대
목이다. 물론 라신에 대한 베르고트의 평가도 이들 비평가들의 관점과 상당히
유사하다고 할 수 있으나, 그럼에도 라신의 비극을 지나치게 본능적인 욕망으로
환원하는 것에는 반대한다는 뜻이다.

는 이런 이차적인 사상의 도움을 받아 약간의 양분을 취하면서 그 강력한 사상을 수정하고 보완한다. 그러므로 최종 결론은 언제나 논쟁을 벌이는 두 사람의 작품이라고 할 수 있다. 그러나 엄밀히 말하면 사상이라고 할 수도 없는 것에, 그 무엇에도 근거하지 않고, 반대자의 정신 속에 어떤 우호적인 지지나 울림도 발견하지 못하는 그런 사상에, 이처럼 순수하게 공허한 사상에 관해 논쟁이 붙을 때면, 반대자는 대답할 말을 전혀 갖지 못한다. 노르푸아 씨의 논지는(예술 분야에서) 현실성이 없었으므로 대답 또한 없었다.

베르고트가 내 반론을 거부하지 않았으므로, 나는 전에 노르푸아 씨가 내 반론을 무시했던 일을 털어놓았다. "그거야, 그 작자가 늙은 카나리아*라서 그렇다네." 하고 그가 대답했다. "자네를 부리로 찌른 거지. 그 작자는 언제나 자기 앞에 에쇼데** 과자나 오징어만 있는 줄 아니까." "뭐라고! 자네가 노르푸아를 안단 말인가?" 하고 스완이 내게 말했다. "오! 그분은 비처럼 따분해요." 하고 베르고트의 판단을 굳게 신뢰하는 오데트가, 어쩌면 노르푸아 씨가 자기에 대해 좋지 않은 말을 했을까 봐 두려웠던지 말을 가로막았다. "만찬 후에 그분하고 담소를 나누려고 했던 적이 있어요. 그런데 나이 탓인지…… 아니면 소화 탓인지는 잘 모르겠지만 그분 정신이 약

---

* 카나리아를 가리키는 프랑스어 serrin에는 '바보', '어리석은 사람'이라는 뜻도 있다.
** 딱딱한 과자로 장례식 날 성당에서 성가를 합창할 때 비둘기 발에 매달아 날렸다고 한다.

간 멍하다는 걸 알아차렸어요. 각성제라도 드려야 할 것 같았어요!" "그렇습니다. 맞는 말입니다." 하고 베르고트가 말했다. "셔츠 가슴 장식에 풀을 빳빳이 먹이고 조끼를 하얗게 유지하는 그런 어리석음의 비축물이 저녁 파티가 끝나기 전에 바닥나지 않으려면 자주 입을 다물어야 할 겁니다." "전 베르고트 씨와 제 아내가 좀 가혹하다고 생각하는데요." 하고 집에서 상식적인 남자의 '역할'을 맡은 스완이 말했다. "노르푸아 씨가 두 분의 관심을 끌지 못했다는 건 인정하지만, '다른 관점에서 보면'(스완은 '삶의' 아름다움을 수집하는 걸 좋아했다.) 꽤 흥미로운 분이며, '연인'으로서도 흥미롭습니다. 로마에서 서기관으로 근무했을 때 그분은." 하고 스완은 질베르트가 그의 말을 듣지 못하는지 확인하고 나서 덧붙였다. "좋아하던 정부를 두 시간 동안 만나려고 매주 두 번 파리로 여행할 방법을 찾아냈죠. 게다가 그 무렵에는 정부가 아주 지적이고 매력적이었답니다. 지금은 죽은 남편의 유산을 상속받은 과부지만요.* 그동안에도 노르푸아 씨에게는 여러 정부가 있었죠. 나라면 로마에 묶여 있는 동안 사랑하는 여인이 파리에 살아야 했다면 미쳐 버리고 말았을 테지만요. 예민한 사람에게 사랑하는 여인은, 보통 말하듯이 늘 '자기보다 아래' 있는 사람이라야 합니다. 그래야 물질적인 어려움 때문에 사랑하는 여자가 손에 들어올 테니까요." 그 순간 스완은 내가 이 격언을 그와 오데트에게도 적용할 수 있다는 걸 깨달은 듯했

---

* 빌파리지 부인을 가리킨다.

다. 아무리 훌륭한 사람이라 할지라도 함께 삶의 상공을 난다고 생각하면 쩨쩨한 자존심은 여전히 남아 있는 법이어서, 그는 내게 심한 불쾌감을 느꼈다. 하지만 그런 기색을 불안한 눈빛으로만 표시했다. 그 순간 그는 내게 아무 말도 하지 않았다. 그렇다고 해서 너무 놀랄 필요는 없다. 라신이 루이 14세 앞에서 — 게다가 사람들이 지어낸 이런 이야기는 파리 생활에서 날마다 되풀이된다. — 스카롱에 대해 뭔가를 암시하는 이야기를 하자 세상에서 가장 강력한 왕도 그날 저녁에는 라신에게 아무 말도 하지 않았다고 한다. 라신은 바로 다음 날 왕의 총애를 잃었다.*

그렇지만 이론이란 전부 표현되기를 원하는 법이므로 스완은 그 순간 화가 났다가도 잠시 외알 안경을 닦고는 이런 말로 자신의 생각을 보충했는데, 나중에 이 말은 내 기억 속에서 예언적 경고라는 중요성을 지니게 되었지만 당시에는 무슨 뜻인지 짐작조차 하지 못했다. "그렇지만 이런 사랑이 위험한 것은 여인의 순종이 한순간 남자의 질투를 진정시키기는 하지만 동시에 그 질투를 더 까다롭게 만든다는 거죠. 정부를 더 잘 감시하기 위해 밤낮으로 불을 환히 비추고 죄수처럼 살게

* 생시몽은 『회고록』에서 라신이 루이 14세와 맹트농 부인(Madame de Maintenon, 1636~1719) 앞에서 그녀의 전 남편 스카롱에 대해 이야기한 죄로 왕의 총애를 잃었다고 서술한다. 폴 스카롱(Paul Scarron, 1610~1660)은 『익살스러운 이야기들』의 저자로 관절염으로 허리가 굽었지만 자신의 불행을 냉소하고 '익살스러운' 서민문학을 주도한 작가다. 1652년 마흔두 살에 당시 열여섯 살이던 미모의 고아 프랑수아즈 도비네와 결혼했는데 바로 이 여인이 나중에 루이 14세의 정부가 된 맹트농 부인이다.

하는 경우도 있으니까요. 그리고 이런 일은 대개 비극으로 끝나는 법이죠."*

나는 노르푸아 씨 이야기로 다시 돌아갔다. "그분을 믿지 마세요. 그분은 반대로 지독한 험담가랍니다." 하고 스완 부인이 말했다. 그 어조는 노르푸아 씨가 그녀에 대해 나쁘게 말했던 만큼 더욱 의미 있게 들렸는데, 스완은 더 이상 말하지 말라는 듯 나무라는 기색으로 아내를 쳐다보았다.

그동안 외출 준비를 하러 가라고 벌써 두 번이나 재촉을 받은 질베르트는 여전히 어머니와 아버지 사이에서 우리 이야기를 들으며 아버지 어깨에 다정하게 몸을 기댔다. 처음 볼 때는 붉은 머리에 금빛 피부인 이 소녀만큼 갈색 머리 스완 부인과 대조를 이루는 사람도 없는 듯했다. 그러나 곧 사람들은 질베르트 얼굴의 여러 특징들이 — 예를 들면 조각가가 몇 대의 후손을 위해 조각칼로 작업하다가 갑작스러운 확실한 결단력으로 고정한 코를 위시하여 — 그녀 어머니의 표정과 움직임이라는 걸 알아차렸다. 다른 예술과 비교해 본다면, 채색가로서의 충동에 사로잡힌 화가가 베네치아 여인 차림으로 '가장무도회' 만찬에 나갈 준비가 반쯤 된 여인의 포즈를 취하게 한 스완 부인과 질베르트는 아직은 거의 닮지 않은 초상화인 듯보였다. 게다가 스완 부인은 금발 가발만 쓴 게 아니라 온갖 어두운 분자가 그녀 살갗으로부터 추방되어 갈색 베일을 벗

---

* 여기서 화자는 알베르틴과의 사랑을 암시한다. 질투에 사로잡힌 화자가 연인을 죄수처럼 방에 가두고 진실을 알려고 고문하는 것이 「갇힌 여인」의 주된 내용이다.

기만 하면 살갗은 더더욱 벌거벗은 듯 단지 내부의 태양이 발산하는 빛으로만 뒤덮인 듯했다. 분장은 표면에서 그치지 않고 그녀 자체를 이루었다. 한편 질베르트는 어느 전설적인 동물을 형상화했거나 신화에 나오는 남장 여자 차림을 한 듯 보였다. 그녀의 붉은 피부는 바로 그녀 아버지와 같았는데, 마치 질베르트가 만들어졌을 때 자연이 스완 씨 피부만을 재료로 쓸 수 있어 스완 부인을 조금씩 다시 만들어 가야 하는 문제를 해결해야 했을 거라는 생각마저 들 정도였다. 그러나 자연은, 마치 나무 결과 마디를 그대로 살리고 싶어 하는 장인처럼, 스완 씨 피부를 완벽하게 활용했다. 질베르트의 얼굴에서 오데트의 콧방울이 완벽하게 재현되었고, 피부는 스완 씨 얼굴에 난 두 점까지도 그대로 보존하려고 약간 부풀었다. 그리하여 얻어진 것은 스완 부인의 새로운 변종으로 마치 보랏빛 라일락 옆에 있는 하얀 라일락과도 같았다. 하지만 이 두 닮음을 가르는 경계선이 절대적으로 분명하다고 볼 수는 없다. 이따금 질베르트가 웃을 때면 그녀 어머니 얼굴에서 아버지의 타원형 뺨이 보이는 듯했는데, 마치 누군가가 이런 혼합의 결과가 어떤지 보려고 뺨과 얼굴을 함께 포개 놓은 것 같았다. 타원형 뺨은 태아가 형체를 갖추어 가듯 점점 뚜렷해지더니 비스듬하게 길어지다 부풀고 그러다 어느 순간 사라졌다. 질베르트의 눈에는 아버지의 선하고도 솔직한 눈길이 어려 있었다. 내게 마노 구슬을 주면서 "우리 우정의 추억으로 간직하기로 해."라고 말했을 때와 같은 눈길이었다. 그러나 누군가가 질베르트에게 그녀가 한 일에 대해 물으면 같은 눈에서 당혹감과 불안, 은폐, 슬픔의 빛이 엿보였는데, 이는 예전에 스완이 오데트에게 어디 갔었느냐고 물었을 때 오데트가 거짓 대답을 하면서 보였던 눈길이었다. 오데트의 이 거짓 대답은 연인인 스완을 절망하게 했지만 지금은 무관심하고도 신중한 남편 스완으로 하여금 갑자기 화제를 바꾸게 하는 정도였다. 샹젤리제에서 나는 자주 질베르트에게서 그런 눈길을 보고 불안을 느꼈었다. 하지만 대개 내 불안에는 근거가 없었다. 왜냐하면 질베르트에게서 눈길은 순전히 자기 어머니의 물리적 잔존물일 뿐—다른 것이 아닌 적어도 그 눈길은—더 이상 그 어떤 것과도 일치하지 않았으니까. 그러나 그녀가 학교에 가거나 개인 교습을 받으러 집으로 돌아가야 할 때면, 질베르트의 동공에는 그 옛날 오데트가 그녀의 정부 중 하나를 낮에 집에서 받거나 약속 시간에 맞춰 가려고 서두르는 모습이 발각될까 두려워할 때와 같은 움직임이 일었다. 이처럼 사람들은 스완 씨와 스완 부인의 두 성질이 이 멜뤼진*의 몸에서 차례로 번갈아 가며 물결치고 역류하며 잠식하는 모습을 보았다.

물론 아이가 아버지와 어머니를 닮는다는 건 누구나 잘 아는 사실이다. 게다가 아이가 물려받은 장점과 결점은 매우 기묘하게 배분되어, 부모 중 어느 하나에게서 분리될 수 없는 듯이 보였던 두 장점 중 하나만이 아이에게서 발견되기도 하고,

---

* 프랑스 중서부 푸아투 지방의 뤼지냥에서 전해지는 전설로, 몸의 반은 인간이고 반은 뱀인 여인이 뤼지냥 영주 레몽과 결혼해서 행복하게 살지만, 어느 날 남편이 금기를 깨고 그녀의 벗은 몸을 보는 순간 용이 되어 날아가 버린다는 이야기다.

또 이 장점이 그것과 결코 일치할 수 없는 듯이 보였던 다른 한쪽의 결점과 결합되기도 한다. 도덕적 장점이 그와 양립할 수 없는 육체적 결점으로 드러나는 것은 종종 자식과 부모의 닮음을 결정짓는 법칙 중 하나다. 두 자매 가운데 어느 하나는 아버지의 자랑스러운 품위와 어머니의 인색한 정신을 가질 것이며, 다른 하나는 아버지의 지성으로 가득 채워졌지만 어머니의 모습을 통해 세상에 모습을 드러낼 것이다. 어머니로부터 물려받은 큼직한 코, 울퉁불퉁한 배, 목소리까지, 보통은 멋진 외모 아래서 그 모습을 나타낸다고 우리가 알고 있는 그런 재능의 겉옷이 되는 것이다. 그러므로 두 자매가 저마다 부모 중 어느 한 사람과 가장 많이 닮았다는 주장은 충분히 타당성이 있다. 질베르트가 외동딸인 건 사실이지만, 적어도 거기에는 두 명의 질베르트가 있었다. 아버지와 어머니에게서 나온 두 성질이 단순히 그녀 안에서 섞이는 데 그치지 않고, 이 두 성질이 서로 그녀를 가지려고 다투었고, 게다가 두 성질이라는 말도 정확한 표현이 아닌데, 제3의 질베르트가 그동안 다른 두 질베르트의 희생물이 되는 고통에 시달렸음을 추측하게 하기 때문이다. 그런데 질베르트는 차례차례로 이 중 어느 하나가 되었다가 다음에는 다른 하나가 되어 어느 주어진 순간에서의 그녀는 이 둘 중 어느 하나에 불과했는데, 다시 말해 그녀가 덜 착한 사람일 때는 그보다 더 착한 질베르트가 잠시 부재하여 자신의 실추를 확인할 수 없었으므로, 이런 사실에 대해 괴로워할 수조차 없었다. 그리하여 두 질베르트 중 덜 착한 질베르트가 별로 고상하지 않은 쾌락을 마음대로 즐길 수 있었다. 아버지의 마음으로 말할 때의 그녀에겐 보다 폭넓은 견해가 있고, 당신은 이런 그녀와 함께 멋있고 유익한 계획을 추진하고 싶은 마음이 들어 그 점을 그녀에게 말한다. 그러나 막상 결정을 내리려는 순간, 이번에는 그녀 어머니 마음이 자기 차례라고 나서면서 당신에게 대답을 하고, 그러면 당신은 — 거의 사람이 바뀌었다고 이상하게 생각하면서 — 그녀의 이런 편협한 생각과 간특한 비웃음에 실망하고 분노하지만, 그녀 자신은 이런 태도에 만족하는데, 바로 이 태도가 그 순간의 그녀로부터 나왔기 때문이다. 이 두 질베르트 사이의 간극은 너무 커서 당신은 자신이 무슨 짓을 했기에 이렇게 사람이 달라졌는지 생각해 보지만 아무 소용없는 일이다. 자기가 만나자고 제안해 놓고도 약속 장소에 나오지 않고 후에 사과도 하지 않을 뿐만 아니라, 어떤 영향 때문에 결심이 바뀌었는지 나중에 너무도 다른 태도를 보여, 만약 당신에 대한 잘못을 깨닫고 설명을 피하는 모습을 폭로하는 그런 불쾌한 표정을 짓지 않는 경우에는, 당신은 『메나에크무스 형제』* 이야기와 유사한 희생물이 되어, 그렇게도 다정하게 당신을 만나고 싶어 하던 이와는 다른 사람과 얘기하는 게 아닌지 하는 생각마저 들 것이다.

"자, 가거라. 또 우릴 기다리게 할 셈이냐." 하고 그녀의 어머니가 말했다.

———————————

* 로마의 희극 작가 플라우투스(Plautus, 기원전 254~기원전 184)의 작품으로, 쌍둥이 형제의 닮은 모습 때문에 빚어지는 여러 사건들을 다루었다.

"아빠 곁에 있는 게 너무 좋은걸요, 좀 더 있고 싶어요." 하고 질베르트는, 손가락으로 다정하게 딸의 금빛 머리칼을 쓰다듬는 아버지 팔에 머리를 파묻으며 대답했다.

스완은 오랫동안 사랑의 환상 속에 살면서 많은 여인들에게 물질적인 편리함을 주어 그 때문에 여인들의 행복이 커져 가는 걸 보면서도 스스로는 어떤 고마움의 표시나 어떤 애정의 표시도 받지 못하지만 자식에게 애정을 느끼고, 이 애정이 그의 이름 속에 구현되어 죽은 후에도 오랫동안 자신을 존속시켜 줄 거라고 생각하는 그런 남자에 속했다. 샤를 스완이 더 이상 존재하지 않아도 여전히 스완 양, 또는 스완의 이름으로 태어난 X 부인은 고인이 된 아버지를 계속 사랑하리라. 아마도 너무 지나치게 사랑할 거라고 생각했는지도 모른다. 왜냐하면 질베르트에게 "넌 참 착한 애다." 하고 미래에 대한 불안감이나 우리가 죽은 후에 살아남을 존재에 대한 열렬한 애정이 깃든 그런 감동적인 어조로 대답했으니까. 그는 자신이 느끼는 감동을 감추려는 듯 대화에 라 베르마 이야기를 끼워 넣었다. 어떻게 보면 자신의 말 밖에 있으려는 듯, 조금은 초연하고 권태로운 어조로 여배우가 외논에게 "넌 알고 있었어!"* 라고 읊조린 대사가 얼마나 지적이고 예기치 못한 정확함을 드러내는지 지적했다. 그의 말은 옳았다. 적어도 그 대사를 낭송할 때의 억양은 정말로 지적인 가치가 있었고 따라서 라 베르마에게 감

---

* 「페드르」 4막 6장에서 페드르가 유모인 외논에게 이폴리트가 아리시를 사랑한다는 사실을 자신에게 말해 주지 않았다며 비난하는 대사이다.

탄할 만한 명백한 이유를 찾으려는 내 욕구를 채워 줘야 했을 것이다. 그러나 바로 그런 명료함 때문에 그 억양은 내 욕망을 채워 주지 못했다. 정해진 의도와 의미로 너무도 정교하게 꾸며진 억양은 그 자체로 존재하는 듯했고, 지적인 배우라면 누구든지 습득할 수 있을 것만 같았다. 그것은 괜찮은 생각이지만 누구라도 그런 생각을 하는 사람이라면 똑같이 표현했을 것이다. 그 억양을 발견한 것은 라 베르마의 몫이지만, 그러나 이 '발견하다'라는 말을, 한번 받아들이고 나면 별게 아닌 게 되고 마는, 또는 금방 다른 사람이 재생할 수 있기에 본질적으로 우리 것이라고 할 수 없는 그런 것에 대해서도 사용할 수 있을까?

"저런, 자네의 존재가 '대화 수준'을 높여 주는군!" 하고 스완은 마치 베르고트에 대해 변명하려는 듯 내게 말했다. 게르망트 가에서 위대한 예술가들에 대해 단지 그들이 좋아하는 음식을 대접하거나 카드놀이를 하거나, 아니면 시골에서 그들이 좋아하는 운동에 전념할 수 있도록 하면서 좋은 친구로 대접하는 습관만을 터득해 왔기 때문이다. "우리가 '예술'에 대해 말하는 것 같군." 하고 스완이 덧붙였다. "정말 근사해요, 전 이런 이야기가 아주 좋아요." 하고 스완 부인이 호의적으로, 또한 지적인 대화에 대한 예전의 갈망을 아직도 간직하고 있는지 내게 고맙다는 눈길을 던지며 말했다. 그런 후에 베르고트는 다른 사람들에게, 특히 질베르트에게 얘기했다. 나는 베르고트에게 나 스스로도 놀랄 정도로 내가 느낀 것을 전부 자유롭게 토로했는데, 몇 해 전부터 그와 더불어 (그토록 오랜 고독과 독서의 시간에 그는 나 자신의 가장 훌륭한 부분이었다.) 진실함과 솔직함과 신뢰의 습관을 쌓아 왔으므로 그가 처음 만나 얘기하는 사람이라는 두려움이 덜했다. 그러나 같은 이유로 내가 그에게 주었을 인상이나, 내 생각에 대해 그가 품었을지도 모른다고 가정하는 경멸의 감정이 오늘 시작된 것이 아니라, 아주 오래전 내가 콩브레 정원에서 처음 그의 책을 읽었을 무렵 시작되었는지도 모른다는 생각에 마음이 불안해졌다. 하지만 아마도 내가 이렇게 내 생각을 진솔하게 표현하기로 한 이상 나는 내가 베르고트의 작품에 진심으로 공감했으며, 동시에 극장에서 그 이유를 정확히 알지 못하면서도 환멸을 느꼈다는, 이런 두 본능적인 움직임이 그다지 다르지 않고 같은 법칙을 따르고 있음이 틀림없으며, 또 내가 베르고트의 책에서 좋아하던 그 베르고트 정신도 내 환멸과, 그 환멸을 표현할 수 없는 내 무능력과 전혀 무관하거나 적대적이지 않다는 사실을 말해야 했다. 왜냐하면 내 지성은 하나이며, 거기에는 어쩌면 모든 사람이 공동으로 빌려 쓰고 있는 단 하나의 지성만이 존재하며, 우리 각자는 그 지성을 향해 개별적으로 분리된 몸으로부터 시선을 던지기 때문이다. 마치 극장에서 관객이 각자 저마다의 자리에 앉아 하나의 무대를 바라보듯 말이다. 아마도 내가 파헤치고자 했던 사상은 베르고트가 통상 자신의 책에서 심화하려고 했던 사상은 아니었을 것이다. 그러나 만약 우리가, 베르고트와 내가 마음대로 사용할 수 있는 지성이 동일하다면, 그는 내가 이런 사상을 표현하는 걸 들으면서 이 사상을 기억하고 좋아하고 미소를 지었을 것이며, 아마도 그의 마음 깊은 곳 내적인 눈앞에서는, 내가 가정하던 것과 달리, 그의 책에서 발췌하여 그 발췌한 부분에 의거해 그의 모든 정신세계를 구성했던 지성과는 아주 다른 지성의 일면을 간직하고 있었을 것이다. 마음에 대해 폭넓은 경험을 한 신부가 그들이 저지른 적 없는 죄를 가장 잘 용서해 줄 수 있듯이, 인간 지성을 가장 폭넓게 경험한 천재만이 그의 작품 밑바탕을 이루는 사상과 가장 반대되는 사상을 가장 잘 이해할 수 있는 법이다. 나는 이 모든 사실을 말해야 했다.(그렇게 하는 건 별로 유쾌한 일이 아니었겠지만, 그 이유는 고매한 정신의 관대함에는 필연적으로 평범한 사람들의 몰이해와 반감이 따르기 때문이다. 그런데 우리가 위대한 작가의 책에서 엄밀히 말해 발견하게 되는 호의는, 총명함 때문에 선택한 것이 아니라 사랑할 수밖에 없는 여인이 주는 적대감으로 괴로워하는 것보다 우리를 덜 행복하게 한다.) 난 이 모든 사실을 말해야 했음에도 말하지 않았다. 내가 베르고트의 눈에 바보로 보인 게 틀림없다고 확신했을 때, 질베르트가 내 귀에 대고 속삭였다.

"난 기쁨 속에서 헤엄치는 기분이야. 네가 나의 위대한 친구 베르고트를 사로잡았으니 말이야. 그분이 엄마에게 네가 대단히 총명하다고 했대."

"우린 어디로 가지?" 하고 나는 질베르트에게 물었다.

"뭐, 너 좋을 대로. 난 여기든 저기든 다 좋으니까."

하지만 그녀의 할아버지 기일에 있었던 사건 이후로 나는 질베르트의 성격이 내가 믿었던 것과 다르며, 남의 일에 대한 이런 무관심이나 현명함과 침착함, 이 한결같은 온순한 순종이 반대로 그녀의 자존심이 보이고 싶어 하지 않는 어떤 열정적인 욕망을 숨기고 있으며, 또 이 욕망은 우연히 방해를 받을 때에만 갑작스러운 반항의 몸짓으로 드러나는 게 아닌지 묻고 있었다.

베르고트가 내 부모님과 같은 동네에 살고 있어 우리는 함께 출발했다. 마차 안에서 그는 내 건강에 대해 말을 꺼냈다. "친구들이 말하길 자네 몸이 아프다고 하더군, 정말 안됐네. 하지만 난 자넬 동정하지 않아, 지성의 즐거움을 맛보는 것 같으니 말이지. 아마도 그 점이 자네에게는 특히 중요할 걸세. 지성의 즐거움을 아는 이라면 누구나 다 그렇겠지만."

아! 슬프게도! 어떤 고매한 성찰에도 무관심하고 그저 빈둥거리면서 편안할 때라야 행복을 느꼈던 내게 그의 말은 얼마나 사실이 아닌 것처럼 느껴졌던가! 내가 삶에서 욕망하는 것이 순전히 물질적인 것이었으며, 또한 나는 지성의 즐거움 없이도 얼마나 잘 지냈던가! 다양한 원천에서 나온, 조금은 심오하고 영속적인 즐거움을 그 밖의 다른 즐거움과 구별하지 못했던 나는 베르고트에게 대답하려다가 순간, 게르망트 공작부인과 알고 지내는 일이나 샹젤리제의 옛 입시세 납부소에서처럼 콩브레를 환기하는 서늘한 냉기를 자주 느끼는 삶이 내가 좋아하는 삶이 아닐까 생각해 보았다. 그런데 내가 그에게 감히 고백하지 못했던 이런 삶의 이상에서 지성의 즐거움은 어떤 자리도 차지하지 못했다.

"아닙니다, 선생님. 제게서 지성의 즐거움이 차지하는 비중은 아주 미미합니다. 제가 추구하는 건 그런 즐거움이 아닙니다. 실제로 그런 즐거움을 맛본 적이 있는지도 잘 모르겠는

걸요."

"정말, 그렇게 생각하나?" 하고 그는 대답했다. "아니, 여보게, 그래도 자네는 그것을 가장 좋아하는 게 틀림없네. 나는 그렇게 생각하네, 난 그렇게 믿어."

물론 그는 나를 설득하지 못했다. 그렇지만 내 마음은 전보다 행복했고 덜 답답했다. 노르푸아 씨가 전에 한 말 때문에 나는 내 몽상과 열광, 나 자신에 대한 신뢰의 순간들이 순전히 주관적이고 진실되지 못하다고 여겨 왔다. 그런데 내 사정을 잘 이해하는 듯 보이는 베르고트의 말에 따르면, 내가 무시해야 할 증상은 이와 반대로 내 의혹이나 자신에 대한 혐오였다. 특히 그가 노르푸아 씨에 대해 한 말은 내가 최종 판결이라고 믿었던 노르푸아 씨의 판결을 많이 약화했다.

"건강은 잘 돌보는가?" 하고 베르고트가 물었다. "누가 건강을 돌봐 주나?" 나는 그에게 코타르를 본 적이 있으며 앞으로도 보게 될 거라고 말했다. "하지만 자네에게 필요한 사람은 그가 아닐세!" 하고 그가 대답했다. "의사로서는 잘 알지 못하지만, 난 그 사람을 스완 부인 집에서 본 적 있네. 어리석은 자지. 그 점이 좋은 의사가 되는 걸 방해하지 않는다고 가정해도, 난 그렇게 생각하지 않네만, 예술가나 지적인 사람들에게 어울리는 좋은 의사가 되는 건 방해하네. 자네에겐 자네 같은 사람에게 적합한 의사가 필요하다네. 거의 특별한 식이요법이나 특별한 처방이 필요하다고까지 말하고 싶네. 코타르는 자네를 지치게 할 걸세, 그리고 단지 이 지루함만으로도 그의 치료가 효과를 보기는 어려울 걸세. 그리고 자네를 치료하기 위해서는 다른 평범한 사람들에게 쓰는 치료법을 써서는 안 되네. 지식인들에게 생기는 병의 4분의 3은 그들의 지성에서 나오는 법이거든. 그들에겐 적어도 그 병을 아는 의사가 필요하다네. 코타르가 어떻게 자네를 돌볼 수 있다고 생각하는가? 그 사람은 음식 소스를 소화시키는 어려움이나 위장 장애는 예측했지만, 셰익스피어의 독서 효과는 예측하지 못했네……. 그러므로 자네에겐 더 이상 그의 진단이 적합하지 않네. 균형이 깨지면 잠수 인형처럼 항상 다른 병이 솟아나는 법이거든. 그는 자네 위가 확장됐다는 걸 알아내겠지. 하지만 그걸 알기 위해 자네를 진찰할 필요는 없을 걸세. 자기 눈 속에 이미 있으니까. 자네도 볼 수 있을 걸세, 위 확장이 그의 코안경에 반사되어 있다네." 이런 말투는 나를 몹시 지치게 했으므로, 나는 일반 상식이 지닌 어리석음의 이름으로 마음속에서 이렇게 말했다. '노르푸아 씨의 어리석음이 하얀 조끼 안에 감추어지지 않은 것처럼 코타르 교수의 코안경에도 위 확장이 더 이상 반사되어 있지 않답니다.' "나는 차라리." 하고 베르고트가 말을 이었다. "뒤 불봉 의사를 권하고 싶군. 무척 총명한 분이라네." "그분은 선생님 작품의 열렬한 찬미자지요." 하고 내가 대답했다. 베르고트가 그 사실을 안다는 걸 보고 나는 형제 같은 정신들은 금방 서로 하나가 되지만 진정한 '미지의 친구들'이란 거의 없다는 결론을 내렸다. 코타르에 대한 베르고트의 말은 내가 믿었던 사실과 완전히 반대였으므로 내게 강한 인상을 남겼다. 나는 내 의사가 지겨운 사람이라는 점에 신경 쓴 적은 한 번도 없었다. 내가 의사에게 기대한 것은 그 법칙이 나로부터 빠져나가는 기술 덕분에 내 내장을 진찰하고 내 건강에 대해 확실한 신탁을 들려주는 것이었으니까. 그리고 그가 어떤 지성의 도움을 받아서든(내가 그를 보충할 수 있는) 내 지성을 이해하려고 애쓰는 건 전혀 바라지도 않았는데, 나는 내 지성을 외부 진실에 도달하고자 노력하는, 그 자체로는 별로 중요하지 않은 수단으로밖에 생각하지 않았기 때문이다. 지적인 사람이라고 해서 어리석은 사람들과 다른 건강관리가 필요하다는 게 도저히 믿어지지 않았고, 나는 이런 어리석은 자의 건강관리를 따를 준비가 되어 있었다. "좋은 의사가 필요한 사람은 바로 우리 친구 스완이라네." 하고 베르고트가 말했다. 내가 그분이 아프냐고 묻자 그는 "그렇다네, 창녀와 결혼한 남자가 아닌가. 그의 아내와 만나기를 원치 않는 부인네들이나, 아내와 잠자리를 같이한 남자들의 뱀을 쉰 마리나 날마다 삼켜야 하는 모욕을 감수하고 있다네. 뱀들이 그의 입을 비트는 게 보이네. 어느 날 그가 집에 돌아오거든 한번 주목해서 보게나. 누가 집에 있는지 보려고 눈썹을 찌푸리는 걸 볼 수 있을 테니." 하고 말했다. 이처럼 오래전부터 자기를 환대해 왔던 친구들의 손님에게 하는 베르고트의 악의적인 말투는 스완네 집에서 매 순간 그들과 함께했던 그의 애정 어린 말투만큼이나 내게는 낯설게 느껴졌다. 예를 들어 나의 고모할머니 같은 분은 베르고트가 스완에 대해 했던 것 같은 다정한 말들을 우리 중 어느 누구에게도 하지 않았다. 자기가 좋아하는 사람에게도 일부러 불쾌한 말을 하셨다. 하지만 그들이 없는 곳에서는 설령 그들이 그 말을 들을 수 없다 해도 불쾌한 말은 한 마디도 하지 않으셨다. 우리 콩브레 사회만큼 사교계와 닮지 않은 곳도 없었다. 스완네 가족은 이미 사교계를 향해, 그 변하기 쉬운 물결을 향해 나아가고 있었다. 아직 큰 바다에 도달하지는 못했지만 이미 석호*에 이르고 있었다. "지금 한 말은 나와 자네만 아는 거라네." 우리 집 문 앞에서 헤어지며 베르고트가 말했다. 몇 해 후였다면 나는 아마도 이렇게 대답했을 것이다. "절대 아무 말도 하지 않겠습니다." 이것은 사교계 사람들의 의례적인 말로, 험담가는 매번 이 말을 들을 때마다 거짓 안도의 숨을 내쉰다. 내가 그날 베르고트에게 했어야 하는 말도 그런 종류였는지 모른다. 왜냐하면 사람들은 자기가 하는 말을 전부 생각해서 하는 것이 아니며 사교적인 인물로 행동하는 순간에는 더더욱 그러하다. 하지만 나는 아직 의례적인 말투를 알지 못했다. 한편으로 그런 경우 내 고모할머니 같았으면 "다른 사람에게 되풀이하는 게 싫다면 왜 그런 말을 하는 거죠?"라고 답했을 것이다. 바로 이것이 비사교적인 사람들, 즉 '호전적 사람들'의 대답이다. 그러나 나는 그런 사람이 아니었고 그래서 말없이 고개를 숙였다.

내가 아주 중요한 인물로 여겼던 문인들은 베르고트와 친분을 쌓기 전에 여러 해 동안 많은 공을 들였고, 또 그 대부분이 은밀한 문학적 관계였으므로 그의 서재 밖으로는 결코 나오는 법이 없었는데, 그런데 나는 단번에 조용히, 마치 나쁜 자리라도 하나 얻으려고 모든 사람과 함께 줄을 서는 대신 다

---

* 모래가 입구를 막아 바다와 분리되어 생긴 호수.

른 사람에게는 닫혀 있는 복도를 통해 들어가서는 가장 좋은 자리를 차지한 사람처럼, 이 위대한 작가의 친구들 사이에 끼어들었다. 스완 부부가 이처럼 문을 열어 주었던 것은 아마도 왕이 자기 자식 친구들을 왕실 칸막이 좌석이나 왕실 요트에 초대하는 걸 당연하게 생각하듯, 그들도 질베르트의 부모로서 자기들이 소유하는 소중한 물건들과 어쩌면 그보다 더 소중한, 그 물건들에 둘러싸인 그들의 내밀한 삶 한가운데, 딸의 친구를 받아들였기 때문일 것이다. 하지만 당시에 나는 스완의 호의가 간접적으로는 내 부모님에 대한 것이라고 생각했다. 물론 내 생각이 옳았을 수도 있지만. 예전에 콩브레에서 내가 베르고트를 존경한다는 말을 듣고 스완이 자기 집 만찬에 날 부르겠다고 부모님께 제안했을 때, 내가 너무 어리고 '외출하기에' 너무 신경이 예민하다는 이유로 부모님이 거절했다는 말을 그가 들었으리라 생각되었다. 아마도 어떤 사람들에게는, 내가 가장 훌륭하다고 생각하는 사람들에게는, 내부모님이 내 눈에 비치는 모습과는 전혀 다른 분들로 보이는 모양이었다. 그래서 예전에 아버지가 그럴 만한 자격이 없어 보이는데도 분홍빛 드레스의 여인으로부터 찬사를 받으셨던 것처럼, 부모님은 내가 얼마나 귀중한 선물을 받았는지 깨닫고는 그 선물을 내게 또는 부모님께 바친 그 관대하고 예의 바른 스완에게 고마운 인사를 해 주길 바랐다. 예전에 사람들이 스완과 무척이나 닮았다고 말하던, 루이니* 벽화에 나오는 매

---

* 베르나르디노 루이니(Bernardino Luini, 1481~1532). 레오나르도 다빈치의 제

부리코에 매력적인 금발 동방 박사와도 흡사한 스완이, 내게 준 선물의 가치를 잘 모르는 것처럼 보였기 때문이다.

스완이 내게 베푼 이 호의를, 집에 돌아가자마자 외투도 벗기 전에 부모님께 말씀드려 내 마음속에서와 같은 감동을 불러일으켜 부모님으로 하여금 스완에게 거창하고도 단호한 '인사'를 하도록 결심하게 하겠다는 희망을 가지고 내가 부모님께 그 사실을 알려 드렸을 때, 불행히도 부모님은 그다지 좋은 평가를 내리지 않으셨다. "스완이 너를 베르고트에게 소개했다고? 훌륭한 만남이로군, 매력적인 친교야!" 하고 아버지는 빈정대며 소리쳤다. "지금까지 한 모든 어리석은 짓에다 하나를 더 추가하려고 하는군!" 유감스럽게도 베르고트가 노르푸아 씨를 조금도 좋아하지 않는다고 내가 덧붙이자 아버지는 "당연하지."라고 대답하셨다. "그게 바로 그 작자가 위선적이고 악의적이라는 증거란다. 불쌍한 내 아들아, 넌 아직 상식이 풍부하지 않단다. 기어이 널 망치고 말 사회로 네가 추락하는 걸 보니 참으로 안타깝구나."

이미 내가 스완 집에 드나든다는 사실 자체만으로도 부모님을 기쁘게 해 드리는 것과는 거리가 멀었다. 베르고트에게 소개받은 일도 부모님 자신의 약점이라고 할 수 있는, 할아버지가 '세심한 보살핌의 결핍'이라고 불렀을 그런 첫 번째 실수의 치명적인 결과이자 당연한 결과로 여겨졌다. 부모님의 기분을 더욱 불쾌하게 하려면, 노르푸아 씨를 높이 평가하지 않

자로, 밀라노 근처 사로노 성당에 벽화 「동방박사의 경배」(1525~1527)를 그렸다.

은 그 사악한 남자가 나를 무척이나 총명하게 여긴다는 말만 덧붙이면 충분할 것 같았다. 사실 우리 아버지는 누군가가, 예를 들어 내 친구 중 한 명이 나쁜 길에 들어서는 걸 — 이 경우에는 나처럼 — 보았을 때, 만약 그 친구가 우리 아버지께서 존경하지 않는 사람 편을 들기라도 하면, 그런 모습에서 자신에 대한 부정적 평가의 증거를 보았다. 나쁜 점이 아버지에게 더 크게 보였던 것이다. 나는 벌써 아버지가 "당연히 그럴 테지. 그래야 '앞뒤가' 맞지!"라고 외치는 소리를 듣는 것 같았다. 이 말은 그처럼 평온했던 나의 삶에 막연하지만 거대한 혁신의 서막이 임박했음을 알리는 것만 같아서 날 불안하게 했다. 하지만 베르고트가 나에 대해 했던 말을 하지 않는다고 해서 부모님이 이미 가진 인상을 지울 수는 없기에 그 인상이 조금 더 나빠진다고 해서 대수로울 건 없다고 생각했다. 게다가 부모님은 나에 대해 너무도 부당하고 잘못된 생각을 갖고 있었으므로, 내게는 부모님을 공정한 관점으로 돌아오게 하려는 기대나 소망도 거의 없었다. 그러나 내 말이 입 밖으로 나오려는 순간, 총명한 사람을 바보로 여기고, 모든 정직한 사람들로부터 멸시를 받으며, 내가 탐내는 듯 보이는 칭찬이 단지 나를 악으로 부추기는 그런 사람의 마음에 내가 들었다는 걸 알면, 부모님께서 무척이나 걱정하실 거라는 생각에, 난 목소리를 낮추고 조금은 수치스러운 표정으로 이야기의 마지막을 장식하는 말을 던졌다. "그분이 스완 씨 부부에게 내가 무척 총명하다고 했대요." 독을 먹은 개가 들판에서 자기가 해독 풀 위에 있는 줄도 모르고 그 풀 위로 뛰어들듯이, 베르고트에 대한 편견을 단번에 없앨 수 있는 유일한 말을, 이에 비하면 내가 할 수 있는 다른 모든 훌륭한 설명이나 그에 대한 어떤 칭찬도 소용없는 그런 말을, 그런 말인 줄 꿈에도 생각하지 못하고 입 밖에 냈던 것이다. 그 순간 상황이 돌변했다.

"어머나! ……그분이 너한테 총명하다고 하셨다고?"하고 어머니가 말했다. "그 말을 들으니 기쁘구나, 그분은 재능이 많은 분이시잖니."

"뭐라고! 그분이 그렇게 말했어?"하고 아버지가 말을 이었다. "나는 모든 사람들이 고개를 숙이는 그분의 문학적 가치를 부정하는 건 전혀 아니란다. 단지 노르푸아 영감이 넌지시 말해 준, 그분의 별로 명예롭지 못한 삶이 곤란하다는 거지."하고 아버지는 내가 방금 입 밖에 낸 그 마술적인 말의 숭고한 미덕 앞에서는, 베르고트의 타락한 품행도 자신의 그릇된 판단만큼이나 오래 버틸 수 없다는 듯이 말했다.

"아니, 여보."하고 어머니가 말을 가로막았다. "그게 사실이라는 증거도 전혀 없잖아요. 사람들은 이런저런 말들을 떠들어 대길 좋아하죠. 게다가 노르푸아 씨는 무척 친절한 분이긴 해도 항상 관대한 건 아니잖아요. 특히 자기편이 아닌 사람들에 대해서는."

"사실이오, 나도 알아보았소."하고 아버지가 대답했다.

"어쨌든 우리 애가 호감 가는 애라는 걸 알아보셨다니 베르고트를 용서해 드려야겠네요."하고 어머니는 손가락으로 내 머리를 쓰다듬으면서 꿈꾸는 듯한 시선으로 오랫동안 날 응시했다.

게다가 어머니는 베르고트의 그런 판단이 없었다 해도 내가 다른 친구들과 함께 질베르트를 간식 모임에 초대해도 좋다고 하셨을 것이다. 하지만 나는 두 가지 이유로 질베르트를 감히 집에 초대할 수 없었다. 첫째, 질베르트의 집에서는 차외에 다른 것은 전혀 대접하지 않았다. 반대로 우리 집에서는 차와 함께 초콜릿이 있어야 한다는 게 엄마의 생각이었다. 나는 질베르트가 이 점을 너무 천박하다고 생각해서 우리 가족을 크게 경멸하지나 않을까 두려웠다. 또 다른 이유는 내가 결코 받아들일 수 없는 예절의 어려움 때문이었다. 내가 스완 부인 집에 도착할 때면 부인은 내게 이렇게 물었다.

"대부인께서는 안녕하신가요?"

나는 질베르트가 우리 집에 왔을 때 엄마가 똑같이 하실 건지 알아보려고 여러 번 제안했는데, 그 점이 내게는 루이 14세 궁정에서 쓰던 '저하'*보다 더 중요하게 생각되었기 때문이다. 그러나 엄마는 아무 말도 들으려 하지 않으셨다.

"안 된다. 나는 스완 부인을 잘 모르잖니."

"그분도 엄마를 더 많이 아는 건 아니잖아요."

"그야 그렇지. 하지만 우리가 모든 걸 정확하게 똑같이 할 의무는 없잖니. 질베르트에게는 스완 부인이 네게 베푼 것과 다른 종류의 친절을 베풀도록 하마."

그러나 나는 받아들일 수 없었고 그러느니 질베르트를 초

---

* 루이 14세는 '저하(Monseigneur)'라는 호칭을 황태자에게만 사용하도록 했다고 한다. 『소녀들』(폴리오) 533쪽 참조.

대하지 않는 편이 낫다고 생각했다

부모님과 헤어진 후 나는 옷을 갈아입으러 갔고 호주머니를 비우다 갑자기 내가 살롱으로 들어가기 전에 스완네 집사가 준 봉투를 발견했다. 지금은 혼자였으므로 그 봉투를 열어 보았다. 그 안에는 카드가 있었고 거기에는 내가 팔을 내밀어 식탁으로 데리고 갈 여인의 이름이 적혀 있었다.*

그 무렵 블로크는 세상에 대한 나의 생각을 완전히 바꾸어 놓았는데, 내가 메제글리즈 쪽을 산책하던 시절에 믿었던 것과는 정반대로, 여자들은 육체적인 사랑만을 원할 뿐 다른 것은 아무것도 바라지 않는다고 말함으로써, 새로운 행복의 가능성을 열었다.(물론 나중에는 고통의 가능성으로 변하겠지만.) 또 그는 이 일에 관한 그의 도움을 완성하기 위해 두 번째 도움을 주었는데 오랜 시간이 지난 후에야 나는 그 고마운 뜻을 알게 되었다. 즉 그가 처음으로 날 사창가에 데려간 것이다. 그곳에는 예쁜 여자들이 많고 그 여자들을 소유할 수도 있다고 그는 말했다. 이제 사창가 방문은 그런 여인들을 막연한 형상으로 그려 왔던 내게 그 형상들을 특별한 얼굴로 바꾸어 줄 것이었다. 그래서 난 블로크에게 — 행복이나 아름다움이 도달할 수 없는 것이 아니며, 따라서 내가 그것을 영원히 포기한다는 것은 헛된 짓이라는 그의 '좋은 소식'에 대해 — 마치 이 세상에서 오래 살기를 바라는 희망을 우리에게 주어 우리

---

* 이런 관습은 이 작품이 진행되던 시기에는 아주 새로웠는데 1898년 이후에야 공식화되었다고 한다.

가 다른 곳으로 가야 할 때에도 이곳과 완전히 절연하지 않도록 하는 의사나 낙관주의 철학자에 대해 하듯이 그에게 고마워해야 했다면, 내가 몇 년 후에 드나들었던 밀회의 집은 내게 행복에 대한 여러 사례를 보여 주어 여인의 아름다움에 우리가 상상할 수 없는 요소, 고대의 아름다움을 요약하는 것만으로는 설명되지 않는 요소, 우리 자신으로부터는 받을 수 없는 정말로 성스러운 선물로서 그 앞에서 우리 지성의 모든 논리적인 창조물이 사라져 버리는, 오로지 현실에서만 요구할 수 있는 선물인 그런 개별적인 매력을 덧붙임으로써, 비교적 최근에 나타났지만 효용성은 유사한 다른 은혜로운 것들 옆에,(이런 은인들을 알기 전에는 별다른 열정 없이 만테냐나 바그너, 시에나 시의 매력을 단순히 다른 화가나 다른 작곡가, 다른 도시에 의거해 상상했다.) 즉 그림을 곁들인 미술사 책이나 교향곡 연주, '유명 예술 도시'에 관한 연구와도 같은 은인들 옆에* 분류될 가치가 있었다. 그러나 블로크가 나를 데리고 간 집은, 게다가 블로크도 오랫동안 가지 않았던 그 집은 지나치게 수준이 떨어졌으며, 일하는 사람들도 형편없었고 얼굴들이 지나치게 똑같아서 내 오랜 호기심을 만족시키거나 새로운 호기

---

* '유명 예술 도시'란 20세기 초반 로랑스(Laurens) 출판사의 기획물 제목으로, 특히 베네치아와 로마, 피렌체가 포함되어 있었다. 프루스트는 만테냐의 벽화가 있는 이탈리아 파도바의 에레미타니 성당을 방문한 적이 있지만, 시에나에는 간 적이 없는 것으로 보인다. 『소녀들』(폴리오) 533쪽 참조. 시에나는 피렌체에서 50킬로미터 떨어진 곳으로 고딕 양식 성당과 풍부한 르네상스 미술 작품으로 중세 예술을 대표한다.

심을 주기에는 충분치 않았다. 그 집 여주인은 사람들이 요구하는 여자는 전혀 알지 못했고, 늘 사람들이 원치 않는 여자만을 소개했다. 그중에서도 특히 한 여자를 자랑했는데, 그 여자를 확실히 보증한다는 듯한 미소를 지으면서(마치 아주 희귀한 여인으로, 큰 기쁨을 준다는 듯이) 말했다. "유대인 여자예요. 그게 무슨 뜻인지 모르세요?"(아마도 그런 이유로 그녀를 라셀이라고 불렀던 모양이다.) 그리고 바보처럼 억지로 흥분한 모습을 해 보이면서 그걸 전달하려는 듯 마침내는 거의 쾌감으로 헐떡이기까지 했다. "생각해 보세요, 젊은 양반, 유대인 여자라니까요, 정말 굉장할 것 같지 않아요!" 그녀가 나를 바라보지 않는 사이에 얼핏 본 라셀은, 갈색 머리에 빼어난 미인은 아니었지만 지적인 여자처럼 보였고, 혀끝을 입술 사이로 내밀면서 여주인이 소개하는 그 바보 같은 미셰*들에게 무례함이 가득한 미소를 지어 보였다. 내 귀에 그들이 그녀에게 말을 거는 소리가 들렸다. 그녀의 갸름하고도 좁은 얼굴은 검은 곱슬머리로 둘러싸였고 고르지 않은 머리칼은 중국 먹을 가지고 수묵화의 선염법**으로 그려진 듯했다. 그녀의 뛰어난 총명함과 학식을 유달리 끈질기게 칭찬하며 그녀를 추천했던 여주인에게 나는 '라셀, 주님께서'***라는 별명을 붙인 그 라셀을 알기 위

---

* Miché. 미셸이라는 이름에서 연유하는 이 호칭은 여자의 마음을 사려고 돈을 지불하는 남자를 가리키는 은어다.

** 수묵화에서 안개나 비를 표현하기 위해 화선지에 물을 바르고 마르기 전에 붓으로 칠해 번지는 듯한 느낌을 주는 기법이다.

*** 알레비가 작곡한 「유대 여인」(1835) 4막 5장에는 '라셀, 주님께서 너를 내

해서라도 일부러 꼭 다시 찾아오겠다고 약속했다. 그러나 내가 그곳에 처음 간 날 저녁 나는 그녀가 돌아가면서 여주인에게 이렇게 말하는 걸 듣고야 말았다.

"그래요, 내일 한가하니까, 잊지 말고 저를 찾아 주세요."

그러자 이 말은 그녀에게서 어떤 인간적인 모습을 보는 걸 방해했고, 즉시 1루이나 2루이를 벌 수 있지 않을까 기대하면서 저녁이면 이 집에 찾아오는 그녀와 습관이 같은 보통 여자들의 범주에 그녀를 집어넣었다. 그녀는 단지 "제가 필요하시다면." 또는 "누군가를 필요로 하신다면." 하고 말하면서 문장 형태만을 다르게 했을 뿐이다.

알레비의 오페라를 알지 못했던 여주인은 왜 내게 '라셀, 주님께서'라고 부르는 습관이 있는지 이해하지 못했다. 그러나 이해하지 못한다고 해서 농담의 재미까지 모르는 건 아니어서 매번 그녀는 이렇게 말하며 기꺼이 웃음을 터뜨렸다.

"오늘 저녁도 당신을 '라셀, 주님께서'와 맺어 주지 못하는 건가요? 당신은 어떻게 말하죠? '라셀, 주님께서'를? 아! 정말 멋진 표현이에요. 내가 당신을 약혼시켜 드릴게요. 틀림없이 후회하지 않을 거예요."

한번은 거의 결심할 뻔했지만 그녀는 마침 '손님을 받는'

게 주셨을 때'라는 테너 아리아가 나오는데, 이 아리아는 카루소를 비롯하여 여러 테너 가수들의 사랑을 받았다. 유대인 세공사 엘레아자르가 브로니 추기경에게 잃어버린 딸이 있지 않느냐고 물은 후 홀로 남아 라셀을 처음 만났을 때의 감정을 노래하는 곡이다. 이 오페라에 대해서는 『잃어버린 시간을 찾아서』 1권 164쪽 주석 참조.

중이었고 다른 한번은 그들이 '미용사'라고 부르는 사람의 손 안에 있었다. 이 미용사란 작자는 여자들이 풀어헤친 머리 위로 기름을 붓고 빗질을 하는 것 외에는 어떤 것도 요구하지 않는 늙은 신사였다. 나는 기다림에 지치고 말았다. 비록 자칭 여직공이라고는 하지만 내가 보기에는 별다른 직업도 없어 보이는 몇몇 소박한 단골 여자들이 내게 차를 따르러 와서는 긴 대화를 나누곤 했는데 ─ 아주 진지한 화제인데도 ─ 이 여인들이 어느 정도로, 또는 얼마나 적나라하게 표현하는지 조금은 순박한 매력까지 풍겼다. 게다가 난 곧 그 집에 가는 걸 그만두었다. 그 집을 운영하던 여자가 가구가 필요하다고 해서 내 호의를 보여 주고자 레오니 아주머니로부터 물려받은 가구 몇 개를 ─ 특히 그 긴 의자를 ─ 주었기 때문이다. 부모님께서 자리가 없다고 집 안에 두는 걸 금했으므로 창고에 쌓아 놓아 눈에 띄지 않았던 것이다. 그런데 이런 가구들이 이 집에서 이런 여자들에 의해 사용되는 걸 보자, 콩브레 아주머니 방에서 숨 쉬던 온갖 미덕들이 아무 저항도 못 하고 내팽개쳐진 채 그 잔인한 접촉으로 고문을 당하는 듯한 생각이 들었다. 시신을 욕보였다 해도 이보다 고통스럽지는 않았을 것이다. 나는 더 이상 포주의 집에 가지 않았다. 왜냐하면 그 가구들이 마치 페르시아 동화에 나오는, 겉으로는 생명이 없는 듯 보이지만 그 안에 박해당한 영혼이 숨어 있어 해방되기를 애원하는 물건들처럼 살아 숨 쉬며 내게 간청하는 것 같았기 때문이다. 게다가 우리의 기억은 추억을 시간 순으로 보여 주지 않고 그 부분들의 순서가 뒤바뀐 반사된 상처럼 보여 주는 까닭에, 나는 오랜 시간이 지난 후에야 내가 예전에 어린 사촌과 더불어 처음으로 쾌락을 맛보았던 의자가 바로 그 긴 의자였다는 사실을 깨달았다. 그녀와 함께 어디에 몸을 숨겨야 할지 몰라 하던 내게 사촌은 아주머니가 자리에서 일어난 한 시간을 이용하자고 아주 위험천만한 조언을 했던 것이다.

난 부모님의 반대에도 불구하고 레오니 아주머니로부터 물려받은 가구 일부와 특히 멋있는 오래된 은 식기를 많은 돈을 받고 팔아 스완 부인에게 많은 꽃을 보냈다. 스완 부인은 내가 보낸 거대한 난초 꽃바구니를 받고는 "내가 당신 아버지라면, 당신에게 법률 고문을 두게 하겠어요."라고 말하곤 했다. 언젠가 내가 특별히 이 은 식기를 아쉬워하고, 질베르트 부모에게 인사를 하는 것보다 — 어쩌면 아무짝에도 쓸모없을 — 다른 즐거움을 더 중시하게 되리라는 걸 당시에는 상상이나 할 수 있었을까? 마찬가지로 내가 대사관에 들어가지 않기로 결심한 것도 질베르트 때문이었으며 또 그녀 곁을 떠나지 않기 위해서였다. 우리의 단호한 결심은 많은 경우 오래 지속되지 않는 우리 정신 상태에서 비롯된다. 질베르트 속에 머물면서, 또 그녀 부모와 그녀 집에서 빛을 발하면서 나머지 다른 모든 것에는 무관심하게 만드는 이 낯선 실체가 그녀에게서 벗어나 다른 존재에게 옮겨 갈 수 있다는 사실을 당시에는 거의 상상조차 할 수 없었다. 동일한 실체이지만 내게는 아주 다른 효과를 자아낼 실체였다. 같은 병도 진화하기 마련이다. 그리고 사랑이라는 감미로운 독약은 해를 거듭하면서 심장의 저항력을 감소시켜 우리는 더 이상 이전처럼 견디어 내지 못한다.

그렇지만 내 부모님은 베르고트가 인정한 내 지성이 뭔가 주목할 만한 작업으로 나타나기를 바랐을 것이다. 스완 부부와 사귀기 전에는 질베르트를 자유롭게 만나는 게 불가능하다는 점 때문에 마음이 흔들려서 내 작업이 방해를 받는다고 생각했다. 그러나 그 집 문이 내게 활짝 열린 뒤로 난 서재에 앉자마자 바로 자리에서 일어나 그 집으로 달려갔다. 그리고 그들과 헤어져 집에 돌아와서도 내 고독은 표면에 그쳤고, 내 상념은 밀려드는 말의 물결을 거슬러 올라가지 못하고 여러 시간 동안 기계적으로 그 물결에 몸을 맡겼다. 홀로 있을 때도 난 스완네 가족들을 즐겁게 해 줄 수 있는 이야기를 계속 지어냈고, 그 놀이를 보다 흥미롭게 하려고 옆에 없는 상대방 몫을 대신하며 내 멋진 표현이 그들의 적절한 대답으로 쓰일 수 있도록 선택된 가상의 질문을 스스로에게 했다. 이런 침묵 속에서 이루어지는 훈련은 일종의 대화이지 명상은 아니었고, 내 고독은 정신적인 살롱으로, 거기서 내 말을 주도하는 사람은 나 자신이 아닌 상상의 대화 상대자였으며, 또 나는 진실이라고 믿는 상념 대신 아무 노력 없이, 밖에서 안으로 거슬러 올라감 없이 그저 내게로 떨어지는 그런 상념이 형성되는 걸 느끼면서, 마치 소화가 안 되어 배가 부른 채로 가만히 앉아 있는 누군가처럼 완전히 수동적인 즐거움을 느꼈다.

내가 만약 글을 쓰겠다는 결심을 그렇게 단호하게 하지 않았다면, 아마도 당장이라도 그 일을 시작하려고 노력했을지 모른다. 그러나 내 결심은 단호했고 내일이라는 이십사 시간

후의 그 빈 액자에는, 내가 아직 존재하지 않은 만큼 모든 것이 그렇게도 잘 배열되어 있어 내 좋은 의도가 쉽게 실현될 듯 보였으며, 그래서 준비가 덜 된 것처럼 느껴지는 저녁에는 차라리 시작하지 않는 편이 낫겠다고 생각했다. 그러나 슬프게도 다음 날이라고 해서 시작하기에 더 적합한 날이라는 증거는 없었을 것이다. 그러나 난 합리적인 사람이었다. 몇 해를 기다려 온 사람이 단 며칠이 늦어졌다고 해서 참지 못한다는 건 어린애 같은 짓이리라. 물론 모레가 되면 난 이미 몇 페이지나 되는 글을 마쳤을 것이다. 그러나 나는 이런 결심에 대해 부모님께 한 마디도 하지 않았다. 그보다는 몇 시간 참았다가 할머니에게 내가 쓰기 시작한 글 일부를 보여 드리고, 할머니를 위로하고 설득하고 싶었다. 그런데 내가 열기 속에 기다렸던 내일은 광대한 외부 세계에 속하는 하루가 아니었다. 내일이라는 날이 지나가면 내 게으름과 내 내면의 방해물에 맞선 고통스러운 투쟁이 이십사 시간 더 연장될 뿐이었다. 그리하여 며칠 후에도 내 계획은 계속해서 실현되지 않았고, 곧 실현되리라는 희망도 없었으므로, 따라서 이런 실현에 모든 걸 맡기려는 용기는 더더욱 나지 않았다. 나는 다시 밤을 새우기 시작했다. 다음 날 아침 작업을 시작할 수 있을 거라는 확실한 전망이 없었으므로 일찍 잠을 잘 필요도 없었다. 내 열정을 회복하기 위해서는 며칠간의 휴식이 필요했다. 그리고 단 한 번 할머니께서 용기를 내어 부드럽지만 실망 섞인 말투로 "그 일은 이제 말하지 않기로 한 거냐?" 하고 비난하셨을 때, 난 할머니를 원망했다. 내 결심이 돌이킬 수 없을 정도로 확고하다는 사실도 모르는 할머니께서 내린 부당한 처사로 흥분한 탓에 작품을 시작하고 싶지 않았으므로, 난 할머니가 한 번 더 내 결심을 실행에 옮기는 걸 늦추었을 뿐만 아니라 어쩌면 먼 훗날로 연기하게 했다고 확신했다. 할머니는 자신의 회의주의가 맹목적으로 내 의지와 충돌했다는 사실을 알아차렸다. 할머니는 내게 키스를 하며 사과하셨다. "미안하다, 더 이상 아무 말도 하지 않으마." 그리고 내가 실망에 빠지지 않도록 건강이 좋아지면 저절로 자연스럽게 글을 쓰게 될 거라며 날 안심시켰다.

게다가 난 스완 씨 댁에서 나날을 보내면서 베르고트와 똑같이 하고 있지 않은지 생각했다. 부모님은 내가 게으르다고 하지만 위대한 작가와 같은 살롱에서 보내고 있으니 내 재능에 가장 유리한 생활을 한다고 여겼다. 그렇지만 누군가가 이 재능을 자신의 내부에서 만드는 일로부터 면제받으며, 또 타인으로부터 받을 수 있다고 생각한다면, 이는 의사와 자주 시내에서 식사하는 것만으로(모든 건강 규칙을 무시하고 최악의 무절제한 생활을 하면서도) 건강을 찾을 수 있다고 생각하는 것만큼이나 무모하다. 그런데 내가 속고 있는 이런 환상에 내 부모님과 마찬가지로 완전히 속은 사람이 바로 스완 부인이었다. 내가 그들 집에 올 수 없다든가 집에 남아 공부를 해야 한다고 하면, 스완 부인은 내가 잘난 체하며 내 말이 조금은 멍청하고 건방지다고 생각하는 듯했다.

"하지만 베르고트가 오시는데요? 당신은 그분이 쓰신 글이 훌륭하다고 생각하지 않나요? 그분 글은 곧 더 훌륭해질 거예요." 하고 그녀가 덧붙였다. "그분은 책에서는 장황하게 늘어 놓지만 신문에는 보다 예리하고 압축해서 쓴답니다. 차후에 《르 피가로》에 '기조 논설(leader article)'을 쓰겠다는 약속을 제가 얻어 냈어요. 그야말로 '딱 어울리는 자리(the right man the right place)'라고 할 수 있죠."

그리고 그녀는 덧붙였다.

"오세요. 당신이 어떻게 해야 할지 누구보다 잘 말씀해 주 실 테니까요."

마치 지원병을 연대장과 함께 초대한다는 듯, 내 경력에 도 움을 주려고 그런다는 듯, 걸작이란 것이 마치 사람들과의 친 분을 통해 만들어진다는 듯, 그녀는 베르고트와 함께하는 다 음 날 저녁 식사에 빠져서는 안 된다고 말했다.

이처럼 부모님과 마찬가지로 스완네 쪽에서도, 다시 말해 각각 다른 순간 내가 가는 길에 장애물을 놓았다고 생각했던 사람들 쪽에서 더 이상 반대가 없었으므로, 나는 내가 원할 때 면 언제라도, 평온하거나 아니면 적어도 황홀한 마음으로 질 베르트를 볼 수 있었다. 우리가 사랑할 때 마음이 평온할 수 없는 이유는 우리 손안에 놓인 것이 항상 그 이상의 것을 욕 망하기 위한 새로운 출발점에 지나지 않기 때문이다. 질베르 트의 집에 갈 수 없을 때 난 그 도달할 수 없는 행복에 눈을 고 정했으므로, 거기서 나를 기다리는 새로운 불안 요소가 무엇 인지 상상조차 할 수 없었다. 그러나 그녀 부모님의 반대가 사 라지고 마침내 문제가 해결되자 그 불안은 매번 다른 이름으 로 새롭게 제기되었다. 이런 점에서 보면 매일 새로운 우정이 시작되었다고 할 수 있다. 매일 저녁 집으로 돌아오면서 난 질베르트에게 말해야 할 아주 중요한 일이, 거기에 우리 우정 전부가 달려 있는, 그리고 언제나 같지 않은 그렇게도 중요한 일이 생각났다. 하지만 어쨌든 난 행복했고, 내 행복을 위협하러 오는 것은 아무것도 없었다. 하지만 그 위험은 슬프게도, 내가 이제껏 한 번도 간파하지 못했던 곳, 다시 말해 질베르트와 나 자신으로부터 왔다. 그렇지만 반대로 날 안심시켜 주고 내가 행복이라고 믿었던 것에 의해서도 난 괴로워했을 것이다. 사랑하는 동안 우리는 일종의 예외 상태에 빠져 있으므로 표면적으로는 아주 단순한 사건, 언제라도 생길 수 있는 사건에도 상당한 중요성을 부여하곤 하는데, 사실 사건 자체에는 그만한 중요성이 없다. 우리를 행복하게 하는 것은 뭔가 우리 마음속의 불안정한 현존이다. 우리는 이런 불안정한 상태를 유지하려고 끊임없이 노력하지만, 그 사실을 깨닫는 순간 이미 사랑은 우리 마음을 떠나고 없다. 사실 사랑에는 지속적인 고통이 따르는 법이라 기쁨이 이 고통을 완화하고 잠재적인 것으로 만들며 유예하기도 하지만, 매 순간 언제라도 우리가 바랐던 것을 얻지 못하면 이 기쁨은 이미 오래전에 그렇게 되어야만 했던 끔찍한 고통으로 바뀐다.

나는 질베르트가 나의 방문을 피하고 싶어 한다는 느낌을 여러 번 받았다. 사실 질베르트가 무척 보고 싶을 때면, 나의 뛰어난 영향력에 설득된 그녀 부모님이 나를 초대하도록 하면 그만이었다. 그들 덕분에 내 사랑은 어떤 위험에도 부딪히지 않을 거라고 생각했다. 그들은 질베르트에 대해 전권을 행사했으므로, 이런 그들이 내 편인 이상 난 안심할 수 있다고 생각했다. 그렇지만 불행하게도 그녀 아버지가, 어떻게 보면 그녀 의사에 반해 날 집에 불렀을 때, 그녀의 초조한 몸짓을 보면서 나는 내 행복을 지켜 준다고 믿었던 것이 오히려 그 행복을 지속하지 못하는 은밀한 이유가 되는 건 아닌지 자문했다.

마지막으로 질베르트를 보러 간 날은 비가 왔다. 그녀는 무용 연습에 초대받았는데, 초대한 집 사람들과 알고 지낸 지가 얼마 되지 않았을 때여서 날 데려갈 수 없었다. 습기 때문에 난 보통 때보다 카페인을 많이 마셨다. 나쁜 날씨 탓인지 아니면 질베르트의 낮 모임이 열리는 집에 대한 어떤 편견 탓인지 스완 부인은 딸이 외출하려는 순간 아주 격한 어조로, "질베르트!" 하고 부르면서 내가 그녀를 보러 왔으니 나와 함께 남아 있어야 한다는 뜻으로 날 가리켰다. 이 '질베르트'란 말은 나에 대한 좋은 의도에서 불렀다기보다는 차라리 고함에 가까웠다. 소지품을 내던지며 어깨를 으쓱하는 질베르트의 몸짓을 보고서 난 그녀 어머니가 본의 아니게 내 여자 친구를 점점 내게서 멀어지게 하고 있으며, 지금까지는 멈추게 할 수 있었던 일을 더욱 빠르게 진전시키고 있다는 사실을 깨달았다. "날마다 춤추러 갈 필요는 없지 않을까." 하고 오데트는 아마도 오래전에 스완으로부터 배운 듯한 신중한 태도로 딸에게 말했다. 이 말을 한 후 다시 현재의 오데트로 돌아간 그녀는 딸에게 영어로 말하기 시작했다. 그러자 즉시 어떤 벽이 질베르트의 삶을 일부 내게 감추는 듯했고, 심술궂은 정령이 나로부터 내 친구를 멀리 데려가는 느낌이 들었다. 우리가 아는 언어라면 투명하지 못한 소리를 들어도 투명한 생각으로 바꾼다. 그러나 우리가 모르는 언어는 닫힌 궁전과도 같아서, 그 안에서 사랑하는 여인이 우리를 속일지도 모른다는 사실도 알지 못한 채 밖에 머무르면서 자신의 무능력에 절망하고 위축되어 아무것도 보지 못하고, 무엇 하나 막지 못한다. 그렇게 해서 한 달 전이라면 내가 미소를 지으며 들었을 그 영어 회화는, 나로부터 몇 발짝 떨어진 곳에서 부동 자세로 서 있는 두 사람에 의해 발음되면서 그 사이로 프랑스어 고유명사가 몇 개 빠져나와 내 불안을 가중했고, 또 누군가를 유괴할 때와 같은 잔인함으로 날 홀로 방치했다. 드디어 스완 부인이 우리 곁을 떠났다. 이날 어쩌면 본의 아니게 자기를 놀러 가지 못하게 한 주범이 되어 버린 나에 대한 원망 때문인지, 어쩌면 그녀가 화가 났다고 생각하고 내가 예방 차원에서 평소보다 더 냉정하게 대했던 때문인지, 모든 기쁨이 제거된 질베르트의 헐벗고 피폐한 얼굴은 나의 출현 탓에 추지 못한 '파드캬트르'에 대한 우수에 찬 그리움을 오후 내내 비쳤으며, 나를 위시한 모든 존재들에게 그녀의 감상적 취향이 보스턴 왈츠로 쏠리게 한 그 미묘한 이유를 이해할 수 있으면 해 보라고 도발하는 듯했다.* 그녀는 나와 함께 이따금 날씨나 다시 거세진 비, 빠른 괘종시계에 국한된 대화를 나누었으며, 침묵과 단음절

---

* 파드캬트르는 네 명이 추는 춤을 말하며, 보스턴 왈츠는 빠른 템포의 빈 왈츠가 퇴색하면서 19세기 후반 미국 보스턴에서 유행했던, 넓은 곳에서 비교적 느린 템포로 추는 왈츠를 가리킨다.

로 점철된 대화 내내 나는 우리 우정과 행복에 바칠 수도 있는 그 순간들을 스스로 절망적인 분노에 가두며 망치고 있었다. 무의미한 역설이 절정에 달해 우리의 모든 대화는 최고조로 냉담한 어조를 띠었지만 이런 절정 상태가 질베르트로 하여금 내 진부한 성찰이나 무관심한 어조에 속지 않게 해 주었으므로 오히려 내 마음에는 위로가 되었다. 내가 별 뜻 없이 "요전 날에는 시계가 오히려 늦게 가는 것 같았는데."라고 말하면 질베르트는 틀림없이 '넌 정말 나쁜 애야.'라는 뜻으로 해석했을 것이다. 이 비가 오던 날 내내 나는 구름이 걷히지 않는 이런 말들을 끈질기게 고집해 보았지만 아무 소용이 없었다. 내 냉담함이 내가 꾸미는 것처럼 그렇게 단호하게 고정되지 않았고, 날이 저물어 간다는 말을 이미 세 번이나 하고 나서 다시 네 번째로 그 말을 되풀이하려다 나는 눈물을 터뜨리지 않으려고 안간힘을 쓰는 내 모습을 질베르트가 틀림없이 인지했다는 걸 깨달았다. 그녀가 이런 모습을 했을 때, 어떤 미소도 그녀 눈을 채우거나 얼굴에 드러나지 않았을 때, 얼마나 비통한 단조로움이 그녀의 슬픈 눈과 침울한 모습을 새기고 있었는지는 말로 표현할 수 없다. 거의 보기 싫을 정도로 추해진 그녀 얼굴은, 마치 물이 아주 멀리 빠져나간 바닷가, 움직이지 않는 수평선으로 에워싸여 언제나 비슷하게 반사된 빛으로 우리를 싫증나게 하는 그런 권태로운 바닷가와도 흡사했다. 몇 시간 전부터 기다린 행복한 변화가 질베르트로부터 오지 않으리라는 걸 깨달은 나는 그녀가 상냥하지 않다고 말했다. "상냥하지 않은 건 바로 너야." 하고 그녀가 대답했다. "아냐, 난 상냥해!" 난 내가 한 일을 생각해 보고 그런 점을 발견하지 못했으므로 그녀에게 질문했다. "물론 넌 자신을 상냥하다고 생각하겠지!" 하고 그녀는 오랫동안 웃으며 말했다. 그러자 난 그녀 웃음이 그려 보이는, 그녀 생각보다 더 포착할 수 없는 그 다른 부분에 도달할 수 없는 것이 무척이나 고통스러웠다. 그 웃음은 이런 뜻인 것 같았다. '난 네가 무슨 말을 하든 속지 않을 거야. 네가 날 미치도록 좋아한다는 걸 알아. 하지만 그건 아무 상관없어. 난 네게 관심이 없으니까.' 그러나 요컨대 웃음이란 것은 그 뜻을 잘 이해했다고 확신할 만큼 그렇게 안전한 언어가 아니라고 난 마음속으로 중얼거렸다. 그리고 사실 질베르트의 말에는 애정이 넘쳤다. "아니, 어떤 점에서 내가 상냥하지 않다는 거지?" 하고 내가 물었다. "사실을 말해 줘. 그러면 네가 원하는 대로 할게." "그렇게 해도 아무 소용없을 거야. 난 설명하고 싶지 않아." 하고 질베르트가 말했다. 한순간 내가 그녀를 사랑하지 않는다고 생각할까 봐 난 겁이 났고, 또 이것은 내게 또 다른 고통, 똑같이 생생하지만 지금까지와는 다른 변증법을 요하는 고통이었다. "네가 나에게 어떤 슬픔을 주고 있는지 안다면, 넌 말해 줄 텐데." 하지만 이 슬픔은, 그녀가 내 사랑을 의심한다면 그녀를 기쁘게 해 주었을 테지만 지금은 오히려 그녀를 화나게 했다. 그래서 난 내 잘못을 깨닫고, 다시는 그녀가 무슨 말을 하든 주의를 기울이지 않고, 그녀가 "난 정말 널 좋아했어. 언젠가는 알게 될 거야."라고 말하도록 내버려 두면서(이 '언젠가'란 죄인들이 자신의 결백이 밝혀지리라고 확신하는 날이지, 어떤 신비스러운 이유에서인지는 모르지만 그들이 심문받는 날은 결코 아니다.) 갑자기 용기를 내어 더 이상 그녀를 보지 않기로 결심했다. 그러나 그녀가 내 말을 믿지 않을 것이기에 그녀에게는 이런 사실을 알리지 않기로 했다.

사랑하는 사람으로 인해 비롯된 슬픔은, 비록 그 슬픔이 사랑하는 사람과 무관한 걱정거리나 일, 기쁨 가운데 끼어들어 우리 주의력이 이따금 그 슬픔으로 되돌아가려고 잠시 거기서 벗어난다 해도 여전히 쓰라린 법이다. 그러나 이 슬픔이 — 지금의 내 경우처럼 — 그 사람을 만날 기쁨으로 가득찬 순간에 생겨나면, 지금까지 햇빛이 비치며 지속적으로 고요하던 영혼 속에 갑자기 저기압 지대가 나타나 성난 폭풍우를 일게 하므로, 우리는 그 폭풍우와 맞서 끝까지 싸울 수 있을지 어떨지도 결코 알지 못한다. 내 마음에 휘몰아치는 폭풍우가 얼마나 격렬했던지 난 집으로 돌아가면서 심한 충격에 사로잡혀 거의 정신이 나간 채로, 뭔가 핑계를 대어 질베르트 곁에 돌아가지 않고는 숨을 쉴 수 없을 것만 같았다. 그러나 그녀는 이렇게 말하리라. "또 그 작자야, 정말이지 난 뭐든지 할 수 있어. 비참한 꼴로 떠나면 더 온순해져서 내 곁에 돌아오게 될걸." 그리하여 내 생각은 어쩔 수 없이 그녀에게로 돌아갈 수밖에 없었고 이런 엇갈리는 방향이, 이런 내적인 나침반의 동요가 집에 돌아가는 순간까지 계속되어 드디어는 질베르트에게 모순투성이의 편지 초안을 끄적거리는 모습으로 나타났다.

우리 인생에서 보통 몇 번인가 부딪혀야 하는 어려운 상황

중 하나를 나는 통과하려 하고 있었다. 이런 상황과 부딪혔을 때 성격이나 기질은 변하지 않지만 — 이 기질이 바로 우리의 사랑과 우리가 사랑하는 여인들, 또 그 여인들의 결점마저 만들어 낸다. — 우리는 나이에 따라 매번 똑같은 방식으로 대처하지 않는다. 그때 우리 삶은 나뉘며, 또 저울에 배분되듯 양쪽 접시에 고스란히 놓인다. 한쪽 접시에는 사랑하는 사람의 마음을 거스르지 않으려는 욕망, 사랑하지만 아직은 이해하지 못하는 존재, 그러나 자신이 없어서는 안 될 존재라고 자만심을 품으면 우리를 지겨워할지도 모르므로 약간은 혼자 내버려 두는 편이 보다 현명한 처신이라고 생각되어 지나치게 겸손하게 보이지 않으려는 욕망이 놓여 있다. 다른 한쪽에는 고뇌가, — 국지적이고 부분적인 고뇌가 아니라 — 여인의 마음에 들고자 하는 생각을 포기하고, 우리가 그녀 없이도 지낼 수 있다는 걸 그녀에게 믿게 하는 걸 포기하면서 그녀를 보러 갈 때라야 진정되는 고뇌가 놓여 있다. 만약 우리가 자만심이 놓인 저울에서는 나이와 더불어 커져 가는 나약함 때문에 의지를 소량 덜어 내고, 슬픔이 놓인 저울에서는 우리가 얻은 점점 더 심해져 가는 육체적인 고통을 추가한다면, 그때 우리를 스무 살로 데리고 가는 용감한 해결책 대신에, 너무 무거워 균형을 이루지 못하고 우리를 쉰 살로 내려가게 하는 다른 해결책을 보게 된다. 게다가 이런 상황은 반복되며 변하기 마련이라 인생의 중간이나 끝에 이르면, 여러 의무에 얽매이거나 또는 자신으로부터 자유롭지 못한 우리는 젊었을 때는 알지 못했던 습관의 개입으로 우리 사랑을 복잡하게 만드는 그런 치명적인 자기만족에 사로잡힐 가능성이 있다.

나는 방금 질베르트에게 보낼 편지를 썼다. 내 격정이 휘몰아치는 대로, 그러나 아무렇게나 쓴 듯 보이면서도 몇 개의 단어를 부표처럼 던져, 내 친구가 그 부표에 매달려 화해를 청할 수 있도록 하는 것을 잊지 않았다. 조금 후에는 바람이 방향을 바꾸어 "다시는 결코"와 같은 몇몇 비관적인 표현을 부드럽게 하려고 다정한 문구가 나타나기도 했다. "다시는 결코"란 문구는 사용하는 당사자에게는 무척이나 감동적이지만 읽는 여인에게는 너무도 지겨운 말이다. 때로는 그 말이 거짓처럼 보여 "다시는 결코"란 말을 "나를 원하신다면 바로 오늘 저녁에"란 뜻으로 번역하거나, 아니면 진실로 여기고 최후의 결별을 통고하는 말로 간주하는데 이러한 결별은 우리가 사랑하지 않는 경우라면 우리 삶과는 아무 상관이 없다. 그러나 사랑에 빠진 사람은 더 이상 사랑하지 않을 미래의 모습에 어울리는 선구자답게 행동하기가 불가능한데, 어떻게 사랑하는 여인의 정신 상태를 온전히 상상할 수 있단 말인가? 우리가 그녀에게 관심이 없다는 걸 알면서도 몽상 속에서 끊임없이 그녀를 그려 보며 아름다운 꿈으로 마음을 달래거나, 그녀가 우리를 사랑한다면 했을 여러 이야기들로 큰 슬픔을 진정시키는데 말이다. 사랑하는 여인의 생각이나 행동 앞에서 우리는 마치 초기 과학자들이(과학이 구축되어 미지 세계에 조금씩 빛을 던지기 시작하기 이전의) 자연현상 앞에서 그랬던 것처럼 방향을 잃은 채 어찌할 바를 모른다. 또 더 심한 경우에는, 인과관계의 원칙이 거의 존재하지 않는 정신 상태를 가진 존재, 하나의 현상과 다른 현상의 관계를 설정할 줄 모르고 세계의 광경을 그저 꿈처럼 불확실하게 바라보는 그런 존재가 되기도 한다. 물론 나는 이런 비일관적인 세계로부터 벗어나 원인을 찾아보려 했다. 나는 '객관적인 존재'가 되려고까지 했으며, 또 그렇게 하기 위해서는 내게 있어 질베르트의 중요성, 그녀에게 있어 나의 중요성, 나 이외 다른 사람들에게 있어 그녀의 중요성 사이 불균형도 고려해야 했다. 만약 이러한 불균형을 빠뜨린다면, 내 친구가 단지 내게 상냥하게 대한 걸 가지고 그녀의 열정을 고백한 것으로 오해하거나, 또는 나 자신의 기이하고도 비열한 행동을, 자신의 아름다운 눈길을 향한 소박하고도 우아한 동작으로 그녀가 이해할지도 몰랐기 때문이다. 그러나 또한 지나치게 반대되는 경우에 직면할까 봐 두렵기도 했는데, 질베르트가 약속 시간에 맞춰 정확히 도착하지 않을까 또는 단지 그녀가 기분 나빠 하는 모습에서 돌이킬 수 없는 적대감을 발견하게 될까 두려웠다. 이 두 왜곡된 렌즈 사이에서 난 사물을 보는 정확한 시각을 찾으려고 애썼다. 이를 위해 내가 해야만 했던 계산이 조금은 나를 괴로움에서 벗어나게 해 주었다. 그리고 이런 숫자의 대답에 따른 탓인지, 아니면 내가 바라는 답을 이 숫자가 말한 탓인지, 나는 다음 날 스완네 집에 가기로 결심하며 만족했다. 그러나 이 만족감은 원하지 않은 여행인 탓에 오랫동안 고민하다가 역까지만 갔다 집에 돌아와서 가방을 풀 때 느끼는 만족감과도 같았다. 또 망설이는 동안에 결심을 할 수 있다는 생각만으로도(결심하지 않기로 결정하면서 이 생각을 무력화하지 않는 한) 마치 다년생 씨 앗이나 초고와 마찬가지로 이 생각을 행동으로 실행할 때 나타날 온갖 감동의 세부적인 요소들을 커지게 하는 법이므로, 나는 마음속에서 다시는 질베르트를 만나지 않기로 계획하면서 이 계획을 실행에 옮긴 것처럼 미리 괴로워하는 것은 지나치게 어리석으며, 오히려 반대로 결국은 내가 그녀에게 돌아가고 말 테니 모든 고통스러운 욕망이나 체념은 아껴 둬도 된다고 중얼거렸다. 그러나 이런 친구 관계의 회복은 그녀 집으로 가는 동안에만 계속되었는데, 단지 나를 무척이나 좋아하던 그 집 집사가 질베르트가 외출 중이라고(그날 저녁 질베르트를 만난 사람들에 의해 사실로 드러난) 말해서가 아니라 집사가 말하는 방식 때문이었다. "도련님, 아가씨께서는 외출하셨습니다. 제가 도련님께 거짓말하지 않는다는 걸 맹세할 수 있습니다. 도련님께서 알아보고 싶으시다면 하녀를 불러 드릴 수도 있습니다. 도련님을 기쁘게 해 드리기 위해서라면 제가 뭐든지 할 수 있다는 걸 도련님도 잘 아실 겁니다. 아가씨께서 집에 계셨다면, 당장 도련님을 아가씨 곁으로 모셨을 겁니다." 이 말이, 우리가 연구해서 하는 연설에는 감추어져 있지만 생각조차 해 보지 못한 현실을 적어도 대략적으로나마 엑스레이 사진처럼 드러나게 해 주는 비의도적인 말이라는 점에서는 유일하게 중요하다고 할 수 있는 이 말이, 내가 질베르트 주변 사람들에게 귀찮은 존재라는 인상을 주고 있다는 걸 말해 주었다. 집사가 그 말을 하자마자 내 마음에는 금세 증오의 감정이 일어나서 난 질베르트 대신 집사를 증오의 대상으로 삼기로 했다. 내 여자 친구에게 가질 수 있는 모든 분노의 감정을 집사에게 집중했다. 집사의 말 덕분에 질베르트에 대한 분노의 감정에서 벗어난 내게 이제는 사랑만이 존재했다. 그러나 동시에 이 말은 내가 잠시 동안이라도 질베르트를 만나려고 애쓰지 말아야 한다는 걸 가르쳐주었다. 그녀는 분명히 용서를 비는 편지를 보내오리라. 그렇지만 그녀 없이 살아갈 수 있다는 걸 증명하기 위해서라도 당장은 만나러 가지 말자. 게다가 일단 질베르트로부터 답장을 받으면 그녀 집에 드나들지 않는 일도 잠시 동안은 그리 힘들지 않으리라. 내가 원한다면 언제라도 다시 만날 수 있을 테니까. 이런 의도적인 부재를 덜 쓸쓸하게 견디려면, 우리 두 사람 사이가 영원히 나빠지지나 않을까, 또는 그녀가 약혼을 해서 떠나지나 않을까, 아니면 유괴당한 것은 아닐까 하는 그런 끔찍한 불확실성을 내 마음에서 떨쳐 버렸다는 걸 느껴야 했다. 다음 날부터 내 나날은 질베르트를 보지 못하고 지내야 했던 그 새해 첫 주와도 같았다. 그러나 그때는 한 주가 끝나면 내 친구가 샹젤리제에 다시 올 것이며 그전처럼 그녀를 다시 볼 수 있다는 확신이 있었다. 동시에 새해 방학이 계속되는 한 샹젤리제에 갈 필요가 없다는 걸 확실히 알고 있었다. 그래서 이미 오래전 일이긴 하지만 그 서글픈 일주일 동안 나는 슬픔을 조용히 견뎌 냈다. 왜냐하면 그 슬픔에는 어떤 두려움도 희망도 섞여 있지 않았으니까. 그런데 지금은 반대로 이 희망이 두려움과 마찬가지로 내 괴로움을 견딜 수 없게 만들었다. 바로 그날 저녁 질베르트의 편지를 받지 못한 나는, 그녀가 정신이 없어서 혹은 너무

바빠서일 거라고 여기면서도 다음 날 아침 우편물 속에 편지가 와 있으리라는 걸 믿어 의심치 않았다. 매일 두근거리며 기다리다가 질베르트가 아닌 다른 사람의 편지를 발견하거나, 편지가 오지 않아 실의에 빠지곤 했다. 그래도 편지가 오지 않는 편이 더 나았다. 다른 여자로부터 온 우정의 증거가 질베르트의 무관심을 더 잔인하게 만들었기 때문이다. 나는 오후 우편물에 다시 희망을 걸기 시작했다. 우편물 배달 시간에는 그녀가 편지를 보내올지 몰라 감히 외출도 하지 못했다. 그러다가 마침내 우편배달부도 스완네 하인도 올 수 없는 시간이 되면, 나는 내 희망을 안심시키는 일을 다음 날로 미루지 않으면 안 되었다. 내 고통이 지속되지 않으리라고 믿었기에, 말하자면 내 고통을 끊임없이 새롭게 하지 않으면 안 되었다. 어쩌면 같은 슬픔인지는 모르겠지만, 그러나 이 슬픔은 예전처럼 처음 느꼈던 감동을 일정하게 연장하는 대신 — 순전히 육체적이고 일시적인 감동을 — 하루에도 여러 번 되풀이되어 마침내는 고착되었으므로 기다림이 불러온 동요가 진정되자마자 기다림의 또 다른 이유가 나타나 하루에 단 일 분도 불안한 상태가 아닌 적이 없었으며, 또 이 불안도 한 시간을 견디기 힘들었다. 그리하여 내 괴로움은 지난날 새해 첫날에 느꼈던 괴로움보다 한없이 더 잔인했으며, 그 까닭은 내 마음속에서 이 괴로움을 그냥 받아들이는 대신 괴로움이 멈추는 것을 보고 싶어 하는 희망이 자리했기 때문이다. 그렇지만 나는 드디어 이 괴로움을 받아들이기에 이르렀다. 결국에는 받아들일 수밖에 없다는 걸 깨달았고, 또 내 사랑을 위해서라도 질베르트가 날 경멸하는 추억을 간직하는 것을 원치 않았기에 난 영원히 그녀를 단념했다. 그때부터는 내가 사랑의 원한 같은 걸 품었다고 생각할까 봐 그걸 방지하기 위하여 그녀가 약속을 정하면 대부분 그냥 받아들였고, 그러다 마지막 순간에서야 내가 만나고 싶어 하지 않는 사람에게 하듯 유감을 표현하면서 약속 시간에 갈 수 없다고 편지를 써 보냈다. 우리와 별 상관없는 사람에게 흔히 쓰는 이런 미안하다는 표현은, 사랑하는 이에게만 짐짓 무관심한 척하는 어조보다 훨씬 더 내 무관심을 잘 보여 주리라고 생각했다. 말로 하기보다는 한없이 반복되는 행동으로 내가 그녀를 보고 싶어 하지 않는다는 걸 증명해 보일 때, 어쩌면 그녀는 다시 나를 만나고 싶어 할지도 몰랐다. 아! 슬프지만 소용없는 짓일 게다. 그녀를 더 이상 만나지 않음으로써 날 보고 싶어 하는 마음을 되살리려 하는 것은 그녀를 영원히 잃어버리는 거나 다름없다. 왜냐하면 우선 나를 보고 싶어 하는 마음이 그녀 마음속에서 되살아나기 시작했을 때, 만일 그런 마음이 오래 지속되기를 바란다면, 금방 거기에 굴복해서는 안 되기 때문이다. 게다가 내게서 가장 고통스러운 시간은 이미 지나갔을 것이다. 그녀를 가장 필요로 하는 순간은 바로 지금 이 순간이며, 그러므로 그녀가 나를 다시만나 그토록 줄어든 고통을 위로해 준들 아무 소용이 없을 것이며, 이 순간에는 아직 존재하지만 그때는 이미 없어졌을 그고통, 따라서 그 고통에 종지부를 찍기 위한 일련의 타협이나화해, 재회의 동기도 더 이상 존재하지 않는다는 걸 그녀에게알리고 싶었다. 또 오랜 후에 나에 대한 질베르트의 애정이 힘을 가지고, 또 질베르트에 대한 내 애정 역시 힘을 가지게 되어 그녀에 대한 내 사랑을 아무 위험 없이 그녀에게 고백할 수 있을 때가 온다 해도, 그녀에 대한 내 애정은 그처럼 오랜 시간의 부재를 견디지 못해 더 이상 존재하지 않을 것이기에, 그때 가면 그녀가 내게 관심 밖의 존재가 되리라는 걸 알려 주고 싶었다. 나는 이런 사실들을 잘 알고 있었다. 하지만 그녀에게 말할 수는 없었다. 오랫동안 그녀를 보지 않다 보면 그녀를 그만 사랑하게 될지도 모른다고 내가 우기기라도 한다면, 그건 단지 그녀 곁에 빨리 와 달라는 말을 듣고 싶어 그렇게 하는 거라고 여길 테니까. 그동안 내게 이런 이별의 선고를 보다 쉽게 견딜 수 있도록(내 반대되는 주장에도 불구하고 그녀와의 만남을 가로막은 건 내 의지이지, 다른 장애물이나 내 건강 상태가 아니라는 점을 그녀가 분명히 알아차릴 수 있도록) 해 준 것은 그녀가 부모님 집에 없고 여자 친구와 함께 외출해서 저녁 식사를 위해 집에 돌아오지 않았다는 사실을 미리 알고 스완 부인을 만나러 간 시간들이었다.(스완 부인은 딸을 만나기가 그토록 어려웠던 시절, 딸이 샹젤리제에 오지 않던 시절, 아카시아 가로수 길로 산책하러 다니던 때의 스완 부인으로 돌아가 있었다.) 이렇게 해서 난 질베르트에 대한 말을 들을 수 있었고, 또 내가 질베르트에게 집착하지 않는다는 걸 보여 주는 어조로 질베르트가 내 이야기를 들으리라고 확신했다. 괴로워하는 사람이 다 그러하듯 나는 내 슬픈 상황이 더 나빠질 거라고 생각했다. 왜냐하면 질베르트가 사는 집에 자유롭게 들어갈 수 있었던 나는 이 능력을 함부로 사용하지 않겠다고 결심했지만, 내 괴로움이 참기 힘들 정도로 심해지면 이 괴로움을 멈추게 할 수 있다고 늘 마음속으로 말해 왔기 때문이다. 내 불행은 하루뿐이었다. 아니, 너무 지나친 말이다. 한 시간에도 몇 번씩(우리의 불화 직후 처음 몇 주간 스완네 집에 찾아가기 전에 그토록 내 마음을 조였던 그 불안한 기다림이 이미 없어진 지금) 질베르트가 어느 날 내게 보내올 편지를, 아니, 어쩌면 그녀 자신이 직접 가져올지도 모르는 편지를 스스로에게 낭독하지 않았던가! 이런 가상의 행복에 대한 지속적인 환상이 실제의 행복이 파괴되는 걸 견디도록 도와주었다. 우리를 사랑하지 않는 여인에게서, 이는 '고인'에게서도 마찬가지지만, 더 이상 희망이 없다는 걸 안다고 해서 이런 사실이, 우리 기다림이 지속되는 걸 막지는 못한다. 우리는 망을 보고 남의 말을 엿들으며 산다. 위험한 탐험을 하기 위해 아들을 바다로 떠나보낸 어머니는 매번, 이미 오래전에 아들이 바다에서 죽었다는 확증을 얻은 후에도 여전히 아들이 기적적으로 구조되어 건강한 모습으로 방 안에 들어오는 모습을 떠올린다. 또 이 기다림은 추억의 힘과 여러 신체 기관의 저항에 의해, 여러 해에 걸쳐 아들이 더 이상 존재하지 않는다는 사실을 견뎌 내게 함으로써 점차적으로 이 사실을 망각하고 살아남게, 혹은 죽게 한다. 다른 한편으로 내 슬픔이 오히려 내 사랑에 도움이 될지도 모른다는 생각에 조금은 위로가 되었다. 스완 부인을 방문할 때마다 질베르트를 만나지 못하는 것이 조금은 마음 아팠지만, 이 방문이 나에 대한 질베르트의 생각을 조금은 개선해 주리라고 느꼈다.

게다가 스완 부인 집에 가기 전에 그녀 딸이 집에 없다는 걸 확인하려고 늘 주의해 왔다면, 이는 어쩌면 그녀와 불편한 관계를 유지하겠다는 내 결심뿐만 아니라 그녀를 단념하려는 내 의지와 병행하며(인간 영혼에 적어도 지속적인 방식으로 작용하는 절대적인 힘은 거의 없다. 상이한 추억들의 뜻하지 않은 쇄도를 통해 확인되는 영혼의 법칙 중 하나는 바로 불연속성이다.) 또 이 의지의 잔인한 점을 내 눈에 숨겨 주는 화해의 희망에서 연유하는지도 몰랐다. 나는 이 희망이 순전히 내 상상력의 산물임을 잘 알았다. 마치 잠시 후면 어느 낯선 사람이 전 재산을 물려줄지도 모른다고 상상하며 마른 빵 조각 앞에서 눈물을 적게 흘리는 가난뱅이와도 같았다. 현실을 견뎌 내려면 마음속에서 뭔가 하찮은 미친 짓들을 계속 생각해 내야 한다. 그런데 만약 내가 질베르트와 만나지 않는다면 — 우리 이별은 보다 효과적으로 실현되면서도 — 내 희망은 그대로 온전하게 남아 있게 될 것이다. 만약 질베르트의 어머니 집에서 그녀와 마주친다면 우리는 결정적인 말을 주고받을 테고, 이것이 우리 두 사람의 불화를 돌이킬 수 없게 만들어 내 희망을 죽게 할 테지만, 다른 한편으로는 새로운 불안을 만들어 내어 내 사랑을 일깨우며 내 단념을 더욱 어렵게 만들지도 몰랐다.

아주 오래전 아직 질베르트와의 관계가 나빠지기 전에 스완 부인은 이렇게 말한 적이 있었다. "질베르트를 만나러 오는 것도 좋지만 이따금 '나'를 위해 와 주면 좋겠어요. 내 슈플뢰리* 날에는 손님이 많아 지루할 테니 그날 말고 다른 날, 내

---

* 오데트는 자신의 접대일에 오펜바흐의 오페레타 「슈플뢰리 씨는 1월 24일 저

가 늦게 집에 돌아오는 날이면 언제라도 날 볼 수 있을 거예요." 따라서 내가 부인을 만나러 가도 그녀가 예전에 말한 소망에 오랜 시간이 지나 응하는 걸로밖에 보이지 않으리라. 그래서 난 이미 밤이 다 되어 부모님이 거의 식탁 앞에 앉아 있는 늦은 시각에 스완 부인을 방문하러 갔다. 방문 중에 질베르트를 볼 수 없다는 것도, 그러나 내내 그녀 생각만을 하리라는 것도 나는 잘 알았다. 오늘날보다 더 어두웠던 파리에서, 파리 중심 통행로에 전기가 없고 개인 집에도 아주 드물었던 시절, 당시 외진 곳으로 여겨지던 이 동네에서 1층 또는 1층과 2층 사이 아주 낮은 곳에 위치한 살롱에 등불이 켜진 것만으로도 (평소에 스완 부인이 손님을 접대하던 방들도 마찬가지지만) 길을 밝히고 또 지나가는 행인이 눈을 들고 바라보기에 충분했다. 눈에는 보이지만 안은 커튼으로 가려진 그 불빛의 원인을 행인은 문 앞에 나란히 서 있는 말 달린 멋있는 쿠페와 결부했다. 쿠페 중 하나가 움직이기 시작하는 걸 보면서, 행인은 그 신비스러운 원인에 어떤 변화가 일어났다고 생각하고 뭔가 감동을 느꼈는데, 이는 단지 마부가 말이 추울까봐 때때로 말을 이리저리 움직이게 했던 것으로, 고무바퀴가 말의 걸음걸이에 고요한 배경을 주어 그 배경 위에서 말발굽

녁에 집에 있을 것이다」에 나오는 주인공 이름을 붙였다. 자기 집에서 음악회를 한번 베풀어 보는 것이 평생 소원이던 슈플뢰리 씨가 파리의 모든 저명인사를 초대하나, 모두가 거절해서 하는 수 없이 딸이 좋아하는 무명 작곡가에게 부탁하고 결국은 딸의 결혼을 허락할 수밖에 없었다는 내용이다. 『소녀들 1권』(GF 플라마리옹) 359쪽 참조.

소리가 보다 분명하고 뚜렷하게 드러났으므로 그만큼 더 인상적이었다.

그 해 어느 거리에서나 아파트가 보도에서 너무 높이만 있지 않으면 지나가는 행인들이 흔히 볼 수 있었던 '겨울 정원'*은, 오늘날에 와서는 P. J. 스탈**의 새해 선물용 그림 장식이 있는 책자에서만 찾아볼 수 있지만, 당시의 루이 16세풍 살롱의 드문 꽃 장식과는 — 장미꽃 또는 일본 붓꽃 한 송이가 더는 꽂을 수 없는 목 기다란 크리스털 꽃병에 꽂힌 — 대조적으로 집 안에 수많은 실내 식물들을 넘쳐나게 한 것과 식물 배치에 대한 기술의 절대적인 부족 탓에, 주부가 정물화 장식에 무관심하다기보다는 오히려 식물학에 대한 그녀의 뭔가 살아 있는 감미로운 열정에 부응한다는 인상을 주었다. 당시 저택에서 찾아볼 수 있던 이 커다란 규모의 '겨울 정원'은 또한 손에 들고 다니는 작은 온실을 환기했는데, 1월 1일 새벽에 켜진 등불 밑에 놓인 다른 새해 선물 중 — 아이들이 초조해서 날이 밝을 때까지 기다리지 못했던 — 가장 아름다웠으며 거기서 기를 수 있는 식물과 더불어 겨울의 헐벗음으로부터 아이들의 마음을 위로해 주었다. 아니, 이 겨울 정원은 온

---

* '겨울 정원'은 집 안에서 실내 온실로 사용되던 방을 가리킨다. 그리고 새해 선물용 온실이란, 이런 온실을 모방해서 만든 작은 유리 상자 안에 식물 몇 개를 심어 아이들에게 주던 선물이다.
** 19세기 가장 유명한 출판업자였던 피에르 쥘 에첼(Pierre Jules Hetzel, 1814~1886)의 필명으로 발자크, 위고, 보들레르 등의 작품을 출판했으며, P. J. 스탈이란 이름으로 몇몇 작품을 집필했다. 이 출판사의 선물용 책자란 당시 전 분야에서 가장 유명했던 인사들의 글을 한데 모아 만든 책을 가리킨다.

실 자체보다는 그 옆에 놓인 또 다른 새해 선물인 장정이 아름다운 책에 그려진 온실과 더 흡사했으며, 이 온실은 아이들이 아니라 책의 주인공인 릴리* 양에게 주어졌지만 그래도 아이들 마음을 얼마나 황홀하게 했던지, 지금은 거의 늙은이가 된 그들에게 그들의 행복했던 시절 중 겨울이 가장 아름다운 계절이었다는 생각마저 들게 했다. 그리고 길에서 보면 불이 환히 켜진 유리창이 마치 아이들 책에 그려진 또는 진짜 온실의 창문처럼 보이며, 그런 다양한 나무들이 우거진 겨울 정원 맨 구석에서, 지나가는 행인이 발끝을 치켜들고 바라보면 대개는 연미복 차림에 치자 꽃이나 카네이션을 단춧구멍에 꽂은 남자가 의자에 앉은 여인 앞에 서 있는 모습이 보였다. 두 사람은 최근에 수입한 사모바르**의 수증기에 감싸여 마치 토파즈에 새겨진 두 형상처럼 호박 빛 감도는 살롱 분위기를 배경으로 아련하게 윤곽을 드러냈다. 오늘날에도 여전히 사모바르에서는 김이 나오지만 이제는 친숙해져서 어느 누구의 눈에도 띄지 않게 되었다. 스완 부인은 그녀의 '차'를 매우 중요시했다. "늦은 시각이면 언제라도 제가 있으니 차를 드시러 오세요."라고 남성에게 말하는 것만으로도 자신의 독창성을 드러내고 매력을 풍긴다고 생각했다. 그래서 순간적으로 영어식 억양으로 발음하는 자기 말에 섬세하고도 부드러운 미소를 곁들였는데, 그러면 상대는 마치 그 말이 존경심

---

* 어린이를 위한 전집 『릴리 양의 총서』에 나오는 여주인공 이름으로, 이 전집은 1865년부터 1911년 사이에 P. J. 스탈이 발간했다.
** 러시아에서 물 끓이는 데 사용하는 주전자.

을 불러일으키며 주의를 요하는 아주 중요하고 특별한 일이라도 된다는 듯 경건한 태도로 그 말에 답례하고 각별한 주의를 기울였다. 여기에는 앞서 말한 이유 외에도 또 다른 이유가 있었으며 그 때문에 스완 부인의 살롱에서 꽃들은 단순히 장식적인 특징만을 띠지 않았다. 그 이유는 시대와는 무관한, 어느 정도는 오데트가 과거에 보냈던 삶과 관계가 있었다. 유명한 화류계 여자로서 많은 시간을 정부를 위해 살았으며, 다시 말하면 대부분의 시간을 자기 집에서 보냈으므로, 이 점이 그녀로 하여금 자신을 위해 살도록 했다. 정숙한 여인 집에서 찾아볼 수 있는 물건, 그래서 그 정숙한 여인에게 중요하게 보일 수 있는 물건들은 화류계 여인에게 그 어떤 것보다 중요한 의미를 띤다. 그녀 일과에서의 정점은 사교계에 나가려고 옷을 입을 때가 아니라, 남자를 위해 옷을 벗을 때다. 외출복을 입을 때와 마찬가지로 실내복이나 잠옷을 입어도 우아하게 보여야 한다. 다른 여인들이 보석을 과시할 때 그녀는 진주의 내밀함 속에 산다. 이런 삶이 은밀한 사치에 대한 의무를 부과하고 드디어는 그에 대한 취향, 다시 말해 거의 비타산적이라 할 수 있는 취향을 부여한다. 스완 부인은 자신의 사치스러운 취향을 꽃에 쏟아부었다. 그녀의 안락의자 옆에는 파르마 바이올렛*이나 마거리트 꽃잎을 띄워 놓은 커다란 크리스털 수반이 놓여 있었는데, 이 수반은 그 집에 도착한 손님 눈에 그녀

---

* 다년생 제비꽃으로 보라색 겹꽃을 피우며 향기가 은은해서 향수로 쓰인다. 이탈리아의 도시 파르마를 대표하는 꽃이다.

가 좋아하는 일, 이를테면 자신의 기쁨을 위해 혼자 차를 마
시다가 방해를 받았다고 생각하는 듯 보이게 했다. 또는 보다
내밀하고 보다 신비스러운 일로 방해를 받았다는 느낌을 주
기도 했는데, 손님은 흩어진 꽃들을 바라보면서 마치 펼쳐진
책 제목이 오데트가 방금 했던 독서를, 또는 그녀의 현재 생
각을 보여 주는 듯해서 용서를 빌고 싶을 정도였다. 그리고
이런 책들보다 꽃은 더 살아 있었다. 스완 부인을 방문하러
들어가면서 그녀가 살롱에 혼자 있지 않은 걸 보거나, 또는
누군가가 그녀와 함께 돌아왔을 때 살롱이 비어 있지 않은 걸
보면 거북해지곤 했는데, 그만큼 꽃이 살롱에서 신비로운 자
리를 차지하며 또 우리가 알지 못하는 여주인의 삶의 시간들
과 관계가 있기 때문이다. 이 꽃은 오데트의 방문객들을 위해
준비된 것이 아니라, 거기 그녀에게 잊힌 채 그녀와 특별한
이야기를 나누거나 앞으로 이야기를 하려 하고 있어, 사람들
은 방해나 되지 않을까 걱정하면서도 그 대화의 비밀을 해독
해 보고자 물에 씻겨 연해지고 녹아든 파르마 바이올렛의 보
랏빛에 눈길을 고정해 보려 했지만 이런 시도는 번번이 헛수
고로 끝나고 말았다. 10월 말부터 오데트는 가능한 한 규칙
적으로 차 시각에 맞춰 귀가했는데, 당시 이것은 '5시 차(five
o'clock tea)'라고 불리었다. 누군가가 오데트에게 베르뒤랭
부인이 살롱을 형성할 수 있었던 것은, 그 시각에 방문하면
틀림없이 부인을 만날 수 있기 때문이라고 말해 주었다.(오
데트는 이 말을 즐겨 반복했다.) 오데트 자신도 이런 종류의, 그
러나 보다 자유로운, 그녀가 즐겨 말하듯이 "엄격하지 않은

(senza rigore)" 살롱을 갖고 있다고 생각했다. 이처럼 그녀는 자신을 레스피나스* 양 같은 사람으로 여겼고, 작은 패거리의 뒤 데팡 부인으로부터 가장 마음에 드는 남자들, 특히 스완을 빼내 옴으로써, 자신의 살롱을 베르뒤랭 부인의 살롱에 필적하게 만들었다고 믿었다. 오데트가 베르뒤랭 살롱으로부터 이탈하고 물러나자 스완이 그 뒤를 따랐다고 하는데, 이런 설명은 그녀의 과거를 모르는 신참 손님들을 설득하는 데는 성공했지만 그녀 자신은 설득하지 못했다는 점을 이해할 것이다. 하지만 우리가 좋아하는 몇몇 역할은 사람들 앞에서 그렇게 여러 번 연기하고 또 우리 마음속에서도 여러 번 반복하기 마련이므로 거의 완전히 망각한 현실보다는 허구적인 증언을 보다 쉽게 참조하는 법이다. 외출하지 않는 날 스완 부인은 첫눈처럼 하얀 크레프드신 실내복을 입거나 실크 모슬린의 긴 뒤요타즈**가 달린 옷차림으로 집에 있었는데, 그 모습은 마치 어느 축제일에 분홍빛 또는 흰색 꽃잎을 땅에다 뿌려 놓은 듯 보이지만 오늘날에는 겨울철에 맞지 않는 잘못된

---

* 쥘리 드 레스피나스(Julie de Lespinasse, 1732~1776). 이 18세기 여류 작가는 1764년부터 계몽주의 철학가 장바티스트 르 롱 달랑베르(Jean-Baptiste Le Rond D'Alemberts, 1717~1783)와 에티엔 보노 드 콩디약(Étienne Bonnot de Condillac, 1715~1780)이 드나드는 살롱의 여주인으로 유명했다. 당시 사교계의 총아라고 할 수 있는 데팡(Deffand) 후작 부인의 총애를 받아 사교계에 등장했지만, 마치 스완 부인과 베르뒤랭 부인처럼, 후작 부인의 손님을 자신의 살롱으로 끌어들인 걸로 알려져 있다.
** 레이스나 모슬린 장식을 목이나 소매, 가슴의 트인 부분에 다는 가장자리 장식을 가리킨다.

옷차림으로 보일지도 모른다. 왜냐하면 얇은 천과 부드러운 빛깔이 ── 두꺼운 커튼이 쳐 있던 당시 살롱의 더운 열기에 대해 그 시대 사교계 소설가들이 가장 멋있다고 생각한 표현은 바로 '푹신하게 속을 넣은'*이었다. ── 여인 옆에 놓인 장미꽃에도 추위에 떠는 듯한 인상을 주어, 장미꽃은 겨울인데도 이미 봄이 다 된 듯 그 선홍색 나신으로 그녀 곁에 머무를 수 있었다. 양탄자가 깔려 있어 소리도 나지 않는 데다, 당시 안주인은 집 안 깊숙이 머물렀으므로 손님이 들어와도 오늘날처럼 알아차리지 못하고 손님이 바로 앞에 와 있는데도 계속 독서를 했는데, 이런 모습은 오늘날 유행이 지난 옷의 추억 속에서나 발견되는 소설적인 인상, 일종의 발각된 비밀이라는 매력을 더해 주었다. 스완 부인은 이렇듯 유행이 지난 옷을 버리지 않은 유일한 여인이었으며, 또 이런 옷차림 여인이 우리에게 소설 속 여주인공이라는 인상을 주는 이유는 우리들 대부분이 앙리 그레빌**의 소설을 통해서만 이런 여인을 보았기 때문이다. 오데트는 겨울이 시작될 무렵에는 살롱에 다양한 색깔의 커다란 국화꽃을 들여놓았고, 이 커다란 국화꽃들은 예전에 스완이 그녀 집에서 보지 못했던 꽃들이었다.*** 이런 국화꽃을 내가 찬미하게 된 것은 ── 스완 부인에

---

* 프랑스어로 douillettement capitonnés라고 표기되며, 안락의자나 문 같은 데 속을 넣어 푹신하게 만든 것을 가리킨다.
** Henry Gréville(1842~1902). 알리스 플뢰리의 필명으로 러시아를 배경으로 대중소설을 많이 썼다.
*** 일본풍 커다란 국화는 동양에 대한 관심과 더불어 유행하기 시작했는데,

게 그 슬픈 방문을 하던 어느 날, 내 슬픔 때문에 다음 날 질베르트에게 "네 친구가 날 방문했었단다."라고 말할 질베르트 어머니로서의 스완 부인을 감싸고 있는 그 신비로운 시를 그녀 주위에서 느꼈을 때였다. —— 아마도 루이 15세풍 안락의자를 감싼 비단처럼 연한 분홍빛, 또는 그녀가 입은 크레프드신 실내복처럼 하얀 눈빛, 사모바르처럼 금속성 붉은빛을 띤 가지각색 국화꽃들이 살롱 장식에 추가적인 장식을, 똑같이 풍요롭고 섬세하며 살아 있기는 하지만 며칠밖에 가지 않는 장식을 겹쳐 놓았기 때문인지도 몰랐다. 그러나 국화꽃들이 11월 땅거미가 질 무렵 안개 속에서 화려하게 타오르는 저녁놀처럼 그렇게 분홍빛이거나 구릿빛이면서도 그 빛깔만큼 그렇게 덧없지 않고 비교적 오래가는 것을 보고 난 그만 감동했다. 그리고 스완 부인 집에 들어가기 전에 하늘에서 얼핏 보았던 그 사라져 가던 저녁놀이 집 안에서 다시 꽃들의 불타는 팔레트 형태로 연장되고 옮겨 온 것을 보았다. 인간의 처소를 장식하기 위해 어느 위대한 채색가가 불안정한 대기와 태양으로부터 분리한 듯한 그 불꽃과도 같은 국화꽃은, 내 슬픔에도 불구하고 차를 마시는 동안 내 옆에서 내밀하고도 신비스러운 광채를 타오르게 하여 그토록 짧은 11월의 기쁨을 탐욕스럽게 음미하도록 초대했다. 아! 슬프게도 난 내 귀에 들리는 대화를 통해서는 그 찬란한 빛에 도달할 수 없었다. 그들의 대화는 이런 국화의 광채와는 전혀 닮은 데가 없

파리에서는 1897년 열린 국화 전시회가 그 시발점이었다.

었으니까. 시간이 꽤 늦었는데도 스완 부인은 코타르 부인에게조차 애교를 부리며 "안 돼요, 늦지 않았어요, 시계를 보지 마세요. 시계가 맞지 않으니까요. 제대로 작동하지 않아요. 대체 뭐가 그리 바쁘신 거죠?"라고 말하면서 이미 명함 가방을 든 교수 부인에게 작은 케이크 한 조각을 더 권했다.

"이 댁에서는 집을 빠져 나가기가 정말 쉽지 않군요." 하고 봉탕 부인이 스완 부인에게 말했다. 코타르 부인은 자신의 인상이 다른 사람을 통해 표현되는 걸 듣자 깜짝 놀라 이렇게 소리쳤다. "그래요, 제 짧은 식견으로는요. 마음속 깊은 곳에서 늘 하는 말도 바로 그거예요." 코타르 부인은 조키 클럽 신사들로부터 인정받았는데, 스완 부인이 이 상냥하지 못한 프티부르주아 여자를 소개했을 때, 그들은 마치 크나큰 영광이라도 되는 듯 부인에게 인사를 해 댔다. 코타르 부인은 오데트의 빛나는 친구들 앞에서 조심스러운 태도 혹은 그녀가 '방어적'이라고 부르는 태도를 취했으며 아주 간단한 일에도 늘 품위 있는 언어를 썼다. "이번으로 수요일 약속을 세 번이나 어겼어요." 하고 스완 부인이 코타르 부인에게 말하면, 그녀는 "정말 그렇군요. 오데트, 만나 뵙지 못한 지 '아주 많은 세월이, 아주 오랜 시간이' 지나갔군요. 보세요, 제게 죄가 있다는 걸 인정하지 않나요. 하지만 당신한테 말할 게 있어요." 하고 비록 의사 부인이긴 하지만 완곡법을 사용하지 않고는 류머티즘이나 신장염에 대해 감히 말하지 못하겠다는 듯 수줍어하면서도 불분명한 어투로 덧붙였다. "아주 사소하지만 '귀찮은 일들'이 많았어요. 누구에게나 다 있는 일이지만요. 그런 데다 하인 녀석 하나가 말썽을 일으켰어요. 제가 다른 사람보다 더 권위적인 데 물든 사람은 아니지만, 본보기를 보이기 위해서라도 우리 집 요리사 바텔*을 해고해야 했어요. 더 좋은 자리를 찾는 것 같았어요. 그런데 요리사를 내보낸 게 하인들의 총 사퇴를 초래할 뻔했지 뭐예요. 하녀가 더 이상 우리 집에 있기 싫다고 해서 호메로스 풍 장면이 벌어졌죠. 이 모든 사태에도 불구하고 전 지휘권을 단단히 붙들었고요. 이 일은 제가 결코 잊어서는 안 되는 좋은 교훈을 주었어요. 이런 하인들 이야기가 지루하실 테지만 하인을 다루는 게 얼마나 골치 아픈 일인지는 부인도 잘 아실 거예요. 그런데 댁의 귀여운 따님이 보이지 않네요?" 하고 코타르 부인이 물었다. "제 귀여운 딸은 친구 집에서 식사를 하고 있답니다." 하고 스완 부인이 대답하고 나서 내 쪽으로 머리를 돌리며 "내일 와 달라고 당신에게 편지를 쓴 걸로 아는데요." 하고 덧붙이고는 "그런데 댁의 베이비들은 어때요?" 하고 교수 부인에게 질문했다. 나는 깊은 안도의 한숨을 쉴 수 있었다. 내가 원할 때면 언제라도 질베르트를 만날 수 있다는 걸 증명해 주는 스완 부인의 이런 말이야말로, 바로 내가 이 집에서 찾으려 했던 위안이었으며 스완 부인에 대한 방문을 필요로 했던 이유였다. "아뇨, 못 받았는데요, 오늘 저녁에 질베르트에게 편지를 보내죠. 게다가 질베르트와 전 이제 만나지 않아요." 하고 나는 우리 결별에 어떤 신비스러운 이유를 부여하듯이 말했는데, 이런 이유는, 내가 질베르트에

---

* 62쪽 주석 참조.

대해 말하고 또 질베르트가 나에 대해 말하는 그런 다정한 방식으로 유지되는 사랑에 대한 환상을 심어 주었다. "질베르트가 당신을 무척이나 좋아한다는 거 알죠?" 하고 스완 부인이 말했다. "정말로 내일 오지 않을 거예요?" 갑자기 어떤 환희가 내 마음속에서 솟구쳐 올랐다. 나는 마음속에서 이렇게 말했다. '어쨌든, 그렇게 하지 않을 필요야 없지 않은가? 나를 오라고 하는 사람이 바로 그녀 어머니인데.' 그러나 나는 금방 다시 슬픔에 빠졌다. 질베르트가 나를 보면 최근의 내 무관심이 가장된 거라고 생각할까 두려웠고, 그러느니 차라리 이별을 연장하는 편이 낫겠다고 생각했다. 우리의 이런 밀담 후에 봉탕 부인은 정치가 아내들이 보여 주는 따분함에 대해 불평을 늘어놓았는데, 그녀는 모든 사람을 따분하고 우스꽝스러운 존재로 여기는 척, 또 남편의 지위를 유감으로 여기는 척 말했다.

"그럼 당신은 계속해서 쉰 명이나 되는 의사 부인들을 대접할 수 있단 말이군요." 하고 봉탕 부인이 코타르 부인에게 말했다. 그런데 코타르 부인으로 말하자면, 이런 봉탕 부인과는 반대로 누구에게나 너그러웠고 온갖 의무를 존중할 줄도 알았다. "인품이 훌륭하시군요. 그런데 저로 말하자면 건설부에서 제 의무가 있긴 하지만, 그래도 저 공무원 아낙네들은, 제가 참을 수 있는 한도를 넘어선답니다. 그런 여자들에게는 혀를 내두르지 않을 수 없어요. 제 조카인 알베르틴도 저와 같아요. 그 애가 얼마나 무례한지 부인께선 잘 모르실 거예요. 지난주 제 손님 접대일에 재정부 차관 부인이 오셨는데, 그분이 요리에 대해서는 잘 알지 못한다고 말씀하셨어요. '하지만 부인.' 하고 제 조카가 우아하게 미소를 지으며 대답했죠. '부인께서는 요리가 어떤 건지 잘 아실 텐데요. 부인 아버지께서 요리사 조수였으니까요.'" "오! 전 그 이야기가 마음에 드는데요. 아주 재미있어요." 하고 스완 부인이 말했다. "그래도 의사 선생님의 진찰일에는 '홈(home)' 같은 분위기를 풍겨야죠. 꽃이며 책이며 부인이 좋아하는 물건들로요." 하고 그녀는 코타르 부인에게 충고했다. "그 애는 이렇게 뺨을 때리듯 얼굴에다 대고 말을 퍼부었죠. 돌려서 하지 않고 직설적으로 말이에요. 그리고 그 가면 덩어리는 제게 그 일에 대해 미리 알려 주지도 않았답니다. 그 앤 원숭이처럼 아주 교활해요. 부인께서는 자제할 줄 아시니 참 좋으시겠어요. 전 자기 생각을 숨길 줄 아는 사람이 부러워요." "하지만 그럴 필요가 없어요, 부인, 전 그렇게 까다로운 사람이 아니거든요." 하고 코타르 부인이 부드럽게 대답했다. "우선 제게는 부인과 같은 권리가 없어요." 하고 그녀는 약간 목소리를 높이며 덧붙였다. 자신에 대한 감탄을 자아내고, 또 남편의 출세에도 도움이 되는 세심한 친절과 재치 있는 아첨의 말을 대화 중에 끼워 넣을 때면, 그녀는 그 말을 강조하기 위해 목소리를 약간 높였다. "게다가 전 우리 교수님께 도움이 되는 일이라면 뭐든지 즐겁게 한답니다."

"그런데 부인, 그런 일은 원해서 되는 게 아니라 할 수 있어야만 하는 거랍니다. 아마도 부인은 그렇게 예민하지 않으신가봐요. 전 국방부 장관 부인이 얼굴을 찌푸리는 걸 볼 때마다 금방 그분 흉내를 내게 되거든요. 나 같은 성격은 끔찍해요."

"아! 그래요." 하고 코타르 부인이 말했다. "저도 그 부인에 게 안면 경련이 있다고 들었어요. 제 남편도 그 부인과 상태가 똑같은 어느 고위층 인사를 안답니다. 그런데 남자들은 그들 끼리 말할 때면 당연히……."

"그런데 부인, 또 있어요. 의전 담당 국장인데, 꼽추랍니다. 그걸로 이미 결정 난 거죠. 그분이 우리 집에 도착해서 채 오 분도 되기 전에, 전 그분의 곱사등을 만지려고 했다니까요.* 우리 남편은 그러다가 제가 남편을 쫓아내고 말 거라고 한답 니다. 빌어먹을 내각이라고! 그래요, 빌어먹을 내각이라고! 저는 이 말을 편지지에다 격언처럼 써 놓고 싶어요. 아마도 제 가 댁을 무척이나 놀라게 했을 거예요. 착한 분이시니까. 고백 하지만, 시시한 욕을 해 대는 것만큼 재미있는 일도 없답니다. 그거라도 없으면 인생은 정말 단조로울 거예요."

그러고는 마치 올림푸스 동산이라도 되는 듯 줄곧 내각에 대한 말을 입에 떠올렸다. 화제를 바꾸기 위해 스완 부인이 코 타르 부인 쪽으로 몸을 돌렸다.

"부인께서는 오늘 훨씬 아름다워 보이시네요, 레드펀** 제품 인가요?"

"아니에요, 제가 로드니츠*** 애용자인 건 아시죠. 게다가 이 건 오래된 거랍니다."

"그래요! 아주 멋있어요."

---

* 프랑스에는 곱사등을 만지면 복을 받는다는 미신이 있다.
** 1890년경 파리 리볼리 거리에 있던 의상실로 영국 스타일을 유행시켰다.
*** 1883년 파리 루아얄 거리에 있던 의상실이다.

"얼마라고 생각하세요? 아니에요, 첫 번째 숫자를 바꿔 보세요."

"뭐라고요? 거저나 다름없군요. 공짜네요. 세 배나 더 된다고 들었는데."

"'역사'란 바로 이렇게 쓰이는 것이죠." 하고 의사 부인이 결론을 내렸다. 그리고 스완 부인이 선물로 보낸 목도리를 가리키며 말했다.

"자, 보세요, 오데트, 알아보시겠어요?"

열린 커튼 틈 사이로 얼굴 하나가 나타나더니 격식을 갖추며 공손하게 인사를 하고는 방해가 될까 걱정이라고 짐짓 농담을 했는데, 바로 스완이었다. "오데트, 나와 서재에 함께 있는 아그리장트 대공께서 당신에게 인사를 하러 와도 되느냐고 묻는데 뭐라고 해야겠소?" "물론 환영이죠." 하고 오데트는 침착함을 잃지 않고 만족스럽게 말했다. 이런 침착함은 비록 화류계 출신이긴 하지만 항상 고상한 남자들을 접대해 온 그녀에게는 어렵지 않은 일이었다. 스완은 아내의 허락을 전하러 갔다. 그리고 그사이에 베르뒤랭 부인이 거실에 들어오지만 않으면 스완은 대공을 데리고 다시 아내 곁으로 돌아왔다.

오데트와 결혼했을 때 스완은 오데트에게 다시는 베르뒤랭네 작은 패거리와 어울리지 말라고 부탁했다.(이런 부탁을 한데는 여러 이유가 있었는데, 설령 이유가 없다 해도 배은망덕의 법칙에 따라 그렇게 했을 것이다. 이 법칙은 예외를 허용하지 않으며, 또 모든 뚜쟁이들에게 선견지명의 부족 또는 그들의 행동이 비타산적이었다는 점을 부각한다.) 그는 단지 오데트가 베르뒤랭 부인과

일 년에 한 번씩 번갈아 하는 방문만을 허락했는데, 이런 행동은 그토록 여러 해 동안 오데트와 스완조차도 베르뒤랭 집안의 총애하는 자식으로 대해 왔던 여주인에 대한 모욕이라고 분개하는 신도들에게는 더더욱 지나친 행동으로 보였다. 어느 날 저녁 아무 말도 하지 않고 베르뒤랭네 사람들을 버리고 오데트의 초대에 갔다가 발각되는 경우엔 베르고트를 만나고 싶은 호기심에서 그랬노라고 변명할 준비가 된 배신자들도 있었지만(비록 '여주인'이 베르고트가 스완네 살롱을 드나들지 않으며 베르고트가 재능이 없는 사람이라고 우겨 댔지만, 그럼에도 여주인에게 친숙한 표현으로 말해 보면 그녀는 베르고트를 '유인하려고' 무척이나 노력했다.) 이 작은 그룹에는 또한 '과격파'들도 있었기 때문이다. 누군가를 괴롭히려고 극단적인 태도를 취하고 싶은 경우에도 개인에 대한 예의 때문에 하지 못하는 법인데, 이런 사적인 예의를 알지 못하는 과격파들은 베르뒤랭 부인이 오데트와의 모든 관계를 끊고, 오데트가 웃으면서 말하는 그 만족스러운 태도를 벗기고 싶어 했지만 뜻을 이루지 못했다. "우리의 '분파' 이후부터는 여주인 댁에 자주 가지 못한답니다. 그래도 남편과 결혼하기 전에는 가능했지만 이제는 가정을 꾸리고 보니 그리 쉽지 않군요……. 스완 씨는, 사실을 말하자면 베르뒤랭 마님을 잘 소화하지 못하고, 또 제가 그곳에 일상적으로 출입하는 걸 좋아하지 않거든요. 그래서 전, 정숙한 아내로서……." 스완은 베르뒤랭네 저녁 파티에 갈 때는 아내를 동반했지만, 베르뒤랭 부인이 오데트 집을 방문하러 올 때는 자리를 피했다. 따라서 여주인이 살롱에 있을 때면 아그리장트 대공이 혼자 들어갔다. 게다가 오데트는 대공 한 사람만을 베르뒤랭 부인에게 소개했는데 베르뒤랭 부인 귀에 신분 낮은 손님들의 이름이 들리지 않기를 바랐기 때문이다. 방에 낯선 얼굴들이 여럿 보이면, 베르뒤랭 부인이 귀족계급의 저명인사들로 둘러싸인 줄로 믿을 거라고 생각했다. 이 계산은 맞아떨어졌는데, 그날 저녁 베르뒤랭 부인은 남편에게 "매력적인 모임이에요! 모든 '반동파' 꽃이 다 모였더군요." 하고 혐오스럽게 내뱉었다. 오데트는 베르뒤랭 부인에 대해 어떤 전도된 환상 속에 살고 있었다. 이는 베르뒤랭 살롱이 우리가 나중에 보게 될 살롱의 초기 단계이기 때문만은 아니었다. 베르뒤랭 부인은 최근에 쟁취한, 소수의 뛰어난 사람들이 천민 무리에 빠져 허우적거리는 큰 파티는 아예 유보하고, 그녀가 이처럼 유인하는 데 성공한 의인 열 명의 생산력이 칠십 배로 증식하는 걸 기다리는 편이 낫다고 생각하는 그런 부화기에는 아직 이르지 못한 상태였다.* 오데트가 지체하지 않고 곧 일을 진행했으므로, 베르뒤랭 부인 쪽도 그녀의 최종 목표를 '상류사회'에 두었는데, 그 공격 지대가 아직은 너무 제한된 데다가, 오데트가 운 좋게 동일한 결과에 도달해서는 이미 꿰뚫고 들어가는 데 성공한 지대로부터도 아직은 거리가 있었다. 반면 오데트는 여주인이 심사숙고하면서 짜고 있는 그 전략적인 계획에 대해 전혀 몰랐다. 그래서 누군가가 오데트

---

* 이 부분은 소돔과 고모라를 멸망시키려 하는 하느님께 롯이 의인 열 명만 찾을 수 있으면 멸망시키지 말아 달라고 부탁하는 「창세기」 18장의 한 대목을 암시하는 듯 보인다.

에게 베르뒤랭 부인이 속물이라고 말하면, 그녀는 더할 나위 없이 선의가 가득한 웃음을 터뜨리면서 이렇게 말했다. "정반 대예요. 우선 베르뒤랭 부인에게는 속물적인 요소가 없어요. 아는 사람이 아무도 없으니까요. 다음으로 부인이 속물스러운 사람들을 좋아한다고 말하는 편이 더 공정해요. 아니 그분이 좋아하는 건 그녀의 수요일과 유쾌한 수다쟁이들이죠." 오데트는 남몰래 베르뒤랭 부인에게서(물론 그녀 자신도 아주 좋은 '학교'에서 그런 기교를 배우는 데 성공했으므로 별로 실망하지는 않았지만) '여주인'이 그렇게도 중요성을 부여하는 기교, 비록 그 기교가 존재하지 않는 것에 미묘한 의미를 주고 공허를 새기는, 엄밀히 말하면 '허무의 기교'에 지나지 않았지만, 그런 기교를 배우고 싶어 했다. 다시 말해 (가정주부로서) '사람들을 한데 모을 줄 알고, 패거리로 나누는 데 정통하고, 그들은 돋보이게 하면서 자기는 앞에 나서지 않고,' '연결고리로서의' 소임을 다하고 싶어 했다.

어쨌든 스완 부인의 친구들은 베르뒤랭 부인의 살롱에서 떼어 놓을 수 없는 액자처럼 손님들과 작은 동아리 사람들로 둘러싸인 모습으로만 생각해 오던 여주인이 이렇게 스완 부인네 손님이 되어 단 하나의 안락의자 속에 환기되고 요약되고 압축되어 그녀의 살롱을 장식하는 흰 모피를 입은 여인들처럼 물새의 잔털로 뒤덮인 코트 속에 포근하게 감싸인 모습을 보자 감탄을 금치 못했는데, 여기서도 베르뒤랭 부인은 그 자체가 살롱으로 보였다. 아주 소심한 여인들은 신중함에서 자리를 물리려 했는데, 병석에서 일어난 회복기의 병자를 너무 피곤하게 하지 않는 편이 현명하다는 걸 다른 사람들에게 주지시키려는 듯, 여인들은 '우리'라는 복수형을 쓰면서 말했다. "오데트, '우린' 당신을 두고 가겠어요." '여주인'이 코타르 부인을 세례명으로 부르자 모두들 코타르 부인을 부러워했다. "제가 당신을 납치해 갈까요?" 하고 '신도' 중 한 사람이 베르뒤랭 부인을 따라 나오는 대신 그곳에 그대로 남아 있으려 한다는 생각에 견딜 수 없었던 부인이 코타르 부인에게 말했다. "아, 하지만 이분이 친절하게도 이미 절 데려다 주신다고 했는걸요." 하고 코타르 부인은 휘장 달린 관공서 마차로 데려다 준다는 봉탕 부인의 제의를 승낙했던 사실을, 보다 유명한 사람을 위해 잊어버렸다는 인상을 주고 싶지 않아 이렇게 대답했다.

"마차에 함께 태워 준다는 친구분들에게는 정말 감사드려요. 아우토메돈*이 없는 저로서는 정말로 횡재라고 할 수 있으니까요." 그러자 베르뒤랭 부인이 "더구나." 하고 대답을 이었다. (봉탕 부인과는 조금 아는 사이이며 또 이제 막 자신의 수요 모임에 그녀를 초대한지라 지나치게 많은 말을 하지 않으려 하면서.) "부인 댁이 크레시 부인 댁 바로 근처는 아니니까요. 오! 저런, 언제나 난 스완 부인이라고 할 수 있을지." 스완 부인이라고 부르는 데 익숙해지지 않는 척하는 것이 작은 패거리의 그다지 재치 없는 사람들 사이에서는 농담거리가 되어 왔다. "난 크레시 부인이라고 부르는 데 너무 익숙해서 하마터면

---

* 그리스 신화에 나오는 용사로 아킬레우스의 전차를 끌었다.

또 틀릴 뻔했어요." 베르뒤랭 부인만이 오데트에게 말을 할 때면 틀릴 뻔한 게 아니라 일부러 틀리게 말을 했다. "무섭지 않아요, 오데트, 이렇게 외진 동네에 사는 게? 나 같으면 저녁에 돌아올 때 전혀 안심하지 못할 것 같아요. 게다가 이곳은 무척이나 습하군요. 당신 남편 습진에는 그다지 좋지 않겠어요. 적어도 쥐는 나오지 않겠죠?" "전혀요, 끔찍한 말씀을 하시네요." "그래요, 다행이군요. 누군가가 그런 말을 해서요. 사실이 아니라니 기쁘네요, 그렇지 않으면 난 쥐가 너무 무서워서라도 두 번 다시 당신 집에 오지 않았을 테니까요. 안녕, 내 귀여운 분, 또 만나요, 내가 얼마나 당신 만나는 걸 좋아하는지 잘 알죠. 당신은 국화도 제대로 꽃을 줄 모르시나 봐." 하고 베르뒤랭 부인이 말하면서 떠났다. 스완 부인은 그녀를 배웅하려고 몸을 일으켰다. "이건 일본 꽃이에요. 그러니 일본 사람이 꽃는 것처럼 꽂아야 돼요." "저는 베르뒤랭 부인의 의견과 같지 않아요. 모든 일에서 그분이 나의 '법률'이자 '예언자'지만요. 당신밖에 없어요. 오데트, 이처럼 아름다운 국화를 찾아낸 사람은 아마도 당신밖에 없을 거예요. 아니 지금 식으로 말하자면 국화를 여성명사가 아닌 남성명사로 말해야겠지만요."* 하고 코타르 부인은 베르뒤랭 부인이 문을 닫고 나가자 말했다. "베르뒤랭 부인은 다른 사람의 꽃에 항상

* 국화를 뜻하는 프랑스어 chrysanthème는 처음에는 여성명사로 쓰였다가 나중에는 남성명사로 쓰였다고 한다. 1873년의 『라루스 백과사전』에서도 이런 혼동을 찾아볼 수 있는데, 남성명사로 정의해 놓고 나서 그 예문에는 여성명사처럼 형용사를 일치시킨 것이 좋은 예다. 『소녀들』(폴리오) 534쪽 참조.

관대하지만은 않은 것 같아요."하고 스완 부인이 부드럽게 말했다. "부인은 어느 꽃가게에 가세요?"하고 코타르 부인이 여주인에 대한 비판을 더 이상 하지 않으려고 물었다.

"르메트르 가게인가요? 요전 날 르메트르 가게 앞에서 커다란 분홍색 관목을 보고는 그만 터무니없는 지출을 하고 말았답니다."그러나 그녀는 신중하게도 관목 가격은 구체적으로 말하지 않았다. '좀처럼 골내는 법이 없는' 교수가 칼을 뽑아 들고 그녀에게 돈의 가치를 모른다고 말했다고만 했다. "아니에요, 전 드바크 가게에만 가요.""저도 그래요."하고 코타르 부인이 말했다. "하지만 가끔은 의리를 접고 라숌 가게에도 간답니다."*"아! 부인께서는 라숌과 더불어 드바크를 배신하는군요. 드바크에게 그 사실을 일러 줘야겠어요."하고 자기 집에서의 대화를 재치 있게 이끌려는 오데트가 말했다. 그녀는 작은 패거리와 함께 있을 때보다 자기 집에 있는 것이 더 마음 편했다. "그런데 라숌 가게의 꽃 값이 너무 비싸졌어요. 터무니없어요. 정말 부적절한 가격이라고 생각해요."하고 그녀는 웃음을 터뜨리면서 덧붙였다.

그동안 봉탕 부인은 베르뒤랭네 집에 가고 싶지 않다고 수백 번이나 말해 왔지만 수요 모임에 초대받은 것이 너무도 기뻐 어떻게 하면 자주 그곳에 갈 수 있을지 계산했다. 그녀는 베르뒤랭 부인이 자신의 초대에 한 사람도 빠지지 않기를 바

---

* 르메트르 꽃가게는 오스만 거리, 드바크는 말레제르브 거리에 위치했으며, 라숌은 쇼세당탱 거리에 있다가 지금은 루아얄 거리에 위치한다.

란다는 걸 몰랐다. 한편 그녀는 별로 인기가 없는 편에 속했으므로 어느 집의 여주인으로부터 '일련의 모임'에 초대를 받으면 그 시간에 틈도 있고 외출도 하고 싶고, 찾아가면 언제나 기뻐할 줄 알고 방문하는 그런 사람들과는 달리, 첫 번째 모임과 세 번째 모임에 빠지면 사람들이 주목할 거라고 생각하고 두 번째와 네 번째 모임을 기다리는 사람이다. 아니면 어느 소식통으로부터 세 번째 모임이 특별히 화려할 거라는 소식을 듣고는 처음의 순서를 바꿔, 여주인에게 "공교롭게도 지난번에는 다른 약속이 있었어요."라고 주장하는 사람이다. 이렇게 봉탕 부인은 부활절까지 수요일이 얼마나 남아 있는지, 어떻게 하면 강요하는 것처럼 보이지 않으면서 수요일에 한 번 더 갈 수 있는지를 계산하고 있었다. 그녀는 코타르 부인에게 기대를 걸었는데 함께 마차로 돌아가면서 코타르 부인이 어떤 단서를 주리라 생각했다. "아니 봉탕 부인, 벌써 일어나시려고요? 이렇게 도망치듯 가는 모습을 보이다니 정말 친절하지 않으시군요. 지난 목요일에 오시지 않았으니 대신 보충을 하셔야죠……. 잠시만 더 앉아 계세요. 설마 저녁 식사 전에 다른 댁을 방문하시려는 건 아니겠죠? 정말 드시고 싶지 않으세요?" 하고 스완 부인은 과자 접시를 내밀며 말했다. "이게 작고 볼품없어 보여도 그렇게 맛이 없는 건 아니랍니다. 모양은 형편없지만 한번 드셔 보시고, 맛이 어떤지 말씀해 주세요." "오히려 아주 맛있어 보이는데요." 하고 코타르 부인이 대답했다. "오데트, 댁에는 정말로 맛있는 게 떨어지는 적이 없군요. 어느 가게 제품인지 물어볼 필요도 없어요. 전부 르바테

가게에서 주문한다는 걸 잘 아니까요. 전 취향이 부인보다는 절충적이랍니다. 프티 푸르나 과자 들은 자주 부르보뇌*에 주문하죠. 그러나 그 가게가 아이스크림에 대해서는 전혀 문외한이라는 걸 알아요. 그래서 온갖 아이스크림이나 바바리안 크림,** 소르베 같은 건 르바테에 주문하죠. 아주 대단한 기술이에요. 제 남편 말처럼 '최상의 것(nec plus ultra)'이라 할 수 있어요." "하지만 이건 그냥 집에서 만든 거예요. 정말 안 드시겠어요?" "저녁 식사를 못할 것 같아서요." 하고 봉탕 부인이 대답했다. "하지만 잠시만 다시 앉을게요. 아시다시피 전 당신처럼 총명한 분과 얘기하는 걸 아주 좋아하거든요." "절 신중하지 못한 사람으로 여길지 모르지만, 오데트, 트롱베르 부인이 쓴 모자를 어떻게 생각하는지 좀 알고 싶네요. 요즘 유행이 커다란 모자인 줄은 알지만 그래도 조금 지나친 것 아네요? 그리고 요전 날 우리 집에 왔을 때 쓴 모자와 비교하면 조금 전에 쓴 모자는 현미경 같았어요." "별말씀을요, 전 총명하지 않아요." 이렇게 말하는 게 멋져 보일 거라고 생각하며 오데트가 대답했다. "전 남의 말을 잘 믿는 얼간이랍니다. 남이 말하는 걸 그대로 다 믿고 아무것도 아닌 일로 슬퍼하는 그런 사람이죠." 자기만의 삶을 살면서 그녀를 속이는 스완 같은 남자와 결혼해서 처음에는 매우 괴로웠다는 걸 그녀는 암시하고 있

---

* 셀레스트 알바레(Céleste Albaret, 1891~1984)에 의하면 르바테와 부르보뇌는 특별히 프루스트가 좋아하던 과자 가게였다고 한다.
** 독일 바이에른 지방과 프랑스에서 만들기 시작한 디저트로 거품을 낸 크림에 여러 과일이나 초콜릿을 넣어 만든 인기 있는 디저트 가운데 하나다.

었다. 한편 아그리장트 대공은 "전 총명하지 않아요."라는 말을 듣고서 그 말에 반론을 제기하는 것이 자신의 의무라고 느꼈지만 그에게는 임기응변의 재주가 없었다. "타라타타."* 하고 봉탕 부인이 소리쳤다. "당신이 총명하지 않다고요!" "사실 저도 그렇게 말하고 있었답니다. '내가 무슨 말을 들은 거지?' 하고요." 대공이 궁지에서 그를 구해 주는 기회를 포착했다. "내 귀가 잘못되지 않았나 하고 말입니다." "아니에요, 단언하지만." 하고 오데트가 말했다. "전 사실 아주 눈에 거슬리는 프티부르주아에 지나지 않아요. 아주 편견이 많고 우물 안 개구리에다 특히 무식하답니다." 그러고는 샤를뤼스 남작의 소식을 물어보려고 "남작을 만나 보셨나요?" 하고 대공에게 물었다. "당신이 무식하다고요!" 하고 봉탕 부인이 소리쳤다. "그럼 말예요. 관료 사회에 대해서는 뭐라고 하실까? 그 모든 각하의 아내란 자들이 누더기 조각에 대해서밖에 말할 줄 모르는 그런 사회에 대해서는! ……부인, 바로 일주일 전에 교육부 장관 부인에게 「로엔그린」**에 대해 말한 적이 있었어요. 그러자 그분이 이렇게 대답하더군요. '「로엔그린」? 아! 그래요, 폴리베르제르*** 극장의 최근 버라이어티 쇼 말이죠. 아주 재미있다고 하더군요.' 글쎄 부인, 그 말을 듣고 제 속이 얼마나 끓어오르던지 뺨을 한 대 때리고 싶을 정도였어요. 저도 한성깔

---

* 반대 의사나 경멸을 표현할 때 쓰는 감탄사다.
** 바그너의 오페라로 1850년 리스트의 지휘로 바이마르에서 초연되었다.
*** 1869년에 세워진 이 극장은 발레, 오페레타, 무언극, 버라이어티 쇼 등 다채로운 볼거리를 공연했다.

하거든요. 그런데, 신사 양반?" 하고 부인이 내 쪽으로 몸을 돌리며 말했다. "내가 맞지 않나요?" "제 말 좀 들으세요." 하고 코타르 부인이 말했다. "이렇게 다짜고짜 불쑥 물어보면 조금은 엉뚱한 대답을 해도 괜찮아요. 저도 이 점에 대해서는 조금 안답니다. 베르뒤랭 부인에겐 이렇게 목에 칼을 들이대며 협박하는 습관이 있거든요." "베르뒤랭 부인에 대해선데요." 하고 봉탕 부인이 코타르 부인에게 물었다. "수요일에 어떤 사람들이 그분 댁에 오는지 아세요? ……아 참 지금 기억이 났는데, 다음 주 수요일 초대를 우리가 승낙했었죠. 다음 주 수요일에 저희 집에 오셔서 함께 저녁 식사하지 않으시겠어요? 베르뒤랭 부인 댁에 같이 가게요. 혼자 들어가는 게 조금 겁이 나서요. 왠지 모르겠지만 그 훌륭한 분만 보면 늘 겁이 나네요." "제가 그 이유를 말씀해 드리죠." 하고 코타르 부인이 대답했다. "베르뒤랭 부인 앞에서 겁이 나는 건 그분 목소리 때문이에요, 어떻게 해요, 모든 사람이 다 스완 부인만큼 목소리가 아름다울 수는 없는 거니까요. 그래도 여주인의 말처럼, 일단 대화가 시작되면 수줍음이 얼음처럼 금방 녹아 버리죠. 사실 그분은 손님을 아주 반갑게 맞이하거든요. 그러나 전 댁의 느낌을 잘 이해할 수 있어요. 낯선 고장에 처음 간다는 건 결코 유쾌한 일이 아니죠." "부인도 저희 집에 오셔서 함께 식사하실 수 있어요." 하고 봉탕 부인이 스완 부인에게 말했다. "식사 후에 우리 모두 함께 베르뒤랭 댁으로 가요. 베르뒤랭처럼 따라 하려요. 그 때문에 여주인이 눈을 부릅뜨고 다시는 초대하지 않겠다고 해도, 일단 그분 댁에 들어가서는 우리 셋이서만 얘기를 하기로 하죠. 전 그게 제일 재미있을 것 같아요." 그러나 이런 주장은 그다지 진심인 것 같지 않았다. 왜냐하면 봉탕 부인이 "다음 수요일에는 누가 올 거라고 생각하세요? 무슨 일이 있을까요? 적어도 손님이 너무 많지는 않겠죠?" 하고 물었기 때문이다. "저는 틀림없이 못 갈 거예요." 하고 오데트가 말했다. "우리는 마지막 수요일에나 잠시 얼굴을 비칠 거예요. 그때까지 기다리셔도 좋다면야." 그러나 봉탕 부인은 방문을 연기하자는 이 제안이 별로 마음에 들지 않은 듯했다.

비록 살롱의 정신적 가치와 우아함이 일반적으로 정비례하기보다는 반비례하는 경우가 많다 할지라도, 스완이 봉탕 부인을 호의적으로 생각한다는 점에서 일단 자신의 사회적 실추를 받아들이면 그 결과로 함께 시간을 즐기기로 체념한 자들에 대해서도 덜 까다로워지며, 그런 자들의 지성이나 그 밖의 것에 대해서도 마찬가지로 덜 까다로워진다는 것을 인정해야 한다. 또 이것이 사실이라면 인간은, 민족과 마찬가지로 그들이 속한 사회와 결별함에 따라 그 문화뿐 아니라 언어마저 사라지는 것을 보아야 한다. 이런 관대함의 효과 가운데 하나가 어느 일정한 나이에 이르면 우리 자신의 고유한 재치나 기질을 칭찬하거나 거기 몰두하는 우리 취향에 용기를 주는 말들을 기분 좋게 여기는 경향이 더욱 심화된다는 점이다. 이 나이는 위대한 예술가가 독창적인 천재들의 모임보다는, 공통점이라곤 자신의 가르침만을 문자 그대로 추종한다는 것밖에 없는 제자들의 모임을 더 좋아하게 되는 나이이며, 또한 사랑 때문에 살아가는 한 뛰어난 남자 또는 여자가 어떤 모임에서는 아마도 열등한 인간으로 보이겠지만, 그 인간의 말이 상대의 환심을 사는 데 바친 삶이 어떤 것인지를 이해하고 긍정하는 것처럼 보여 연인이나 정부의 관능적 성향을 기분 좋게 해 주는 경우, 그 인간을 모임에서 가장 총명한 사람으로 여기는 그런 나이다. 이런 나이에 이른 스완도 마찬가지로 오데트의 남편이 된 이상, 봉탕 부인에게서 공작 부인들만 초대한다는 건 우스꽝스러운 일이라는 따위의 말을 듣길 좋아했고(이 말에서 지난날 베르뒤랭네 시절에 했던 것과는 정반대로, 봉탕 부인이 아주 착하고 재치 있는 여인이며 전혀 속물이 아니라는 결론을 내리면서) 또 봉탕 부인에게 그녀가 '포복절도할 만한' 이야기를 해 주면서 즐거워했다. 그녀는 그런 이야기를 알지 못했지만, 그래도 금방 그 뜻을 '파악하고는' 스완의 비위를 맞출 줄 알았다.* "그렇다면 의사 선생님께서는 부인처럼 꽃에 열광하시지 않나 봐요?" 하고 스완 부인이 코타르 부인에게 물었다. "제 남편은 지혜로운 사람이에요. 모든 점에서 절제할 줄 안답니다. 그렇지만 열정이 하나 있죠." 악의와 즐거움과 호기심이 가득한 눈을 반짝이며 "뭔데요, 부인?" 하고 봉탕 부인이 물었다. 코타르 부인은 소박하게 대답했다. "독서죠." "아! 남편이란 자에게는 아주 고요한 열정이죠." 하고 봉탕 부인이 악마 같은 웃음을 참으며 외쳤다. "의사 선생님이 책을 읽을 때면, 정말이지!" "그렇다면 부인은 그렇게 걱정하시지 않아도 되겠

---

* 이 문장과 앞 문장에서의 따옴표는 이 표현들이 베르뒤랭 가에서 쓰이는 은어임을 말해 준다.

네요." "아뇨, 걱정이 되죠. 시력 때문에요. 이젠 남편을 보러 가야겠어요. 오데트, 아주 가까운 날 당신 집 문을 두드리러 다시 올게요. 참, 시력에 관한 건데, 베르뒤랭 부인이 최근에 사들인 개인 저택이 전기로 조명된다는 얘기 들으셨나요? 나의 작은 사적인 소식통이 아닌 다른 출처를 통해 들은 얘기랍니다. 밀데라는 전기 업자로부터 직접 들었어요.* 자, 보세요, 이렇게 말해 준 사람의 이름을 밝히고 있으니! 침실에도 전등이 있는데, 전등갓이 씌워 있어 빛을 부드럽게 여과하는 모양이에요. 분명 매력적인 사치예요. 그런데 우리 시대 사람들은 절대적으로 새로운 걸 원하나 봐요. 세상에 더 이상 새로운 게 없다 해도요. 내 여자 친구 가운데 한 친구의 시누이 집에는 전화기가 있다나 봐요!** 집에서 나가지 않고도 가게에 주문을 할 수 있다네요! 고백하지만 전 그 기구 앞에서 말해 볼 기회를 얻으려고 비굴하게 음모까지 꾸몄답니다. 제 마음을 무척이나 끄는 일이지만, 제 집이 아니라 친구 집에서 해 보고 싶어요. 집에다 전화기를 두는 건 별로 내키지 않을 것 같아서요. 처음의 재미가 끝나면, 정말로 골칫거리가 될 테니까요. 그럼, 오데트, 전 가겠어요. 더 이상 봉탕 부인을 붙들지 마

* 19세기 말까지만 해도 프랑스에서 가정집에 전기를 설치하는 것은 사치로 간주되었다. 1900년 프랑스 전기회사의 가입자 수는 이천 명밖에 되지 않았지만, 같은 해 파리 박람회에서 선보인 '전기 궁전'은 이 새로운 발명품을 발전시키는 데 크게 공헌했다. 『소녀들』(폴리오) 535쪽 참조.
** 프랑스의 전화 가입자는 1893년에는 2만 7000명이었다가, 1897년에 4만 4000명으로 늘어났다.

세요. 나를 보살펴 주는 분이니까요. 정말로 가야겠어요. 당신 때문에 일이 난처하게 됐어요, 남편보다 늦게 집에 도착하겠어요!"

나 역시 국화꽃이 눈부신 덮개마냥 보이는 이 겨울의 기쁨을 음미하기 전에 집으로 돌아가야 했다. 그 기쁨은 오지 않았고, 한편 스완 부인도 더 이상 뭔가를 기다리지 않는다는 듯, "이제 시간이 됐네요!"라고 말하려는 듯, 하인들이 찻잔을 가져가도 그냥 내버려 두었다. 그러다 드디어 내게 말했다. "정말 가겠어요? 그럼 '굿바이!'" 내가 그대로 남아 있어도 그 미지의 기쁨은 결코 만나지 못할 것이며, 또 내게서 그 기쁨을 빼앗는 게 나의 슬픔만은 아닌 듯한 생각이 들었다. 그 기쁨은 언제나 금방 우리를 출발의 순간으로 이끄는 그런 왕래가 많은 시간의 길 위에 놓여 있는 게 아니라, 오히려 내가 모르는 어떤 미지의 지름길 위에 놓여 있어 거기서 갈라서야만 했던 게 아니었을까? 적어도 나는 방문 목적을 달성했고, 질베르트는 자기가 없을 때 내가 부모님 집에 찾아왔다는 사실을, 또 거기서 코타르 부인이 반복해서 말했듯이 "내가 단번에 첫눈길로 베르뒤랭 부인을 정복했다."는 사실을 알게 되지 않을까? 또 베르뒤랭 부인이 그렇게 "환심을 사려고 애쓰는" 모습을 본 적이 없다고 하면서 의사 부인이 "아마도 두 분은 함께 있으면 뜻이 맞나 봐요."라고 덧붙인 것도 알게 되지 않을까. 질베르트는 또한 마땅히 그래야겠지만 내가 그녀에 대해 다정하게 말했으며, 또 내가 그녀를 보지 않고는 살 수 없으며, 그녀가 최근 내 곁에서 느꼈던 권태의 원인으로 내가 생각해 왔던 이런 무능력이 이제는 더 이상 내게 없다는 것도 알게 되지 않을까? 나는 스완 부인에게 다시는 질베르트와 함께 있을 수 없다고 말했다. 마치 영원히 그녀를 보지 않기로 결심했다는 듯. 그리고 질베르트에게 보내기로 한 편지도 이런 방향에서 구상했다. 그러나 그것은 단지 나 자신에게 용기를 주려고 최상의 노력을, 며칠밖에 가지 않는 짧은 노력을 계획한 데 지나지 않았다. 난 이렇게 말했다. "그녀와의 약속을 거절하는 건 이번이 마지막이 되겠지. 다음번 약속은 받아들일 거야." 난 이별을 조금 더 쉽게 실행하려고 최후의 이별이라 생각하지 않기로 했다. 그러나 난 곧 그렇게 되리라고 느꼈다.

그해 1월 1일은 내게 특히나 고통스러운 날이었다. 불행한 사람들은 아마도 기념일이나 생일이 되면 다 그렇게 느낄 것이다. 하지만 예를 들어 사랑하는 사람을 잃었다면, 그 고통은 과거와의 보다 생생한 비교만으로 끝날 것이다. 내 경우에는 거기에 질베르트의 희망, 다시 말해 내가 먼저 나서 주기를 바랐지만 그렇게 하지 않는 걸 보고 내게 "무슨 일이니? 난 널 미치도록 좋아한단다. 우리가 솔직히 설명할 수 있도록 우리 집에 오지 않겠니? 널 안 보고는 살 수 없거든."이라는 편지를 쓰려고 1월 1일이라는 구실만을 기다려 온 질베르트의 희망이 덧붙었다. 그해 마지막 날들이 다가오자 이런 편지가 정말 올 것처럼 생각되었다. 어쩌면 가능하지 않은 일인지도 모르지만, 가능하다고 믿으려면 그렇게 될 것이라고 믿는 열망이나 필요만으로도 충분하다. 이를테면 군인은 전사하기 전에, 도적은 체포되기 전에, 보통 사람은 죽어 가기 전에 무한히 연기되는 일종의 유예기간이 주어졌다고 확신한다. 바로 거기에서 개인을 — 그리고 때로는 민중을 — 위험이 아닌 위험에 대한 공포, 즉 실제로는 위험에 대한 믿음으로부터 보호해 주는 부적이 나오는데, 이 부적은 때에 따라 용감하지 않은 사람도 용감하게 싸우도록 돕는다. 이런 근거 없는 확신이 연인을 버티게 하며 화해의 몸짓이나 편지를 기다리게 한다. 내가 이런 화해를 기다리지 않으려면, 화해를 바라는 마음을 멈추기만 하면 되었다. 우리는 사랑하는 사람에게서 여전히 무관심한 존재임을 알면서도 일련의 상념들이, — 비록 그것이 무관심의 상념이라 할지라도 — 또 그런 상념을 표현하려는 의도와 사랑하는 사람이 적대시하는 대상일지 모르지만 또한 지속적으로 관심을 두고 있는 그런 복잡한 내면의 삶이 그 사람 때문에 초래되었다고 생각한다. 그런데 이와는 반대로 지금 질베르트의 마음속에서 일어나는 일들을 상상하려면, 다음에 올 해들의 새해 첫날에 내가 느낄지도 모르는 일들을 미리 앞당겨서 생각해야 한다. 그렇게 되면 질베르트의 관심이나 침묵, 애정 또는 냉담함도 내 눈에 거의 띄지 않은 채로 지나갈 것이며, 그 결과 나는 문제 해결에 대해 더 이상 생각하지 않을 것이고, 아니, 해결책을 찾으려고 애쓰지도 않을 것이므로 내게는 더 이상 문제조차 되지 않을 것이다. 사랑을 할 때는 그 사랑이 우리 마음속에 모두 담기에는 너무도 크다고 느낀다. 사랑은 사랑하는 사람을 향해 빛을 퍼뜨리지만 거기서 사랑을 멈추고 다시 출발점으로 돌아가게 하는 어떤 표면을 발견하며, 그리하여 우리 자신의 애정이 되돌려지는 이런 반향을 우리는 그 사람의 감정이라 부른다. 이 감정이 그 사람을 향한 우리의 일방적인 감정보다 더 매혹적으로 보이는 까닭은 그것이 바로 우리 자신에게서 나온 것임을 인식하지 못하기 때문이다. 1월 1일 내내 시계는 시간마다 울렸지만 질베르트의 편지는 오지 않았다. 나는 뒤늦은 연하장 또는 연말 우편물의 혼잡 때문에 늦게 도착한 연하장 몇 통을 받았던 터라 1월 3일과 4일까지도 희망을 놓지 않았지만 희망의 크기는 점점 줄어들었다. 그리고 이어지는 나날 동안 나는 무척이나 많은 눈물을 흘렸다. 아마도 내가 질베르트를 단념했다는 사실이 내가 생각했던 것보다 진지하지 않으며, 여전히 새해가 되면 그녀의 편지를 받을 거라는 희망을 간직하고 있었기 때문인지도 몰랐다. 그리고 새로운 희망을 준비할 시간을 가지기도 전에 그 희망이 고갈된 걸 보면서, 나는 마치 두 번째 모르핀 약병을 쥐기도 전에 손에 쥔 병을 모두 비워 버린 환자마냥 괴로워했다. 그러나 어쩌면 내 마음속에서는──그리고 하나의 유일한 감정도 때로는 반대되는 감정으로 이루어지는 까닭에 이 두 설명은 서로 배제되지 않는다.──마침내 편지를 받으리라는 희망이 질베르트의 이미지를 내게 가까워지게 하여, 그녀 곁에 있으리라는 기대감과 그녀의 모습, 나와 함께 있을 때 그녀의 태도가 지난날 내 마음속에 일으켰던 감동을 다시 일으켰는지도 모른다. 즉각적인 화해의 가능성이 우리가 인식하지 못하는 저 엄청난 단념의 힘을 지워 버렸던 것이다. 신경쇠약 환자는 편지를 받거나 신문을 읽지 않고 침대에 그냥 누워 있으면 점차 진정될 거라고 말하는 사람들의 말을 믿으려 하지 않는다. 오히려 이런 치료법은 신경을 예민하게 할 뿐이라고 생각한다. 마찬가지로 사랑하는 사람들도 상반된 감정 상태에서 이런 치료법을 생각해 보지만 아직 실험을 시작하지 못했으므로 단념의 자비로운 효능을 믿지 못한다.

가슴의 두근거림이 너무 심해 카페인 양을 줄이자 곧 두근거림이 멈추었다. 때문에 질베르트와 사이가 나빠졌을 때 내가 느꼈던 불안이, 그리고 그 불안이 매번 되살아날 때마다 내 여자 친구를 다시 볼 수 없다는 고통, 아니 그녀를 본다 해도 불쾌한 기분에 시달릴 때 보게 되지 않을까 하는 고통 탓으로 돌렸던 불안이 조금은 카페인 탓이 아니었을까 하는 생각도 들었다. 그러나 만일 이 약이, 내 상상력이 잘못 해석했던 고통의 원인이었다 해도(전혀 놀라운 일은 아니다. 사랑하는 사람에게서 가장 심한 정신적인 고통은 흔히 함께 사는 여인의 육체적 습관이 원인인 경우가 많으니까.) 카페인을 마신 후 오랜 시간이 지난 후에도 계속해서 이 약은 트리스탄과 이졸데*를 결합해 준 묘약과 같은 방식으로 작용했다. 왜냐하면 카페인 감소가 거의 즉각적으로 내 신체를 회복시켰다 해도 내 슬픔의 진전을 멈추게 하지는 못했는데, 어쩌면 독약의 섭취가 슬픔을 야기하지는 않았지만 적어도 더 격하게 만들 수 있었기 때문인지

---

* 켈트족 전설을 바그너가 악극으로 완성한 이 곡은 화자와 알베르틴의 사랑을 동반하는 주요 모티프로서, 이졸데의 어머니가 늙은 마르크 왕과 결혼하는 딸을 위해 준비한 묘약을 젊은 트리스탄이 잘못 먹어 두 사람이 평생 사랑하다 죽게 된다는 비련의 사랑 이야기다. 이 이야기는 바그너의 음악과 함께 「갇힌 여인」의 서술적 흐름을 동반한다. 『잃어버린 시간을 찾아서』, 2권 11쪽 주석 참조.

도 모른다.

　다만 1월 중순이 가까워 오고 새해 첫날에는 편지를 받을
거라 생각했던 내 기대가 실망으로 끝나자 그 실망에 함께했
던 추가적인 고통도 일단 진정되었지만, 그러자 이번에는 '축
일' 전의 슬픔이 다시 찾아들었다. 이런 슬픔에서 가장 잔인한
점은 이 슬픔의 의식적이고도 자발적이며, 무자비하고도 인
내심 많은 주범이 바로 나 자신이라는 사실이었다. 사랑하는
친구와의 이별이 늦추어짐에 따라, 내가 유일하게 집착하는
나와 질베르트의 관계를 불가능하게 만든 것은 그녀의 무관
심이 아닌, 어쩌면 결국은 마찬가지겠지만, 나의 무관심을 만
들어 낸 바로 나 자신이었다. 현재 내가 하는 것뿐 아니라 그
에 따른 미래의 결과까지 명철히 성찰해 본 끝에 내가 계속해
서 열중했던 것은 내 마음속에서 질베르트를 사랑하던 자아
를 오래도록 잔인하게 죽이는 일이었다. 얼마간의 시간이 지
나면 내가 더 이상 질베르트를 사랑하지 않게 될 뿐만 아니라
그녀 자신도 그 점을 후회하게 되리라는 것을, 그리고 그때는
그녀가 나를 만나려고 시도해도 그녀가 오늘 하는 시도와 마
찬가지로 헛된 일이 될 거라는 걸 난 잘 알고 있었다. 그 이유
는 내가 그녀를 지나치게 사랑해서가 아니라, 그때가 오면 내
가 틀림없이 다른 여인을 사랑하게 되어 그 여인을 욕망하고
기다리느라 더 이상 내게는 아무 의미도 없을 질베르트를 위
해서는 단 일 초도 낭비하려 들지 않을 것이기 때문이다. 그
리고 아마도 그 순간에(그녀 쪽에서 설명해 달라는 정식 요청이
나 또는 완전한 사랑의 고백이 없는 한, 나는 더 이상 질베르트를 만

나지 않기로 결심했다. 비록 이 두 가지가 다 실현될 것 같지는 않았지만.) 나는 이미 질베르트를 잃어버렸고, 그래서 더욱 그녀를 사랑했다. 내가 원하는 바에 따라 그녀와 함께 오후 나절을 보내면서 우리 두 사람의 우정을 위태롭게 할 것은 아무것도 없다고 여겼으므로, 나에 대한 그녀의 모든 태도가 지난해보다 훨씬 나아졌다고 느꼈다. 아마도 그 순간 어느 날인가 다른 여자에 대해서도 똑같은 감정을 품게 되리라는 생각이 내게는 너무도 끔찍하게 여겨졌는데, 이 생각은 내게서 질베르트뿐만 아니라 내 사랑과 고통마저 빼앗아 갔기 때문이다. 내 사랑과 내 고통, 난 그 속에서 울음을 터뜨리며 질베르트가 누구인지 정확히 포착하려고 애썼고, 그래서 이 사랑과 고통이 특별히 그녀에게만 속하지 않고 조만간에 이런저런 여인의 몫이 되리라는 걸 인정해야 했다. 그리하여 — 적어도 이것이 당시 내가 생각하던 방식이었다. — 우리는 항상 다른 존재들로부터 떨어져 있으므로 우리가 사랑할 때면 이 사랑이 그들의 이름과는 무관하다고 느껴 미래에 다시 태어날 수도 있고, 어쩌면 과거에 이미 그 여자가 아닌 다른 여자에 대해 느꼈는지도 모른다고 여긴다. 우리가 사랑하지 않을 때 사랑의 모순을 철학적으로 자신의 운명이라고 여기고 받아들인다면, 이는 바로 그 순간 우리가 사랑을 느끼지 못해 그렇게 마음 편하게 말하는 것이며, 따라서 사랑을 모른다고 할 수 있다. 이 분야에서의 우리 인식은 불연속적이며 실제 느끼는 감정보다 오래 지속되지 않는다. 내가 질베르트를 더 이상 사랑하지 않을 미래, 또 내가 상상 속에서 분명히 그려 보지 못하면서도 내 고통 덕분에 미리 짐작할 수 있는 미래, 만약 질베르트가 나를 도와 이 미래의 무관심을 싹부터 잘라 버리지 않는다면, 이런 미래가 점차로 형성될 것이며, 또 그 도래가 임박하지는 않는다 해도 적어도 불가피하다는 사실을 질베르트에게 알릴 시간이 아직은 내게 있었다. 얼마나 여러 번 나는 그녀에게 편지를 쓰려 했으며 또는 말하려 했던가? "조심해, 난 결심했어. 난 최후의 행동을 할 거야. 널 마지막으로 보는 거야. 곧 너를 사랑하지 않을 거야." 그러나 무슨 소용이 있단 말인가? 질베르트가 아닌 모든 것에 대해 내가 표명하는 이 무관심을, 그렇다고 해서 내 잘못이라고 생각하지도 않는 이 무관심을 내가 무슨 권리로 비난할 수 있단 말인가? 마지막으로! 내가 생각하기에 이 말은 뭔가 엄청난 것으로 보였다. 아직은 질베르트를 사랑하고 있었으니까. 그러나 그녀에게는 아마도 친구가 외국으로 망명하기에 앞서 방문을 허락해 달라고 편지를 보내지만 우리를 사랑하는 그 지겨운 여인에게 하듯이, 눈앞에서 기다리는 즐거움 때문에 방문을 거절하는 것 같은 인상만을 주었으리라. 우리가 매일 쓰는 시간은 탄력적이다. 우리가 느끼는 정열은 시간을 확대하지만, 남에게 불어넣은 정열은 시간을 줄어들게 하여 습관이 나머지 시간을 채운다.

게다가 질베르트에게 말해 본들 무슨 소용이 있었으랴. 그녀가 내 말을 듣지 않으려 했을 텐데. 말을 할 때 우리는 언제나 우리의 귀와 정신이 듣는다고 상상한다. 내 말은 질베르트에게, 마치 내 여자 친구에게 도달하기에 앞서 폭포와도 같은 움직이는 장막을 통과할 수밖에 없어 형체도 알아볼 수 없는 우스꽝스러운 음향이 되어 어떤 종류의 의미도 가지지 못한다는 듯, 굴절된 형태로만 도달할 것이다. 우리가 낱말 속에 집어넣는 진실이란 직접 자신을 위해 길을 트지 못하며, 거역할 수 없는 자명성을 타고나지도 못한다. 동일한 종류의 진실이 낱말 속에 형성되기 위해서는 얼마간의 시간이 흘러야 한다. 그러므로 모든 추론이나 증거에도 불구하고 자기와 반대되는 학설의 신봉자를 배신자로 간주하는 정적은, 배신자가 예전에 헛되이 전파하려 했지만 실패한 그 가증스러운 신념을 공유하는 셈이다. 그러므로 작품 자체에 탁월함의 증거가 깃든 것처럼 보여 그 찬미자들이 소리 높여 낭송하는 걸작은 낭송을 듣는 사람들에게는 무미건조하고 진부한 이미지를 제공하지만, 나중에 가서는 바로 이런 그들에 의해 걸작이라고 공표되기도 한다. 그러나 너무 늦게 공표되는 바람에 작가는 그런 사실을 알지 못한다. 마찬가지로 사랑에 있어서도, 사랑의 장벽은 아무리 노력해도 그 장벽 때문에 절망하는 사람이 밖에서 무너뜨릴 수 없는 법이다. 더 이상 그 장벽에 신경 쓰지 않게 되었을 때, 갑자기 다른 쪽에서 이루어진 노력, 그를 사랑하지 않았던 여인의 마음속에서 이루어진 노력의 여파로 인해 무너지는데, 전에는 공격해도 성공하지 못했지만 이제는 무너져도 아무 쓸모가 없는 그런 장벽이다. 질베르트에게 내 미래의 무관심과 이 무관심을 예방할 방법을 알리러 갔다면, 그녀는 이런 내 행동에서 그녀에 대한 내 사랑, 그녀를 필요로 하는 내 마음이 그녀가 믿었던 것보다 훨씬 더 큰 걸 알고 날 만나는 걸 더욱 꺼렸을 것이다. 게다가 사실은 이런 사랑 때문에, 내 마음속에 연이어 나타난 여러 이질적인 정신 상태 때문에 나는 그녀보다 사랑의 끝을 쉽게 예측할 수 있었다. 그렇지만 이런 경고를 내가 질베르트에게 편지나 생생한 목소리로 전한다 해도 오랜 시간이 지난 후에는 이 경고가 내게 그녀를 그다지 필요하지 않은 존재로 만들 뿐만 아니라(이건 사실이다.) 그녀가 내게 그렇게 필요한 존재가 아니라는 걸 그녀에게 증명해 보일 수도 있으리라. 그러나 불행히도 몇몇 사람들이 호의에서 그랬는지 아니면 악의로 그랬는지 모르겠지만 내 부탁을 받아서 한다고 생각할 만한 어조로 그녀에게 내 이야기를 했다. 코타르, 어머니, 노르푸아 씨까지도 모두들 서투른 말로 내가 지금까지 한 모든 희생을 무용지물로 만들어 버렸고 내 신중함의 모든 효과를 망쳐, 내가 거기서 빠져나왔다고 말하는 게 거짓이라는 인상을 주었다는 사실을 깨달았을 때, 나는 다음과 같은 이중의 어려움에 부딪혔다. 하나는 이 귀찮은 사람들이 나도 모르는 사이에 중단한, 따라서 수포로 돌아가게 한 그 힘들고 외로운 거부의 몸짓을 그날부터 다시 시작해야만 한다는 점이었다. 하지만 더 나아가 내가 질베르트를 다시 만난다 해도 그녀는 내가 품위 있게 단념했다고 생각하지 않고, 그녀가 허락조차 하지 않는 만남을 내가 은밀히 꾸몄다고 생각할 것이므로 그 만남에서 나는 조금도 즐거움을 느낄 수 없으리라는 점이었다. 나는 그들의 부질없는 수다를 저주했다. 그들은 우리를 해치거나 또는 도움을 줄 생각조차 없이 아무것도 아닌 일로 그저 말하기 위해 지껄이지만, 때로는 우리가 그들이 말하는 것을 가로막지 못해, 또 때로는 그들이 조심성이 없어(우리와 마찬가지로) 때 맞춰 그토록 많은 해를 끼친다. 그럼에도 우리 사랑을 파괴하는 이런 불길한 작업에서 그들이 맡은 역할은, 모든 것이 잘되어 가는 순간에 지나친 선의 또는 지나친 악의로 결국은 모든 것을 습관적으로 망쳐 버리는 다음의 두 인물에 비하면 대수롭다고도 할 수 없다. 그러나 코타르 같은 훼방꾼에 대해 그러하듯 우리는 이 두 인물을 원망하지 않는다. 그 이유는 이 두 인물 중 악의를 가진 자는 우리가 사랑하는 사람이요, 선의를 가진 자는 바로 우리 자신이기 때문이다.

그렇지만 내가 스완 부인을 만나러 갈 때마다 거의 매번 스완 부인은 내게 딸과 함께 간식을 먹으러 오라고 초대했고, 그 초대에 대한 답을 딸에게 직접 말하라고 해서 난 자주 질베르트에게 편지를 썼다. 그리고 이 편지에서 나는 그녀를 설득할 수 있는 — 내게는 그렇게 보이는 — 문장을 선택하는 대신 흐르는 내 눈물에 가장 부드러운 물길을 트려고 애썼다. 사랑의 회한이란 욕망처럼 자체 분석을 하려 하지 않고 스스로를 충족하려 하기 때문이다. 사랑을 시작한 사람들은 사랑이 무엇인지 알기 위해 시간을 보내지 않고 다음 날 약속의 가능성을 준비하며 시간을 보낸다. 사랑을 단념하는 사람들은 슬픔이 무엇인지 알려 하지 않고 가장 다정해 보이는 표현을 그 슬픔을 초래한 사람에게 전하고자 한다. 말할 필요가 있다고 느끼지만 그 사람은 이해하지 못하는 걸 말하면서, 우리는 우리 자신을 위해서만 말한다. 나는 이렇게 썼다. "난 이런 일이 가능하지 않을 거라고 믿어 왔어. 하지만 슬프게도 그렇게 어려운 일이 아니라는 걸 알게 되었어." 또 이렇게도 말했다. "난 아마도 널 더 이상 보지 않게 될 거야." 짐짓 꾸민 말이라고 그녀가 믿지 않도록 하기 위해 난 냉정함을 계속 유지했고, 그 말들은 내가 편지를 쓰는 동안 날 울게 만들었다. 그 말이 내가 믿고 싶었던 말이 아니라 실제로 일어날 일을 표현한다고 느꼈기 때문이다. 질베르트가 내게 할 다음번 약속 요청에 역시 이번처럼 용기를 내어 굴하지 않는다면, 그리하여 이 거절에서 저 거절로 그녀를 다시 만나지 않다 보면 점차 그녀를 보고 싶지 않은 순간에 이를지도 모른다. 나는 눈물을 흘렸다. 하지만 언젠가는 그녀 마음에 들 날이 올지도 모른다는 가능성을 위해 용기를 내어 지금 그녀 곁에 있는 행복을 희생하기로 했으며, 또 그런 희생의 감미로움을 맛보았다. 그런데 언젠가는, 그녀 마음에 들, 이 언젠가란 날은 바로 내가 그녀에게 무관심해지는 날이 아닐까! 그런데 바로 이 순간 내 마지막 방문 동안 그녀가 주장하듯이 날 사랑한다는 가정은, 거의 사실이 아닌 것처럼 보이는 이 가정은,(내가 보기엔 싫증난 사람에게 보이는 권태로운 태도인 것만 같은) 단지 예민한 질투심이거나 지금 내가 하는 것과 같은 무관심한 척하는 시늉에서 나온 것인지는 모르지만, 그래도 그녀와 헤어지려는 내 결심을 덜 고통스럽게 했다. 그때 나는 이런 생각이 들었다. 몇 년이 지나 우리가 서로를 잊고 나서 지금 그녀에게 쓰는 편지가 전혀 진심이 아니었다고 회고하듯 말할 수만 있다면, 그때 그녀는 아마도 이렇게 대답할지도 모른다. "그래? 날 사랑하고 있었어? 내가 그 편지를 얼마나 기다렸고, 또 너와 만나기를 얼마나 기다렸는지, 그 편지가 얼마나 날 울렸는지 그때 네가 알았어야 하는데!" 질베르트의 어머니 집에서 돌아와 편지를 쓰는 동안, 내가 바로 이런 오해를, 이런 상념을 그 자체의 슬픔으로, 내가 그녀로부터 사랑받았다고 상상하는 기쁨으로 불식시키는 중이라는 생각이 내게 편지를 계속 쓸 수 있는 힘을 주었다.

'차 시간'이 끝나 스완 부인과 헤어지려는 순간 내가 그녀의 딸에게 쓸 편지에 대해 생각했다면, 이 집을 나가던 코타르 부인은 전혀 다른 생각을 했다. 짧은 '시찰'을 하는 동안 그녀는 새 가구나 살롱에서 눈에 띄는 최근 '구입품'에 대해 스완 부인에게 칭찬하는 걸 잊지 않았다. 코타르 부인은 거기서 몇 개 안 되긴 하지만 오데트가 예전에 라페루즈 거리 집에 두었던 몇 가지 물건들, 특히 오데트의 물신인 값비싼 재료로 만든 동물상들을 발견했다.

그러나 스완 부인이, 자신이 존경하던 한 남자 친구로부터 '토카르'*라는 말을 배운 후부터는 — 이 말은 그녀에게 새로운 지평을 열어 주었는데, 바로 몇 년 전 그녀가 '멋지다'고 생각한 물건들을 가리켰기 때문이다. — 국화꽃을 받치는 데 쓰였던 금빛 철망이며, 지로** 가게의 사탕 과자 그릇이며, 왕관 모양 문양이 새겨진 편지지며, 이 모든 것들이 하나씩 점차 그녀의 방에서 물러갔다.(벽난로 위에 뿌려진 마분지로 만든 금화는 두말할 필요도 없었는데, 스완을 알기 전에 만난 이미 어느 안목 있

---

* 속어로 시시하고 보잘것없는 물건을 말한다.
** 당시에 유명했던 제과점으로 1883년에 없어졌다.

는 남자의 충고로 치워 버렸다.) 더구나 예술가의 무질서나 아틀리에처럼 모든 것이 뒤죽박죽이며 벽이 어두운 빛깔로 칠해진 방들은 스완 부인이 얼마 안 가서 소유하게 된 하얀 살롱과는 아주 달랐는데, 극동 아시아 풍 방이 18세기의 침공을 받아 점차 퇴각한 것이다.* 그리고 내가 보다 '편안히' 앉도록 스완 부인이 내 등 뒤에 받쳐 주고 주물렀던 쿠션은 루이 15세풍 꽃다발로 장식된 쿠션으로 예전처럼 중국풍 용이 수놓아져 있지 않았다. 스완 부인은 자신이 가장 많이 머무는 방에 대해 이렇게 말했다. "그래요, 전 제 방을 아주 좋아해요. 아주 애착이 간답니다. 아무리 화려해도 마음에 들지 않는 물건들이 많은 곳에서는 살 수 없어요. 여기는 바로 제가 일하는 곳이니까요."(그러나 그녀가 하는 일이란 게 그림인지 책인지는 구체적으로 말하지 않았다. 그림이나 책에 대한 글을 쓰려는 취향이, 뭔가 하기를 좋아하고 또 쓸모없는 사람이 되고 싶어 하지 않는 여인들 사이에서 생겨나고 있었다.) 그녀는 '색스니'** 지방 도자기들에 둘러싸여 있었는데(이런 도자기를 무척이나 좋아했던 그녀는 작센이라는 이름을 이렇게 영국 식으로 발음했고, 다른 물건들에 대해서도 "아주 예뻐요, '색스니' 꽃 같아요!"라고 말할 정도였다.) 예전에

---

* 일본풍 도자기나 판화, 꽃, 의상의 유행이 끝나고, 루이 15세와 루이 16세풍 유행이 시작되었다는 은유적인 표현이다. 일본 판화의 유행은 모네, 드가, 세잔 등에게 많은 영향을 끼쳤다.
** 독일어로 작센, 프랑스어로 삭스, 영어로 색스니로 불리는 이 지방은 18세기부터 유럽 도자기의 본산지로 알려졌다. 독일 북부에 위치하며 수도인 드레스덴은 도자기와 미술 공예품으로 유명하다.

가졌던 사기 인형이나 대형 도자기 때보다 훨씬, 하인들이 모르고 손을 댈까 봐 겁을 냈으며 하인들이 그런 두려움을 안겨주는 경우에는 몹시 화가 나 톡톡히 대가를 치르게 했고, 반면 예의 바르고 온화한 주인인 스완은 별로 놀라는 일 없이 그것들을 그저 바라보기만 했다. 어떤 종류의 단점은 바로, 눈에 확연히 드러나는 것이라 할지라도 우리 애정을 전혀 손상하는 일 없이 오히려 매력적으로 보이게 하는 법이다. 이제 오데트는 일본풍 실내복 차림으로 친구들을 접대하는 일은 거의 없었고, 오히려 부풀린 밝은색 와토* 풍 비단 실내복을 걸쳤으며, 그 피어나는 거품을 젖가슴 위에서 애무하는 듯한 몸짓을 하거나, 비단결 속에 잠겨 편안한 휴식과 행복한 표정, 살갗에 닿는 상쾌함과 깊은 호흡을 즐기는 듯했다. 그녀는 이 비단 천을 액자 같은 장식품이 아니라 자신의 용모를 다듬고, 세련된 건강법을 유지하는 데 반드시 필요한 '욕조(tub)'나 '걷기(footing)'처럼 여기는 듯했다.** 그녀는 빵 없이는 살아도 예술과 청결함 없이는 살 수 없다며, 「모나리자」가 불타는 걸 보느니 차라리 자기가 아는 '수많은 군중(foultitudes)'***이 타죽는 걸 보는 편이 덜 슬플 거라는 말을 습관적으로 해 댔다.

---

* 베르사유 궁전을 중심으로 한 상류사회의 우아함을 로코코 화풍에 담아 낸 프랑스 화가 장앙투안 와토(Jean-Antoine Watteau, 1684~1721)의 그림에 나오는 얇고 가벼운 실크 모슬린으로 만든 옷을 가리킨다.
** tub은 드가(Degas)의 그림에서 볼 수 있는 것 같은 타원형 욕조를 가리킨다. footing은 걷기 또는 달리기를 가리키는 말로 '조깅'의 전신이다.
*** foule(군중)과 multitude(다수, 수많은)의 합성어인 foultitude란 단어는 1848년부터 쓰였다.

오데트의 여자 친구들에게 역설적으로 보이는 이 이론은 그렇지만 그녀들 사이에 오데트를 뛰어난 여인으로 통하게 했고, 일주일에 한 번 벨기에 공사의 방문을 받을 자격이 충분하다고 여기게 했다. 그리하여 그녀가 태양처럼 군림하는 이 작은 세계에, 만약 그녀가 다른 곳, 이를테면 베르뒤랭네 같은 곳에서는 바보로 통한다는 사실이 알려진다면 모두들 깜짝 놀랄 것이다. 이런 활기찬 정신 때문에 그녀는 여자들과의 모임보다는 남자들과의 모임을 더 좋아했다. 하지만 여자들에 대해 비판할 때면 항상 화류계 여자로 돌아가서는, 여자들에게서 남자들이 싫어할 것 같은 결점들, 이를테면 굵은 관절이나 좋지 않은 안색, 맞춤법에 대한 무지, 다리에 난 털, 역한 냄새, 가짜로 그린 눈썹 따위를 지적했다. 반대로 전에 그녀에게 관대한 호의를 베풀어 준 여인에게는 매우 다정했으며, 특히 그 여인이 불행해졌을 때는 더욱 그러했다. 오데트는 능숙하게 그 여인을 변호하면서 "사람들은 그녀에 대해 공정하지 못해요. 아주 착한 여자예요, 맹세해요."라고 말했다.

오데트 살롱에 있는 가구뿐 아니라 오데트 자신도 너무 변해서, 코타르 부인이나 젊은 시절 크레시 부인과 교제했던 이들이 오랫동안 그녀를 보지 못했다면 아마도 알아보지 못했을 것이다. 그녀는 예전보다 훨씬 젊어 보였다! 이런 사실은 아마도 조금 더 살이 찌고 더 건강해지고 더 안정되고 싱그럽고 충분히 휴식을 취한 모습으로 보인다는 데 어느 정도 이유가 있었지만, 다른 한편으로는 매끈하게 빗은 새로운 머리 모양이, 분홍빛 가루분이 얼굴에 더욱 생기와 팽창감을 주어 전에는 지나치게 날카로운 듯 보이던 눈과 옆얼굴이 그 안으로 흡수된 듯 보였기 때문이다. 그러나 이런 변화의 또 다른 이유는 오데트가 삶의 중간에 이르러 마침내 자신만의 용모를, 불변의 '캐릭터'를, '아름다움의 유형'을 발견, 아니 고안해 냈으며, 그리하여 그녀의 흐트러진 얼굴에 — 오랫동안 무모하고도 무기력한 충동에 몸을 내맡겨 아주 작은 피로에도 몇 살 더 늙어 보이는 일시적인 노화 현상에 시달리면서 그때그때의 기분이나 안색에 따라 헝클어진, 나날이 변해 형태가 일정하지 않지만 그래도 매력적인 얼굴에 — 이 고정된 스타일을 불멸의 젊음처럼 부착한 데 있었다.

최근 그녀가 찍은 사진에는 수수께끼 같은 당당한 표정 덕분에 어떤 옷이나 모자를 써도 그녀의 자랑스러운 실루엣이나 얼굴이 금방 드러났지만, 스완은 그 아름다운 사진 대신에, 아주 작고 단순한 예전의 은판 사진을 자기 방에 걸어 놓았는데, 그 사진에서 오데트의 젊음과 아름다움은 그녀가 아직 찾아내지 못한 탓인지 부재하는 듯 보였다. 그러나 아마도 오데트의 아름다움에 대한 다른 관념에 충실했던지, 또는 예전 관념으로 돌아가서인지는 잘 모르겠지만, 그녀의 생각에 잠긴 듯한 눈과 피로한 얼굴, 걷는 듯하면서도 움직이지 않는 유보된 자태에서 그는 보티첼리적인 우아함을 더 많이 음미할 수 있었다. 사실 스완은 아직도 아내에게서 보티첼리* 그림을 보

---

* 산드로 보티첼리(Sandro Botticelli, 1445~1510)의 「모세의 생애」에 나오는 제포라를 가리킨다. 『잃어버린 시간을 찾아서』 2권 68~71쪽 참조.

는 걸 좋아했다. 그러나 반대로 오데트는 자기에게서 마음에 들지 않는 것, 아마도 예술가가 볼 때는 그녀의 '캐릭터'라고 생각될지 모르지만 여자로서는 자신의 결점이라고 생각되는 것을 드러내려 하지 않았다. 오히려 그 결점을 보충하거나 감추려 했으며, 이런 화가의 말을 들으려고조차 하지 않았다. 스완은 푸른색과 분홍색이 섞인 아름다운 동양풍 스카프 하나를 갖고 있었는데,「마니피카토의 성모」*에 나오는 것과 똑같아서 구입했던 것이다. 하지만 스완 부인은 이 스카프를 매려고 하지 않았다. 딱 한 번,「프리마베라」**에서 봄의 여신이 입은 데이지와 수레국화, 물망초와 초롱꽃이 뿌려진 의상을 본떠 남편이 옷을 주문하는 걸 내버려 둔 게 전부였다. 이따금 피로에 지친 저녁이면, 생각에 잠긴 듯한 그녀의 손에서는 그녀도 의식하지 못하는 가냘픈 움직임이 일었고 스완은 낮은 소리로 내게 그 모습을 보라고 말하기도 했는데, 그 손은 이미 '마니피카토'라는 말이 쓰인 성스러운 책에 뭔가를 쓰려고 천사가 내미는 잉크병에 펜을 담그는 동정녀의 고뇌에 찬 움직임을 하고 있었다. 그러나 스완은 "특히 내 아내에게는 말하지 말게, 아내가 이 사실을 알면 달리 행동할 테니."라고 덧붙였다.

---

* 보티첼리가 1480~1481년경에 그린 이 그림은 원형 나무판에, 아기 예수를 안은 성모마리아가 빛을 환히 받으며 천사들에 둘러싸인 채 책을 보는, 푸른색이 주조를 이루는 그림이다.
** 보티첼리가 1476년 무렵에 그린「프리마베라」는 봄을 의미하는데, 미의 여신 아프로디테가 화면 중앙에 위치하고 왼쪽에는 헤르메스가, 헤르메스 옆에는 꽃의 여신, 오른쪽에는 온몸을 꽃으로 장식한 봄의 여신이 보이도록 구성된 그림이다.

스완이 보티첼리의 우수에 찬 리듬을 발견하려고 애쓰는 그런 무의식적인 기울어짐의 순간들을 제외하면, 오데트의 몸 전체는 하나의 '선'으로 감싸인 실루엣으로 주조되었는데, 이 선은 여인의 신체 윤곽을 따라가면서 과거에 유행했던 기복이 심한, 인위적으로 들쭉날쭉하게 들어가고 나온 부분이나 레이스 주름들로 이루어진 복잡하고 분산된 형태를 포기했을 뿐만 아니라 이런저런 불필요한 이탈을 통해 이상적인 선과 거리가 멀었던 그 해부학적인 결함이 있는 부분에서도 대담한 손길로 이 자연의 결함을 수정했으며, 이 손길이 지나가는 부분의 모든 옷감이랑 몸의 결함도 보충할 줄 알았다. 저 끔찍한 '허리받이'* 쿠션이나 '패드'는 허리까지 내려오는 코르사주와 함께 사라졌고, 고래 뼈로 만들어진 코르사주는 스커트를 뒤로 삐쭉 나오게 하여 오데트에게 오랫동안 불룩한 가짜 배를 덧붙여 마치 그녀 몸이 여러 잡다한 조각으로 만들어진, 어떤 것으로도 연결되지 않은 듯한 느낌을 주곤 했다. 수직 '술 장식'과 주름 장식의 곡선은 물결을 타고 다니는 요정처럼 비단을 파닥거리게 하는 몸의 기울어짐에 자리를 내주었고, 또 퍼컬린**에 인간적인 표정을 부여하여, 이제 오데트의 몸은 살아 있는 하나의 유기적 형체로서 과거 폐기된 유행의 그 기나긴 혼돈과 부풀린 포장으로부터 해방되었다. 그렇지만 스완 부인은 지나간 유행을 대체하면서도 그 가운데 옛

---

* 예전에 여성의 스커트 뒤를 불룩하게 만들기 위해 허리에 댔던 것.
** 셔츠나 안감으로 쓰이는 윤나는 면직물.

유행의 몇몇 흔적을 간직하고 싶어 했으며, 또 간직할 줄 알았다. 공부에 열중할 수 없는 저녁이나 질베르트가 여자 친구들과 함께 극장에 간 것이 확실한 날이면 난 질베르트 부모님의 집에 예고도 없이 방문했는데, 그 덕분에 우아한 실내복 차림의 스완 부인을 자주 볼 수 있었다. 그녀가 입었던 아름답고 어두운 색상의, 짙은 붉은색 또는 오렌지색 스커트는 내 눈에 특별한 의미가 있는 듯 보였다. 왜냐하면 당시 유행하던 스커트가 아니라 바탕천 위에 대각선으로 넓은 검정 레이스 투명 장식을 대어 밑단 장식이 달린 예전 스커트를 연상시켰기 때문이다. 조금은 쌀쌀하던 봄날, 내가 그녀의 딸과 사이가 틀어지기 전, 그녀는 나를 아클리마타시옹 공원에 데리고 간 적이 있었다. 걷다가 몸이 더워지면 조금씩 열어 보이는 그녀의 재킷 아래로 살짝 보이는 톱니 모양 블라우스 '가장자리 장식'은 입지 않은 조끼의 접힌 깃을 보는 듯한 인상을 주었는데, 그녀가 몇 년 전, 가장자리가 가볍게 풀린 모양이 마음에 들어 즐겨 입었던 조끼와도 흡사했다. 그리고 그녀의 넥타이는 — 변함없이 애용하는 '스코틀랜드' 풍 체크무늬였지만, 그 색상이 얼마나 부드러워졌던지(붉은색은 분홍색으로, 푸른색은 라일락 빛으로) 최신 유행 천으로 만든 비둘기 목털 빛깔의 타프타*로 보일 정도였다. — 어느 쪽 턱 아래로 연결되었는지 알지 못하게 매어져 이제는 더 이상 달지 않는 모자 '끈'을 떠올리지 않을

---

* 나일론의 일종으로, 빛이 비치는 각도에 따라 색상이 다르게 보인다. 비둘기 목털 빛도 광선에 따라 색이 변하는 성질이 있다.

수 없었다. 스완 부인이 이런 옷차림으로 조금 더 오래 '버틸' 줄 알았다면, 아마도 젊은이들은 그녀의 옷차림을 이해하려고 애쓰면서 "스완 부인이야말로 한 시대의 전부가 아닐까?"라고 말했으리라. 여러 다양한 형식이 겹치면서도 숨은 전통을 강화하는 아름다운 문체와 마찬가지로, 스완 부인의 옷차림에는 이런 조끼나 버클에 대한 불확실한 추억이, 때로는 여성용 짧은 재킷의 '소탕바르크'처럼 금방 사라져 버린 유행이나, '쉬베무아 죈 옴므'와 같은 여성용 모자 리본 자락처럼 아련하고도 아득한 암시가 구체적인 형태로 나타나,* 이제는 재봉사나 모자 제조상에 부탁해도 실제로는 만들 수 없지만 우리 머릿속에는 끊임없이 맴도는 그런 오랜 형태와 미완의 유사성을 감돌게 하면서, 스완 부인을 뭔가 고상한 것으로 감쌌다. 어쩌면 이런 불필요한 몸치장이 실용성이 아닌 다른 목적에 부응하는 듯 보였기에, 어쩌면 지나간 세월을 간직한 흔적처럼 보였기에, 또는 그 여인에게 일종의 특별한 개성을 부여하였기에, 가장 다양한 옷차림을 하는데도 전부 가족 같은 동일한 느낌을 주었는지도 모른다. 사람들은 그녀가 단지 편안함이나 몸단장을 위해 옷을 입지 않는다는 걸 느낄 수 있었다. 그녀는 어떤 문명 전체의 섬세하고도 정신적인 장치로 둘러

---

* '소탕바르크(saute en barque)'는 '배에 뛰어들다'라는 뜻으로, 원래는 배 타는 사람이 입던 짧은 재킷을 의미했으나 이내 여성용 짧은 재킷을 가리키게 되었다. '쉬베무아 죈 옴므(suivez-moi jeune homme)'는 '젊은이여, 나를 따라오라'라는 의미로, 모자에 단 리본이 뒤에서 펄럭이는 모습이 마치 남자를 유혹하는 듯 보여서 붙은 이름이다.

싸인 듯 자신의 옷차림에 둘러싸여 있었다.

　질베르트는 보통 어머니의 손님 접대일에 간식 모임을 가졌는데 그날은 보통 때와 달리 그녀가 집을 비우지 않으면 안 되었으므로, 난 그 덕분에 스완 부인의 '슈플뢰리'에 갈 수 있었다. 그녀는 어떤 때는 타프타, 때로는 결이 굵은 비단, 또는 벨벳, 또는 크레프드신으로 만들어진 아름다운 드레스를 입었으며, 그 옷은 그녀가 보통 집에서 입던 실내복처럼 전혀 비치지도 않고 또 외출용으로 만들어져서, 뭔가 그런 오후면 집에 있는 한가로움에 활기차고도 활동적인 느낌을 더해 주었다. 아마도 옷 디자인이 과감할 정도로 단순해서 허리와 움직임에 꼭 맞았고 소매 색상이 나날이 변하는 빛깔인 듯 보여서 그랬는지도 모른다. 그래서 푸른색 벨벳에는 갑작스러운 결심이, 하얀색 타프타에는 너그러운 기분이 깃들어 있는 듯했고, 또 팔을 내미는 그 품위 있는 지극히 조심스러운 몸짓은 사람들 눈에 보이기 위해 큰 희생을 치른 듯, 검정색 크레프드신 의상을 걸친 자의 미소라는 빛나는 외관을 빌린 듯했다. 그러나 동시에 이처럼 살아 있는 옷에, 실용성이 없으며 눈에 보일 필요도 없는 '장식품'은, 뭔가 초연하고 생각에 잠긴 듯한 은밀한 느낌을 덧붙여, 적어도 스완 부인이 언제나 눈언저리와 손가락에 간직하던 그 우수에 찬 표정과 조화를 이루는 듯했다. 사파이어로 만든 행운의 상징, 칠보 네 잎 클로버, 은메달, 금 펜던트, 터키석 부적, 루비 체인, 알밤 모양 토파즈가 넘쳐나는 가운데, 드레스 자체도 지난날의 생활을 환기하는 천을 어깨 부분에 갖다 대어 착색한 무늬나, 어떤 트임도 여미지 않아 단추 고리를 벗길 수 없는 새틴을 댄 작은 장식용 단추 줄이나, 정교하고 섬세하며 은밀한 솜씨를 환기하여 눈을 즐겁게 해 주는 어깨끈, 이런 것들이 보석과 마찬가지로 어떤 의도를 드러내거나(그렇지 않으면 거기 있을 필요 없는) 애정을 표현하여 속에 간직했던 이야기를 기억하고, 어떤 미신적인 생각에 부응하거나 또는 병의 회복에 대한 추억, 어떤 소원에 대한 추억, 또는 필리핀 놀이*에 대한 추억을 간직하는 듯했다. 때로는 코르사주의 푸른색 벨벳에 앙리 2세풍 '크르베'**가 보이는 듯했고, 검은색 새틴 드레스에는 소매나 어깨 가장자리의 가벼운 불룩함이 1830년대 '지고'***를, 반대로 스커트 밑의 불룩함은 루이 15세풍 '파니에'****를 연상시켜, 이런 것들이 그녀의 드레스에 눈에 띄지 않을 만큼 미미하게나마 '무대 의상'이라는 느낌을 주면서, 현재 생활에서는 식별할 수 없는 과거의 환기인 듯 스완 부인이라는 인물에 몇몇 역사적인 또는 소설의 여주인공과 같은 매력을 더했다.***** 내가 그 점을 지적하자 그녀는 "난 다른 여자 친구들처럼 골프를 치지 않아요."라고 말했다. "그래서 친구들처럼 스웨터를 입어야 한다고 핑계를 댈 수도 없답니다."

---

* 똑같은 아몬드를 두 사람이 하나씩 나누어 가지고는 다음번 만났을 때 먼저 "안녕, 필리핀 사람." 하고 말하는 사람이 승자가 되는 게임이다.
** 소매에 일부러 안감이 보이도록 튼 부분이다.
*** 어깨 쪽은 부풀고 팔 쪽은 꼭 끼는 긴 소매를 말한다.
**** 스커트를 둥글게 퍼지도록 하는 살대를 넣은 페티코트를 가리킨다.
***** 이와 같은 16세기(앙리 2세)와 18세기(루이 15세)의 혼합이 19세기 말과 20세기 초반 유행의 특징적인 양상이라고 한다.

살롱이 혼잡한 가운데 방문객을 배웅하러 갔다 돌아오는 길이나 또는 다른 방문객에게 접대하려고 과자 접시를 들고 가다 내 곁을 스쳐 갈 때면, 오데트는 잠시 나를 따로 불렀다. "질베르트로부터 특별히 당신을 모레 점심에 초대해 달라는 부탁을 받았어요. 당신을 만날 수 있을지 확실치 않아 만약 당신이 오지 않으면 편지를 쓰려던 참이었어요." 나는 계속 버티는 중이었다. 그러나 이 저항의 괴로움은 점점 강도가 약해지고 있었다. 당신에게 해를 끼치는 독약을 아무리 좋아해도 어떤 필요 때문에 이미 얼마 전부터 잠시 끊어 왔다면 이제껏 알지 못했던 휴식이나, 감동과 고뇌의 부재에 어떤 가치를 부여하지 않을 수 없다. 사랑하는 여인을 절대 다시 보고 싶지 않다는 말이 진심이 아니라면, 그녀를 다시 보고 싶다는 말 또한 진심이 아니다. 우리가 사랑하는 사람의 부재를 견딜 수 있다면, 그건 아마도 사랑하는 이의 부재가 짧을 거라고 기대하면서 어느 날엔가는 다시 만날 거라고 생각하기 때문일 것이다. 그러나 다른 한편으로는 곧 이루어질 것 같으면서도 끊임없이 유예되는 이런 만남에 대한 나날의 몽상이, 질투가 따르는 만남에 비해 어느 정도는 덜 고통스럽다고 느껴지기 때문에, 사랑하는 여인을 다시 본다는 소식이 그리 유쾌하지만은 않은 충격을 주기도 한다. 지금 우리가 나날이 미루는 것은 우리의 이별이 야기하는 그 견딜 수 없는 불안의 끝이 아니라, 어떤 돌파구도 없는 감동이 재개되는 것에 대한 두려움이다. 이런 만남에 비해, 현실에서 당신을 사랑해 주지 않는 여인이 몽상 속에서 당신이 홀로 있을 때는 사랑을 고백하며, 몽상과 더불어 마음대로 완성할 수 있는 그 온순한 추억이 훨씬 좋지 않은가! 우리가 욕망하는 말을 마음대로 구술하지 못하고 오히려 새로운 냉담함과 느닷없는 격렬함을 감수해야 하는 여인을 상대로 하는 유예된 만남보다, 우리가 욕망하는 많은 것들을 조금씩 섞어 가면서 우리가 원하는 만큼 달콤하게 만들어 가는 추억이 훨씬 좋지 않은가! 더 이상 사랑하지 않을 때는, 망각이, 어쩌면 아련한 추억마저 불행한 사랑만큼 많은 고통을 주지 않는다는 걸 우리 모두는 안다. 스스로 인정한 적은 없으나, 내가 좋아한 것은 바로 미리 행해진 이런 망각, 그 아늑한 부드러움이었다.

게다가 이런 심리적 거리감과 칩거 생활에 의한 치료법이 아무리 고통스럽다 할지라도 또 다른 이유로 고통은 약해지는 법인데, 그것은 사랑이라는 고정관념이 치유되기를 기다리는 동안 이 관념 자체가 약화되기 때문이다. 내 사랑은 질베르트의 눈앞에 내 자존심을 회복하고 싶어 할 정도로 여전히 강력했지만, 내 의도적인 결별을 통해 이 자존심은 점점 더 커져 가는 듯이 보였다. 바로 그런 이유로 내가 그녀를 만나지 않은 그 고요하고도 서글픈 나날은, 하루에서 다른 날로 중단되거나 정해진 시효 없이 무한정 계속되는(귀찮은 사람이 내 일에 끼어들지만 않는다면) 이런 나날은 무익하지만은 않은 어떤 소득을 주었다. 어쩌면 쓸모없는 소득이었는지도 모르지만. 왜냐하면 사람들은 곧 내가 치유되었다고 선포할 테니까. 습관의 한 측면인 체념은 어떤 종류의 힘을 무한히 증가시킨다. 질베르트와의 사이가 틀어진 첫날 저녁, 슬픔을 견디기 위해 내가 가졌던 힘은 말할 수 없이 미미했지만, 훗날 그 힘은 헤아릴 수 없을 정도로 커졌다. 존재하는 모든 것이 무한히 연장될 거라고 생각하는 경향도 때로는 갑작스러운 충동으로 중단될 수 있으므로, 우리는 많은 날들을 지금껏 스스로 절제해 왔고 또 앞으로도 절제할 수 있다는 사실을 알기에 그만큼 부끄러워하지 않고 이 갑작스러운 충동에 굴복하며 우리 자신을 내맡긴다. 또 흔히 절약해서 모은 돈으로 지갑이 가득 차 갈 때면 단번에 지갑을 비워 버리거나, 치료에 익숙해지면 그 결과를 기다리지 않고 바로 중단하기도 한다. 어느 날 스완 부인이 질베르트가 날 만나면 기뻐할 거라는 그 일상적인 말을 되풀이하면서 이미 오래전에 내가 포기했던 행복을 내 손이 미치는 곳에 놓아 주었을 때, 나는 행복을 맛보는 게 아직 가능하다는 생각에 무척이나 마음이 흔들렸다. 다음 날을 기다리는 것조차 힘들 정도였다. 난 저녁 식사 전에 질베르트를 기습하기로 결심했다.

하루라는 공간을 견디도록 도와준 것은 바로 내가 세운 계획이었다. 이제 나는 모든 걸 잊고 질베르트와 화해했으므로 그녀를 연인으로서만 만나고 싶었다. 날마다 그녀는 나로부터 세상에서 가장 아름다운 꽃을 받게 되리라. 그리고 스완 부인이 지나치게 엄한 어머니 노릇을 하지는 않겠지만 그래도 날마다 내가 꽃을 보내는 걸 허락하지 않는다면 나는 보다 귀중하고 흔치 않은 선물을 찾아내리라. 부모님은 내게 값비싼 물건을 살 만큼 많은 돈을 주지 않으셨다. 난 레오니 아주머니로부터 물려받은 중국의 옛 대형 도자기를 생각해 냈다. 어느

날 프랑수아즈가 달려와서는 "그게 떨어지고 말았어요."*라고
말할 거라고, 그래서 아무것도 남지 않을 거라고 어머니가 매
일같이 예언하시던 그 도자기였다. 그럴 바에야 차라리 도자
기를 파는 편이, 질베르트를 기쁘게 해 주기 위해 도자기를 파
는 편이 더 현명하지 않을까? 1000프랑은 받을 것 같았다. 나
는 포장을 하도록 시켰다. 습관이 도자기를 자세히 들여다보
는 걸 방해했다. 도자기와 헤어지게 되자 적어도 도자기를 알
게 되는 이점이 있었다. 나는 스완네 집에 가기 전에 도자기를
들고 나와 샹젤리제 모퉁이에 있는, 아버지가 잘 아시는 중국
골동품상의 주소를 마부에게 주고 그곳에 들르자고 말했다. 놀
랍게도 골동품상은 즉석에서 도자기 값으로 1000프랑이 아닌
1만 프랑을 주었다.** 난 돈을 받으며 황홀해했다. 일 년 내내
날마다 장미꽃과 라일락으로 질베르트를 기쁘게 해 줄 수 있
겠다고 생각했다. 가게에서 나와 다시 마차에 올라탔을 때, 마
부는 스완네 가족이 불로뉴 숲 근처에 살았으므로, 당연히 늘
가던 길 대신 샹젤리제 대로를 따라 내려갔다. 마부가 이미 베
리 거리 모퉁이를 지났을 때, 난 스완네 집 근처에서, 그러나
반대 방향으로 멀어져 가는 질베르트를 황혼 속에서 얼핏 본

---

* 여기서 "그게 떨어지고 말았어요."라고 옮긴 프랑스어 표현은 A s'est décollée
로서, 프랑수아즈가 Elle s'est cassée라는 올바른 표현 대신에 인칭대명사 Elle
을 A라고 잘못 발음했다. 프랑수아즈만의 말하는 방식이다.
** 「꽃핀 소녀들의 그늘에서」 2부에 가면 우리는 발베크 그랜드 호텔 지배인의
월급이 500프랑이 채 안 되는 것을 알게 된다. 그러므로 엄청난 액수의 돈이 주
인공에게 주어진 셈이다.

것 같았다. 그녀는 천천히 그러나 결연한 걸음걸이로 어떤 젊은 남자 옆에서 함께 이야기를 나누며 걸어갔는데 남자의 얼굴은 식별이 되지 않았다.* 나는 마차를 멈추게 하려고 몸을 일으켰다가 이내 주저앉았다. 두 산책자는 이미 멀어졌고, 그들의 느린 산책이 긋는 두 줄의 완만한 평행선은 서서히 샹젤리제의 어둠 속으로 사라졌다. 곧 나는 질베르트의 집 앞에 도착했다. 스완 부인이 나를 맞았다. "오! 질베르트가 섭섭하겠네요."라고 부인이 말했다. "왜 집에 있지 않은지 모르겠어요. 조금 전 수업 시간에 아주 더웠다고 하면서 여자 친구와 바람 좀 쏘이러 가고 싶다고 하던데." "따님을 샹젤리제 대로에서 얼핏 본 것 같은데요." "그 애가 아닐 텐데요. 어쨌든 애 아버지에게는 말하지 마세요. 이런 시각에 외출하는 걸 좋아하지 않으니까요. 그럼 '굿 이브닝(Good evening).'" 난 그 집을 나왔다. 마부에게 왔던 길로 가 달라고 말했지만, 그 두 산책자는 만날 수 없었다. 그들은 어디로 갔을까? 이 저녁 그렇게도 친밀한 표정으로 무슨 이야기를 하고 있었을까?

나는 절망에 빠진 채 뜻하지 않게 손에 넣은 1만 프랑을 움켜쥐고 집으로 돌아왔다. 이 돈이면 질베르트에게 작은 기쁨들을 무수히 전할 수 있을 텐데, 이제 나는 질베르트를 더 이상 만나지 않기로 결심했다. 중국 물건을 파는 상점에 들렀을 때만 해도, 나에게 만족해하며 감사하는 질베르트를 보게 될

---

* 「사라진 알베르틴」에 이르면 이 젊은 남자는 다름 아닌 남장을 한 여자 레아임이 밝혀진다.

거란 기대에 기뻤는데. 그러나 내가 만약 그곳에 들르지 않았다면, 만약 마차가 샹젤리제 대로에 들어서지만 않았다면, 질베르트와 그 젊은 남자를 보지 못했을 텐데. 이처럼 하나의 동일한 사건이 두 개의 대립되는 결과를 일으키며 또 그 사건이 불러오는 불행으로 과거의 행복이 취소되기도 한다. 평소에 흔히 있는 일과는 정반대되는 일이 내게 일어났다. 사람들은 기쁨을 바라지만, 그 기쁨에 도달하는 데 필요한 물질적 조건이 부족하다. "큰 재산 없이 사랑하는 건 슬픈 일이다."라고 라브뤼예르는 말했다.* 그러니 이 기쁨에 대한 욕망을 조금씩 줄여 가려고 노력하는 수밖에 없다는 것이다. 그런데 내 경우는 반대로 물질적인 조건은 획득했으나, 같은 순간 그 논리적 효과가 아니라면, 적어도 첫 번째 성공의 우연한 결과에 따라 이 기쁨이 빠져나간 게 틀림없었다. 게다가 기쁨은 언제나 우리로부터만 빠져나가는 것 같다. 보통은 그렇지만 기쁨을 가능하게 하는 걸 얻은 저녁만은 그렇지 않다. 많은 경우 우리는 전력을 다해 노력하고 얼마 동안은 희망을 안고 산다. 그러나 행복은 결코 실현되지 않는다. 몇몇 상황을 극복하고 물리친다 해도, 자연은 이 투쟁을 밖에서 안으로 옮겨 와 우리 마음을 변하게 하며, 그리하여 이제 막 소유하려는 것과는 다른 것을 욕망하게 한다. 또 사태가 너무 급변해서 우리 마음이 변할 시간이 없다 해도, 자연은 그 일로 우리를 물리치려는 희망

---

* 장 드 라브뤼예르(Jean de La Bruyère, 1645~1696)의 『성격론』 중 「마음에 대하여」에 나오는 구절이다.

을 버리지 않고, 조금 뒤늦게라도 보다 정교하고 보다 효과적인 방식으로 우리를 정복하려 한다. 그러므로 행복의 소유를 박탈당하는 것은 마지막 순간에 이르렀을 때이며, 아니, 오히려 자연이 어떤 악마적인 속임수를 통해 이런 소유 자체에 우리 행복을 파괴하는 임무를 맡겼는지도 모른다. 사건이나 삶의 모든 영역에서 실패한 후에 자연이 만드는 것은 최후의 불가능성, 즉 행복의 심리적 불가능성이다. 행복이란 현상은 일어나지 않거나 아니면 가장 비참한 반응을 자아낸다.

나는 1만 프랑을 움켜쥐었다. 하지만 이 돈은 이제 아무짝에도 쓸모없었다. 게다가 난 질베르트에게 날마다 꽃을 보내는 것보다 더 빨리 그 돈을 탕진했다. 저녁이 되면 집에 있을 수 없을 정도로 불행하다고 느꼈으므로 좋아하지도 않는 여인의 품으로 눈물을 흘리러 갔던 것이다. 질베르트에게 뭔가 기쁨을 주려던 바람도 더 이상 갖지 않게 되었다. 이제는 질베르트의 집에 가는 일조차 고통스러웠다. 어제만 해도 질베르트를 만나는 일이 그토록 감미로웠건만 이제는 만나는 것만으로는 충분치 않았다. 내가 그녀 곁에 없는 동안은 내내 불안할 테니까. 바로 이 점이, 한 여인이 대개는 자신도 의식하지 못한 채 우리에게 부과하는 새로운 고통이 우리에 대한 그녀의 힘뿐 아니라 그녀에 대한 우리 요구까지도 더 커지게 한다는 걸 말해 준다. 우리에게 입힌 상처로 여인은 우리를 에워싸고 쇠사슬을 두 배로 조이지만, 동시에 우리 자신도 지금까지는 마음의 안정을 찾기에 충분해 보였던 쇠사슬을 그녀 몸에 두 배로 강하게 조이는 법이다. 어제만 해도 나는 내가 질베르트를 귀찮게 한다고 생각하지 않았으므로 우리의 간헐적인 만남을 요구하는 것만으로 만족했겠지만, 이제는 그런 만남에 만족할 수 없게 되었으므로 조건을 바꿔야 했다. 왜냐하면 사랑에서는, 전쟁 후에 일어나는 일과는 반대로, 단지 싸움을 부과할 수 있는 상황에 처한 경우에만 그렇겠지만, 싸움에 지면 질수록 싸움은 더 오래 지속되며 더 격렬해지기 때문이다. 그러나 질베르트에 대한 내 경우는 그렇지 않았다. 그래서 그녀 어머니의 집에 다시 돌아가지 않는 편이 더 낫다고 생각했다. 질베르트가 날 사랑하지 않으며, 그런 사실을 이미 오래전부터 알고 있었으며, 또 내가 원하면 언제라도 그녀를 다시 볼 수 있지만, 또 내가 원치 않으면 결국에는 그녀를 잊게 될 거라고 계속해서 말했다. 그러나 이런 생각은 어떤 처방이 몇몇 병에 대해서는 별 효과를 내지 못하듯, 질베르트와 그 젊은 남자가 천천히 샹젤리제 대로를 따라 걸어가던 그 두 평행선에 대해서는 아무 효력도 발휘하지 못했기에, 나는 이따금 그들이 걸어가던 모습을 떠올렸다. 그것은 새로운 아픔이었지만 마침내는 소멸되고 말 아픔이며, 어느 날엔가는 그 아픔이 품었던 해로운 요소가 완전히 걸러진 채로, 아무 위험 없이 다루는 치명적인 독이나 폭발할 우려 없이 담배에 불을 붙일 수 있는 아주 적은 화약처럼, 새로운 이미지로 내 정신에 나타날 것이었다. 그동안 내 마음속에는 질베르트가 황혼 속에 산책하던 모습을 변함없이 불러일으키는 그 해로운 힘과 온갖 힘을 다해 맞서 싸우는 또 다른 힘이 나타났는데, 다시 말해 내 상상력이 내 기억의 반복적인 공격을 쳐부수기 위해 반대 방향

에서 유용하게 작용했다. 이 두 힘 가운데 첫 번째 해로운 힘
은 물론 샹젤리제 대로에서 본 두 산책자의 모습을 계속 불러
왔고, 과거에서 꺼내 온 다른 불쾌한 이미지들, 이를테면 질베
르트가 어머니로부터 나와 함께 집에 남아 있으라는 말을 들
었을 때 어깨를 으쓱하던 모습을 불러왔다. 그러나 내 희망의
캔버스 위에서 작업하던 두 번째 힘은, 요컨대 매우 한정된 그
초라하기 짝이 없는 과거보다 훨씬 더 즐거운 미래의 전망을
그려 보였다. 질베르트의 쟁긋한 얼굴을 보는 짧은 순간에 비
해, 그녀가 우리의 화해를 위해 할 시도며, 심지어는 우리 약
혼까지 제안하는 모습을 내가 꾸며 내는 순간들이 얼마나 많
았던가! 상상력이 미래를 향해 끌어가는 이 힘은 모든 것에도
불구하고 사실 과거로부터 길어 온 것이다. 질베르트가 어깨
를 추켜올리던 모습을 보았던 아픔이 조금씩 지워져 갈수록
그녀의 매력에 대한 추억, 그녀를 내 쪽으로 다시 오게 하고
싶었던 추억도 조금씩 작아질 것이다. 그러나 나는 아직 이런
과거의 죽음과는 거리가 멀었다. 내가 미워한다고 믿었던 여
자를 실은 아직도 사랑하고 있었기 때문이다. 사람들이 나에
게 머리 모양이 멋있다든가 안색이 좋다고 말할 때면 그녀도
거기 있었으면 싶었다. 그 무렵 많은 사람들이 내게 초대 의사
를 표해 왔는데 귀찮아서 모두 거절했다. 집에서는 내가 아버
지를 따라 공식 만찬에 가지 않는다고 한바탕 언쟁이 벌어졌
는데, 그 만찬에는 봉탕 부부가 그 무렵 아직 어린아이에 지나
지 않았던 조카딸 알베르틴과 함께 참석하기로 했었다. 이처
럼 우리 삶의 여러 시기는 서로 겹치곤 한다. 지금은 사랑하

지만 언젠가는 아무 상관도 없을 여인 때문에, 현재는 상관이 없지만 앞으로 사랑하게 될 여인을 건방지게 거절한 것이다. 그때 그녀를 만나는 데 동의했다면 조금 더 일찍 사랑에 빠졌을 테고, 그러면 현재의 고통을 줄이고 다른 고통으로 바꾸었을 텐데.(이건 사실이다.) 내 고통은 조금씩 변할 것이었다. 나는 내 마음 깊숙한 곳에서 오늘은 이런 감정, 다음 날에는 저런 감정을 보통은 질베르트에 관계된 희망이나 두려움에 따라 느낀다는 사실을 깨닫고는 깜짝 놀랐다. 내 마음속에 품고 있는 그 질베르트에 따라, 현실의 질베르트는 어쩌면 이런 질베르트와는 완전히 다를지도 모르며, 그녀는 자기에 대한 나의 이런 안타까운 마음도 전혀 알지 못하며, 설령 그녀가 나를 생각한다 해도 내가 그녀를 생각하는 것과는 비교도 안 될 만큼 조금일 뿐만 아니라, 내가 상상의 질베르트와 단둘이 있을 때 나에 대한 그녀의 진심이 무엇인지를 알아내려고 애쓰다가 결국은 그녀의 관심이 늘 내 쪽으로 기울어졌다고 상상하는, 이런 그녀보다 훨씬 적게 날 생각할 거라고 말해야 했을 것이다.

슬픔이 약해지면서도 여전히 지속되는 이런 시기에는 그 사람에 대한 집요한 상념에서 야기되는 슬픔과, 어떤 추억으로 인한 슬픔, 이를테면 그녀 입에서 나온 심술궂은 말이나 우리가 받은 편지에 쓰인 이런저런 동사(動詞) 때문에 야기되는 슬픔을 구별해야 한다. 이런 슬픔의 다양한 형태에 대해서는 다음 사랑의 기회에 묘사하도록 남겨 놓고, 우선은 이 두 슬픔 가운데 첫 번째 슬픔이 두 번째 슬픔보다 훨씬 덜 잔인하다는 점만 지적하고자 한다. 이는 우리 마음속에 늘 머무는 그 사람에 대한 관념이 우리가 지체하지 않고 바치는 후광으로 치장되면서 자주 희망의 감미로움은 아니라 해도, 적어도 항구적인 슬픔의 고요함을 우리 마음에 새겨 놓기 때문이다.(게다가 우리를 괴롭히는 어떤 사람의 이미지는, 마치 몇몇 질병의 원인이 계속되는 열이나 느린 회복기와 아무 관계가 없듯이, 사랑의 슬픔을 배가하고 연장하여 회복을 방해하는 여러 복합적인 상황과는 거의 관계가 없다는 점에 주목해야 한다.) 그러나 이처럼 사랑하는 사람에 대한 관념이 일반적으로 긍정적인 지성의 빛을 부여받는데 비해, 심술궂은 말이나 적의에 찬 편지처럼 개별적인 추억들은 지성의 빛을 부여받지 못한다.(비록 질베르트로부터는 단한 번밖에 그런 편지를 받지 않았지만.) 그 사람 자체가 이렇게 축소된 추억의 조각 안에 머무르면서 어떤 강력한 힘으로 확대되어, 우리가 그 사람 전체에 대해 형성하는 통상적인 관념의힘을 훨씬 넘어서는 듯 보인다. 편지의 경우, 사랑하는 사람의이미지와 마찬가지로, 우리는 그리움이라는 우수에 젖은 고요함 속에 관조하지 않고, 예기치 않은 불행이 우리를 조였을때처럼 끔찍한 고뇌 속에서 읽고 또 탐독하기 때문이다. 이런슬픔은 다른 방식으로 형성된다. 그 슬픔은 밖에서 오며 가장잔인한 고뇌의 길을 통해 우리 마음까지 도달한다. 우리가 오래된 진본이라고 믿는 여자 친구의 이미지도 실제로는 우리가 여러 번 다시 만들어 낸 것이다. 잔인한 추억은 이처럼 다시 만들어 낸 이미지와 동시대가 아닌 다른 시대에 속하며 우리의 괴물과도 같은 과거를 아는 드문 증인 중 하나다. 그러나 모든 사람이 화해하는 낙원, 경이로운 황금시대로 바꾸고 싶어 하는 우리 마음속을 제외하고 이 과거는 계속 존재하기 때문에, 그 추억이며 편지는 우리를 현실로 돌아오게 하고 또 그로 인해 갑작스레 느끼는 아픔을 통해 나날이 미친 희망을 품고 기다리는 우리 모습이 얼마나 현실과 동떨어졌는지를 느끼게 할 것이다. 물론 가끔은 그런 일이 일어나기도 하지만. 그렇다고 해서 이 현실이 항상 같은 모습으로 남아 있다는 말은 아니다. 우리 삶에는 결코 다시 만나려고 애쓴 적이 없는 여인들도 많으며, 우리가 결코 원치 않은 침묵에 같은 침묵으로 자연스럽게 응하는 여인들도 많다. 다만 그때 우리는 그 여인들을 사랑하지 않았으므로 그들로부터 떨어져 지낸 시간을 계산하지 않았을 뿐이다. 그리고 앞에서 말한 의미를 퇴색시킬지 모르지만, 우리가 고독의 효능에 대해 논할 때 이런 예는 흔히 간과된다. 마치 자신의 예감을 믿는 사람이 예감이 '맞지 않은' 경우는 모두 소홀히 하듯이.

그러나 어쨌든 멀리 떨어져 지내는 건 효과적인 방법일 수 있다. 다시 보고 싶은 욕망이나 필요가 현재 우리를 경멸하는 이의 마음속에 마침내 생겨날 수도 있을 테니까. 다만 시간이 필요하다. 그런데 시간에 대한 우리 요구는 마음의 변화에 대한 요구 못지않게 과도하다. 우선 시간을 두고 기다리는 일 자체에 우리는 쉽게 동의하지 못한다. 왜냐하면 우선 자신이 느끼는 괴로움이 너무 잔인해서 우리는 서둘러 이 괴로움이 끝나기만을 기다린다. 다음으로 그 사람 마음이 변하는 데 필요한 시간은 또한 우리 마음이 변하는 데 필요한 시간이기도 하다. 그러므로 우리가 제시한 목적이 가능해졌을 때, 그 목적은 이미 우리의 목적이 아닌 게 된다. 게다가 행복이 행복이기를 그칠 때 우리가 행복에 도달할 수 있다는 생각, 시간과 더불어 우리가 행복에 도달할 수 있다는 생각은 부분적으로만 진실이다. 행복이란 우리가 행복에 무관심해질 때 그냥 우연히 떨어지는 것이다. 그러나 바로 이런 무관심이 우리를 덜 까다롭게 만들어 행복이 결핍되었다고 믿었던 시기에 와 주었으면 얼마나 기뻤을까 하고 생각하게 한다. 우리는 우리가 관심 없는 일에 대해서는 별로 까다롭지 않으며 그리 예리한 심판관 노릇을 하지도 않는다. 더 이상 사랑하지 않는 사람의 상냥함은, 또 우리의 무관심에 비해 여전히 과분해 보이는 상냥함은 어쩌면 우리의 사랑을 충족하기에는 아직도 부족한지 모른다. 그 다정한 말들, 그 만남의 요청들, 우리는 이런 것들이 야기하는 기쁨만 생각하지, 그 뒤에 따르는, 즉시 보기를 바랐던 다른 모든 것, 어쩌면 이런 갈망 때문에 생겨나지 못한 모든 것들은 생각하지 않을지도 모른다. 따라서 우리가 더 이상 이 모든 것들을 즐길 수 없거나 사랑하지 않을 때, 너무 뒤늦게 찾아온 행복에 대해 우리는 전에 그 결핍이 그토록 우리를 불행하게 만들었던 바로 그 행복과 같은 것인지 아닌지조차도 확신하지 못한다. 이러한 사실을 결정할 수 있는 사람은 바로 당시의 우리 자아뿐이다. 그런데 이 자아는 더 이상 거기 없으며, 아마도 이 자아가 다시 돌아온다면 우리의 행복은 같은 것이든 그렇지 않든 이미 사라지고 없을 것이다.

　더 이상 관심을 가지지 않을 이 뒤늦은 꿈의 실현을 기다리면서, 나는 질베르트를 거의 알지 못했던 시절처럼 그녀가 내게 용서를 구하며, 나 외에 다른 사람은 사랑한 적이 없다고 고백하며, 제발 결혼해 달라고 간청하는 그런 말과 편지를 지어 냈고, 또 그러다 보니 이제는 오히려 이처럼 수없이 반복되는 일련의 감미로운 이미지가, 영양가도 없는 질베르트와 그 젊은 남자의 모습보다 내 정신 속에서 더 많은 자리를 차지했다. 이제는 어쩌면 스완 부인 댁으로 다시 돌아갈 수 있을 것도 같았다. 다만 이런 꿈을 꾼 적은 있다. 누구인지 식별할 수는 없었지만 친구 중 하나가 꿈에서 내게 아주 못된 짓을 했지만 그 친구는 내가 그 짓을 했다고 믿는 것 같았다. 이 꿈이 야기한 고통으로 잠에서 갑자기 깨어난 나는 고통이 계속되는 걸 느끼면서 다시 그 꿈을 떠올렸고, 꿈에서 본 친구가 누구인지 기억해 내려고 애썼다. 친구의 이름은 스페인 이름 같았는데 분명치 않았다. 동시에 요셉과 파라오*의 이야기를 결합하면서 나는 내 꿈을 해석하기 시작했다. 많은 경우 꿈에 나오는 인물의 외양에 지나치게 중요성을 부여해서는 안 된다는 걸 나는 잘 알고 있었다. 마치 무식한 고고학자들이 어느 성인의 몸 위에 다른 성인의 머리를 올려놓고 또 성인들을 특징짓는 물건이나 이름을 혼동하면서 복원한 대성당의 훼손된 성인상들처럼, 꿈속 인물이 위장하거나 서로 얼굴이 바뀐 형태로 나타날 수 있기 때문이다. 인물이 가진 물건이나 이름이 우리를

---

* 「창세기」 40~41장에는, 이집트에서 감옥살이하던 요셉이 파라오의 꿈을 해석하여 재상이 되었다는 이야기가 나온다.

잘못 인도할 수도 있다. 마찬가지로 사랑하는 사람도 꿈속에서는 단지 우리 몸에 느껴지는 고통의 강도에 의해서만 지각되는지도 모른다. 내 고통은 내가 자는 동안 젊은 남자로 나타난 인물이 최근의 부당한 행동으로 나를 아직도 괴롭히는 바로 그 질베르트임을 가르쳐 주었다. 그러자 내가 그녀를 마지막으로 봤던 날, 그녀의 어머니가 무용 교습에 가지 못하게 했던 날, 진심인지 가장된 것인지는 잘 모르겠지만, 그녀가 야릇하게 웃으면서 내가 그녀에 대한 내 선의를 믿기 거부했던 일이 떠올랐다. 이 추억은 연상 작용을 통해 내 기억 속에 또 다른 추억을 불러들였다. 아주 오래전에, 스완은 내 진심도, 내가 질베르트의 좋은 친구라는 사실도 믿지 않으려 했다. 그래서 나는 아무 소용도 없는 편지를 써서 보냈고, 그러자 질베르트가 그 편지를 가져와 내게 돌려주면서 똑같이 이해할 수 없는 미소를 지었다. 그녀는 금방 편지를 돌려주지 않으려 했고, 그러자 월계수 나무 뒤에서의 모든 장면이 떠올랐다. 인간은 불행해지면 도덕적인 존재가 된다. 현재 나에 대한 질베르트의 반감이 그날 내 행동 때문에 삶이 내린 형벌로 여겨졌다. 길을 건너면서 마차에 조심하기만 하면 위험을 피할 수 있다고 생각하듯 우리는 이 형벌을 피할 수 있다고 생각한다. 그러나 내부의 위험이 있다. 이 사건은 우리가 생각하지 않았던 곳, 우리 내부로부터, 우리 마음으로부터 온다. 질베르트의 말, "네가 좋다면 조금 더 싸워도 좋아."라는 말을 생각하니 소름이 끼쳤다. 샹젤리제 대로에서 함께 걷던 젊은 남자와 그녀가 어쩌면 그녀 집 세탁물 보관실에서, 똑같은 짓을 하는 모습을 상상했다. 이처럼 내가 조용히 행복 속에 안착했다고 (얼마 전까지만 해도) 믿은 것과 마찬가지로 행복하기를 단념한 지금 적어도 내 마음이 평온해졌고, 또 앞으로도 마음이 평온할 거라고 확신했다면 이 또한 어리석은 짓이었다. 왜냐하면 우리 마음이 지속적으로 다른 존재의 이미지를 담고 있는 한, 끊임없이 파괴될 위험에 처한 것은 단지 우리 행복만이 아니며, 그 행복이 사라지고 우리가 괴로워하고 그 괴로움을 잠재웠을 때, 그때 행복과 마찬가지로 우리 평온함 역시 기만적이며 덧없기 때문이다. 나는 마침내 이런 평온함을 되찾았다. 왜냐하면 어떤 꿈 탓에 우리의 심적 상태나 욕망을 바꾸면서 우리 정신 안에 들어온 것 역시 시간의 흐름과 함께 점차 사라질 테니까. 그 어떤 것도 영속성과 지속성을 보장받지 못한다. 우리 고통조차도. 게다가 사랑 때문에 괴로워하는 사람들은, 마치 우리가 몇몇 병자에 대해 말하듯이, 스스로가 자신의 의사이다. 위로는 고통을 초래한 자로부터만 올 수 있으며, 이 고통 또한 그의 발산물이므로 치료약 역시 바로 그 고통 속에서 발견된다. 어느 순간이 오면 고통 스스로가 치료약을 발견해 내기도 한다. 왜냐하면 그들이 마음속에서 고통의 방향을 바꿈에 따라 이 고통이 그리워하는 여인의 모습을 다르게 보여 주기 때문인데, 때로는 얼마나 가증스러운지 그녀와 함께 즐기기도 전에 우선 괴롭혀야 한다고 생각하며 만나려 하지 않고, 때로는 얼마나 다정한지 그녀에게 부여하는 이 다정함이 그녀의 미덕을 보증하는 것 같아 거기서 희망의 이유를 찾기도 한다. 그러나 아무리 내 마음속에서 되살아난 고통이 진정되었다 할지라도 별 소용은 없었다. 나는 스완 부인 댁에 되도록이면 가고 싶지 않았다. 사랑을 하다 버림받은 자들에게서 기대의 감정은 ― 자신은 깨닫지 못하는 기대라 해도 ― 그런 감정 속에서 살다 보면 스스로 변화되어 겉보기에는 동일하지만 첫 번째 상태에 뒤이어 완전히 정반대되는 두 번째 상태를 나타나게 한다. 첫 번째 상태는 우리 마음을 뒤흔들어 놓았던 고통스러운 사건의 결과이자 반영이었다. 뭔가 일어날지 모른다는 기대에는 이때 마침 사랑하는 여인이 소식을 보내오지 않아 우리가 직접 행동하고 싶어지고, 그러나 이런 시도가 성공을 거둘지 알지 못하므로 그 후에는 어쩌면 어떤 다른 시도도 하지 못하리라고 여겨지는 만큼 공포의 감정이 더 많이 서려 있다. 그러나 우리가 깨닫지 못한 채 계속되어 온 이 기대는 우리가 체험한 과거의 추억이 아니라 상상의 미래에 대한 희망에 의해 결정된다. 그때부터 이 기대는 즐거움에 가까워진다. 게다가 첫 번째 상태가 조금 더 계속되면서, 우리는 기대 속에 사는데 익숙해진다. 마지막으로 만나는 동안 느꼈던 고통은 여전히 우리 안에 남아 있지만 그 고통은 이미 잠들었다. 이제 자신이 요구하는 것이 뭔지 잘 모르기 때문에, 우리는 서둘러 그 고통을 다시 시작하려 하지 않는다. 사랑하는 여인을 조금 더 소유하려는 욕망은 우리가 소유하지 못한 부분을 조금 더 필요로 할 뿐이고, 또 우리의 필요가 이 모든 것에도 불구하고 충족되기를 바라는 데서 생긴 것이므로, 이 소유는 뭔가 환원 불가능한 것으로 남게 된다.

끝으로 이런 이유에 마지막 이유가 뒤늦게 덧붙으면서, 난 스완 부인을 방문하는 일을 완전히 그만두었다. 그런데 이 뒤늦게 덧붙은 이유란, 내가 질베르트를 더 많이 잊었기 때문이 아니라 되도록이면 그녀를 빨리 잊고자 한다는 것이었다. 아마도 내 크나큰 고통이 끝나고 난 후부터 스완 부인을 방문하는 일은 내 마음속에 남은 슬픔을 위해서는 진정제도 되고 기분 전환도 되어 처음에는 아주 소중하게 여겨졌는지도 모른다. 그러나 내 마음을 진정하는 데 효과적인 이유가 기분 전환에는 걸림돌이 되기도 했는데, 말하자면 이 방문에는 질베르트와의 추억이 깊이 섞여 있었다. 질베르트의 존재로 부양되지 않은 감정이나, 질베르트와 아무 관계도 없는 상념과 호기심, 열정을 내세우는 기분 전환이라야만 내게는 도움이 되었을 것이다. 사랑하는 사람이 낯선 이로 머무르는 이런 의식 상태는 처음에는 비록 아주 작은 자리일지라도 한 자리를 차지하고, 그리하여 우리의 온 영혼을 차지했던 사랑에서 그만큼 자리를 빼앗는다. 우리는 질베르트와 전혀 관계없는 이런 상념들을 부양하고 키워야 한다. 그러는 동안 우리 감정이 약해지고 그저 하나의 추억이 되고 나면, 새로운 요소가 우리 마음에 들어와 그 감정과 싸워서 점점 더 영혼의 자리를 빼앗고 드디어는 영혼의 모든 자리를 차지한다. 난 이것이 사랑을 죽이는 유일한 방법임을 깨달았다. 또 이 방법이 아무리 시간이 걸려도 성공할 수 있다는 확신에서 나온 만큼 아무리 잔인한 고통도 참을 수 있는 젊음과 용기가 내게는 있었다. 이제 내가 질베르트에게 보내는 편지에서 그녀와의 만남을 거절하는 이유로 내세운 것은, 그녀와 나 사이에 있었을지도 모르는 뭔가 수수께끼 같은 완전히 허구적인 오해에 대한 암시로, 이런 오해에 대해 질베르트가 먼저 설명을 요청해 오기를 바랐다. 그러나 실은 아무리 하찮은 관계에서라도 편지를 받는 사람이 항의하도록 일부러 모호하고도 거짓투성이인 비난을 써넣은 걸 알고 자기가 그 일에 주도권을 쥐었다고 — 손안에 넣었다고 — 기뻐하며 해명을 요구하는 경우는 매우 드물다. 더욱이 사랑이 너무나도 멋있게 표현되고, 설사 무관심이 느껴져도 도무지 호기심이 일지 않는 다정한 관계에서는 더욱 그러하다. 질베르트는 이런 오해에 의혹을 품으려 하지 않았고 또 알려고 애쓰지도 않았지만 내게는 뭔가 현실적인 것이 되어 나는 편지를 쓸 때마다 이 점에 대해 언급했다. 이런 근거 없는 거짓 상황이나 냉담한 척 꾸미는 태도에는 그걸 고집하게 하는 어떤 마력이 있다. 질베르트로부터 "그럴 리가 없어. 우리 만나서 얘기해."라는 대답을 듣기 위해 "우리 마음이 갈라진 후부터"라는 글을 쓰다 보니 나는 마침내 이 말이 사실이라고 믿게 되었다. "하지만 변한 건 아무것도 없어. 이 감정은 여느 때보다도 더 깊어졌어."라는 그녀의 답을 듣고 싶은 소망에, "삶은 변할지 모르지만 우리가 느꼈던 감정을 지우지는 못할 거야."라는 말을 되풀이하다 보니, 삶이 실제로 변했으며, 우리는 더 이상 존재하지 않는 감정의 추억만을 간직하게 될 거라는 관념 속에 살게 되었다. 마치 신경증자가 병자인 척하다가 마침내 정말 병자가 되는 것처럼, 이제 나는 질베르트에게 편지를 쓸 때마다 이 상상의 변화에 대해 언급했고, 질베르트는 답장에서 계속 침묵을 지켰으므로, 이 문제는 이런 그녀의 침묵에 의해 암암리에 인정되어 우리 둘 사이에 그대로 존속할 듯했다. 그러다 질베르트는 이런 의도적인 묵인을 멈추었다. 그녀 자신이 내 관점을 택한 것이다. 마치 공식 연회 건배사에서 초대받은 국가원수가, 초청한 쪽이 방금 사용한 것과 거의 같은 표현을 그대로 인용하는 것처럼, 내가 질베르트에게 "사랑이 우리를 갈라놓는다고 해도, 우리가 알고 지냈던 시간에 대한 추억은 남을 거야."라고 써서 보내면, 그녀는 "삶이 우리를 갈라놓는다 해도 우리에게 언제나 소중한 그 좋은 시간들은 잊히지 않을 거야."라고 대답하기를 잊지 않았다.(왜 '삶'이 우리를 갈라놓았는지, 어떤 변화가 일어났는지에 대답하라고 했다면, 우리는 둘 다 당황했을 것이다.) 나는 이제 그렇게 괴롭지 않았다. 하지만 어느 날, 내가 그녀에게 편지로, 샹젤리제의 나이 든 보리 사탕 장수 할머니가 죽었다는 소식을 들었다고 전하면서, "이 소식을 들으면 너도 마음이 아플 거라고 생각해. 나도 이 소식을 듣고 많은 추억이 생각났어." 라는 글을 막 쓰고 났을 때, 나는 아직도 살아 있다고, 적어도 다시 태어날 수 있다고 나도 모르게 계속 생각해 온 이 사랑을, 이제는 거의 잊힌 죽은 사람의 일이라도 되듯이 과거 시제로 말했다는 사실을 깨닫고는, 눈물이 터져 나오는 걸 억제할 수 없었다. 서로 다시는 만나지 않기를 원하는 친구들 간의 편지는 지극히 다정한 법이다. 질베르트의 편지에는 내가 별 관심을 두지 않는 사람들에게 글을 쓸 때와 같은 자상함이 담겨 있었고, 또 그녀도 그와 똑같은 가식적인 애정 표시를 내게 주었는데, 나는 그녀로부터 그런 표시를 받는 게 감미롭기만 했다.

게다가 그녀와의 만남을 거절하는 것도 거듭될수록 고통이 덜해졌다. 마치 그녀가 내게 덜 소중한 사람이 되어 간다는 듯이, 아픈 추억이 끊임없이 되돌아왔지만 그 추억은 내가 피렌체와 베네치아를 생각할 때 느끼는 기쁨을 파괴할 만큼 강력하지는 않았다. 그런 순간이면 난 내가 더 이상 만나지 않을 소녀, 이미 거의 망각하다시피 한 소녀로부터 멀리 떨어지지 않으려고 외교관직을 단념하고 은둔 생활을 하기로 결심했던 걸 후회했다. 우리는 한 사람을 위해 자신의 삶을 설계한다. 그러나 우리가 그 사람을 맞아들일 준비가 될 때면, 그 사람은 오지 않고 우리에게 죽은 존재가 되지만, 우리는 오로지 그 사람을 위해 만들어 놓은 것 안에 갇혀 산다. 부모님은 베네치아가 너무 멀고 내가 열이 날지도 모른다면서, 적어도 발베크 정도면 별로 피로하지도 않고 쉽게 가서 머물 수 있을 거라고 여기셨다. 그러나 그렇게 하려면 파리를 떠나야 했고, 스완 부인 댁 방문을 단념해야 했다. 아무리 방문이 뜸해졌다고는 해도 방문 도중 이따금 스완 부인이 딸 이야기를 하는 걸 들을 수 있었고, 게다가 질베르트하고는 무관한 이런저런 기쁨을 발견하기 시작했는데.

봄이 다가오고 추위가 다시 찾아오면서 얼음의 성인들과 성주간의 우박 섞인 소나기가 내리는 시기에,* 나는 스완 부인

---

* 얼음의 성인들이란 성 마베르토, 성 판크라시오, 성 세르바시오 세 성인을

이 집에 있어도 몸이 어는 것 같다고 말하면서 종종 모피를 두르고 손님을 접대하는 모습을 보았다. 추위를 타는 듯한 손과 어깨는 둘 다 흰 담비*로 만든 크고 납작한 토시와 하얗고 눈부신 모피 깃 아래 감추어졌는데, 이 흰 토시와 깃은 스완 부인이 외출하고 돌아와서도 벗지 않고 그대로 걸치고 있어 불의 열기나 계절의 진행에도 녹지 않은, 다른 어느 것보다 더 오래가는 겨울눈의 마지막 덩어리인 듯 보였다. 이 얼음처럼 차갑지만 벌써 꽃 피는 주간의 모든 진실을, 내가 곧 찾지 않을 이 살롱에서 보다 황홀한 하얀빛으로 암시해 주던 또 다른 것들이 있었는데, 이를테면 불두화**의 하얀빛이 그랬다. 프레라파엘파***의 그림에 나오는 직선 관목처럼 높다랗고 잎이 없

가리킨다. 이들의 축일인 5월 11일, 12일, 13일에는 기온이 지나치게 떨어져 동파가 오는 걸 예방해 달라고 비는 관습이 있었으며, 이 시기가 지나면 더 이상 추위는 염려하지 않아도 된다고 한다. 성주간은 예수 수난의 성지 주일부터 성토요일까지 부활 전 한 주간을 말한다. 일정하지는 않지만 대략 4월 중순경이다.

* 1918년 원고에는 갈색 모피를 뜻하는 zibeline으로 표기되었으나, 수정된 원고에는(한 낯선 손에 의해) 흰 담비를 뜻하는 hermine으로 바뀌었다. 따라서 이 글에서는 플레이아드판과 달리, GF플라마리옹판에 따라 '흰 담비'로 옮기고자 한다. 『소녀들 1권』(GF플라마리옹) 361쪽 참조.

** 꽃송이가 눈처럼 탐스럽다고 하여 프랑스어로는 boules de neige, 영어로는 snowball tree라고 불린다. 우리말로는 부처님의 곱슬곱슬한 머리를 닮았다 해서 '불두화'라고 하는데, 수국과 비슷하지만 수국이 여름에 꽃이 피는 데 반해 불두화는 4월에 꽃이 피는 점이 다르다.

*** 프레라파엘(Pre-Raphaelite) 또는 라파엘 전파라고 불리는 이 유파는, 1848년 단테 가브리엘 로세티(Dante Gabriel Rossetti, 1828~1882)를 비롯한 일곱 화가와 비평가가 러스킨의 강력한 영향과 후원 아래 라파엘 이전, 즉 이탈리아 초기 르네상스 미술의 가식 없는 우아함과 투명한 색채를 구현하고자 했다.

는 벌거벗은 줄기 꼭대기에는, 마치 수태고지를 하는 천사들처럼 하얗고 잘디잔 꽃잎들이 한데 모인 둥근 덩어리가 레몬 향기로 둘러싸였다. 탕송빌 성주 부인은 아무리 날씨가 쌀쌀해도 4월에 꽃이 안 피는 일은 없으며, 첫 번째 따뜻한 열기가 찾아올 때까지 세상에는 비에 갇힌 헐벗은 집들만 있다고 생각하는 그 파리의 거리를 어슬렁거리는 산책자마냥 겨울이나 봄, 여름이 그렇게 밀폐된 칸막이로 구분되지 않는다는 사실도 알았다. 나는 스완 부인이 콩브레 정원사가 보내오는 꽃에만 만족하고, 그녀 집에 '정기적으로' 꽃을 공급하는 꽃가게 여주인의 주선으로 지중해 연안의 일찍 피는 꽃을 가지고 불충분한 계절의 환기를 메우려 하지 않았다고 주장할 의사는 전혀 없었으며 또 그 점에 신경 쓰지도 않았다. 단지 빙설 같은 토시 옆에 스완 부인이 불두화를 들고 있는 모습을 보는 것만으로도 전원에 대한 향수를 느끼기에 충분했는데, 그 꽃은 (어쩌면 이 집 안주인의 생각 속에는 베르고트의 충고에 따라 그녀 집 가구와 의상과 더불어 「백색 장조 교향곡」*을 만들어 내는 것 외에 다른 목적은 없어 보였지만) 내게 「성금요일의 마술」**이 착한 사람이면 해마다 볼 수 있는 자연의 기적을 상징한다는 생각

---

* 19세기 프랑스 작가 테오필 고티에(Théophile Gautier, 1811~1872)의 「칠보와 카메오」(1849)에 나오는 희곡 제목인 「백색 장조 교향곡」은 19세기 말에는 조금은 상투적인 제목이었다. 또 이것은 휘슬러의 그림 「백색 심포니 제1번: 하얀 옷의 처녀」와 「백색 심포니 제2번: 하얀 옷의 소녀」를 암시하기도 한다. 『소녀들』(폴리오) 537쪽 참조.
** 바그너의 오페라 「파르시팔」 3막에 나오는 곡으로 자연의 아름다움과 성금요일의 매력을 노래한다. '성금요일의 음악'으로 불리기도 한다.

을 환기했으며, 예전에 콩브레에서 산책하는 동안 여러 번 발걸음을 멈추게 했던 그 이름도 모르는 다른 종류의 화관으로부터 풍기는 새콤하고도 자극적인 향기의 도움을 받아 스완 부인의 살롱을 탕송빌의 작은 울타리마냥 그렇게도 순결하게, 잎도 없이 그렇게도 순박하게 피어나게 했으며 그렇게도 진짜 향기로 넘쳐나게 했다.

그러나 이 작은 울타리는 내 기억에 아직도 너무 많은 것을 되살아나게 했다. 그곳에서의 추억은 질베르트에 대해 남은 내 얼마 안 되는 사랑을 지속시킬 위험이 있었다. 따라서 스완 부인을 방문하는 것이 전혀 괴롭지는 않았지만, 그래도 좀 더 간격을 두고 방문하거나, 될 수 있는 한 부인을 만나지 않으려고 애썼다. 기껏해야 계속 파리에 있던 관계로 이따금 스완 부인과의 산책을 승낙할 정도였다. 마침내 화창한 날이 다시 찾아왔고 날씨도 따뜻해졌다. 나는 스완 부인이 점심 식사 전에 한 시간 동안 외출을 하며, 불로뉴 숲 대로나 에투알 광장 근처 그리고 사람들이 이름만 아는 부자들을 구경하려고 모여들기 때문에 당시 '가난뱅이 클럽'*이라고 불리던 장소 근처로 몇 걸음 산책 나간다는 걸 알았으므로, 부모님으로부터 일요일에는 ─ 주중 다른 날 그 시각에는 일이 있었다. ─ 부모님보다 늦은 1시 15분에 점심을 먹기로 하고 그 전에 한 바퀴 돌고 들어와도 좋다는 허락을 받았다. 질베르트가 시골 여자

---

* '가난뱅이 클럽(club des Pannés)'은 1886년에 창설되었으며 불로뉴 숲 대로에서 모였다.

친구 집에 가 있어서 이 5월 동안 일요일을 한 번도 놓치지 않았다. 난 12시쯤 개선문에 도착했다. 거리 입구에서 망을 보며, 겨우 몇 미터밖에 안 되는 거리였지만 스완 부인이 집에서 나오는 작은 길모퉁이를 지켜보았다. 이미 많은 산책자들이 점심을 먹기 위해 돌아가는 시각이어서 남은 사람의 수는 많지 않았으나 대부분 멋쟁이 신사들이었다. 갑자기 산책로 모랫길 위로 가장 아름다운 꽃, 정오에만 피는 꽃처럼 화려한 스완 부인이 뒤늦게 천천히 나타나 그녀 주위에 언제나 다른 옷차림의 꽃을 피웠는데, 특히 그녀의 연보랏빛 옷차림이 기억난다. 또 자신의 광휘가 가장 절정에 달하는 순간, 부인은 드레스에 흩뿌린 꽃잎들과 같은 뉘앙스의 커다란 파라솔 실크 천을 기다란 꽃자루 위에 들어 올리며 펼쳤다. 모든 수행원들이 그녀를 둘러쌌다. 오전에 스완과 스완 부인의 집으로 그녀를 보러 왔거나 길에서 만난 클럽 회원 네댓 명이었다. 굽실거리는 검은색 또는 회색 무리가 거의 기계적인 동작으로 스완 부인 주위에 움직이지 않는 틀을 만들어, 혼자만이 강렬한 눈빛을 한 이 여인에게 흡사 창가에 다가가 밖을 내다보는 듯한, 이 모든 남자들 사이에서 앞을 내다보는 듯한 인상을 안겨 주었으며, 그리하여 그녀를 부드러운 빛깔 속에 드러내면서 연약하지만 겁이 없는 마치 다른 종류의 인간, 미지의 인종, 거의 투사와도 같은 힘을 가진 인간의 출현처럼 솟아오르게 했다. 이런 힘 덕분에 그녀는 혼자서도 그 수많은 수행원들과 필적할 수 있을 듯 보였다. 그녀는 미소를 지으며 화창한 날씨와 아직은 불편하게 느껴지지 않는 태양을 즐기면서, 마치 방금 작품을 완성한 창조자처럼 자신감과 평온함을 드러내면서, 자신의 옷차림이 — 비록 평범한 행인들로부터는 높은 평가를 받지 못한다 해도 — 그들 가운데 가장 우아하다는 걸 확신하면서, 자신을 위해 또 친구들을 위해 자연스럽게, 지나치게 주의를 끌려고 하지는 않지만 그렇다고 완전히 무관심하지도 않은 그런 옷차림을 뽐냈다. 작은 리본이 자기 앞에서 가볍게 물결치듯 나부껴도 리본의 존재를 모르지 않는다는 듯이. 자신의 걸음걸이를 따르기만 하면 리본이 고유의 리듬에 따라 제멋대로 움직여도 괜찮다는 듯이 그냥 너그럽게 내버려 두었고, 내 앞에 왔을 때도 여전히 펼치지 않고 닫힌 채로 들고 있던 연보랏빛 파라솔 위로 이따금 파르마의 바이올렛 다발에 보내는 듯한 행복한 눈길을 던졌는데, 그 눈길이 얼마나 부드러웠는지 친구가 아닌 무생물을 응시하는데도 여전히 미소를 보내는 듯했다. 이처럼 그녀는 자신의 옷차림에 우아함의 여백을 마련하고 또 심을 줄 알았는데, 스완 부인과 함께 이야기를 나누던 남자들은 친구로서 이런 여백의 필연성을 존중하면서도 문외한이 느끼는 감탄과 더불어 그들의 무지를 고백하지 않으면 안 되었다. 그리고 이 고백에서 그들은 병자에게 기울이는 특별한 주의나, 아이들 교육에 대해 어머니에게 부여하는 것 같은 그런 능력과 권한을 그 여자 친구에게 인정했다. 자기를 둘러싼 신하들 탓에 행인들의 모습은 보지도 못하는 스완 부인은 지나치게 늦은 시각에 나타나 그녀가 그렇게도 천천히 아침 나절을 보낸, 또 곧 점심 식사를 위해 돌아가야 할 집을 연상시켰다. 자기 집 정원에서 좁은 보폭으로 산책하는 것과도 흡사한 그 고요하고도 한가로운 산책은 집이 가까워졌다는 걸 알려주면서 그녀 주위에 집 안의 상쾌한 그늘을 여전히 지니고 있는 듯했다. 그러나 이 모든 것 때문에 오히려 그녀 모습은 내게 바깥 공기와 따뜻함에 대한 감각을 더 많이 불러일으켰다. 스완 부인이 성당 전례와 의식에 깊이 정통하며 그녀 옷차림도 이런 계절과 시간에 필연적이고 독특한 관계로 연결되었음을 이미 알고 있었기에, 내 눈에는 정원의 꽃과 숲의 꽃보다 그녀의 부드러운 밀짚모자에 달린 꽃이나 드레스의 작은 리본이 더 자연스럽게 5월이라는 계절에서 태어난 듯 보였다. 그리고 계절의 새로운 흔들림을 알기 위해서도 난 그녀가 열어젖힌 쭉 뻗은 하늘, 실제 하늘보다 더 가깝고 둥글고 포근하고 움직이는 푸른 파라솔의 하늘보다 더 높이 눈을 쳐들 필요가 없었다. 왜냐하면 옷차림에 대한 스완 부인의 이런 종교적인 의식이 비록 최상이긴 했지만 관대하게도 아침과 봄과 태양에 복종하는 걸 영광으로 여겼으며, 따라서 스완 부인 역시 영광으로 생각했기 때문이다. 이렇듯 우아한 여인이 이들 존재를 무시하지 않으려고, 일부러 더 밝고 더 가벼운 천의 드레스를 선택하고, 넓은 깃과 넓은 소맷부리로 목과 손목의 촉촉한 열기를 내보내면서, 마치 모든 사람들이 알고 있는, 가장 비천한 사람이라 할지라도 알고 있는 귀부인이 평범한 시골 사람들을 만나기 위해 즐겁게 자신을 낮추며 특별히 그런 날에 어울리는 시골풍 복장을 하는 것과 같은 노력을 아낌없이 쏟아붓는데도 아침과 봄과 태양은 그리 흡족해하지 않는 듯했다. 스완 부인이

나타나자 나는 즉시 인사를 했고, 그녀는 걸음을 멈추더니 미소를 지으며 "굿 모닝." 하고 말했다. 우리는 함께 몇 걸음 걸었다. 나는 그녀가 옷을 입기 위해 따르는 법칙이, 위대한 여제관이 최고 지혜의 여신에게 복종하듯이 따르는 그 법칙이 실은 자신을 위해서라는 걸 깨달았다. 왜냐하면 너무 더운 날씨 때문에 가슴을 살짝 열어 보이거나, 처음엔 단추를 채워 입으려고 했던 재킷을 완전히 벗어 내 손에 들게 했을 때, 나는 그녀의 블라우스 안에서 거의 사람들 눈에 띄지 않을 것이 확실한 수많은 미세한 장식들을 발견했기 때문이다. 이는 마치 청중의 귀까지 결코 닿을 리 없지만 작곡가가 모든 노력을 기울여 연주하는 오케스트라의 한 부분과도 같았다. 또는 내가 즐거운 마음으로 정겹게 오랫동안 바라본 것은 내 팔 위에 포개 놓은 재킷의 소맷부리 안에서 보이는 우아한 세부 장식이나 섬세한 빛깔 끈, 평소에는 남들 눈에 띄지 않지만 겉감과 똑같이 정교하게 만들어진 연보랏빛 면 공단 같은 것으로, 이는 마치 240미터나 되는 대성당 난간 뒷면에 감추어져 한 번도 사람들에게 눈에 띈 적이 없다가, 한 예술가가 우연한 여행 덕분에 온 시가를 굽어보려고 허락을 받아 올라가는 도중에 두 개의 탑 사이에서 발견한 고딕식 조각품, 성당 정면의 부조와 똑같이 완벽하게 만들어진 그런 조각품과도 흡사했다.

스완 부인이 불로뉴 숲 대로를 마치 자기에게 속한 정원 오솔길을 걷듯이 산책한다는 인상을 더욱 강렬하게 심어 준 것은 ─ 그녀의 '푸팅(footing)' 습관을 모르는 사람들에게 ─ 그녀가 그곳까지 걸어서 왔고 마차도 뒤따르지 않았기 때문인데, 5월이 되면 사람들은 파리에서 가장 공을 들인 마구와 가장 단정한 제복을 입은 마부가 모는 여덟 개의 스프링이 달린 커다란 무개 사륜마차에 앉아 따뜻한 야외 공기를 즐기며 흡사 여신인 양 나른하고도 위풍당당하게 지나가는 그녀 모습을 보는 데 익숙했다. 스완 부인이 걷는 모습은, 더욱이 더위 때문에 느리게 걷는 모습은 어느 호기심 많은 시선에 굴복하거나, 예의범절 규칙을 우아하게 위반하는 듯한 느낌을 주었는데, 흡사 축하 공연이 벌어지는 동안 왕이 한 마디 상의도 없이 갑자기 칸막이 좌석에서 튀어나와 잠시 관객들과 섞이려고 휴게실을 찾아가도 놀란 수행원이 존경심에서 한 마디 비난도 하지 못하는 것과도 같았다. 이처럼 스완 부인과 군중 사이에서 군중은 모든 장벽 중에서도 가장 뛰어넘기 어려운 일종의 부의 장벽을 느꼈다. 포부르생제르맹에도 역시 그런 장벽이 있었지만, '가난뱅이들'의 눈과 상상력에는 이만큼 뚜렷하게 드러나지 않았다. 이 가난뱅이들은, 좀 더 검소하고 프티부르주아 여인과 혼동하기 쉽고 서민들과도 그리 동떨어진 듯 보이지 않는 귀부인 앞에서는, 스완 부인 같은 여인 앞에서 느끼는 그런 불평등함이나 자신들이 부적격하다는 느낌을 받지 않았을 것이다. 아마도 스완 부인 같은 여인들은 틀림없이 자신을 둘러싼 이런 눈부신 장치에 가난뱅이들처럼 충격을 받거나 주목하지 않았을 테지만, 거기에 익숙해지면서, 다시 말해 그 눈부신 장치를 보다 자연스럽고 보다 필요하게 여기면서부터, 조금은 이런 사치의 습관을 터득한 정도에 따라 타인을 판단하기에 이르렀다. 따라서 (그녀들이 화려하게 과시하는 사치 또는 다른 여인에게서 발견하는 사치는 모두 물질적인 사치이므로 눈으로 쉽게 확인할 수 있지만 그런 사치를 손에 넣기까지는 오랜 시간이 걸리며 또 거기서 결핍된 것을 보충하기도 어려우므로) 이런 여인들이 지나가는 행인을 가장 낮은 계급으로 간주한다면, 같은 식으로 상대방 눈에는 그 여인들이 가장 신분 높은 여인으로 보이는 법이다. 어쩌면 당시 귀족 사회 여인들 틈에 섞인 레이디 이스라엘이라든가, 훗날 귀족 사회 여인들과 교제하게 된 스완 부인을 포함하는 이 특별 계층은 포부르 생제르맹에 영합하는 처지였으므로 포부르생제르맹보다는 열등했지만, 거기 속하지 않은 계층보다는 훨씬 신분이 높은 중간 계층이라고 할 수 있었는데, 이 계층은 이미 단순한 부자 세계로부터 벗어나, 여전히 부자이면서도 유연성이 있어 어떤 목적이나 예술 사상을 추종하며 돈을 탄력적으로 만들고 시적으로 다듬으면서 미소 지을 줄 아는 계층이라는 특징이 있었다. 아마도 오늘날 이런 계층은 적어도 당시와 똑같은 형태나 똑같은 매력을 지닌 채로는 존재하지 않을 것이다. 게다가 이 계층에 속했던 여인들은, 나이와 함께 거의 모두가 아름다움을 잃었으므로, 그 여인들이 군림할 수 있었던 가장 중요한 조건을 이제는 잃은 셈이다. 그런데 고귀한 부의 정상에 있으며 동시에 무르익어 아직 맛깔스러운 여름의 영광스러운 절정에 있던 스완 부인은 당당한 미소를 지으면서 상냥한 모습으로 불로뉴 숲 대로를 걸으며 그 느린 발걸음의 행진 아래로 히파티아*마냥 세상이 돌아가는 모습을 보고 있었다. 지나가던 젊은이들은 그녀를 초조하게 바라보면서, 막연한 친분으로 인사를 해도 좋은지 어떤지 몰라(단 한 번 스완에게 소개받은 정도여서 혹시나 스완이 그들을 알아보지 못할까 봐 두려워하며) 망설였다. 또 인사하려고 결심한 뒤에도 그들은 지나치게 대담하고 도발적인 데다 불경스럽기까지 한 이 행동이 카스트 제도의 침범할 수 없는 최고권에 대한 도전처럼 생각되어 재앙을 초래하거나 신의 형벌을 부르지나 않을까 걱정하며 그 결과 앞에 벌벌 몸을 떨었다. 스완을 비롯하여 오데트의 추종자에 불과한 그 작은 인물들은 마치 옛 시계에 달린 인형들처럼 인사의 몸짓만을 작동했을 뿐인데, 스완은 포부르생제르맹에서 배운 우아한 미소를 지으며 초록색 가죽을 댄 실크해트를 들어 올렸지만, 그 미소에는 예전에 그가 가졌던 무관심한 기색은 찾아볼 수 없었다. 이 무관심은 이제 그다지 옷을 잘 입지 못한 사람에게 답례를 해야 한다는 귀찮음,(어느 정도는 오데트의 편견에 젖어 있었기에) 그의 아내가 그토록 많은 사람들을 안다는 데 대한 만족감으로 바뀌었으며, 그는 자기와 함께한 멋쟁이 친구들에게 이 복합적인 감정을 이렇게 표현했다. "한 명 더 나타났군. 정말이지, 오데트가 어디서 이 모든 작자들을 찾아냈는지 모르겠어!" 한편 스완 부인은 이미 시야에서 멀어졌지만, 아직도 가슴을 진정시키지 못하는 그 겁먹은 행인에게 고개로 인사를 하고는 나를 돌아다보며 말

---

* Hypatia(370~415). 그리스의 철학자이자 수학자로, 이교를 전파했다 하여 그리스도교인에 의해 참살당했다. 로콩트 드 릴(Leconte de Lisle, 1818~1894)이 쓴 『고대 시집』(1852)에 인용되면서 더욱 유명해졌다.

했다. "그럼, 이젠 끝난 건가요? 더 이상 질베르트를 보러 오지 않을 거예요? 나를 예외로 해 줘서 기뻐요. 또 나와의 관계를 완전히 '끊지(drop)' 않은 것도 고맙고요. 난 당신 만나는 게 좋아요. 또 당신이 우리 딸에게 미치는 영향력도 좋아했죠. 그 애도 그 점을 많이 후회하리라 생각해요. 여하튼 당신을 귀찮게 하고 싶지는 않군요. 그러다가 이번에는 나까지 안 만나려 할지 모르니!" "오데트! 사강*이 당신에게 인사하오." 하고 스완이 아내에게 알려 주었다. 실제로 대공은 연극이나 서커스 피날레 장면 또는 옛 그림에서나 볼 수 있듯이 말을 한 바퀴 빙 돌며 연극을 하듯 과장된 인사를 보냈는데, '여성'이라면 설령 그의 어머니나 누이처럼 사귈 수 없는 여인이라 할지라도 대귀족이 그 앞에서 머리를 숙이는, 모든 기사도적인 예절이 확대된 그런 우의적인 인사였다. 게다가 매 순간 파라솔이 쏟아붓는 그림자의 투명한 액체와 빛나는 유약 속에서 그녀 얼굴을 알아보고 늦게 달려온 마지막 기사들이, 마치 영화에서처럼 하얀 태양빛이 내리쬐는 길 한복판 위로 말을 타고 달려왔다. 그들은 일반 대중에게도 이름이 잘 알려진 ― 앙투안 드 카스텔란, 아달베르 드 몽모랑시,** 그 밖의 많은 사람

---

* 사강(Sagan) 대공으로 알려진 이 인물의 원래 이름은 샤를기욤보종 드 탈레랑 페리고르(Charles-Guillaume-Boson de Talleyrand Périgord, 1754~1838)로 우아함의 대명사였다.

** 앙투안 드 카스텔란(Antoine de Castellane, 1844~1917) 후작은 당시 사교계의 유명 인사로, 프루스트는 작품 속에서 생루의 모델이 되는 카스텔란의 아들 보니 드 카스텔란(Boni de Castellane, 1867~1932)과 친구였다. 아달베르 드 몽모랑시(Adalbert de Montmorency, 1551~1632)는 몽모랑시 가문 태생인 어

들 —— 클럽 회원들로 스완 부인의 친한 친구들이었다. 그리고 시적 감각에 대한 기억의 상대적 수명은 평균 수명과 마찬가지로 마음의 고통으로 인한 기억보다 훨씬 더 생명이 길었으므로, 오래전 질베르트로 인한 슬픔이 사라지고 난 후에도 5월이 되어 낮 12시 15분에서 1시 사이 시각을 어느 해시계 눈금판에서 읽으려고 할 때면, 마치 등나무 넝쿨의 그늘과도 같은 스완 부인의 파라솔 아래서 그녀와 이야기를 나누던 모습을 회상하는 기쁨은 그 슬픔보다 더 오래 살아남았다.

(4권에서 계속)

머니가 돌아가시자 나폴레옹 3세에 의해 몽모랑시 작위 계승 허락을 받은 실제 인물이다.

옮긴이 **김희영** Kim Hi-young. 한국외국어대학교 프랑스어과를 졸업하고 프랑스 파리 3대학에서 마르셀 프루스트 전공으로 불문학 석사와 박사 학위를 받았다. 서울대 불어불문학과 및 대학원 강사, 하버드대 방문교수와 예일대 연구교수, 한국외국어대학교 서양어대 학장 및 프랑스학회와 한국불어불문학회 회장을 역임했다. 「프루스트 소설의 철학적 독서」, 「프루스트의 은유와 환유」, 「프루스트와 자전적 글쓰기」, 「프루스트와 페미니즘 문학」 등의 논문을 발표했고, 『문학장과 문학권력』(공저)을 썼으며, 롤랑 바르트의 『사랑의 단상』과 『텍스트의 즐거움』, 사르트르의 『벽』과 『구토』, 디드로의 『운명론자 자크와 그의 주인』을 번역 출간했다. 현재 한국외국어대학교 명예 교수로 있다.

잃어버린 시간을
찾아서 3
꽃핀 소녀들의 그늘에서 1

1판 1쇄 펴냄 2014년 4월 15일
1판 26쇄 펴냄 2024년 7월 25일

지은이 마르셀 프루스트
옮긴이 김희영
발행인 박근섭·박상준
펴낸곳 (주)민음사

출판등록 1966. 5. 19. 제16-490호
주소 서울특별시 강남구 도산대로1길 62(신사동)
강남출판문화센터 5층 (우편번호 06027)
대표전화 02-515-2000 | 팩시밀리 02-515-2007
홈페이지 www.minumsa.com

© 김희영, 2014. Printed in Seoul, Korea

ISBN 978-89-374-8563-3 (04860)
978-89-374-8560-2 (세트)